U0028374

新手律師

A riveting legal thriller from Robert Dugoni, New York Times bestselling author of My Sister's Grave.

THE 7TH CANON

A NOVEL

ROBERT DUGONI

羅伯・杜格尼 著　李麗珉 譯

致敬山姆・高德曼。大家總是說你很獨特，在你離世之前，我曾經希望能讓你的獨特廣為人知，不過，我知道在天堂的你依然稱呼所有人為英雄、老闆、朋友。你是獨一無二的——一名教師、一位人生導師、一個朋友。我會想念你的。

山姆，如果不提到你的妻子艾黛兒的話，對你的任何致敬就不夠完整。在西部最狂野的新聞學教師的冒險生涯裡，她一直都與你同在！

繼續微笑吧，英雄。

1

一九八七年十二月二十一日

彼得．唐利已經沒有時間了。舊金山高等法院的法官法蘭克林．傑佛遜．巴尼斯坐在法庭前面高高在上的法官席上，透過他那副老花眼鏡的上緣注視著唐利。

「如果律師已經提交完所有的資料和答辯，那我就準備宣布我的裁決了。」巴尼斯一邊說，一邊調整著隱藏在他那件打褶黑色法官袍底下的水桶腰。

反方律師蕾貝卡．雷提根從她的椅子上站起身，椅腳刮過磨損磁磚所發出的聲音還不及她的聲音刺耳。「所有的資料和答辯都已經提交完畢，法官大人。」

她怎麼可能還有什麼沒有提交的？物品佔有人在訴訟中向來都處於有利的地位，而她的客戶剛好就是佔有人，雷提根估計自己已經贏了，她覺得理所當然。

巴尼斯法官將目光轉向唐利。「唐利先生，原告還有什麼要補充的嗎？」

唐利低頭看著他旁邊那名七十八歲的客戶。維多．羅素沮喪地坐在律師桌後面，絕望得像剛失去了最好的朋友一樣。就某方面來說，羅素確實是失去了他最好的朋友。自從他的妻子死後，羅素就和亞伯特，一隻非洲灰鸚鵡，同住在羅素位於北灘的餐館「維多之家」樓上的公寓裡。直到羅素的清潔女工沒有把公寓的窗戶關上，就冒然打開亞伯特的籠子那一天為止。羅素花了兩個星期的時間打電話給各家動物收容所和寵物店。一家位於迪維薩德羅的寵物店說，他們賣出了一隻符合亞伯特外型的非洲灰鸚鵡，不過，當羅素表示願意支付兩倍的買價，從那個二十四歲、渾身刺青的龐克搖滾鼓手手中買回那隻鸚鵡時，那個傢伙拒絕了。因此，羅素轉而打電話向唐利的姨丈盧尋求幫助。

唐利輕輕地把椅子往後挪，緩緩地起身，準備要表示沒有什麼要再補充的了，不過，當他開口時，他就是無法讓自己這麼做。反之，他聽到了他的盧姨丈最愛的一句諺語。

生命只有一次，孩子。你不妨做點有趣的事。

在二十八歲的年紀，剛從法律學校畢業三年，唐利覺得自己已經不只經歷過一次人生。他看著他的客戶。羅素眼眶裡氾濫了一整個下午的淚水開始流下他的臉頰。

「唐利先生？」巴尼斯法官又問了一次，這回聲音裡顯然帶著不耐煩。

管他的，唐利心想。他挺起背脊，面對巴尼斯。「法官大人，原告希望再傳喚一名證人。」

雷提根自鳴得意的表情轉為了惱怒。在整個審判過程中，她缺乏經驗的事實完全展露無遺，她的表現就像一個糟糕的女演員過度誇張的表演一樣。「法官大人，辯方反對。唐利先生已經傳喚過他證人名單上的每一個人了。」

唐利試著讓自己聽起來很溫和。「我要向雷提根女士和庭上致歉，不過，我也是剛剛才想到這名證人可能可以作證，而此舉和擁有權的爭議關係很密切。」

雷提根揮了揮唐利呈給法庭的證人名單。「如果這名意外的證人不在這份名單上，他就不能作證。民事訴訟法第——」

巴尼斯法官舉起一隻宛如捕手手套那麼厚的手。「雷提根女士，你何不將注意力放在提出反對上就好，至於要如何決定就讓我來擔心吧。」他的男中音裡流露出一抹路易斯安那的腔調。

「我很抱歉，」雷提根回覆道。「不過，這對辯方太不公平了——」

巴尼斯再度舉起他的手，這回還伸出了食指。「除非你打算告訴我你的客戶把自己變成了羅莎・帕克斯❶，並且被要求坐在一輛阿拉巴馬公車的後座，否則，除了你在過去三個小時的審判過程中所抗議的種種不公平之外，我不認為他還可能會再承受到更多的不公平。」

雷提根漲紅了臉，不過，她總算知道要保持安靜了。

「現在，」巴尼斯緩緩地將注意力轉向唐利，「誰是這位意外的證人，唐利先生？」

唐利下定了決心。「原告希望傳喚亞伯特上證人席。」

掛在巴尼斯法官鼻樑上的那副老花眼鏡掉了下來，被眼鏡的鏈子懸吊在半空中。「你說什麼？」巴尼斯問。

「我知道這個要求並不尋常——」

「不尋常？」巴尼斯彷彿一名激動的美南浸信會牧師一樣。「不尋常？唐利先生，你剛剛要求我傳喚一隻鳥到證人席上。」

「事實上，法官大人，亞伯特是一隻非洲灰鸚鵡。」

「我知道牠是什麼，唐利先生。根據我所受過的純樸的南方教育，我相信鸚鵡是一種鳥。」

「我的意思是，」唐利繼續說道。「呃，身為一隻鸚鵡，亞伯特可以……我沒有更好的用詞可以形容，牠可以『重複』牠被教過或者牠自己曾經學習過的某些句子。」

雖然巴尼斯的眉毛依舊糾結在一起，不過，他原本不屑的表情和緩了，並且揚起了眉毛。那是好奇嗎？至少，他沒有完全駁回這個提議，或者指示法警以藐視法庭的罪名將唐利銬上手銬。

「你打算把他……牠……你打算把那隻鳥放在我的證人席上，讓牠模仿牠曾經被教過的一個句子？」

「羅素先生每天離開他的公寓時，都會把電視打開和亞伯特作伴。」羅素像個點頭娃娃般地點點頭。「亞伯特似乎養成了一種能力，可以模仿牠所聽到的一些聲音。」

雷提根憤怒地翻著她的民事訴訟法大全。「法官大人，我們反對。這是一隻鳥。只有人才能作證。」

「你在訴訟法裡找到了這條，是嗎？」巴尼斯問。

雷提根抬起頭。「呃……沒有。不過，我是說，條文一定在裡面……某個地方。我是說，

❶ 羅莎·帕克斯（Rosa Parks）是美國黑人民權行動主義者。一九五五年，她因為在阿拉巴馬州蒙哥馬利市的公車上拒絕讓座給白人而被捕，引發了聯合抵制蒙哥馬利公車的運動。美國國會後來稱她為現代民權運動之母。

這……這是一隻鳥！」

「事實上，讓動物當證人是有先例的。」唐利俐落地翻開他的黑色活頁夾，抽出一張他在前一天傍晚打好的簡報，不過，他原本是希望這份報告不需要被派上用場。他把一份遞給羅提根，再把另一份交給巴尼斯法官的書記員，後者立刻將之呈給法官。「法庭可以將康乃狄克州的亞當對抗馬丁案納入參考，在那個案子裡，小獵犬巴尼被允許在法庭上展示牠獨特的能力，也就是雜耍紅色的橡膠球。」

「法官大人，那完全不一樣，」雷提根抱怨地說。「我們現在談的是讓一隻鳥作證，而非展示什麼特技。」

唐利放下他的報告。「我無意對法庭不敬，不過，這裡最重要的事，也是最公平合理的事，就是決定亞伯特的合法擁有人。讓亞伯特站上證人席將決定性地證明牠是，或者不是，和維多．羅素同住了五年多的那隻鳥。」

巴尼斯嘆了一口氣。「你聲稱這隻鳥會模仿的話是哪一句，唐利先生？」

「那並不完全是一個句子，法官大人。」

「那麼，那是什麼？」

「那是……呃，是一個節目的片頭曲。」

巴尼斯往前靠，瞇著一隻眼睛打量著唐利。「一個節目的片頭曲？」

「很顯然地，亞伯特特別喜歡安迪．葛里菲斯秀❷，而且——」

「安迪．葛里菲斯？」

「是的，法官大人。你知道……梅伯里RFD❸。安迪和巴尼、奧佩、姨媽碧——」

「我知道那個節目，唐利先生；我自己養大了三個孩子，而且還有七個孫子。」

「是啊。呃，很顯然地，亞伯特學會了用口哨吹出那個節目的開場音樂。」說著，唐利把自己僅有的一點尊嚴放到一邊，開始吹起安迪．葛里菲斯秀片頭曲的口哨。

巴尼斯往後坐，緊抿嘴唇，在感覺彷彿永無止盡的等待中，用一隻手撫摸過他那顆光頭，不過其實也只是幾秒鐘而已。然後，不發一語地看著他的法警，並且朝著兩張律師桌之間的那個大鳥籠揮了揮手。在法警遲疑之際，巴尼斯重複了一次他的動作，並且瞪大眼睛鼓勵她付諸行動。那名法警這才提起鳥籠的吊環，將亞伯特放在證人席上。

現在，換成書記員露出困惑的表情了。「我應該……讓證人宣誓嗎？」

巴尼斯閉上眼睛，輕輕地搖了搖頭。然後睜開眼睛，示意唐利可以開始了。

「法官大人，如果法庭可以接受的話，羅素先生希望可以親自和這名證人互動。」

巴尼斯拍了拍手。「他當然會想要這麼做。沒有理由不讓他這麼做。」

❷安迪．葛里菲斯秀（The Andy Griffith Show）是一部美國情境喜劇電視連續劇，於1960-1968年在CBS播出。劇情描述了北卡羅萊納州梅伯里（Mayberry）一名喪偶警長安迪．泰勒（安迪．葛里菲斯飾演）的故事；梅伯里是一個虛構社區，擁有兩千—五千名居民。其他主要角色包括安迪的表弟副警長巴尼．法夫、安迪的姨媽碧．泰勒，以及安迪的小兒子奧佩等人。

❸梅伯里（Mayberry RFD）是一部美國電視連續劇，是安迪．葛里菲斯秀的續集。

唐利於是對著羅素耳語。「好了，維多。看你的了。」

羅素把他的椅子往後推，走向法官和證人席之間的空位。他帶著極大的敬意向巴尼斯行禮，隨即轉向籠子。

「亞伯特？這裡，亞伯特。真乖。亞伯特，你想要看安迪．葛里菲斯嗎？安迪．葛里菲斯？」

那隻鳥開始在鳥籠裡的桿子上昂首闊步，並且快速地上下晃動著牠的頭。

「安迪．葛里菲斯，亞伯特。你知道的。」羅素吹著口哨。

「反對！」雷提根大叫了一聲，羅素退縮了一下，彷彿她就要上前來戳他了。

巴尼斯被嚇得目瞪口呆。「怎麼了，雷提根女士？」

「他在引導證人，法官大人。」

巴尼斯咬住下唇，閉上雙眼。「反對無效。」

「可是，法官大人——」

那隻捕手手套般的手再度揚起。「坐……下，雷提根女士。」

「可是——」

巴尼斯動了動他的手，彷彿在把手壓在雷提根的頭上，強迫她坐下來一樣。「坐……下。」

他轉頭看著羅素。「繼續，羅素先生。」

「我想牠的注意力被分散了，法官大人。」羅素說。

「盡你所能吧，羅素先生。」巴尼斯說。

羅素再次低頭，然後開始。「安迪．葛里菲斯，亞伯特。安迪．葛里菲斯。」他的聲音開始變得絕望。他吹著口哨，不過，亞伯特依然很安靜。

羅素第三度哄著那隻鳥，不過還是沒有成功。淚水再次湧上他的眼眶，讓他放棄地垂下了頭。

巴尼斯往前坐，輕聲地說。「謝謝你，羅素先生。我想這樣就夠了。」

唐利從律師桌後面走出來，扶著維多．羅素的手肘，將他帶回自己的座位。

「法警女士，你可以把亞伯特撤離證人席了。」巴尼斯說。

就在法警把亞伯特帶回原本置放鳥籠的桌子時，巴尼斯說，「我想，你所有的資料和證據都已經提交完畢了吧，唐利先生？」

唐利放棄地點點頭。「是的。」

「很好。羅素先生，我感到非常遺憾，不過，在這個案子中，提出證明的責任在你身上，身為原告，你需要提出足夠的證據說服我那隻鸚鵡屬於你，但是我無法得出這樣的結論。因此，本庭做了以下決定——」

「安迪．葛里菲斯。安迪．葛里菲斯。」

正在記錄法庭上每一句話的法庭記者抬起頭，不確定是誰打斷了法官的話。不過，其他人都把頭轉向了唐利身後的那張桌子，只見亞伯特正在那根桿子上走來走去，不停地上下搖晃著頭。

「安迪．葛里菲斯。」牠大聲尖叫著。

「見鬼了。」巴尼斯說。

接著，亞伯特開始吹起口哨。

✦

傍晚將近六點的時候，唐利預期露絲－貝兒應該已經離開辦公室回家了，不過，當他走進擁擠的前台區時，她卻還在她的座位，電話筒就貼在她的耳朵上。盧的聲音充斥在他自己的辦公室裡，單方面的對話顯示他也在電話中。

露絲－貝兒沒有多說什麼地把一疊粉紅色的留言紙條遞給唐利，他經過檔案櫃和一張小桌子，走進自己的辦公室，那張小桌上還擺了一只沾有污漬的咖啡壺。

他把外套披掛在椅背上，然後將公事包放在他的桌子旁邊。他聽到屋外有兩名舊金山遊民在爭執。盧．吉安提里的法律事務所座落在舊金山田德隆區一棟歷史建築的一樓。這棟房子靠近法院的地理優勢，是盧在三十年前買下它的原因，當時，這一帶還是一個相對安全的地區。不過，之後的歲月並沒有善待田德隆區。現在，這裡只剩下一堆破舊的公寓和商業建築，還有幾家位於街角的烈酒專賣店和色情窺視秀的娛樂場所，吸引了毒販、癮君子、妓女和她們的皮條客、嫖客、流浪漢，以及一些精神失常者在此佇足。有時候，來這裡上班就意味著要跨過一堆軀體——

而且，並非所有的軀體都是活著的。

唐利桌上的電話響了，他很驚訝地看到來電顯示上的名字是露絲－貝兒。通常，她只會從前台大喊著要唐利或者盧接電話。

「你有一通電話。」露絲－貝兒說。

當露絲－貝兒沒有繼續說明時，唐利問道，「對方有告訴你他是誰嗎？」

「一個叫做波莉的人。」

「波莉？哪個波莉？」話才出口，他就後悔了。

「想吃餅乾的波莉❹。」露絲－貝兒咯咯地笑著回答。早已等在門口的盧立刻抖動雙肘，做出振翅的模樣，尖叫著踏進唐利的辦公室。「安迪．葛里菲斯。安迪．葛里菲斯。」

露絲－貝兒匆匆地跟在他身後。「我聽說你幾乎給自己惹上麻煩，因為你的明星證人是一隻語出驚人的小鳥。」她說。

「真好笑，」唐利讓他們盡情揶揄。「你們兩個應該一起離開了。」他看了看手錶。「何不現在就走？」

盧停下動作，他笑得太過頭，以至於幾乎喘不過氣來。當他恢復呼吸時，他說，「我願意付

❹「波莉想吃餅乾」（Polly want a cracker）是英語文化中，一般大眾對於鸚鵡模仿人類說話的刻板印象，因為「波莉」在美國等西方國家是很普遍的鸚鵡名字。

出一切代價親眼目睹那一幕。」

「我真不敢相信那成功了，」唐利說。「而那只讓我付出了我的尊嚴和我的職業生涯。」

盧提高了聲音。「你在開玩笑嗎？整棟法院大樓都在談論你。我的電話響到都要掉下來了。三名法官打電話來問我那是真的嗎；很顯然地，他們正在參加聖誕派對，而巴尼斯告訴了每個法官，以及任何願意聽這件事的人。」

「那是一件好事嗎？」唐利問。

「媒體似乎認為是。」露絲－貝兒遞給他一張粉紅色的留言條。「紀事報的比爾．曼因打電話來。」

「我剛和維多通完電話，」盧說。「三輛電視轉播車停在他的餐館外面。他和亞伯特將會出現在六點鐘的新聞上。那是他的餐館二十年來最好的宣傳。」盧轉向門口。「來吧。我們一起到我辦公室裡看電視。」

「我不要，」唐利說。「我已經親身經歷過了。」

露絲－貝兒開始往門口走去。「雖然我很想和你們一起看電視，但是我已經晚了，如果我不回家幫第三任丈夫做點什麼吃的話，我就要開始尋找第四任丈夫了。那個人連煮水都不會。」

在露絲－貝兒離開之後，盧靠在唐利辦公室角落的那張圓桌邊緣，差點就把那堆檔案給推倒了。

「快點，告訴我細節。」

唐利解釋說，他是怎麼意識到自己尚未成功地證明那隻鳥隸屬於羅素，以及他是如何在前一天晚上想到這個主意，並且付諸行動翻找資料來支持他的論據。「我只是無法忍受讓維多眼睜睜地看著那傢伙把亞伯特帶離法庭。說真的，我很驚訝巴尼斯竟然允許我那麼做。」

「拜託，」盧說。「法蘭克林．傑佛遜．巴尼斯太喜歡這種事了。他的自尊就像他的肚子一樣大，而你讓他成為了派對裡眾人矚目的焦點。相信我，不管他在法庭上看起來或者聽起來如何，巴尼斯最熱衷的事，莫過於講述一個好故事，而唯一能讓他更樂在其中的，就是他自己也身為故事的主角。他也將會不斷地提起這個故事直到退休。他不會忘記這件事的。你也不會。」

盧挺起身，開始走向門口，不過，他在門檻處停下了腳步，然後轉過身來。他的衣袖捲起，露出了一對肌肉發達的前臂。雖然年近七十，盧依然維持著魁梧的身材，也就是這樣的一副體型，讓他在跑衛還稱之為邊衛的年代獲選為全市高中橄欖球運動員。不過，對於義大利食物的熱愛明顯地改變了他的腰圍。「我知道這並不是你腦子裡的那種工作——」

「盧，我之前就告訴過你，我對這份工作心存感激。」

盧沒有因為這句話而停下來，他繼續說道，「你會成功的，彼得。當那一天來到時，你會因為像今天這樣的日子而準備好了。在法庭上站在法官或陪審團面前，暴露在極大的壓力之下，這是一種無與倫比的經驗。那樣的經驗不是你花六年的時間坐在律師事務所的圖書室裡進行研究和草擬質詢書所能獲得的。」

「希望我不會因為出現在太多的案件裡而受到過度的關注。」唐利說。雖然才從法律學校畢業三年，他已經擁有了十七次的陪審團審判以及許多次法官審判的經驗了。

盧聞言大笑。「你莎拉阿姨做了披薩餃子。你想要加入我們嗎？」

「謝謝，不過，這個時間點通常是金需要從班尼身上喘口氣的時候。」他指的是他的妻子和兩歲大的兒子。

盧踩著輕快的腳步離開了辦公室，同時一邊用口哨吹著一段曲調，那是唐利知道自己在短時間內絕對不會忘記的曲調。

2

湯瑪士．馬丁神父祈禱天氣變壞，就像有些人祈禱能夠中樂透一樣。今晚看起來他的禱告似乎將會得到回應。烏雲疾速飛過暗藍色的夜空，陣陣的強風把他辦公室的玻璃窗吹得嘎嘎作響，也從百年窗框塞滿油灰的縫隙裡鑽進了室內。

對於他的田德隆男孩庇護所來說，壞天氣總是有利於他們的運作。他沒有實證資料可以支持這個理論，不過，在庇護所開張的短短幾個月以來，他注意到壞天氣和選擇到他的庇護所過夜、而不選擇睡在舊金山大街上的男孩人數具有絕對的關聯。

他數了數簽到簿上的人名，一共有八個人，然後在安德魯．班尼特的名字上畫了一條線槓掉，這個孩子原本已經簽到過，卻又突然離開了。七個男孩。湯瑪士神父向來都希望能有更多人，不過，他試著不要灰心。他知道，要建立男孩們的信任需要時間。在他們眼中，任何超過三十歲的人若非警察局的幹員，就是社會服務的相關工作人員。帶著這樣的想法，馬丁神父將那張簽到名單夾進《聖經》裡，然後將它收進他那張軍綠色的金屬辦公桌右手邊最上層的抽屜裡，再將抽屜上鎖。他很快地往後推開椅子，看了看手錶。他得要把前門鎖上，他已經晚了。他不能再把時間往後延了。遵守規則在庇護所裡是很重要的。他不希望這裡變成一個愛在半夜裡來就在半夜裡來的地方。他的目標是在那些男孩出賣自己或者沾上毒品之前，讓他們離開街頭。

他踏進走廊。前門就在一道樓梯底部。不過，在走到走廊的一半時，他突然轉了一百八十度，就像一名投手抬起一隻腳，原地轉身朝著二壘做出觸殺的假動作一樣。他朝向走廊另一端的宿舍走去。他要先去看看那個新來的男孩。然後再去鎖門。

你在拖延鎖門的時間。

我只是希望能多一個人來。

靠牆擺放的鐵床讓宿舍看起來就像軍營一樣，不過，這樣的設計是為了充分利用空間。幾個男孩躺在床上，看著架在天花板上的電視正在播放著畫質不佳的影像。庇護所只能收看到四個頻道，其中沒有一個的影像是清晰的。有線電視不在他們的預算內，這也說明了為什麼紙盒裡的錄影帶使用頻率這麼高。

新來的那個男孩坐在最靠近窗戶的床邊。馬丁神父以前從來沒有見過他。田德隆庇護所裡的面孔變換得太頻繁，這點很是讓人難過。讓一個男孩來到庇護所並不容易，而在他們來到的第一個晚上建立信任感至關重要。

那個男孩不願意提供他的名字。這是他的第一個晚上，馬丁神父決定不要逼他。男孩說大家都叫他阿紅。看到他那頭亮紅色的頭髮，不難想像這個綽號從何而來。馬丁神父看到阿紅很快地吸了一口他之前藏起來的香菸，然後將還在燃燒的菸屁股從窗戶上的鐵格柵彈了出去。他禁止男孩們在庇護所裡抽菸，也不准他們在這裡吸毒、喝酒和打架。

湯姆神父放輕了腳步；他喜歡讓男孩們以為他可以憑空出現，無處不在。「還好嗎？」他問。

阿紅猛然轉頭，彷彿有一條線在拉扯他一樣。幾撮紅色的頭髮掉落在他的臉上。他另外半邊的頭髮剃得很短。左邊的鼻孔和右邊的眉毛上都戴著銀色的鼻環和眉環，那張臉上盡是青春痘留下的坑坑疤疤。湯姆神父估計他大約十五歲，雖然，在波爾克峽谷，年齡向來都很難判斷。男孩子成長得很快。阿紅此刻的問題在於他還沒有把最後一口煙吐出來。

馬丁神父望向窗外，彷彿在看著逐漸變暗的天空。「看起來會有暴風雨，」他說。「我們何不把窗戶關起來，這樣就不用幫左鄰右舍供暖了，這是我母親常說的話。」

阿紅的臉都扭曲了。他皺起了眉頭。

「你聞到菸味了嗎？」湯姆神父問。他轉向丹尼．西蒙。後者正坐在房間一角，組裝著一排電路板和電腦零件。「丹尼，你有聞到菸味嗎？」

西蒙抬起頭，嗅了嗅空氣，彷彿一隻狗在偵測風中的氣味一樣，這是他們兩人慣玩的把戲。「你知道嗎，馬丁神父，我想我確實聞到了菸味。」

「但願不是火災，那可能會燒掉這整棟建築。」

再也無法憋住呼吸的阿紅在咳嗽下吐出了一坨灰色的雲朵。當他不再咳嗽時，馬丁神父面帶微笑地指著牆壁上的一個告示——一個紅色的圓圈裡畫了一根香菸的輪廓，香菸上還有一道斜線。「你還有嗎？」

阿紅搖搖頭。

在登記入住的時候，每個男孩都要把個人的貴重物品鎖進馬丁神父辦公室的一個櫃子裡。香菸也是其中之一。這個規定是為了避免以物易物和恐嚇。每個人在庇護所裡都是平等的。每個人身上什麼都沒有。

「好。有什麼問題嗎？」

阿紅搖搖頭，隨即脫口而出。「有。你真的是神父嗎？」

「我看起來不像神父嗎？」

阿紅搖搖頭。「不像。」

馬丁神父穿著膝蓋上有破洞的藍色牛仔褲，和一件緊裹著一身強健肌肉的白色T恤。舊金山大主教區剛開始指派他出任這個中上階級教區的神父時，他的光頭、鑽石耳釘和刺青引發了當地人們相當的憂慮。那些教徒的反對反而讓他有機會向大主教區宣揚他要為迷惑的年輕人成立一個庇護所的主張。當庇護所終於開張的時候——在經過很長一段時間的阻礙、繁瑣的手續流程和口頭反對之後——舊金山觀察家報在一篇報導裡為馬丁神父冠上了「波爾克街神父」的頭銜。

馬丁神父依舊帶著笑容。「是啊，我真的是個神父。」說著，他掏出一把勾著好幾支鑰匙的大環。「雖然，有時候我覺得自己更像一個管理員。現在，我得去鎖前門了。我等一下會再回來，到時候我們可以聊聊。」

他走到西蒙坐著的地方，後者正全神貫注在他的工作上。曾經是流浪兒童的西蒙是馬丁神父第一個成功的案例。他們在一間街友收容所相遇。西蒙對電腦很感興趣，馬丁神父最終說服他在一所當地社區大學開設的技術課程註冊。為了讓西蒙離開街頭，馬丁神父讓他在晚上的時候負責監督宿舍。然而，隨著課程越來越重，西蒙需要更多私人空間來念書，因而在他打雜的一家餐館後面找了一間房間。

「這真是一台很讚的電腦，馬丁神父，」西蒙說著，把兩個零件裝在一塊電路板上。「雖然這就像把一輛六五年的雪佛蘭零件裝在一輛新的凱迪拉克上。」

「抱歉，丹尼，現在，我們需要電燈和暖氣勝過於電腦。」

「是啊，是啊，我知道。」西蒙放下那些頑固的零件。「要封鎖了嗎？」

「我們是一間庇護所，丹尼，不是監獄。」

「可不是嘛。」西蒙站起身。「如果我們是監獄的話，我們就可以從州政府拿到更多錢和更好的食物。」

馬丁神父無法反對這個邏輯。

西蒙面對著房間裡的上下鋪，然後怪腔怪調地模仿著席維斯．史特龍說話。「好了，囚犯們，要封鎖了。典獄長已經拿出了鑰匙。任何離開的人，最好希望自己還能找到一個聞起來有尿騷味的樓梯間可以過夜睡覺。」

馬丁神父笑著搖搖頭。他走出房門，看了看他的手錶。他真的太遲了。他匆忙地穿過走廊，腳下的涼鞋在破舊的油氈地板上發出啪嗒啪嗒的聲響。一道閃電劃過頭頂。他下意識地抬起頭，望向被細鐵絲網強化的天窗。只見天窗閃爍著藍光。幾秒鐘之後轟隆作響的雷聲，聽在他的耳朵裡卻彷如音樂一樣。

電燈瞬間熄滅了。

「可惡。」他停下腳步。他希望停電是因為天氣，而不是太平洋瓦斯電力公司PG&E切斷了這棟建築物的電力。他的電費又再度遲繳了，雖然他已經打過電話，電力公司的人也說他們會幫他想辦法。他希望這只是跳閘而已。這棟屋子很老舊，依然還靠著斷路器系統在運作，保險絲也都是廉價貨。

他聽到走廊盡頭的宿舍門打開的聲音。「怎麼了？」丹尼．西蒙問。

「可能是暴風雨，」馬丁神父說。「我要去檢查一下保險絲盒。你把櫃子裡的手電筒都拿出來，讓每個人都待在房間裡。」

房子的保險絲盒裝在康樂室最裡面的一個櫥櫃裡，康樂室就在馬丁神父辦公室對面的走廊上。櫥櫃裡還有一支馬丁神父放在那裡的手電筒。透過天窗有限的光線，他在他的鑰匙環上尋找著鑰匙。他找到了鑰匙，打開那扇雙寬門，然後步履匆忙地穿過康樂室。黑暗之中，房間前面那座真人大小的耶穌誕生陶瓷場景，就像一群舊金山街友抱在一起取暖一樣。

當他的涼鞋在腳下打滑，導致他往後摔倒時，他已經走到油氈地板的一半了，他本能地伸出一隻手，等著面臨即將來臨的重摔，然而，他的左手腕在觸地時卻拗成了一種奇怪的角度。隨著一道斷裂聲響起，一股電擊般的痛楚竄過他的手臂，讓彩色的世界瞬間變得不再鮮明。他痛苦地在磁磚地板上蠕動，強忍著噁心和想要嘔吐的感覺。當他終於可以坐起身時，他輕輕地將手臂托向自己的身體。一陣冷汗從他的額頭冒出來。毫無疑問地，他的手臂斷了，他需要到醫院去，那就意味著他得要打電話叫救護車，然後把這裡交給丹尼負責。他看著他打滑的地方；他現在最不需要的就是屋頂漏水了。

然而，映入他眼簾的並非一灘水，而是一堆斑點，那種線性排列的方式完全不符合漏水的現象。即便在沒有電燈的情況下，他也能看出那些斑點的顏色十分暗沉，遠遠超乎了水的顏色。他用指尖碰了一下，然後將那根手指舉到黯淡的光線底下。在依然不確定之下，他把手指探向舌頭，辨認出了那股鐵鏽般的苦味。

「血。」

他檢查自己的雙手和手肘，不過並沒有發現任何傷口。

在疼痛和越來越強烈的噁心感之下，他勉強地站起身來。他緊抓住手臂，沿著血跡走到耶穌誕生場景裡並肩蹲在一起的東方三博士所在之處，三博士和祂們旁邊的一隻羊以及一頭牛，全都傾慕地注視著飼料槽裡的嬰孩。

「噢，不會吧。」

馬丁神父停下腳步。雖然他的理性要他往前靠近，他的雙腿卻像船錨般地固定在地板上。他蹲下來，伸出手，希望碰觸到的是陶瓷，然而，他感覺到的卻是人體。

安德魯．班尼特就躺在飼料槽裡，雙臂掛在飼料槽兩邊，手指的關節貼在了稻草底下的血泊之中。

劃過頭頂的閃電帶來一道明亮的藍光。一秒鐘之後，雷聲震動了整棟建築，第一滴雨水隨即濺在了玻璃屋頂上。

暴風雨來了。

3

唐利在離開班尼的房間時順手把房門關上，然後跨過他們的羅德西亞背脊犬波。波躺在走廊中央，企圖盡可能靠近暖氣的通風口。他們的臥房還亮著燈，不過，背對他側躺的金已經密不通風地蓋在棉被底下了。他從兼做床頭櫃的檔案櫃裡拿出一份法律檔案，鑽到床上，調整了一下夾在床頭板上的可調式電燈。惡人永無寧日。他需要找出一個論點來證明盧的另一名客戶文森佐・阿尼多里在修改他的遺囑，重新賦予他的三個兒子財產繼承權時，確實是處在心智健全的狀態之下。

這並不容易。他們那比阿尼多里年輕三十歲的繼母有一些證人，那些人將會作證阿尼多里在修改遺囑的前一天，曾經自稱是艾維斯・普萊斯利，並且在養老院的食堂裡自動演繹了貓王的「監獄搖滾」——當時，他顯然還靈活到可以站到桌子上，不停搖晃著雙臂和屁股，直到他的睡褲掉到膝蓋上，然後被護理員把他帶走為止。

盧是在哪裡找到這些人的，在這家律師事務所營業的四十多年裡，他一分一毫都沒有向這些人收取過，這點，他又是怎麼做到的。這是他執業上的兩大神秘點。盧的客戶來自各式各樣的階層，並且在他生命的不同階段裡認識了他，每個人都聲稱他們對盧的了解和愛就像親兄弟一樣。感謝上帝，其中一個就是唐納泰羅・帕尼西大主教，唐納泰羅和盧在北灘一起長大，他們的友誼說明了天主教大主教區為什麼拒絕了那些市中心的法律事務所，反而選擇了這位擁有各種不尋常客戶的獨立律師，讓他幫他們處理法律方面的問題。

疲憊讓他無法集中精神。唐利把檔案放到一邊，伸出手準備關燈。當他看到床頭櫃上那張馬克斯．席格的名片時，他猶豫了。

席格是一名備受推崇又成功的原告律師，在唐利的一場審判結束之後，他在高等法院大廳主動找上了唐利。席格當場就提出要給他三倍於盧支付他的薪水。他叫唐利聯繫他的助理，幫他們在假期之後安排一場面談。

唐利關掉電燈。閃電在臥室的窗外閃爍，將雲層染上了一片紫色的光暈。他按照他母親教他的方式——讓一個害怕的孩子冷靜下來的方式。

一千零一、一千零二、一千……

雷聲響起，然後在轟隆一聲之下結束。唐利傾聽著走廊上的動靜，不過，他並沒有聽到班尼的哭喊聲。

唐利才剛數完「一千零一」，另一道閃電就又劃過了天空，雷聲把窗戶震得嘎嘎作響，雨水也猛烈地敲打在屋頂的瓦片上。他再度豎起耳朵，但班尼依然沒有動靜。大自然正在進行一場演出，然而，身為一名睡眠不足的住院醫師，金看起來似乎有意要證明她真的可以在暴風雨中沉睡。就在他掀起棉被，打算去看看班尼的時候，金開口說道，「讓他睡吧。」

「你還醒著？」唐利立刻滑到她身邊，依偎著她，感受她身上的暖意。

「誰在這種噪音底下還睡得著？」她翻身轉向他。「再過一個月，他就三歲了。你得讓他自己入睡；照這樣下去，你將來還得睡在他的大學宿舍裡。」

他把下巴靠在她的肩膀上。「我只是不想讓他害怕而已。」他說。

她在棉被底下握住他的手。「你曾經有過害怕的事，彼得。但他沒有。還有，如果你再不早點上床的話，我們也許永遠都沒有機會再親熱了。」

那個神奇的字眼。

「那是一種邀請嗎？」當金沒有回覆時，他撥開她臉上幾縷深色的髮絲，手指沿著她那韓國式的輪廓輕撫。「你回到家之後很安靜。」

「我的兩名學生打架了。」儘管她在醫院的行程表很忙，金依然持續在當地一家 YMCA 教授跆拳道。「那是他們在電視上學來的。忍者神龜。那是什麼鬼東西啊？」

「嗯，那是武術。」他說著擰了她一下。

她向他挪近了一點，彷彿就要吻他。「跆拳道教的是這裡，」她輕輕地碰了一下他的太陽穴，低聲地說。「和這個完全沒有關係。」她在棉被底下的手一把抓住他的胯下。

「哎唷。嘿，好吧，好吧。對不起。」

她笑著說，「你那一套我也會，唐利先生。」

他翻滾到她身上，將她的手臂固定住。「我之所以作弄你，只是因為那會讓你慾火焚身。」

「才不會呢。」

她心不在焉地掙扎著，不過，她在體型上根本和他相去甚遠。六呎二吋的身高和兩百一十五磅的體重，讓他足足比她重了將近一百磅。他親吻了她。

電話響了。

金呻吟了一聲。

「讓它響吧。」他的手指撫過她的曲線。

「那有可能是醫院打來的。」她說。

「你今晚又沒有值班。」

「還是有可能是醫院。」她伸手就要去接電話，但他卻抓住了她的手臂。

「今晚不要接電話。」他說。

4

他們對待他的方式，彷彿他是什麼要被扔進塑膠證物袋、然後拉上拉鏈、再貼上標籤的東西。馬丁神父坐在一張折疊椅上，一堆活動持續在他身邊進行著，疼痛和噁心的感覺讓他覺得房間正在傾斜和旋轉，一切都變成了黑色和灰色。

穿著制服的警官、身著便服的探員，以及犯罪現場科技人員進進出出，繞著地板上用黃色便條紙標示出來的血跡來來去去。他們有的在拍照，有的在採集指紋，還有人負責勾勒現場的素描。一名法醫辦公室的醫生和他的助理正在處理安德魯·班尼特的屍體。無線電發出的靜電在房間裡迴響，巡邏車停在街邊，車頂上不停閃爍的紅、白、藍三色燈光照亮了窗戶。

馬丁神父抱著自己的手臂，雖然他的手臂已經用夾板和彈性繃帶固定住了，但卻依然很痛。他的手腕腫得像一顆檸檬一樣，頭也還在暈眩，他覺得自己很有可能會從椅子上浮起來。他把涼鞋的鞋底緊壓在地板上，極盡所能地想讓這間房間不要再旋轉。

那名自稱名叫約翰·貝格利的非裔美國人警探遞出一包香菸，不過，馬丁神父婉拒了。貝格利把那包香菸放回他的外套口袋裡，然後再度開始問問題。

「你認識這個男孩嗎？」

「不算認識，不認識。」

「他以前從來沒有來過庇護所嗎？」

「沒有。今晚是第一次。」安德魯．班尼特的屍體依然在那個飼料槽裡，稻草底下還有一灘血跡。

「你說他離開了？」

「對。」

「但是，你不知道他何時離開的。」

「對。」他的頭好痛。

「你通常會在十點鐘把前門鎖上，但是，今晚，你沒有這麼做。為什麼？」

「我還沒來得及去鎖。」

「那你在做什麼？」

「拖延時間，希望能多一個人來。」他手中乾涸龜裂的血跡看起來就像來自一條紅色的河流。剛才，他把安德魯．班尼特拉向他自己，無法置信地抓著那個男孩。他的白色T恤已經變成了血液和汗水混和而成的玫瑰色。

「你為什麼到這間房間來？」

馬丁神父的胃一緊，然後搖晃了起來。「我想，我就要——」

他往前彎身，把他的晚餐吐了出來，濺到了那名探員黑色的尖頭皮鞋上。

在那股乾嘔和噁心的感覺過去之後，馬丁神父坐起來，努力地想要喘口氣。他看著狄克森．

寇納警探從警方圍住門口的那條封鎖線底下鑽進來。健壯、方下巴、理了一頭整齊平頭的寇納朝著他們大步走來，他看起來活像從海軍陸戰隊的招募海報裡走出來的人一樣。馬丁神父曾經不只一次遇見過狄克森．寇納。最近的一次是狄克森到庇護所來找一個特定的男孩。當馬丁神父拒絕提供給他任何資訊時，寇納就指控他窩藏娼妓和毒販，並且威脅要讓這裡關閉。馬丁神父告訴寇納，他可以永無止境地逮捕那些男孩，不過，每一次，在寇納完成警方那些手續文件之前，被逮捕的男孩就又回到街頭了。

寇納可不是這麼看的。

寇納把一張椅子轉了一百八十度，跨坐在上面。他的右手裡有兩個塑膠袋。

「找到了。」寇納說著，舉起其中一個看似裝了馬丁神父拆信刀的袋子，那是一名南美傳教士送給他的禮物。柚木的刀柄上刻了耶穌在十字架上的圖案，刀柄上顯然沾了血跡。

「還有這些。」寇納把第二個塑膠袋遞給貝格利，這個袋子裡裝了一個九吋×十二吋的棕色信封。

已經戴著藍色乳膠手套的貝格利拉開袋子的拉鏈，打開信封口。他從信封裡掏出看似照片的東西，表情因為厭惡而扭曲。「在哪裡找到的？」

「走廊對面的辦公室，」寇納說。「在一個檔案抽屜裡。」

貝格利的目光從照片移到寇納身上，他正打算說些什麼，但雙頰卻鼓脹得彷彿把話給吞進去了一樣。他轉過身，身上的雨衣宛如斗篷般地展開。「聽著，各位，」房間裡的每個人突然都停下了手邊的動作——巡邏車的車燈繼續在旋轉，無線電也持續在劈啪作響。「我們要封鎖這棟建築物，」貝格利說。「立刻馬上！把所有的東西都裝袋，並且編錄下來。不要離開這間房間。也不要開門。」

很快地，房間裡又恢復了忙碌，男男女女迅速地展開他們的工作。

寇納抓住馬丁神父的肩膀，把他從椅子上拉起來。一股刺痛感從他的手腕輻射而出，讓他立刻跪倒在地，也引發了另一股噁心的感覺。

「寇納。」貝格利說。

「你有權保持沉默，」寇納說。「你所說的任何一句話，都可能、並將被用在法庭上來對付你。你有權找律師……」

✦

丹尼．西蒙站在走廊上一名穿著制服守在康樂室門口的警員後面。西蒙聽到了警報聲，這在田德隆區並非什麼不尋常的事。起初，他並沒有太在意，直到宿舍窗戶被閃爍的彩色燈光照亮為止。他從窗戶看出去，只見警察從巡邏車裡出來，匆匆忙忙爬上屋子的台階，走向前門。深諳警方程序的男孩們，立刻就像撞球一樣地從宿舍四散而去。

西蒙匆忙走到走廊上，剛好看到光束反彈在樓梯的牆壁上，也聽到了警察的靴子大聲爬上樓梯的聲音。他沒有在走廊上看到馬丁神父，因此，他很快地檢查了辦公室。辦公室的門鎖住了，不過，西蒙有一把鑰匙，於是，他靜悄悄地溜進了辦公室。

第一批警員上樓進入了走廊對面的康樂室。跟在他們後面進來的那些人，則分散到這棟建築的各個角落。西蒙從辦公室裡出來，盡可能地遠離那扇雙寬門，直到一名警察把他攔下來。他短暫地瞄到了湯姆神父在康樂室裡背對著門，跪在地板上。另一名警員把西蒙推到走廊上，然後開始問他問題。

現在，他看著兩名穿著制服的警員走進走廊，馬丁神父被他們夾在中間。他的手臂被一條吊腕帶固定住，T恤上也覆蓋著血跡。西蒙很快地走向他。「馬丁神父？發生了什麼事？你們要把他帶去哪裡？」

不過，就在西蒙靠近神父時，狄克森．寇納從康樂室走了出來。在西蒙來得及反應之前，寇納已經抓起了一名警員的警棍，把警棍尾端捅向西蒙的腹部，再將另一端往他的下巴揮去。

5

一九八七年十二月二十二日

唐利的手指不停地敲著桌面，彷彿在打鼓一樣，他把另一個案件摘要放到一邊，又一個沒有幫助的案例。他滿心沮喪。一早，他就來到了辦公室，搜尋有助於他建立論點的判決先例，讓他可以證明一個自稱是艾維斯．普萊斯利的男子在某程度上，還正常到能夠決定如何處理他的財產。他桌上的書本越疊越高，不過，截至目前為止，唐利什麼也無法證明。

他喝光馬克杯裡的咖啡，咖啡的味道讓他皺起了眉頭。他很少喝咖啡，那可能是他為何如此不安的原因之一，不過，在連續三個晚上都工作到深夜之後，他確實需要咖啡因。他想要清空他的桌子，這樣，他就可以享受聖誕假期，但是，他很快就領會到盧的另一句箴言。「法律，」盧喜歡這麼說，「就像一個嫉妒的情婦，如果你允許的話，她會佔用掉你所有的時間。」

為了讓頭腦休息一下，唐利從辦公桌後面站起來伸展。當他伸展著四肢時，他覺得有一種異乎尋常的感覺。窗戶底下那具手風琴般的散熱器嘶嘶地吐著暖氣，除此之外，辦公室裡一片安靜。太安靜了。安靜到詭異。他看了看錶。盧今天遲到了。

盧從來都不會遲到。盧就像散熱器吐出熱氣的頻率一樣規律。四十多年以來，每天早上，他總會在七點半整衝進辦公室的門。幾分鐘之內，他就已經脫掉他的外套，挽起襯衫袖子，把電話壓在他的耳朵上了。一旦盧進了辦公室，安靜的氛圍就會從窗戶散去。他的聲音會越來越大，越來越大。盧如果不是在講電話，就是在大聲叫著露絲－貝兒把另一份檔案拿給他，或者叫她幫他買午餐、倒更多的咖啡。露絲－貝兒也會毫不羞怯地針鋒相對，她總是會大聲回嘴，說一些諸如「我只有兩隻手。如果你想要有一個八隻手的前台，你應該要雇用一隻章魚！」的話。

他們兩個怎麼能在一起工作數十年而沒有殺了彼此，這簡直是人生最大的秘密之一。唐利只能儘量避開他們的交火。

唐利走進前台區，拿起沾滿污漬的咖啡壺，將他的馬克杯重新注滿，他估計焦慮不安總比在法庭上昏昏欲睡要好。他再度看了看手錶，和大門右手邊牆壁上那個德國咕咕鐘核對著時間。他覺得越來越不安了。

大門突然被推開，差點就撞到他。手裡拿著手提箱和棕色午餐袋，手臂上還掛著雨衣的盧衝了進來。

「你昨晚死到哪裡去了？」盧完全沒有停下腳步來等他回答，只是逕自走進他的辦公室。他把雨衣扔向一座印地安人的木雕像，那是盧的那些客戶為了感謝他而送給他的諸多擺設之一。雨衣撞到木雕，直接滑到了木雕底下的小地毯上。

唐利跟在他身後，一邊回答，一邊把雨衣撿起來。「你在說什麼？我在家啊。」

盧脫掉他的休閒外套，捲起襯衫的衣袖。他已經鬆開了領結，也把衣領的扣子解開了。「我打過電話給你。」

「什麼時候？」

「很晚的時候。」

唐利想起昨晚電話響的時候，他不准金接電話。他把雨衣掛在一張椅子上。「我一定是沒聽到。為什麼？發生了什麼事？」

「你看新聞了嗎？」

「不要告訴我，亞伯特在六點的新聞裡飛走了。」

盧並沒有笑出來。像盧這樣的好律師，他們的記憶通常都維持不了多久。亞伯特已經是一個遙遠的記憶了。

「有個神父在舊金山綜合醫院。」盧說。

「你是什麼意思？發生了什麼事？」

盧把摺疊起來的報紙遞給他。「第一頁。今天早上，我已經和唐通了一個小時的電話。他們把他帶到了醫院。」

「大主教？」

盧看著他，彷彿他是個瘋子一樣。「什麼？不是，是那個神父。」盧拉開他辦公桌後面的那扇門，露出門後的水槽和醫藥櫃。他把一球刮鬍膏擠到手掌裡，開始在臉上製造出泡沫。「他們花了三個小時在他的手腕上打石膏。他們在幹嘛，研磨石膏嗎？今早，我接到了那個馬丁案。唐稍後會打電話來看看我都知道了些什麼，不過，我現在所聽到的都是些沒什麼用的資訊。你就告訴他我在出庭，不過，也讓他知道，等我們中場休息時，我會試著回電給他。」唐利畏縮地看著盧用那把老式的雙面刀片刮鬍刀刮過臉頰，只見刀片削去了粗糙的鬍碴。「昨晚，我打過電話給一個朋友，一個名叫法蘭克．羅斯的私家偵探。露絲－貝兒有他的號碼，如果今早我們有幸見到她的話。我請他幫我查一些事情。你今天下午打電話給他，看看他都查到了些什麼。在此同時，我需要你去找地方檢察官，看看他們都掌握了什麼資料，以及我什麼時候可以拿到那些資料。他們會為難你，不過，只要掌握五個w就可以了，」他說。五個w意味著人、事、時、地，以及為什麼。「然後去那裡和他談一談。」

「和大主教談。」

「那個神父啦。他現在人在郡監獄，司法大廈，六樓。露絲－貝兒可以幫上忙。還有，叫她取消我這個星期剩下的所有行程。她取消不了的事，就交給你處理。」

唐利看到他的聖誕假期蒸發了。

盧在陶瓷水槽上輕輕敲了敲他的刮鬍刀，發出了一陣金屬的碰撞聲。他開始刮另一邊的臉頰。「你阿姨不會高興的；她很期待要和她妹妹一起在佛羅里達過聖誕。我呢？我寧可沒有溫暖的太陽和她妹妹，不過，你知道你阿姨的。」

當盧把刮鬍刀放在水龍頭底下沖水時，唐利急忙擠出一句話。「發生了什麼事？那個神父做了什麼？」

「看報紙，你就會知道和我目前所知道的一樣多。你處理得來嗎？很好。」盧抓起吊掛在門內那根桿子上的白毛巾，一把擦掉殘留在臉上的泡沫。然後把袖子放下來，重新扣上領口，抓起他的棕色風衣。「我會在五點後回來。我們到時候再細談。我會試著在休息時打電話回來，不過，我今天要對金澤曼博士進行交叉詢問，如果我能從那個混蛋口中得到一個直接了當的回答，那就算幸運的了。」

「好，我會——」唐利才開口，盧已經拿起他的手提箱走進了前廳，差點就撞上了露絲－貝兒。

「去找彼得。所有的事他都知道。」

露絲－貝兒走進來。辦公室的門被用力關上，把印有公司名字的毛玻璃震得嘎嘎作響。露絲－貝兒轉向唐利。「你什麼都不知道，對嗎？」

「完全不知道。」唐利回答。

✦

「那些東西就在那裡。」對於他的搭檔並不支持他，狄克森．寇納一點都不驚訝。

「那麼，你一定有透視能力，」約翰．貝格利說。「你一定是超人，寇納。」貝格利轉向艾琳．歐馬力探長，然後繼續扯寇納的後腿。「那間辦公室在走廊的對面。辦公室的門鎖上了。我知道。我上樓的時候檢查過了。沒有搜索令的話，他不應該進去的。」

「那是他媽的犯罪現場。」寇納說。

「我們是在犯罪發生之後才到達犯罪現場的。我們需要搜索令才能搜查那間辦公室。」

寇納真想一拳揮向這個混蛋黑人的臉，光是待在歐馬力這間被玻璃包圍、擁擠不堪的小辦公室就讓他想吐了。曾經，司法大廈的450室就像他的客廳一樣。像他這樣的舊金山凶殺案警探盡忠職守了這麼多年，坐在擁擠的辦公桌和壞掉的檔案櫃之間，一次又一次地破獲了舊金山的謀殺案。現在，寇納覺得自己就像一個不受歡迎的客人，而貝格利和歐馬力就是這個部門內部問題的最佳代表：配額。像貝格利這樣的黑人，以及像歐馬力這樣的女性獲得了晉升，這樣一來，這個部門的配額就可以達標，然而，更多值得升遷的白人男性候選人卻只能提前退休或者在街頭奔波巡邏，這些人明知他們有資格獲得下次的升遷，卻偏偏不可能獲得拔擢。

「我做這個工作已經超過了二十五年。我是在一棟建築物裡發現了一具屍體，不是在一間民宅；這足以讓警方採取搜索的行動。」

貝格利繼續向歐馬力陳述他的意見。「犯罪發生在走廊對面的康樂室裡。那名神父在他的辦公室裡有一張床。」

「我們不知道罪行是在哪裡發生的，」寇納反駁道。「我們在康樂室裡發現屍體，但是，我們也發現了血跡。」

「我們沒有在辦公室裡發現血跡。」貝格利說。

寇納在椅子上調整了坐姿。單薄的椅墊讓他椎間盤退化的背感覺很不舒服，那股疼痛不停地提醒他有一顆子彈還卡在他的脊椎附近。每當他坐太久、躺太久，或站太久的時候，他的背就讓他感到困擾。他的背總是困擾著他。有些早晨，他醒來的時候總是覺得自己像是被人通了五千瓦的電一樣。止痛劑維柯丁雖然有用，但是還不夠。通常，維柯丁加上大量的愛爾蘭威士忌才能發揮效用。

歐馬力揉了揉她的額頭，彷彿在對抗著頭痛一樣。她穿了一件藍色牛仔褲和T恤，頭髮在腦後紮成了一根馬尾，她看起來並不像警察，而更像是一個太平洋高地家長教師會裡的媽媽。這都要歸功於她那有本事賺進幾十萬的投資銀行家丈夫，讓她確實扮演著這種上流社會的角色。她對寇納說，「你是擔心證據極有可能遭到破壞嗎？」

她聽起來就像該死的警察手冊。「當我進入一棟建築物，並且發現一具屍體的時候，所有的東西都可能是證據，每個人也代表了一個嫌犯、一名證人，或者一個問題。在我們等待搜索令的同時，誰知道他們可能會破壞什麼？」

「那就是你為什麼打斷那個孩子下巴的原因嗎？」貝格利問。

寇納瞪著他。「他不是一個孩子。他十八歲了。而且，他攻擊了一名警員。」

「這位藍波先生用警棍打了一個住在那裡的人。那個孩子現在在舊金山綜合醫院。」

寇納搖搖頭。「我以為他要拔槍。而且，他不是住在那裡的人。他在那裡工作。」

歐馬力舉起一隻手，然後朝著門口點點頭。「你可以離開了，約翰。開始準備資料吧。隨時通知我。媒體已經打電話來了。高層也是。」

貝格利頭也不回地走出了辦公室。

「那個神父現在在哪裡？」歐馬力問。

寇納撫摸著他父親的海軍陸戰隊戒指，並且在手指上轉動著那枚戒指。「布萊恩街。」他指的是監獄。

「他們為什麼把他帶去綜合醫院？」

「他的手腕斷了。」

「怎麼斷的？」

「不知道。」

「第一個到達現場的警員是誰？」她問。

「卡麥隆。」

「史考特？打電話報警的是誰？」

「匿名消息來源。可能是從波爾克街的公共電話打來的。電話錄音還沒有拿到，不過，總機說那通電話很簡短。『庇護所裡有一具屍體。』大概就說了類似這樣的話。」

歐馬力停了一下。「我猜，在醫院裡的那個孩子沒有開口說什麼？」

寇納聳聳肩。「他不是一個孩子。」

「他能講話，還是不能？」

「他的下巴被打了，而且他們不讓我們靠近他。」

「有其他的證人嗎？」

他無法藏住笑意。她真的什麼也不懂。「他們像鬼魂一樣四處逃竄，那些孩子們；我覺得你不用抱太大的希望。」

歐馬力搖搖頭。「你已經作證過無數了。」

「七十八次。」

「那麼，告訴我，如果一棟建築已經被我們封鎖了，為什麼你還要進到一間上鎖的辦公室？為什麼要讓辯方律師有可以爭論的理由？為什麼不等搜索令拿到再行動？」

「我已經告訴過你為什麼了。」

她把椅子往後推，站起身來。「我試著要和你溝通。如果門上鎖了，你就應該等到搜索令來了才進去。這點不需要我來告訴你。」

「沒錯……是不需要。」

歐馬力瞪著他。「督察室需要去調查那個下巴被打斷的孩子，然後把事情釐清。」

「你是要暫停我的職務嗎，艾琳？」

「假期愉快。」

「我不會放假的。如果你要我不再出現的話，那就暫停我的職務。」

「好，」她說。「把你的警徽和槍留在你桌上。」

寇納站起來。他的背痛得像著火一樣。他想到很多可以回應的話，但是，沒有一句話比得上他想要做的一件事。他想要從艾琳・歐馬力的兩腿之間揪住她。她臉上的表情一定會是未來幾十年裡最美好的回憶，不過，他不會讓他們這麼好過的。她暫停了他的職務，那就是他退休的前奏，而那顆小小的子彈將會是他的搖錢樹。他會拿到一份完整的退休金和傷殘補助，不像他那被他們一腳踢開的父親那樣。那是他沒有對她出手的唯一理由。他父親。

「聖誕愉快，探長。」他說。

✦

唐利從計程車上下來，走到布萊恩街上，抬頭看著蒙住這座城市的厚重雲層。早晨冰涼的空氣穿透了他的西裝外套。「又來了。」他說。

在過去三年裡，唐利覺得自己彷彿站在一台高速運作中的跑步機一樣。一切都從他在市政廳宣誓成為一名律師的那天開始。盧和他握了握手，然後遞給他一份檔案，告訴他說他的第一場審判就在市立法院。那只是一個撞車的交通糾紛，那場審判也只維持了一個小時，不過，唐利完全不知道自己在幹嘛。然而，他還是撐過了那場審判，而且贏得了勝訴。那天下午，當他回到辦公室的時候，盧和他的家人、朋友已經在辦公室裡準備好豐盛的食物等待著他了。

「那場審判對你來說就是火的洗禮，」盧當時曾經這麼說。「你再也不會無所適從，不過，你成功了。現在，你知道你可以處理得了任何事。沒有什麼經驗比得上無助地站在十二個陪審員的面前了。」

當辦公室裡的步調似乎失控時，盧只是更加努力地工作。「等你到慈安殯儀館的時候，你就有時間休息了。」他指的是當地一家知名的葬儀社。唐利只希望自己不會提早到那個地方報到。長時間的工作正在摧殘他，特別是班尼現在已經大到不是只會吃和拉而已了。班尼和金是唐利留著馬克斯·席格那張名片的原因，也是他此刻很想要撥打名片上那個電話的原因。他打算打電話給席格的助理，請他安排在假期結束之後和席格會面。這是他虧欠他家人的。他們需要錢。他們會在半島買一間房子，而班尼也可以去念比較好的學校。

唐利匆忙走上司法大廈的台階，這是一塊長如城市街區、灰如天空的水泥巨石，表面上還有一個個小方格的窗戶，而且完全沒有建築上的可取之處。舊金山警長辦公室、凶殺組、檢察官辦公室、郡驗屍官和刑事法庭都設在這棟建築物裡面。

在從辦公室搭乘計程車前來的途中，唐利在車上閱讀了紀事報的報導，根據該報導，一些未成年的娼妓和逃家者在田德隆區一個叫做波爾克峽谷的地區出售自己，為了他們，湯瑪士·馬丁神父開設了一間庇護所。警方並未透露馬丁神父被捕的細節，不過，那名記者引用了匿名消息來源說，一具年輕白人男性的屍體在庇護所沾滿血跡的飼料槽裡被發現。

報導中所描述的畫面讓唐利感到不寒而慄，當他走進司法大廈時，一想起這個畫面，他不由得再度顫抖。只要問到五個w就好。進去，然後出來，他這麼告訴自己。

露絲－貝兒指示唐利搭乘電梯到六樓，然後穿過一條連接司法大廈和郡監獄的狹窄通道。她告訴他，一旦被關進監獄，在傳訊和保釋之前，嫌犯絕對無法離開這棟大樓。馬丁神父是不會被保釋的。任何在舊金山想要再度被遴選為法官的人，都不會讓一個殘殺青少年的嫌犯交保。

在找到正確的部門，並且表明身分之後，唐利跟在一名壯碩的治安官身後，這裡的一切都協調得很好，因此，不會有兩扇門同時打開。一條死氣沉沉的走廊通往一條狹小的內部通道，通道底下則是一座開放式的涼亭。穿著亮橘色連身獄服的人們在通道底下自由地走動，嗡嗡的人聲往上迴盪，聽在唐利耳裡，彷彿鐵鼓裡的嗡鳴聲。伴隨聲音而來的是一股臭味，讓他想起了他曾經在擁擠的巴士上聞到的流浪漢味道。

當他們走到走廊盡頭時，另一名治安官從一張塑膠椅上站起身，透過一扇覆蓋著鐵絲網的窄窗向內張望，然後在貼於門上的日誌上草草地寫了一些字。

「為什麼要這麼做？」唐利問。

「自殺監測，」那名治安官說。「你的客戶狀況不太好；自從他被帶進來之後，沒有開口說過一個字。」

語畢，那名治安官握住門把，然後示意塔台上的一名守衛打開門鎖。護送唐利的那名治安官表示，「我需要檢查你的手提箱。」

唐利把手提箱交給他。他不僅覺得口乾舌燥，還感到噁心和頭重腳輕，也許是空腹喝了太多咖啡。那名治安官把手提箱裡所有的筆都拿出來，只留下一枝給他。

「你出來的時候要確定把這枝筆也帶出來。」他無須詳細說明原因。

門鎖在蜂鳴聲下解除了。那名治安官把門拉開，將一張藍色的塑膠椅推了進去。唐利踏進房間，不過卻突然止步。房間裡有一張鐵架床，一名男子坐在單薄的床墊上，雙腳交疊在身體底下，他和唐利所認識的任何神父都不一樣。他看起來就像漫畫裡的壞人。他的頭往後斜靠在煤渣砌成的牆壁上，雙眼緊閉，身上那件橘色的連身獄服已經被往下拉到了腰際，露出一件白色的背心。他左臂上嶄新的石膏從手腕延伸到手肘，一直來到上臂那隻猛禽刺青的下方幾吋之處。

唐利回頭看著房門，心想這一定是搞錯了，不過，透過門上的玻璃，他並沒有看到那幾名治安官。他把那張椅子拉過地板，希望這股噪音能引起一些反應，但是，神父的雙眼依然沒有睜開。唐利不知道這個人是否在睡覺、服用了鎮定劑、刻意不理他，或者準備從床上跳起來撕裂他的喉嚨。

「馬丁神父？」

唐利聽到通風系統正在循環空氣的聲音從天花板上的格柵傳出來，不過，房間裡的空氣依然讓人窒息。他拭去鬢邊的汗水。「馬丁神父，你聽得到我說話嗎？」

馬丁神父睜開雙眼，露出一對彷彿深色墨水般的眼睛，不過，為時十分短暫。他再度閉上了眼睛。

一個極小的動作引起了唐利的注意。馬丁神父右手的食指貼著姆指。過了一會兒之後，姆指又移到無名指上。唐利重新看著神父的臉孔，留意到他的嘴唇正在開闔，雖然這樣的動作細微到幾乎看不出來。如果唐利沒有見過他母親的嘴唇也以同樣的方式顫動了那麼多年的話，他可能無法辨識出這樣的行為。這名神父正在念誦著《玫瑰經》，並且藉由他的手指來計算次數：一遍天主經，十遍聖母經，一遍聖三光榮經。重複五十次。

每一句經文唐利都牢記於心。他母親曾經每天晚上都念誦著那些經文，她的聲音就像微弱的耳語飄過走廊，飄進了他的房間裡。

「萬福瑪麗亞，你充滿聖寵，主與你同在。你在婦女中受到讚頌，你的親子耶穌同樣受到讚頌……」

一股寒意沿著他的脊椎而下。他已經好幾年沒有想起過這些經文了。

他甩掉這些回憶。「馬丁神父，我是彼得·唐利。」他的聲音聽起來彷彿來自他身體外的某個地方。

神父只是把自己的姆指移動到下一根指頭上。

車子的引擎聲傳來，然後在路邊停了下來。還是孩子的唐利聽到之後，很快地滑下床墊，鑽到床底下。他母親的聲音越來越大，她念誦經文的聲音節奏也越來越緊湊。

「萬福瑪麗亞，你充滿聖寵……」

唐利再次企圖甩掉記憶。「馬丁神父，我需要問你幾個問題。」

「主與你同在……」

屋子的前門被打開，然後又重重地關上。

一個糟糕的夜晚。

只要問到五個w就好。「馬丁神父？」

「你在婦女中受到讚頌……」

他父親重重的工作靴在樓梯上發出巨響。唐利躲進最深的角落，緊緊地把手掌蓋在耳朵上。

「你的親子耶穌同樣受到讚頌……」

第一下的毆打聲聽起來像是一記猛烈的拍擊，彷彿鞭子發出的爆裂聲。

他母親發出了痛苦的喊叫和乞求。

汗水沿著唐利的臉往下流。他臉頰上的那道疤痕，那道被整容醫生美化成一條白色細線的疤痕，正在劇烈地發麻。他的胸口不停起伏，但卻無法為他注入空氣。他喘不過氣來。他無法呼吸。牆壁開始往內擠壓過來。地板在傾斜翻覆。

恐慌發作了。

唐利站起身，打翻了那張塑膠椅。

神父的眼睛再度睜開——陰沉而冷漠。

唐利搖搖晃晃地移動到門邊，用力拍打著玻璃。當房門沒有立刻打開時，他覺得自己的臉漲紅了，雙腿也在發軟。就在他打算再度敲門時，警衛出現了，並且朝著塔台做了個手勢，唐利立刻將手收回來。唐利聽到門鎖打開的聲音。房門瞬間被拉開。他從警衛身邊經過，踏進走廊裡，大口地呼吸，同時鬆開他的領結，也解開領口的鈕扣。

那名治安官滿臉疑惑。「你結束了？」

「是啊。」唐利一邊掙扎著呼吸，一邊試著說話。

那名治安官踏進房間，收回那把椅子。然後在走出房間之後說，「我也覺得毛骨悚然。」

唐利取回他手提箱裡的物品。就在他要離開時，他瞄了一眼那扇狹窄、隔著鐵絲網的窗戶。

神父已經閉上了眼睛。

6

艾琳．歐馬力探長按摩著她的眼皮，小心翼翼地不要弄掉她的隱形眼鏡。上午十點，亂七八糟的事情就已經開始了，就連兩顆止痛藥都無法抑制住她太陽穴上持續的撞擊。

舊金山地方檢察官吉爾．拉姆齊背對著她，透過辦公室的玻璃牆，看著坐在那些凌亂辦公桌後面的凶殺組警探。在凶殺組辦公室中央，有人把那個紅綠燈號誌設定在紅燈上，不過，歐馬力知道那是痴心妄想。今天不會有停下來的時候。從清晨四點半接到電話之後，歐馬力就一直忙到現在。

拉姆齊的首席檢察官琳達．聖克萊兒坐在歐馬力的辦公桌對面，裸露的雙腿交叉，一隻腳輕輕拍打著地板。約翰．貝格利站在一個角落，試著避開不時飄動的蔓綠絨葉。

「沒有搜索令？」聖克萊兒搖搖頭。「我主張我們讓那個神父離開，然後把寇納關起來。」

歐馬力把下巴埋在手裡。乍看之下，她和聖克萊兒有很多共同點。兩人的聰明和果斷都讓她們成功地立足於傳統上由男性主導的行業裡。高挑、身體狀況良好。不過，她們的相似之處也僅止於此。歐馬力之所以運動，是因為她的工作需要她保持身材，她具有運動員般的身材、游泳健將般的肩膀和狹窄的臀部。在成長的過程中，她一直都是男孩們想要一起玩的鄰家女孩。聖克萊兒健身則是為了擴大她的社交生活，她的曲線是私人教練指導和整形醫生強化下的產物。在成長的過程中，她一直都是每個男孩想要的鄰家女孩。

「企圖要改善現況並沒有意義，」聖克萊兒說。「寇納搞砸了。他是怎麼發現庇護所裡那個男孩的？有什麼我們可以用得上的資訊嗎？」

歐馬力搖搖頭。「匿名電話。寇納和約翰當時正在待命中。那通電話打進來的時候，寇納剛好在辦公室裡。」

拉姆齊從窗戶前轉過身來，他穿了一身完美的海軍藍西裝、白色襯衫，打了一條和他那頭灰白頭髮很相配的銀色領帶。他把注意力轉向貝格利。「打電話來的人說了什麼？」

「庇護所裡有一具屍體。」貝格利回答。

「還有其他的嗎？」

貝格利搖搖頭。「你可以聽得到背景的嘈雜聲，街上的車聲，人們講話的聲音。那是從公共電話打來的。」

聖克萊兒對拉姆齊說道，「我們能在法庭上提出什麼證據，主要得看寇納當時在想什麼。」

「那你們就要有心理準備了，」貝格利說。「因為如果是這樣的話，我們恐怕沒有勝算。」

聖克萊兒繼續往下說，彷彿沒有聽到他的話一樣。「我們需要知道，當寇納抵達那棟建築時，他是否認為屍體可能不只一具，或者，是否有什麼合理的根據，讓他相信有什麼東西或什麼人在那間上鎖的辦公室裡。」

貝格利再度搖搖頭。「不可能。」

聖克萊兒堅持道，「一定有什麼事情讓他覺得闖入一間上鎖的辦公室是正當的。」

拉姆齊把玩著他口袋裡的零錢，那是他的一種習慣。「犯罪現場是那間康樂室。硬要把犯罪現場擴大到走廊對面一間上鎖的辦公室似乎很牽強。約翰是對的。那是一棟建築物，不是一間民宅，不過，讓我們找人做點功課，看看是否有類似的法案先例，曾經處理過只具有單一用途的建築物，例如男孩俱樂部……之類的。不過，由於那個神父在辦公室裡有一個房間，而那些男孩又都睡在那棟房子裡，要將之視為單一用途可能還是很勉強。」

「他住在那裡？」聖克萊兒問。

「他的辦公室後面有一張床和一個水槽。」拉姆齊在聖克萊兒旁邊的椅子上坐下來，交叉起他那雙菲拉格慕的便鞋，並且將他的指尖壓在一起，在他的下巴形成了一個金字塔的形狀。「我去看過了。」

拉姆齊很快就不再是地方檢察官了。每一個重大的民調都預測他將會成為下一任的加州檢察總長。他的父親奧古斯特也曾經走過同樣的職涯，然後獲選為兩任的州長，不過在爭取共和黨總統候選人提名時卻以敗選告終。

拉姆齊說出了房間裡每個人正在想的事情。「我們都知道這是一個政治上的馬蜂窩。市政府裡有很多人都支持馬丁神父和他的計畫，包括我在內。如果我們沒有把這件事處理好的話，我們每個人都可能會受到重創。」

「那把拆信刀又怎麼說呢？寇納在哪裡發現的？」聖克萊兒問。

「也是在那間辦公室裡發現的。」貝格利說。

「那也是個問題，」拉姆齊說。「那些照片有多糟？」

「很糟，」聖克萊兒說。「非常重口味，青春期前的孩子。足以震驚所有的陪審員。」

聖克萊兒輕柔的金髮和藍色的眼睛似乎和她的工作表現與經歷並不匹配。她負責的十件極刑謀殺案都成功定罪，勝過本州其他檢察官的紀錄，這為她贏得了被她公然拒絕的一個綽號，不過，她很多同事都相信，她私底下其實很喜歡這樣的綽號：「死刑電椅聖克萊兒。」這個案子是那種備受關注又具有勝算的案子，拉姆齊似乎向來都會將這類型的案子指派給她，這種做法也讓她的同事幫她取了幾個令人難以恭維的綽號，例如「機會主義者」和「追求榮耀的獵犬」。有人也因此而懷疑拉姆齊和她之間的關係。

「被害者多大年紀？」拉姆齊問。

「不確定。」歐馬力說。「十六歲吧，根據他的少年犯罪紀錄。」

「有什麼可能的動機嗎？」

貝格利搖搖頭。「馬丁神父過去並沒有暴力或性方面不當行為的紀錄。」

「他在紐約有一份少年犯罪紀錄。」聖克萊兒說。

那抓住了所有人的注意力，歐馬力甚至懷疑這才是聖克萊兒的目的。外州紀錄必須透過全國犯罪資訊中心向 **FBI** 取得。要拿到外州紀錄十分困難，通常幾乎都不可能。

「今天早上，我打電話給一個法律學校的朋友，」她扭捏作態地說。「馬丁神父曾經因為破壞公物和惡意毀損被捕。他在十三歲的時候偷了一輛車，然後在少年機構裡待了一段時間。」

拉姆齊不加理會地說，「我大可幫你省下那通電話。他在遊說成立那間庇護所的時候，就已經提供過這項資訊了。他把這個經歷當作正面的例子，說這有助於他理解那些男孩——那些有問題的孩子、沒有榜樣的孩子；需要換個環境的孩子。」

「也許沒那麼正面。」聖克萊兒說。

「重點是，他並沒有隱瞞這件事。」拉姆齊站起身，伸展了一下背部，然後又開始叮叮噹噹地把玩起他口袋裡的零錢。

歐馬力轉向貝格利。「關於被害人，我們都知道些什麼？」

貝格利掏出一本筆記本。「安德魯・班尼特。綽號『字母』。因為賣淫、猥褻行為、吸毒和持有並企圖販售B級與E級的藥品而數度被捕。他經常出現在峽谷那一區。」

「不是那種完美天真的唱詩班男孩。」拉姆齊說。

「差遠了。」貝格利認同地說。

「我們得回到那棟建築，找出能讓我們判斷出行凶動機的東西。你們把那裡封鎖了嗎？」拉姆齊問。

「在寇納變成藍波之後，我不得不封鎖那裡。」

「那個神父有律師嗎？」拉姆齊又問。

貝格利聳聳肩。「我不知道。」

「他有要求要找律師嗎？」

「沒有，不過我想，如果我們再度問他問題的話，辯護方之後一定會抗議的。」

「我更好奇的是，大主教區是否會介入。」拉姆齊說。

聖克萊兒搖搖頭。「他們如果夠聰明的話就不會。這不就是他們一開始就不讓自己和那間庇護所扯上關係的原因嗎？」

「不要這麼肯定，」拉姆齊說。「只要大主教願意的話，他絕對可以當個固執的混蛋。」

聖克萊兒站起來，拿起歐馬力桌邊的茶壺幫自己倒了一杯水。「誰負責傳訊？」

「特林布里。」拉姆齊指的是米爾特．特林布里法官。

聖克萊兒停下正在倒水的動作。「閻王米爾特？」

「由於市立法院和高等法院已經合併，所以，這次輪到他出任法官了。」拉姆齊說道，不過，從拉姆齊的語氣裡，歐馬力推判他應該和這項指派有關。拉姆齊轉換了話題。「我想要快點行動。我的電話已經響到無法掛上了。做好後天去的準備吧。」

「聖誕夜？」聖克萊兒問。

「那天，法院還會上半天的班。」他說。他的語氣再次透露出，他在加速推進這件事情上面扮演了某種角色。

聖克萊兒放下水壺。「聖誕夜的閻王米爾特——他那天心情應該會很好。」

拉姆齊看著歐馬力。「我們需要準備好面對河濱郡一案所建立的標準，」他指的是一個美國最高法院的案例，在該案中，法庭要求盡快舉辦一場司法聽證會，以判定警方是否有足夠的證據作為在沒有搜索令的情況下就拘捕被告的合理根據。

「今天下午，你就可以收到我的陳述。」貝格利說。

「那寇納的陳述呢？」聖克萊兒問。

歐馬力搖搖頭。「我讓他去坐牛棚了。希望他會乖乖待在那裡。約翰可以處理得了細節。」語畢，她站起身，急著想要結束這場會面，這樣，她才可以處理一堆其他的事情、完成她的聖誕血拼，並且試著找出一絲節日的氣氛。「還有其他的事嗎？」

「應該沒有了，」拉姆齊說。「除了決定誰將會代表馬丁神父之外。」

✦

露絲－貝兒不在她的座位上，唐利很高興自己不用回答她任何關於他從神父那裡得知些什麼的問題，因為他什麼都沒有問到。現在還不到午餐時間；她可能在走廊盡頭的洗手間裡。唐利走進自己的辦公室，然後把門關上。他脫掉領帶和外套，把它們掛在一張椅子上，試著弄清剛才發生了什麼事。他的腿和手臂都很無力，彷彿得了流感一樣。他開始頭痛，感覺就像剛從熟睡中醒來一樣。

他已經好幾年沒有恐慌發作了，而距離他上次因為想起他父親的事而引發恐慌症就更久了。

唐利打開他的抽屜，倒出兩顆阿斯匹靈，就著水吞了下去。過去的經驗讓他知道，撐過恐慌症最好的方法就是保持忙碌，讓自己的腦子被別的事情佔滿，把回憶埋藏在大量的案例和批判性的思考底下。以前，這麼做是有效的。幾年來一直都有效。

他列出一份在聖誕假期前需要完成的待辦事項清單，然後開始一項一項地核對、閱讀著一份又一份的檔案、打了幾個電話、唸著一封一封的信件。一個小時過去了。他聽到前台區露絲－貝兒座位上的電話響起。在此同時，他辦公桌上的座機也亮起了紅燈，那代表著是外線電話。當露絲－貝兒沒有在電話響了三聲之後接起時，唐利自己接了電話。

「盧・吉安提里律師事務所。」沒有人回應。「哈囉？」

「彼得。」

他幾乎認不出那個聲音。

✦

二十分鐘之後，唐利奔跑在油氈地板上，一路跟著指標轉過了幾個轉角。

在斷斷續續的啜泣中，露絲－貝兒試著告訴唐利，她是從舊金山綜合醫院的公共電話打來的。卡普蘭法官的法庭書記員在下午的時候打電話來。盧在他對金澤曼博士的交叉詢問中倒下了，然後被人用擔架抬離了法庭。

當他到達等候室的時候，唐利暫停下來做了幾個深呼吸才走進去。他的阿姨莎拉坐在露絲－貝兒旁邊，兩人都面色蒼白，眼睛紅腫。莎拉立刻就站起來擁抱他。

「他們有告訴你們什麼嗎？」他問。

莎拉張開嘴要說話，話卻哽在喉嚨裡說不出口。

「書記員說是心臟病發，」露絲－貝兒說。「打從我們到達這裡之後，我們還沒有和任何人交談過。」

「我會去看看我能問到什麼。」

他經過一個空無一人的護理站，來到一扇自動打開的玻璃門前面。他持續往前走，瞄著每一道隔間布簾的後面。他在倒數第二個隔間裡發現了盧，雖然他得要多看一遍才能確定那是他的姨丈。躺在床上的那個老人，看起來完全不像那天早上還在大聲指揮的那個強悍將領。一堆管子和電線穿過他的身體，連接到正在嗡嗡低鳴、閃爍著各色燈光的機器上。唐利輕輕地將一隻手放在盧的手臂上。

「沒事的，盧，」他低聲地說。「我在這裡。一切都會沒事的。」

一名穿著藍色手術服、脖子上掛著一條聽診器的女子走進來。「你不能到這裡面來。」

「我想要和他的醫生談談。」

「我就是他的醫生。你需要在外面等。」

「我是他的外甥。他的妻子到現在都還沒有被告知發生了什麼事，她很擔心。」

那名醫生交叉著雙臂。她看起來一副精疲力竭的模樣。「跟我來。」語畢，她帶著唐利走回到玻璃門外的走廊。「你要讓你阿姨參與接下來的談話嗎？」

那名醫生的語氣讓唐利覺得最好不要。「不用了。」

「你姨丈中風了。」

「我以為他是心臟病發？」

「他的中風很可能和心臟病發有關，而心臟病可能是因為他體重過重，也許工作太勞累，有高血壓，而且沒有控制飲食。目前，他的左半邊有部分癱瘓了。」

「他癱瘓了？」

「我們不知道他的神經系統被影響到什麼程度。在我們弄清楚之前，我們無法提供任何的預後。他可能會完全恢復行動能力；也可能不會。他現在在休息，不過，他的神經系統受到的衝擊很大。好的方面是，他很強壯，而且還算年輕。接下來的二十四到四十八小時將會是最關鍵的時期。他妻子有說他過去沒有心臟病史嗎？」

「他從來都沒有任何問題。他每星期游泳兩次。」唐利用手撫過頭髮。盧向來似乎都堅不可摧。「情況有多糟？」

「很糟，」她實事求是地說。「你姨丈現在在插管；他並不是靠自己在呼吸。」

吉爾・拉姆齊坐在自己的辦公桌後面，感覺彷彿正在被拉往十個不同的方向。媒體爭相追問波爾克街那個神父被捕以及那個貌似受害人的細節。他的幕僚正在起訴一宗被高度關注的殺警案，而他桌上那篇他今天傍晚將在舊金山消防員年度玩具捐贈活動上發表的演說稿也尚未完成。這場玩具捐贈慈善活動會是一次重要的宣傳機會。每個人都喜歡消防員。每個人都關心弱勢兒童。對於一位參選人來說，這兩者結合在一起無疑是競選活動中的黃金機會。

拉姆齊最不需要的，就是他辦公室的門未經敲門就突然被打開，或者他的秘書打電話進來通知他有訪客。只有一個人可以無視這些規矩。

奧古斯特・拉姆齊穿著他的海軍藍三件套布里奧尼西裝，搭配有瑪瑙袖口的手工剪裁白襯衫，以及義大利的絲質領帶，神采煥發地走進了辦公室。

「哈囉，爸。」吉爾・拉姆齊說。

「早。」

拉姆齊站起來。「你來這裡做什麼？」他試著讓自己聽起來是愉悅的，而非不高興。

「我剛好在附近，所以就想順便過來一下。」

不可能。他父親這輩子從來都不曾「順便」到哪裡去。他的每一天都經過精心的安排。雖然已經退休了，不過，這位前州長每天早上依然五點半就起床，鑽進他那輛銀藍色的積架，從他位於太平洋高地的家驅車前往泰勒街的波希米亞人俱樂部，在那裡，俱樂部的會員就像一群領航魚一樣地跟隨著奧古斯特・拉姆齊。他會來回游個幾趟，拉上一會兒的划船機，最後以二十分鐘的蒸氣桑拿作為結束。在運動完之後，他父親會和一位四百強企業的總裁、某間法律事務所的經營合夥人，或者某個政府官員一起吃早餐。

他父親脫掉雨衣，把雨衣和他的雨傘放在一個立式衣架上，進一步地顯示出這不是一場為時短暫的「順便」停留。

「很不幸地，今早我的事情太多了，」小拉姆齊說。「我可以今晚稍後再打給你嗎？」

他父親坐了下來。「我看到報紙了。我知道所有關於那個神父的事。真是不幸啊。」

吉爾・拉姆齊覺得那可能是今年最保守的說法了。「是啊。」

「那麼，你要怎麼處理媒體？」奧古斯特・拉姆齊交叉著雙腿。頭頂上的燈光反射在他的鞋面上。他對待他的政治生涯向來都很小心翼翼，一如他對他的外表一樣。在無法達到他的終極目標之後，他下定決心不讓他的兒子也走上同樣的命運。檢察總長的辦公室就是他兒子高升的下一步。

「目前，我讓我的新聞秘書處理所有的提問。等到我對自己正在面對的事情有清楚的了解之後，我就會召開一場記者會，可能就在今天下午。」

「你很謹慎。」

「我覺得我得要小心一點。」

「鑒於事情被那個警察給搞砸了，我也覺得應該要小心為上。」

拉姆齊並不想問他父親怎麼會知道狄克森・寇納未經許可就進行搜索的事。他父親書房裡有幾個核桃木的盒子，裡面裝滿了幾千張三吋×五吋大小的卡片，那些按照字母順序排列的卡片上，記載著他曾經見過面的顯赫人士的重要資訊。奧古斯特・拉姆齊不會和朋友或家人共進午餐或晚餐，也不會把體育活動的門票和他們一起分享。因為那會讓他錯失機會。他只會邀請他的人脈和可能的人脈，並且打聽所有他能打聽到的事，因為他可能需要在從政之路上打電話給這些人，尋求資金上的承諾或政治上的協助。

「是啊，那是原因之一。」小拉姆齊說。

「另一個原因是否就是你現在還站著的原因——因為你試著要從你現在的困境中脫身出來？」

他又要說什麼了，吉爾・拉姆齊心想。果不其然，「我早就告訴過你了」這類的說教立刻就出現了。

「如果你一開始就聽我的話，你現在就不會後悔了。我告訴過你不要盲目跟風，不要支持那個人或他的庇護所。我告訴過你那早晚會是一場災難，對所有支持它的人來說，那也是一個不必要的政治責任。」

拉姆齊咬著舌頭，沒有心情被人說教。「時代改變了，爸。在這個城市，在這個時代，如果你不支持特殊利益團體，你就得不到男同志和女同性戀團體的支持。如果你得不到他們的支持，你就沒有機會勝選。」

「那就是你現在在迎合的對象嗎？」

「那不是迎合。那是現實。」

「現實？」他父親停了一下，彷彿在考慮這句話。「根據我最後一次查到的資料，同志人口在選民中只佔百分之八不到，而且——」

吉爾．拉姆齊轉身走向他的辦公桌。「這些話我以前已經聽過了。」他告訴他父親。

奧古斯特．拉姆齊從他的椅子上彈起，動作遠比一個七十二歲的老人應該有的速度還要快。他抓住他兒子的肩膀，把他轉過來，然後將吉爾那條領帶上的溫莎結❺一把握在他肥碩的拳頭裡。

「不要背對著我，」他說。「這是我為你所準備的辦公室，我不能容忍自己在這裡不受到尊重。還有，如果這場選戰沒有被你搞砸的話，你就會因為我的關係而可以坐在加州州長辦公室所在的沙加緬度。你明白嗎？」

吉爾．拉姆齊咬緊了下巴。「再明白不過了。」

他父親鬆開拳頭，往後退開。「很好。我們來討論一下你打算怎麼處理這件事。」

拉姆齊試著讓自己聽起來並不憤怒。「處理什麼？」

奧古斯特．拉姆齊坐下來。「那個神父。」

❺ Windsor knot，得名於英國的溫莎公爵，是一種領帶的打法。溫莎結的尺寸比較大，形狀相互對稱，適合搭配寬領襯衫。商務人士和政治人物都偏好這種具霸氣感的領結。

「他後天會被提訊。」

「證據的問題呢？」

「我們正在處理。」

「處理？」

吉爾・拉姆齊無奈地坐下來。「一名負責的警探封鎖了那棟建築物。犯罪小組已經拿到了搜索令，他們將會回到那裡進一步搜索，並且進行鑑識工作。我有信心，根據尼克斯判決[6]，我們可以讓那些照片和凶器，以及其他鑑識人員所能蒐集到的東西都受到採納。」

「當審判展開的時候，你就無異於給了媒體一個機會，讓他們每天都能挖出你和一個兒童殺手握手的每一張舊照。」

「我無法回到過去改變歷史，爸。」

「對，你不能，」奧古斯特・拉姆齊說。「但是，你可以塑造未來。」

陳腔濫調，又一個口頭禪。

「你有想過，如果你錯了的話，如果你無法讓法庭採納證據的話，會發生什麼事嗎？萬一警方找不到其他東西呢？」

「他們會找到的。」

「你能保證嗎？」他父親停下來。「你剛剛才提到自由主義的特殊利益團體主導這個城市。同樣的那群人也可能是你的陪審員。如果你無法讓證據被法庭採納的話，當你出現在電視上，試圖解釋為什麼一個有罪的人卻逃過了你的司法制裁時，你看起來就會像個笨蛋。」

拉姆齊揉了揉額頭。這會是個很頭痛的問題。「你希望我怎麼做，爸？」

奧古斯特・拉姆齊露出滿意的笑容往後坐。他把雙手疊放在大腿上。「把問題解決掉，」他說。「盡快、而且盡可能低調地解決掉。」

❻尼克斯判決（Nix decision）是一九八四年美國最高法院在審判「尼克斯對威廉姆斯案」（Nix v. Williams）的過程中，所達到的一個重要判決。在這個案例中，被告威廉姆斯（Williams）遭原告尼克斯（Nix）指控綁架和謀殺一名十歲的女孩。警方在沒有搜索令的情況下，依照威廉姆斯提供的訊息找到了遇害女孩的屍體。根據美國法律，未取得搜索令進行搜索被視為非法，此一方式所獲得的證據也不得被採納。然而，最高法院後來裁定，只要證明透過合法手段，該證據最終無可避免還是會被找到的話，那麼，法庭依然可能會接受這個證據，而不將其排除。

7

一九八七年十二月二十三日

唐利回到了辦公室，他把電話靠在肩膀上，忍受著背景音樂的折磨。一個秘書讓他等在線上。他幾乎沒有睡覺，整夜都守在醫院裡，然後，在開車回家換完衣服之後就來上班了。

唐利讓露絲－貝兒打電話到法院，要求將聽證和處理待定動議的時間延後。這些雜事數量很龐大。盧每天都會為了各種原因到法院去，有時候甚至一天要去兩、三次。因此，盧在法庭上心臟病發的事，舊金山法院裡的每個人都已經知道了。唐利花了一個上午的時間在打電話給對方律師，希望對方能給予他們更多的時間來回應資訊共享的要求，並且希望對方可以延後取證、調節以及仲裁。因為假期和飛往佛羅里達小憩的計畫，盧在明年一月一日之前都沒有待審的案子。真是感謝老天爺幫忙。

背景音樂結束了。那名秘書回到線上，她告訴唐利，律師現在顯然不方便接電話。唐利因此懷疑對方有意拒絕讓盧的客戶繼續取證。唐利不禁火大。

「不，我沒有時間等他回電給我，」他說。「我剛才在線上等他的那五分鐘裡，已經可以把我要和他說的話重複三遍了。」在不想把那個秘書當作出氣筒的情況下，他說，「告訴他，如果我必須提出延期動議才能讓事情繼續進行下去的話，我打算把他不願意接電話的事實列在我的聲明裡，我想，麥克格雷斯法官對此不會高興的。他和盧在地方檢察官辦公室共事過。沒錯。所以，告訴你的老闆，也許他會想要再重新思考一下他的立場。如果他想好了，就叫他打電話給我的秘書。」

他掛斷電話，拿起下一個檔案。一如盧所說的，沒有時間對傻瓜、白痴和混蛋生氣。那份檔案上貼了一張便條，說明露絲－貝兒已經確認可以延期。他把檔案放到一邊，然後站起身。在打了剛才那六通電話之前，他就想要去洗手間了，現在，他再也忍不住了。

露絲－貝兒在門口撞見他，她手裡握著一張被揉成一團的衛生紙，整個人看起來和聽起來都很煩擾。她的眼影在她的睫毛上結成了一塊，鼻子下方也被衛生紙擦紅了。一縷髮絲從她腦後那個大髮髻上以奇怪的角度垂落下來。「大主教在電話上。他問了關於盧的事。我不知道要怎麼說。對不起。」

管他是大主教還是教宗，唐利的膀胱都等不了再接另一通電話。「告訴他我馬上會回電給他。」

「他說他很急。」

「我也很急，我不想尿濕我的褲子。」

唐利衝出辦公室的大門，鬆了一口氣地在走廊盡頭發現那間男女共用的洗手間是空著的。小便斗上方的瓷磚水泥漿上，有人整齊地寫了一行字：

你為什麼抬頭看這裡？真正的笑話在你手裡。

「不要在這個時候死掉，盧，」唐利說。「你可千萬不能這麼做。」

盧曾經說服舊金山地方檢察官停止調查唐利父親之死。盧也安排唐利的母親，亦即莎拉阿姨的妹妹，在市法院擔任書記員的工作。盧還協助他們搬到北灘的一間公寓。在過去的三年裡，除了討論法律理論和案子的策略，盧還教導唐利人生的道理。唐利曾經對於擁有孩子感到疑慮，不確定在他父親那種榜樣之下，他自己會成為什麼樣的父親，不過，盧讓他知道成為一個好父親和他雙腿之間那個奇形怪狀的器官並沒有什麼關係，而是和他兩耳之間的肌肉比較有關。

唐利在水槽裡刷洗雙手，又把水潑到臉上，再用一張粗糙的紙巾把臉擦乾，然後才深深吸了一口氣，走回他的辦公室。

「露絲－貝兒，把大主──」

「他的秘書在二線上等著。」

唐利拿起話筒，按下二線。一會兒之後，電話那頭就傳來了唐納泰羅．帕尼西大主教那連低音鼓都會嫉妒的男中音。唐利試著不要讓自己聽起來太倉促，不過，在解釋盧的情況時，他還是省略了許多細節。「他要過一陣子才能出院。他也可能需要復健。不過，你知道盧這個人的；他可能會把這裡當作加護病房。」他希望可以就此結束這通電話。但是並沒有。在大主教說明他打電話來的第二個目的時，唐利的腦袋裡閃過一堆想法。

「你和盧原本應該在幾點鐘碰面？」唐利一邊問，一邊看著他的手錶。「不。不要那麼做。

我會過來。在我們談過之前，什麼事都不要做。真心感謝你，大主教。謝謝。」

他掛斷電話，然後喊道，「露絲－貝兒！」她已經站在他的辦公桌旁邊了，這是她另一個讓人緊張的習慣。

「盧辦公室的櫃子裡有刮鬍刀。我會拿一把新的給你。」她說。她又恢復了一點慣有的嘲諷。當他沒有回應時，她又說，「快點。我已經叫了計程車。車快到了。」

「別急。我們下午才要見面。」

「我不是在說和大主教見面的事。」她遞給他一個檔案。「你在遺產法庭有一場阿尼多里先生的能力聽證會。」

✦

文森佐．阿尼多里的能力聽證會比唐利原本預期的還要耗時。這導致他沒有足夠的時間，準時趕到位於教會區教堂街的大主教區辦公室，他覺得這還真是個合適的地址。他從未到訪過這棟建築，因此，當計程車把他在一棟有著鋁框窗戶和褪色灰泥的長方形建築前放下來時，他著實感到驚訝，只見灰泥牆上的塗鴉已經被斑駁的油漆覆蓋掉了。他不確定自己期待看到什麼，也許是裝飾有石像鬼、塔樓和彩繪玻璃的哥德式華麗建築吧。然而，唯一能象徵這裡是一個宗教組織的，就是屋頂上那個簡單的銀色十字架。建築內部的裝飾也同樣低調樸素，沒有任何染成深色的木頭，也沒有紅色的天鵝絨窗簾，或者能讓唐利聯想到十八世紀羅馬天主教華麗氛圍的濕壁畫。

當大主教的秘書帶領唐利前往帕尼西的辦公室時，整棟建築都在晃動，唐利花了一點時間才了解到，那是教堂街的電車從建築物前面駛過造成的震動，並非地震。唐．帕尼西站在他的辦公桌後面，他特大號的身材擋住了從窗戶投射進來的光線，就像月亮造成了日蝕一樣。身高六呎七吋的帕尼西宛如一個中西部的農夫——水桶般的胸膛、寬闊的肩膀，還有壯碩的手臂和雙腿。唐利懷疑這個男人這輩子可曾舉重過一次。那個身材是天生的。穿著一身黑、只有牧師衣領是白色的帕尼西越過辦公室，讓地板幾乎就像剛才電車行駛過一樣地震動了起來。唐利注意到大主教的眼睛底下有著黑眼圈，透露出他沉穩形象下的一絲脆弱。

大主教的手將唐利的手都包住了。「盧怎麼樣？」

「只怕他的情況沒什麼變化。」唐利回答。

「他很堅強。向來都是。今天稍後我會去醫院。」

「我知道我阿姨一定會很感激你去看他。」

在唐利謝絕了秘書要為他送來一杯水的好意之後，女秘書就離開了。當帕尼西回到他的辦公桌後面時，唐利趁機打量了一下排放在架子上和掛在牆壁上的照片與足球紀念物。那些收藏品就像一部編年史，透露出一個高大的年輕男子從穿著聖詹姆士高中足球隊制服的歲月，一路走來成為了神職人員的過程。東面的牆壁上掛了一張帕尼西正要親吻教宗保祿六世戒指的照片，照片裡的教宗臉上泛著微笑，眼睛和臉上的神情透露出他對帕尼西的魁梧大感驚奇。帕尼西的聖母大學足球隊球衣裱在玻璃框裡，就掛在那張照片的旁邊。盧告訴過他，聖母大學在帕尼西大四那年贏得了全國冠軍。

「我猜，我們最後一次見面是在你母親的葬禮上。」帕尼西走到桌邊之後立刻轉過身來說道。

「那天的一切都很模糊。」唐利說。六年前，在盧的要求下，帕尼西主持了唐利母親的葬禮，對一個很簡樸的女人來說，那是一件隆重的大事。

「兩年前，我埋葬了我母親。當時，她九十四歲。那很不好過。你母親死得太早；她還有很多日子可過。」

當他父親還在世的時候，他母親完全沒有生活可言，因此，唐利覺得罹癌對他母親來說，真的是特別殘酷的命運。從她的葬禮之後，他就再也沒有走進過教堂。

「你越年長，就越像你父親。」當唐利沒有回應時，帕尼西接著說，「我是在稱讚你，彼得。雖然他犯了那麼多錯，不過，你父親確實是個英俊的男人。」

那就好像在說烏干達獨裁者伊迪·阿敏除了笑容好看之外，一無是處。即便如此，唐利還是無法否認自己淺棕色的頭髮和藍色的眼睛就遺傳自他的父親。

「一堆女孩曾經聚集在迪維薩德羅街上他工作的那間加油站，不過，你母親從來沒有那麼做過。你祖母不准她那麼做；她說那種行為太輕佻了。你父親是在一場舞會中注意到她的。」帕尼西笑了笑。「她的美貌讓人難以忘懷，你母親。」

唐利不知道帕尼西是否也知道他父親讓他母親在她十八歲生日那天懷了孕，而且是在她拒絕墮胎之後才娶她的，帕尼西是否還知道他父親從來都沒有原諒過他們母子，因為他們毀了他想要搬到好萊塢成為下一個詹姆士．迪恩的野心。

當帕尼西在他桌子後面那張皮椅坐下來時，唐利解開自己的西裝外套鈕扣，然後在桌子對面那兩張椅子的其中一張坐下來。但願他們對往昔的追憶就到此結束。大主教把視線移向一扇窗外，從那裡可以看到多羅里斯教堂粉橘色的尖塔。「這些年來，我一次又一次地依賴著盧，沒有他，我覺得好茫然。我必須要強迫他為他所付出的時間向我收費，即便是那樣，他還是少收了我的錢。」

太棒了。難怪唐利的薪水這麼低。「他對您的評價很高。」唐利說。

「最好如此。」帕尼西說著，重新把注意力放在唐利身上。「我不只一次幫他擦過屁股。他有告訴過你，我們出生的地方只相隔了三間房子嗎？我們出生的時間只相隔了三個月？」

說過一百次了，唐利心想，不過，他感覺到帕尼西需要追憶過去，因此，他搖搖頭說，「沒有。」

「從那時候開始，他就一直跟著我。在他認識你阿姨之前，我差點就說服他和我一起去念神學院了。上帝都比不上她。也許那樣也好；你姨丈向來都滿嘴髒話。」

「如果他變成了神職人員，那會讓布道增添不少樂趣。」唐利說。

帕尼西笑了笑。「是啊，確實會。」帕尼西打開桌子的一個抽屜，拿出一根菸斗和一袋菸草，放在他的桌子上。「你看過紀事報了？」

「看過了。」唐利說。

「馬丁神父被捕已經全國皆知了。一個下午的脫口秀節目打電話來。」帕尼西敏捷地把一小撮菸草裝在菸斗上，點燃打火機，將火焰瞄準菸斗口。房間裡很快就瀰漫著一股讓唐利聯想起楓糖的甜味。

帕尼西把菸斗銜在牙齒之間，看起來就像倫敦警察廳的警探。「我就是那個允許馬丁神父成立庇護所的人；我把我的祝福給了那間庇護所，並且賦予了他這項使命。」

「那是一個很好的使命，」唐利說。「很多街頭的小孩需要幫助。」

帕尼西吸了一大口菸，才把菸斗放在他桌上的一個小碟子裡。在他開口說話時，煙從他的鼻孔裡飄了出來。「我收到地方檢察官打來的一通電話。他說那是禮貌性來電。他希望我知道對馬丁神父不利的證據很具體。從他的言詞之間，我覺得他在試探我。」

「為什麼？」

「他企圖要弄清楚我是否有意介入這件事，或者想要置身事外。」

「你得要把被害人家屬最終會提出民事訴訟的可能性納入考量，」唐利說。「他們會尋找財力最雄厚的對象下手。」

「你姨丈一定也會說一模一樣的話。我不會逃避，彼得……我也不能躲起來。我反映了這座教堂——我太受矚目了，沒辦法躲。如果有人打算控告大主教區的話，他們知道可以在哪裡找到我們。拉姆齊想要會面。他說是為了要討論證據的事，不過，我認為他想弄清楚我是否有意幫馬丁神父找律師。」

「我想，那就是你為什麼打電話給我的原因。」唐利說。

「我不會拋棄馬丁神父的，彼得。」帕尼西做了個深呼吸，然後往後坐。「我希望你知道，在我得知盧心臟病發之後，我曾經和伊斯頓．米勒．卡爾事務所的賴瑞．卡爾談過。我要求他去和吉爾．拉姆齊見面。」

唐利往前坐。雖然這種情況很少，不過，在盧有利益衝突的情況下，大主教區通常就會把它的工作交給賴瑞．卡爾。「大主教，我知道你很擔心，因為盧現在還在醫院裡，不過，我可以向你保證，我可以處理和地方檢察官見面的事。我已經在盧的要求下見過馬丁神父了。」唐利沒有提及那次會面的具體細節，因為沒有什麼細節可言。「所以，我很熟悉那些指控，而且，我也處理過好幾宗犯罪案件。」他再度略過詳細的說明。「這種事情的進展很慢，大主教。我可以鑒定證據，然後再告訴你我的評估。由於假期即將來臨，所以，不會有什麼事很快就發生。那讓我們有時間來確認盧的情況到底有多嚴重，以及他何時可以回來工作。」

大主教看起來並沒有被說服。「盧對你和你的能力評價很高，彼得。請你不要誤解。不過，我知道盧擅長犯罪案件，而我認為一宗謀殺訴訟可能遠遠超過了你的經驗和專長。」

唐利知道，盧花了四十年的時間建立了他的事務所，他覺得自己有義務讓盧最大的客戶不會在他看管事務所的時候丟失。「我理解，不過，你不需現在就做決定。如果有必要的話，我可以找協力律師進來。」唐利把一隻手放在那張大桌子的邊緣。「我不是你所認知的那種只有三年執業經驗的典型律師，大主教。我處理過四十幾場審判。讓我和地方檢察官見面，然後聽聽他要說什麼。此時此刻，你所需要的是什麼？」

帕尼西嘆了一口氣。「我需要有人可以省下政治廢話和法律雄辯術，告訴我什麼對馬丁神父最好。我並不想接受吉爾．拉姆齊的建議。如果他打電話告訴我外面正在下雨的話，我一定會親自看看窗外。」

唐利望著窗戶，露出一絲微笑。「現在沒有下雨，大主教。」

帕尼西笑了。

「我可以處理得了，」唐利說。「我會和拉姆齊談一談，然後再評估一下證據。我會對你有話直說，因為我知道盧向來都是如此。」

「我不確定那是不是一件好事。這麼多年來，盧的直言不諱對我而言多少有點太過直接了。」帕尼西往後坐，那根菸斗再度被他咬在牙齒之間，他透過藍灰色的煙霧，認真考慮著唐利的話。

8

吉爾．拉姆齊看著琳達．聖克萊兒從椅子上站起來。「你打算要對一個殺人犯LWOP？」她問，LWOP是終身監禁、不得假釋的縮寫。

「我沒有說我們要主動提出什麼啊。」

拉姆齊曾經在一個嚴厲打擊犯罪的平台上從事競選拉票的活動，眾所周知，對於一級謀殺的訴訟，他是不會接受認罪協商的。「不過，基於潛在的證據問題，如果不考慮其他解決辦法的話，那就太不負責任了。」

「媒體會嚴厲批評我們的。」聖克萊兒已經開始在他的辦公室裡踱起步來了。

「不，如果你不把嫌犯定罪的話，我們才會受到媒體的嚴厲批判。」

她憤怒地說，「我會把那個混蛋定罪的。只要給我十二個陪審員和一間法庭就好。」

「你保證嗎？」在她來得及反應之前，他已經舉起一隻手制止她開口了。「在你回答那個問題之前，你最好先想清楚，因為這件事的關係重大……對我們兩個來說都是。」

聖克萊兒轉過身背對著他，宛如一個受責備的孩子一般。她想要的是成為拉姆齊的接班人，接替他地方檢察官的位置。

「如果辯方接受終身監禁、永無假釋的可能，那麼，在他們——或者媒體——發現證據的問題之前，這件事就會結束了。」拉姆齊很討厭自己竟然不假思索地呼應起他父親今天稍早給過他的忠告。「我們都會有個美好的聖誕節和新年假期，而馬丁神父則會被判處無期徒刑，這樣一來，他就再也不能傷害別人了。」

聖克萊兒搖搖頭。「我甚至無法理解你會考慮這樣的提議。」

拉姆齊往前坐。「那是因為你的自尊心堵住了你的耳朵。你沒有聽懂我的話。我並不是在建議我們做出什麼樣的提議。那就是我為什麼要指派你來處理這個案子的原因。你的名聲可以讓人相信我們有意尋求死刑。我才剛發給媒體一份聲明，暗示對馬丁神父不利的證據非常具體。媒體不會抨擊我們的；它們會幫助我們。不管代表馬丁神父的人是誰，他都會立刻感受到現實的壓力。馬丁神父將會被送進毒氣室，如果他們不做點什麼去避免的話。」

聖克萊兒不再踱步，轉而打量著他。「你希望他的律師提出條件，以換取認罪協商？」

拉姆齊聳聳肩。「希望一個好律師能看出其中的智慧。」

「那麼，我們要怎麼做？我們要如何在不暗示的情況下，讓他的律師認為我們會考慮交換條件？公設辯護人辦公室裡沒有人會認為有這個可能性。」

「今早，我打過電話給大主教，要求和他見面。」

聖克萊兒坐了下來。「我猜，教會對這件事會盡快躲開，而且有多遠躲多遠。」

「一般情況下，你的猜測是正確的，不過，正如我說過的，你並不了解唐納泰羅．帕尼西。」

「我聽說他是隻難纏的老鳥；我可沒聽說他是個蠢蛋。」

「喔，他並不蠢，」拉姆齊說。「不過，他也不是你印象中典型的教會官僚。他自有主見。他會把支持馬丁神父看成是一種榮耀，不管最後會衍生出什麼樣的財務和政治後果。」

「他何時會來？」

「他不會來。他會派賴瑞．卡爾過來。」拉姆齊看了看錶。「二十分鐘內就會到了。」

「卡爾還不錯，」聖克萊兒承認道，「在他加入私人事務所之前，我曾經和他交手過幾次。我以為他現在只接白領階級的案子？」

「是沒錯，不過，如果全世界最有錢的機構之一打電話來，你會拒絕嗎？」拉姆齊反問。

「那麼，我們要怎麼做？」

「我們要提醒賴瑞，對馬丁神父不利的證據很具體，不過，為了不讓教會尷尬，我們也許會保持開放的態度。卡爾有義務把資訊帶回給大主教。在媒體近來對神職人員言行失檢的大肆報導下，大主教不會無視於我們開放的態度。他也有義務要和那些權力比他高的人談一談。」

「如果大主教看不到其中的智慧呢？」

拉姆齊將目光轉向窗戶。幾年之後，那裡將會有一座新的郡監獄，不過現在，他眼前的景觀還是101號高速公路，公路之外是舊金山的天際線。更遠的東邊就是位於沙加緬度的首都。「那麼，你就得把機會賭在馬丁神父身上了。」

唐利沿著一片淡綠色的大理石地板往前走，穿過雙寬的橡木門，**地方檢察官**幾個字以黑色的大寫字母印在深色的玻璃上。他要求和吉爾・拉姆齊見面，並且對坐在櫃檯後面的女士報上自己的姓名，同時遞給她一張名片。那名女子打了個電話，重複兩次唐利的名字，然後掛上電話。幾分鐘之後，另一名自稱是拉姆齊助理的女子在大廳和唐利見面，然後帶他穿過迷宮般排滿金屬檔案櫃的狹窄走廊，來到角落的一間辦公室。

拉姆齊看起來和電視上不停轟炸著選民、以及刷在這座城市許多大型看板上的那張臉很相像，在那些媒體上，有時候他是單獨一個人，有時候則是和他的前州長父親一起出現。突出的五官造成一道明顯的陰影，從拉姆齊的顴骨下面一直延伸到他身上那件漿直的白襯衫衣領之下。拉姆齊坐在椅子上，雙腿翹在一張偌大的桃花心木辦公桌邊緣，手上拿著一份文件。在那張桌子對面，坐著一名迷人的金髮女子，她看起來也同樣眼熟，雖然唐利無法說出她是誰。從他們臉上驚訝的表情，他可以看得出來，他們預期來者會是賴瑞・卡爾。拉姆齊終於移動他的腳，站起身來向唐利招招手，示意他進去。「請進。」

那名助理接過唐利的雨傘，把它放在近門的一個傘架裡。

拉姆齊自我介紹了一下。他比唐利預期的還要高大，超過六呎，體型宛若一個馬拉松跑者。拉姆齊朝著那名金髮女子身邊的一張椅子示意。她也已經站起身，滿臉不悅地伸出一隻手，彷彿要摘去唐利的腎臟一樣。

「琳達・聖克萊兒。」

那個名字和她急促的說話方式讓他突然想起來了。聖克萊兒曾經在最近一場引發高度關注的審判上擔任電視評論員，在那場審判裡，一名男子被控綁架、強暴和謀殺一個來自北部某個郡的十二歲女孩。那場審判成為了全國的頭條新聞。

「如果我們顯得有點驚訝，還請你多包涵。我們以為會是賴瑞・卡爾。」拉姆齊說。

唐利笑了笑。「抱歉讓你們失望了。」

「你和賴瑞一起工作嗎？」

「不，不是。」唐利拿出兩張名片，給了他們一人一張。拉姆齊拾起掛在他脖子上的雙焦眼鏡，架到他的鼻樑上，然後把那張名片拿到眼前。他稍微蹙緊了眉頭。「你幫盧・吉安提里工作？」他問。

「對，是的。」

拉姆齊放下名片。「我認識盧很多年了。想當年，我們曾經交鋒過幾次。他是一名很能幹的律師。」

六次，唐利聽盧提起過。而且，盧每次都打敗你。

盧曾經對唐利提到，當刑事辯護已經變成盧的常態工作時，吉爾・拉姆齊還只是一個年輕的副地方檢察官。盧形容拉姆齊是個能幹卻傲慢的律師，他並沒有從自己的錯誤中學得經驗，並且常常重蹈覆轍，這讓他變成了一個可以預測的人。

「我知道盧昨天在法庭上心臟病發。」

「是的。」

「很遺憾聽到這種事。他的情況現在如何？」

「醫生對他可以完全復原感到很樂觀。」唐利回答，他不打算對拉姆齊說任何不同於此的話。

「但願如此。」

「大主教說，你打電話給他，想要討論馬丁神父的事。」

拉姆齊請唐利坐下。於是，唐利放下他的手提箱，在聖克萊兒旁邊的一張椅子上坐了下來。來自不同執法機構的各種文憑和證書布滿牆壁，一直延伸到被一盆盆栽的葉子打斷為止。拉姆齊身後的一張桌子上展示著一些照片，唐利猜測那是他的家庭照。拉姆齊的妻子有著一頭深色的頭髮，他的家庭成員還包括了兩個女兒和一隻金毛獵犬。他顯然住在一棟維多利亞式的房子裡，從看得到金門大橋的景觀來判斷，那應該位於太平洋高地的某區。

拉姆齊用姆指和另一根手指轉動著一根被拉直的迴紋針，讓那根針看起來彷彿直升機的螺旋槳。「我想盡可能地對大主教坦率，彼得斯先生。」

「唐利，彼得·唐利。」

拉姆齊停下正在把玩的迴紋針往前坐。「我們打算以一級謀殺的罪名起訴馬丁神父。」他那兩簇毛毛蟲般的眉毛擠成了一團，銀白色的頭髮裡探出了幾縷黑髮。「你也許知道、也許不知道，我是堅決支持死刑的，只要我相信罪得其所的話，我就會訴諸死刑。而我相信死刑適用於這個案子。那就是我之所以指派聖克萊兒女士負責這個案子的原因。她讓很多極刑謀殺的案子都遭到了定罪。」

拉姆齊暫停下來，彷彿在期待唐利的回應。但唐利並沒有吭聲。他從盧那裡學到了一點，通常，最好的反應就是沒有反應。人們都不喜歡沉默，通常都會用自己的聲音來把沉默填滿。

免費的資訊。當你能得到的時候就儘管收下，盧喜歡這麼說。

唐利也開始明白，為什麼大主教和盧都不喜歡吉爾・拉姆齊。這個人的傲慢氣質瀰漫在整間辦公室裡。反觀，大主教裱框的聖母大學收藏品似乎只是為了給他自己欣賞——為了回憶他生命中某一段特別的時期——而拉姆齊那些個人的功勳卻似乎是為了展示給別人看的。唐利也快速推測這次見面的目的主要並非共享資訊，而是恐嚇。老一輩的民事訴訟律師也會試著採取同樣的策略。他們將他的年輕視為缺乏經驗，並且假設他這輩子從來都沒有打過官司。最後，他們通常都會對自己的假設感到後悔。然而，刑事訴訟對唐利而言是一個未曾涉足的水域，特別是像這種如此引人關注的案子。他並不期望給拉姆齊留下深刻的印象。他只希望能在不讓自己、盧或者大主教難堪之下，安然度過這次的會面。

拉姆齊往後坐。「為了表達對大主教——和盧——的禮貌，我們會把對馬丁神父不利的證據提供給他的律師，同時，我要告訴你，這個證據非常重要。」

唐利把他的話視為虛張聲勢。雖然，在某種程度上，他只是臨場發揮，但他知道在一個刑事案件裡，辯方有權拿到檢方所擁有的所有證據。「我很感激你這麼做。我什麼時候可以看一下那個證據，並且取得相關資料？」

「它們會被提供給馬丁神父的辯護律師，」聖克萊兒說。「你是他的辯護律師嗎？」

她語氣裡的某種因子觸到了他的痛處。「目前，我是。」他說。

拉姆齊打斷他們的對話。「除了在馬丁神父的庇護所裡發現被害人之外，馬丁神父的衣服和辦公室裡一把六吋長、手工雕刻的拆信刀上也沾有被害人的血跡，技術人員也重新在神父的辦公室和康樂室裡找到了血液樣本，並且確定了鞋印和手紋。我們相信，法醫會確定刀子和刀柄上的血跡是被害人的。」

唐利全都聽進去了。「動機是什麼？對於一個一生致力於幫助逃家青少年的人突然決定殺了那些孩子其中的一個，你們有什麼看法？」

聖克萊兒彷彿魔術師助理一般地拿出一個裝在警方證物袋裡的大信封，將它遞給了拉姆齊。拉姆齊不說一句話地打開袋子，拿出幾張同樣也裝在塑膠袋裡的照片，然後像一個撲克牌玩家秀出滿堂紅似地，把那些照片攤開在桌子的邊緣。「這些是在馬丁神父的辦公室裡找到的。」

唐利往前靠。那些照片上還殘留著用來採集指紋的黑色粉末，照片裡盡是赤裸的年輕男孩。其中一個眼睛被蒙上，手腕和腳踝都被銬了起來。唐利努力想要隱藏自己的厭惡感，他知道拉姆齊和聖克萊兒此刻都在觀察他的反應。

拉姆齊拿起手中那只信封袋。「還有更多。」

唐利清了清喉嚨。「我大概知道了。」

聖克萊兒皺起眉頭。「為了要確保判定死刑，我們得讓陪審團的良知受到震撼。一個戀童癖的神父殺害前來尋求他幫助的男孩，這肯定符合那樣的標準……根據我的經驗。」

「這裡面有被害人的照片嗎？」

「這點還沒有被確認。」聖克萊兒說。

「也沒有馬丁神父。」他說。

「沒有，」她說。「看起來沒有。」

「你有理由相信馬丁神父拍了這些照片嗎？」

「同樣地，」她變得有點惱怒。「現在還不知道，不過，我並不在乎。光是他擁有這些照片就足夠了。」

「這麼說，你不知道。」唐利說。

「我們知道照片是在馬丁神父的辦公室裡找到的。」拉姆齊說。

「有證據顯示受害人遭受到類似的虐待嗎？」

拉姆齊把一根手指放在嘴唇上，彷彿在考量著他的反應。「你選用的字眼還真是有趣。」

聖克萊兒再度轉向唐利，現在，他相信這一切都是事先演練過的。「比較正確的說法應該是被打和虐待，」她說。「被害人身上的燙傷痕跡可能是香菸造成的，還有還幾處割傷和瘀青。在這種情況下，唐利先生，這也許是我有史以來要求陪審團判處死刑的案子中，最容易做出決定的一次，因為這件事嚴重違反了民眾的信任。」

唐利知道他應該保持沉默，把這些資訊帶回去給帕尼西，不過，在他來得及阻止自己之前，他已經開了口。「你想要什麼，拉姆齊先生？」

「我們想要什麼？」

唐利看向聖克萊兒，卻發現她也同樣的面無表情。「沒錯，你為什麼要求要和大主教見面？」

「如我所言，我覺得有義務讓大主教知道關於證據的事，」拉姆齊說。「這不是任何人會想經由報紙才得知的訊息，或者從六點鐘的新聞裡首度聽到的消息，特別是有鑒於教會最近收到的那些負面報導。」拉姆齊往前靠。他的聲音緊繃。「不過，不要搞錯了。我的頭號擔憂是要避免這種悲劇再度發生。輿論將會要求我們訴諸死刑。如果這個案子進入審判的話，那就不是我所能掌控的了。」

無論拉姆齊是否刻意要強調那個字眼，唐利都聽到了如果二字。「你是在暗示某種認罪協商嗎？」

拉姆齊露出微笑。「這間辦公室不會對一級謀殺的嫌犯提出任何的協商，唐利先生。然而，如果有人代表馬丁神父提出什麼協商的話，那麼，我們有義務納入考量。」

「你是指如果他認罪的話。」

「他一定得要認罪。」拉姆齊說。

他們沉默地坐著。這回，拉姆齊並沒有把沉默填滿。過了一會兒之後，他站起身。這場會面顯然結束了。唐利從自己的椅子上起身，拾起他的手提箱。

「也許我們明天會再見面。」聖克萊兒說。

唐利轉向她。「你說什麼？」

「在馬丁神父的傳訊上。」

「明天是聖誕夜。」

聖克萊兒看著拉姆齊。「法庭沒有放假，對嗎？」

「沒有，」拉姆齊說。「由於罪證確鑿，我們認為沒有理由要找大陪審團。我們準備盡快推動這件事，唐利先生，特林布里法官已經在他的行事曆上把我們排在最優先的位置了。現在，我們有了你的名片，我們會發傳真通知你，或者你打算放棄嗎？」

他們在耍他，唐利只想扯掉他們臉上的假笑。他想要說點漂亮的話——或者至少還算聰明的話——作為回應，然而，他的腦子裡一片空白，只能沉默地走出辦公室。

◆

當唐利走出旋轉門，踏上司法大廈外面的水泥台階時，一滴雨水刷過了唐利的臉頰，他這才發現自己把雨傘留在了吉爾．拉姆齊的辦公室。他剛才離開的時候彷彿一隻夾著尾巴的狗，現在，他可不打算再回去拿那把雨傘。他會讓露絲–貝兒打電話過去。

他也不想叫計程車。他開始朝著他的辦公室走回去，渴望遠離吉爾．拉姆齊和聖克萊兒，也同樣渴望遠離馬丁神父。

一個戀童癖神父。

他讓自己蹚入了什麼渾水啊？

他讓他的自尊戰勝了他。大主教原本讓他脫身了。他已經找了賴瑞．卡爾。唐利原本可以說，他明白大主教不會選擇一名二十八歲、只有三年經驗的律師。如果他當時那麼說了，他明天就可以和金以及班尼在一起，準備他們一年一度的聖誕夜派對。新年之後，他就會在一間每個律師都渴望擁有的市中心景觀辦公室裡工作，然後賺到足夠的錢，和金與班尼一起搬到半島去住。然而，現在他卻得熬夜準備一場肯定會變成頭版新聞的傳訊。天啊，傳訊的場面，他只從一些電視節目裡得到過模糊的印象。

他步履維艱地往前走，每隔一陣子就看看是否能招到計程車，但是，那樣的想法稍縱即逝。在週末假期前一天的下午，計程車司機不會想要被困在市場街南邊交通混亂的平面道路上。他們只想來回機場，因為那才能讓他們賺到更多的車資。一開始的時候，雨還只像薄霧一樣，等他走到第三條街的時候，雨滴已經斷斷續續地落下了，到了第六條街的時候已經變成了陣雨，當他走到最後一條街的時候，雨勢已經來到了頂峰，變成了傾盆大雨。唐利沒有遮住自己的頭，也沒有尋找掩護，因為他知道這些動作都是枉然。他並沒有拭去滴進眼睛裡的雨水，也沒有試著避開溢出下水道系統、淹過交叉路口的水坑。他只是繼續往前走。

莫頓鹽，他想到了莫頓鹽的廣告語。不下則已，一下傾盆。[7]

等他終於走到他辦公室的大樓時，唐利看起來儼然就像盛裝走進了淋浴室一樣，他的頭髮平貼在頭皮上，西裝外套的領子和襯衫都擰得出水來了。當他上樓時，他的科爾漢皮鞋在水磨石地板上發出了嘎吱嘎吱的聲響。那雙鞋就算沒有毀，也差不多了。辦公室的門是上鎖的。露絲－貝兒已經去了醫院。唐利打開鎖門，踏進辦公室。他走進他的辦公室，脫去外套、領帶和襯衫，把它們堆成一堆。他掙扎著把身上的濕T恤拉過頭頂，丟到那堆衣服上，然後靠在桌上，脫掉他的鞋子和西裝褲。他從辦公桌底下拿出他的健身房袋子，就在他準備套上運動褲的時候，辦公室的門發出一個聲響讓他嚇了一跳。穿著雨衣、裹著圍巾、手裡拿著一個棕色紙袋的露絲－貝兒就站在他的辦公室門口。

「你的頭髮濕透了。」她說，那再明顯不過了。

「你能等一下嗎？」

但她還是走了進來。「你身上沒什麼我想要看的，也沒有什麼我以前沒看過的。把那些濕衣服給我。你會得到重感冒的。那是我最需要的——你和你姨丈全都住進了醫院。」

很顯然地，她已經又懂得生氣了，如果還沒變回悍婦的話。

唐利拉上他的運動褲，把一條毛巾裹在肩膀上，宛如一個職業拳擊手一樣。「如果我夠幸運的話，我會得到流感，不是什麼二十四小時就會好的小感冒。我需要生一場一個星期都好不了的病。香港、金剛，隨便他們怎麼叫這種病。話說回來，你在這裡做什麼？我以為你到醫院去了。」

在他努力要把一件運動服套過頭頂時，她把他的衣服全都收集在一起。「你知道嗎，這間辦公室不會自動營運的。」她指了指他那張凌亂的辦公桌，只見桌上堆滿了翻開的法律書籍和報紙。「我從圖書室找來我所能找到的每一篇報導。我想，我已經資訊過量了。」

「你在說什麼？什麼報導？」

「關於馬丁神父和那間庇護所的報導；它們都在你桌上了。」

唐利拿起一小疊報導，翻了一翻。

「全都按照時間順序排好了，從最新的開始。」她說。「噢，還有，傳訊的時間是明天早上。今天下午，我們收到傳真通知了。」

「我知道。」

「他們會在儀式法庭，也就是十三號法庭進行傳訊。很顯然的，吉爾．拉姆齊殿下期待會有一堆群眾前來，並且想要在電視上轉播，真是自以為是的混蛋。」

她在唐利辦公室的門後面找到了衣架，於是開始整理起他濕答答的衣服。「他們並不是在幫忙你。米爾特．特林布里和盧在他們的職涯中曾經有過幾次爭論。閉緊你的嘴巴，控制你的脾

❼ 莫頓鹽（Morton Salt）是北美歷史悠久的食用鹽品牌。為了強調其產品在陰雨天也不會因為潮濕而結塊，莫頓鹽於一九一四年從一句古老的諺語「不下則已，一下傾盆」（When it rains, it pours）設計出公司的商標：藍色的圓罐上手繪一個在雨中撐傘的小女孩，鹽從女孩身後灑出來，代表莫頓鹽不易結塊的特性。一百多年來，這個商標已經深植人心。

氣，有人叫你說話時才開口。他的法庭裡紀律很嚴明。」

「盧怎麼樣了？」

「根據他醫生的說法，他沒什麼起色。」她把他的衣服掛在窗框上。一滴水滴在散熱器上，發出了嘶的一聲，散熱器隨即散發出一小道蒸氣。「如果醫院有人問起你的話，你就說盧有一個妹妹。只有這樣，我才能進去看他。但是我沒有辦法待在那裡。看到他像那樣躺在那裡，我整個人都提心吊膽的。你見完大主教之後去了哪裡？你們見面應該是好幾個小時以前的事了。」

唐利坐下來，把手肘靠在膝蓋上。「我和拉姆齊先生本人進行了一場令人愉快的談話。」

「你真幸運。」

「有趣的是，他讓琳達．聖克萊兒也參與了。」

「誰？」

「你知道的，老是在電視上評論那些備受關注的刑事案件的那個金髮女子。」

「又一個自以為是的傢伙。」

「是啊，她被指派來迫害馬丁神父。」

「他們想要什麼？」

唐利坐起身。「根據大主教的說法，他們想要討論對馬丁神父不利的證據。現在，我不確定是這樣。」

「你是什麼意思？」

「拉姆齊說的某些話讓我有這樣的感覺。我認為，他們想讓馬丁神父用認罪來交換無期徒刑的協商。」

「協商？」露絲－貝兒說。「你怎麼會有這種想法？那個地方檢察官不會和殺人者進行認罪協商的。就連我都知道這點。」

「一個小時前，當我讓自己出盡洋相時，你在哪裡？」他搖搖頭。「不過，我很肯定，拉姆齊似乎在暗示這個做法。」他緊盯著硬木地板上的某個點。「他為什麼要那麼做，露絲－貝兒？」

在走回辦公室的那段悲慘的路途上，唐利一直在思考這個問題。他真希望自己有問過吉爾·拉姆齊這個問題。這完全不合理。

他繼續往下說。「如果他們對這個案子那麼有把握，就像他們所說的那樣，那麼，他們大可先定罪，然後在他們吸引媒體的關注之後，再來擔心量刑階段的問題。審判將會引起大量的關注，這剛好符合拉姆齊的希望，因為選舉就快到了。」

「也許和這些有關。」她從桌上拿起那些文件，扔在他的大腿上。「一年前，每個人都積極地想要跟上馬丁神父帶領的那股潮流，包括這位打擊犯罪的悍將先生。」

唐利看了幾個標題以及開場的幾句話。他並不相信。「這些人熱衷於這類型引人注目的罪案，根據大主教的說法，拉姆齊就像油一樣滑頭。我絕對相信，他有辦法說服所有人，讓人相信他不是馬丁神父庇護所的盟友。」

「那就相信你的直覺吧。那個傢伙什麼也不會做，除非有什麼對他有利的事。他就和他父親一樣。」

「大主教也說過類似的話。」唐利用毛巾擦乾他的頭髮。「不管他們的動機是什麼，他們都毀了我這個晚上。我得要為傳訊做準備。我幾乎不知道傳訊是什麼。我真不敢相信，我竟然要大主教考慮我有能耐可以處理這個案子。」

「不要抱怨了。」她又回復了悍婦的狀態。露絲－貝兒是一個積極的人，不過，他也知道，她原本可以待在家裡，或者為了假期去購物，又或者利用這種情況摸魚。然而，她卻在辦公室裡努力工作，如果她沒有比唐利更努力的話，至少也和他一樣努力。「你的處境比你姨丈好太多了。還有，我已經把所有的法律專題都抽出來了。看起來並不困難。」

唐利笑了笑。「你想要代替我去傳訊嗎？」

「如果我來做的話，那我的薪水就需要大幅調高。」她把他的毛巾拿走，捲成一個管狀，放到窗戶上去吸收他西裝滴落下來的水。「我只能告訴你，閉緊嘴巴，然後要求延期。不會有什麼事在傳訊的時候發生；他們宣讀罪名之後，你就說，『目前，我們並沒有準備要提出答辯。』然後，你就放棄加速審判的權利，以盡可能爭取多一點的時間來把事情弄清楚。對於你不知道的部分，你就假裝矇混。」

「在這個案子上，我不知道的還很多。」

他的希望之一成真了，唐利染上了流感，不然的話，就是壓力造成了他關節發痛。頭痛發作讓他的太陽穴不斷地在撞擊。在他來得及說話之前，露絲－貝兒走出他的辦公室，隨即又帶著一瓶止痛藥和一杯水回來。她倒出兩顆膠囊，遞給他，再把那個棕色的紙袋推過桌面。

「我幫你買了一個三明治和一些薯條。吃完之後，你就會覺得好過多了。喝水。可樂只會讓你焦慮，還有，千萬拜託，絕對不要碰咖啡。」

「謝謝。」

「你可以用一張二十元鈔票來表達你的謝意。我們的零用金快用完了，而且，我也不能去銀行。」

唐利吞下止痛藥，喝光了杯子裡的水，然後把杯子放在桌上。「他們說他虐待那個男孩，露絲－貝兒。他們說那個神父是個戀童癖。」

她把雙臂交叉。「也許他是，」她說。「也許不是。那不是你要擔心的事。」

「那怎麼不會是我要擔心的事？」

她穿上她的雨衣，一邊把圍巾纏繞在她的頭髮上，然後拿起她的雨傘，一邊說道，「好幾年前，當時我還很苗條，而盧約莫在你現在的年紀，我們接到公共辯護人辦公室打來的電話，要我們代表一個二十歲的孩子，當他的律師，那孩子謀殺了四個人，包括兩個男童。所有的報紙都報導了那個事件，就像現在這個案子一樣。那個孩子有罪，但是，盧依然用盡全力要挽救他的性命。我並不明白。我發現他每天晚上都在辦公室裡，坐在他的辦公桌前工作到很晚，準備著各種動議和交叉詢問。我不喜歡看到他為了一個贏不了的案子工作得這麼辛苦。『你為什麼要為那個孩子把自己累死？』有一天晚上，我這麼問他。」

「他怎麼說？」

「他說，『這是我的工作，露絲－貝兒。我的工作就是盡我最大的能力為我的客戶辯護，不管他是有罪還是清白的。如果我不做我的工作，那麼，這個體制就不會運作，如果這個體制不運作的話，我們全都要承受它帶來的苦果。』」

「美國律師協會道德規範第七準則。」

「什麼？」

「在法律的範圍之內，一名律師應該積極地代表他的客戶。」唐利把他還記得的美國律師協會準則背誦出來。

「大概是這個意思吧，」她說。「幾年之後，在他提出過各種上訴之後，他們判了那個人死刑。我從來沒有告訴過任何人，那天我哭了。不是為了那個人。而是為了盧。我知道，為了救那個人的性命，他付出了多少努力。」她對唐利點點頭。「你們兩個很像。但是，他沒辦法再這麼做了。這點你我都知道。現在輪到你了。」

「我知道，」他說。「我知道。我只是希望兩年後的現在，你不會因為湯瑪士．馬丁神父被判死刑而再度流淚。」

9

唐利需要休息一下，他站起來按摩脖子，低頭閱讀那疊法律專題讓他的脖子幾乎就要抽筋了。他拿起觀察家報最新的晚報。今天下午的報導包括了一張馬丁神父的照片，照片中的神父穿著他那件黑色襯衫，戴著白色硬領，在田德隆男孩庇護所盛大的開幕式上露出笑容。除了那顆光頭和耳環之外，那張照片看起來和唐利在監獄裡見到的那名男子毫無相似之處。那篇報導重複了很多之前已經刊登過的資訊，而旁邊的一篇補充報導則引述了社區成員使用悲劇和難以相信等等的字眼，來表達他們對於種種指控的反應。事實上，全篇報導的語氣都充滿了懷疑。

唐利倒是沒那麼懷疑。他不知道自己曾經有過多少次，發現他從來不曾懷疑過的某個人的某些事。他酗酒。她賭博。他有外遇。他虐待病人。他打他老婆。不過，當然了，那就是重點所在。人們的這些行為沒有被發現，因為他們並不符合那些行為的刻板印象。唐利很清楚。每個人都有陰暗的一面。每個人都有不可告人的秘密，在他父親死後，治療他的那名精神科醫生把那些秘密稱之為潛藏的隱患。從事後看起來，那些行為的跡象永遠都存在；人們只是沒有看到而已，或者選擇無視於那些跡象。

對於他人來說，他父親一直都是一名辛勤工作的技工，一個喜歡在下班之後到日落區的許願井來杯傑克·丹尼爾的藍領階級。有好幾年的時間，他甚至還曾經擁有過自己的加油站。傑克·

唐利有一份穩定的工作，而他的兒子彼得，則被認為是一個在學校成績普通、在足球場上表現優異、心智正常的孩子。沒有人懷疑傑克．唐利毆打他的妻子和兒子。那當然不是沒有跡象——瘀青和缺牙——然而，沒有人想看見這些跡象。如果他們看見的話，他們就必須採取行動。因此，他們無視於這些跡象的存在。而毆打也就繼續發生。沒有人想要介入別人的事情，特別是關起門來的事情。

唐利往後坐。那麼，湯瑪士．馬丁神父是一個戀童癖和一名凶手的跡象是什麼？對有些人來說，他是神父的這個事實就已經足夠了。如同大主教所言，媒體把所有輕率的言行都刊登在報紙上，都在電視上播放。人們喜歡抨擊羅馬天主教會為陳腐的體制，他們認為，由於教會禁止成年男子滿足他們最原始的生理渴求，才助長了同性戀和戀童癖的出現。

對於宗教，唐利有自己的不滿，不過，理智上，他知道並非每個神職人員都會猥褻兒童，就像並非每個律師都是缺乏道德的冷血訟棍一樣。大主教帕尼西是對的：你不能因為少數個人的行為，就譴責整個機構。但是，那些失檢的言行卻是很好的新聞題材。謀殺向來都可以佔據頭版的頭條。

他坐下來調整他的桌燈，翻閱露絲－貝兒影印的一系列報導。對馬丁神父來說，成立那間庇護所的過程既漫長又艱鉅。起初，政客和警方都堅決反對利用廢棄的建築物作為逃家青少年和未成年娼妓的庇護所——或者街頭的流浪漢，因為流浪漢正在演變為一個嚴重的問題。在選舉年裡，沒有任何市長或城市領導的候選人想要對如此充滿爭議的話題表達立場。不過，馬丁神父仍然下定決心要成立他的庇護所。他對那些批評不予理會，並且遊說這個城市具有政治力量的特殊利益團體，包括舊金山規模宏大又十分活躍的同志社團，該團體已經厭倦了人們錯把他們和街頭娼妓扯在一起。這個議題給了他們一個平台，讓他們得以教育大眾，讓人們知道有些嫖客會偷偷潛入峽谷區、把車停在暗巷裡進行交易，另外還有來自各個階層、看似異性戀的男人會把男童當作獵捕的對象。性交易和販毒很像；每個人都想要把用來作為販毒場所的低收入住宅剷為平地，卻忽略了把百元大鈔掛在車窗，招搖開過這些街頭的BMW和賓士車。

馬丁神父也曾經讓舊金山警察部門難堪過，他公布了警方每年花了多少資源在控制這個問題上。他認為庇護所是一種另類的投資，可以讓警方把他們的力氣專注在暴力犯罪上。在他公開了那些數字之後，市長候選人愛麗絲．荷曼承諾她將會支持馬丁神父的計畫，畢竟，愛麗絲的勝選機會不大，這麼做對她沒有什麼損失，反而只有加分而已。當她宣布支持時，其他的政客再也不能忽視這個議題，包括吉爾．拉姆齊也勉為其難地跟上這股潮流。一篇報導中還登了一張拉姆齊參觀庇護所的照片。

也許，露絲－貝兒是對的。也許，拉姆齊企圖要在一艘著火的船沉入水底之前跳船。但是，唐利就是覺得哪裡不對勁。拉姆齊採取了模稜兩可的立場，儼然就像一名手段高超的政客一樣；他為自己辯護說，他對庇護所的支持和他「嚴厲打擊犯罪」的強硬立場並未有所衝突。他說，如果庇護所可以避免犯罪唆使的話，他贊成庇護所的成立。如果庇護所的存在無助於防範犯罪的話，那麼，地方檢察官就要負起起訴的任務，而司法制度也要負責進行懲處。

應該不只如此。

那篇刊登在晚報上的報導延續到了內頁，報社也在內頁刊登了一篇關於被害人的文章。雖然，在警方通知被害人家屬之前，很多訊息依然沒有對外公布，不過，撰寫該篇報導的記者卻找到了一個認識安德魯．班尼特的消息來源。班尼特在街頭的綽號叫做字母，這樣的綽號可能起源於他名字的縮寫AB。根據該消息來源表示，班尼特在十三歲那年從威斯康辛綠灣外圍一個中低階層社區的單親家庭逃家之後，就一直住在田德隆區的街頭。他曾經搭了一輛巴士前往好萊塢，想要實現他當演員的夢想，後來卻沾上了包括海洛因在內的毒品，在那之後很快地又成為警方的頭痛人物。那名記者從西好萊塢和舊金山警察部門拿到的紀錄顯示，班尼特曾經數度因為意圖販售毒品、偷竊和招嫖而被逮捕。

唐利把報紙放下來，憑著記憶撥出一個電話號碼。值班的警員讓他在線上等待。當他重新接起電話時，唐利要求要和麥克．哈里斯通話。

「哈里斯已經出去了。如果緊急的話，我可以聯絡他的巡邏車，或者你也可以留話。」

「不用了，沒關係。」

就在唐利準備要掛斷電話時，他改變了主意。「等等。你還在嗎？」

「我哪裡也不會去。」

「告訴他，唐利打來過。」

「貴姓？」

「彼得・唐利。告訴他彼得・唐利打過電話來。」語畢，他掛斷了電話。

兩個醉漢在唐利窗外的人行道上彼此對罵著一些不雅的話。一只瓶子摔破的聲音跟著響起。接下來，他們可能會尿在牆壁上。唐利打開他的辦公桌抽屜，把盧的左輪手槍放在桌上。當他工作到很晚的時候，他就會把槍就近放在身邊。他留意到馬克斯・席格的名片，然後拿起來，再一次想起要打電話去約個時間面談。現在不是時候。他把名片放到旁邊，開始閱讀一份專題文章，露絲－貝兒已經幫他把文章翻開到刑事傳訊的部分了。他已經理解了刑事傳訊的基本程序，那並不複雜，不過，他會再度仔細閱讀那篇文章和他自己的筆記，以深入了解相關的細節。盧曾經教過他，法庭是一個舞台，律師和法官就是演員。你所說的話固然重要；你在陳述時的模樣也很重要。他懷疑拉姆齊和聖克萊兒會企圖讓他在米爾特・特里布里面前看起來像是一個生手，而特里布里向來都以生吞活剝沒有準備好的年輕律師而聞名。

露絲－貝兒對傳訊的評估也是對的。重點在於不要提出抗辯，而是放棄時間，好讓辯方律師有機會審視證據和準備辯護。辯方律師最終若非由盧來擔任，就是某個像賴瑞・卡爾那樣經驗較豐富的人，如果盧真的回不來的話。而盧現在需要唐利幫他儘量多爭取到一些時間。

兩天來的壓力讓唐利的頭感到很沉重。他凝視著空空如也的咖啡機，不過，他想起了露絲－貝兒的警告，咖啡因會讓他焦慮，因此他決定不能喝咖啡。他把頭低下來。他會小睡五分鐘來恢復精力。然後再把他的筆記重新看一遍。

✦

一九七八年九月

唐利把那根管狀的保險絲輕輕彈起，看著它滾到樓梯邊緣，噹啷噹啷地掉到樓梯底下，再滾過硬木地板，一路滾到了靠近前門的一個陰暗的角落裡。一串汗水從他臉上流下，讓他白色的T恤衣領濕了一圈——秋老虎帶來了飆高的氣溫，也讓舊金山進入了市民私下稱之為地震天氣的那種乾燥又無風的日子。

他坐在樓梯中間，等待著，聽著客廳裡的時鐘隨著每一秒鐘的過去而發出滴答滴答的聲音。他的眼睛早已適應了黑暗，他從樓梯扶手之間的欄杆瞄出去，看著他母親為了招募人員來訪而明顯展示在玄關桌上的那些金色的足球獎杯和獎牌。這是假象的一部分。他的高中足球教練告訴招募人員說，是毅力和努力讓彼得．唐利成為全國最優秀的高中足球球員之一。

他們錯了。

唐利並不是因為足球而練舉重練到近乎筋疲力盡。是憤怒。他內心裡的憤怒就像壓縮的空氣，唐利只能在舉重室裡、在練球的時候，以及在球賽中把它發洩掉。足球是唯一能讓他免於爆發的東西。

那些獎杯上方的牆壁上掛著一些照片。其中一張照片裡，有一名穿著燕尾服的年輕男子，他看起來彷彿就要一頭栽倒在地上了，如果不是因為他把一隻手臂掛在他的新娘肩膀上的話。唐利不認得照片裡的男子或女子。在那後來的十八年裡，他父親那張削瘦、有稜有角的臉孔已經變得蒼白多肉，而他的六塊肌也垂垮在他的皮帶上面。照片中那頭詹姆士·迪恩的捲髮再也不像公雞的雞冠般頂在他的頭上，而像是一隻挨揍的狗垂落的尾巴。

唐利的母親曾經貌美如花，有著一頭充滿光澤的深色頭髮、藍綠色的眼睛和溫柔的五官。在三十六歲的時候，她的頭髮已經提早花白，她的笑容裡也少了兩顆牙齒。她的身材也變得單薄而孱弱。

那輛雪佛蘭羚羊熟悉的引擎聲把唐利的注意力拉回前門。那聲音依然會引發一種制約式的寒意流竄過他的脊椎。當他還是個小孩時，那種寒意總是讓他躲到他的床底下。不過，他已經不再是個小孩。而且，他也不再害怕了。

車子的頭燈穿過覆蓋著百葉窗的窗戶，在牆壁上投下一條一條的影子。

時鐘敲了兩下。

那個人太好預測了。

那輛車在路邊急停了下來，在引擎一陣劈啪作響之後，化油器終於發出最後一聲喘息地熄火了。駕駛座的車門吱地一聲打開——車門的面板因為凹陷而發皺——然後又被重重的關上。

唐利站起身。

厚重的靴子搖搖晃晃地拖過水泥地，發出了熟悉的聲響。老天，他有多麼痛恨那個聲音。每天晚上，他都祈禱著不會聽到那個聲音，祈禱那天晚上就是他父親不會回家、永遠離開的日子。然而，每天晚上，那雙靴子還是回來了。

鑰匙在鎖孔裡發出喀噠的聲音。

唐利往下走了一個台階，然後將雙腿岔開與肩膀同寬，保持著平衡。

門閂往上彈起。

唐利脖子背後的汗毛在顫動——他母親總是說那是天使在呼吸。唐利緊緊地把腳掌抵在台階上，當前門打開的那一刻，他感到自己的牛仔褲在大腿肌肉上繃緊了。

他回來了。

✦

一道撞擊聲讓唐利從睡夢中醒來。他很快地坐起身，看到一個黑影籠罩在他上方，他站起來，轉過身，用雙臂擋住身體。在此同時，他也把身體的重量轉移到後腿上，他的前腿蜷曲，隨時準備好往前踢出。那個影子一直都沒有動。它依然是牆壁上一個無頭的影子。他看向窗戶，露絲－貝兒稍早的時候把他的西裝吊在了散熱器上方，現在，穿過百葉窗的街燈把西裝的背後都照亮了。

只是一個影子。

他鬆了憋著的一口氣，然後用一隻手撫過頭髮。他的運動衣摸起來已經濕了。那個散熱器再度發出撞擊的聲響，然後又回到它慣常的滴答和嘶嘶聲。幾點了？

他從桌上拿起他的手錶。午夜了。該死。他睡了快一個小時。

一股寒意讓他的手臂起了雞皮疙瘩。他覺得房間在縮小，就像他去探訪馬丁神父那間牢房時一樣。那股密閉恐懼症的感覺包圍了他，讓他窒息。他無法呼吸。他的皮膚在刺痛，他的關節也在酸疼。他感到頭重腳輕，他覺得暈眩。他需要出去。他需要回家。他把書本和文件都塞進他的手提箱裡，再把他的皮夾和鑰匙掃進他的健身房袋子，然後匆忙地從他的辦公室走到前台區，感覺像是有人在他的後面追趕。他走出建築物，一路不停地回頭張望，他感到有人或者什麼東西就要從他後面追上來了。即便在坐進車子之後，那種被追趕的感覺依然存在，這讓他在開車回家的路上，一次又一次地檢查著後視鏡。

直到他開上高速公路，他的身體才開始放鬆下來，他的思緒也從他的父親轉移到金的身上。他想像著她坐在廚房的餐桌旁邊，啜飲著馬克杯裡的溫茶，她的面前敞開著一本醫學書籍，而波就睡在她的腳邊。當唐利在八點鐘打電話回家和班尼道晚安時，他曾經在電話裡告訴她不要為他等門，為了準備神父的傳訊，他要晚點才能回家。她說她需要念書，不過，他知道那只是藉口。金不喜歡在知道他還在辦公室的情況下上床睡覺。她總是擔心他的安全。她現在一定很擔心了。唐利希望自己在離開辦公室之前有先打電話給她。

當他到家時，唐利並沒有打開車庫的電動門，以免開門的震動吵醒班尼。他把車子停在斜坡上的車道，然後沿著他用籬笆在屋子側面圍出來的狗場，一路走到屋子的側門。一進入車庫，他就聽到波的爪子在他頭頂上方的硬木地板發出噠噠的聲響，他知道波正在走向屋子後面的樓梯頂端，準備在牠的老位置歡迎主人回家。唐利不能上樓，現在還不能。他感到那股焦慮依然在他的體內搏動。

他聽到樓梯頂端的門被打開了。

「彼得？」

「嗯。」他應了一聲。

「你要上來嗎？」

「給我幾分鐘。」

他按下音箱上的「播放」鍵。布魯斯．史普林斯汀立刻開始吶喊「生於美國」，他正在唱著關於一隻狗太常被毆打，因此花了半輩子的時間在掩飾這件事的那個部分。伴隨著E街樂隊低音貝斯的節奏，彼得的手和腳重重地落在那個帆布袋上，讓托樑上那條吊掛著帆布袋的金屬鏈因為不停轉動而發出了嘎嘎的聲音。

他光著腳，打著赤膊，從各個角度攻擊著帆布袋，又是假動作、又是躍起，右拳出完換左拳，還有各種混合的踢腿。他的速度很快，不過卻不穩定也不精確，完全不像金教他的那樣。在沒有保護之下，他的腳和指關節很快地就紅得像覆盆莓一樣，並且開始發疼，不過，他並沒有停下來，只是繼續感受著那股釋放的暢快。他的呼吸變得費力，他的手臂和雙腿也變得沉重。史普林斯汀之後是愛爾蘭U2樂團的波諾。波諾正在唱著一首關於沒有名字的街道的歌曲。在強而有力的吉他旋律和轟然作響的鼓聲中，波諾吶喊著想要逃跑、躲藏，想要把牆壁都拆毀。

彼得彎腰、往下閃躲，從一邊迂迴到另一邊，持續地猛攻，不時跳起來出拳或者踢腿。那個沉重的帆布袋不停地旋轉，直到他的手臂和雙腿逐漸失去力氣，導致他落拳的速度變緩，他的拳頭失去了力道，只是在胡亂地搖晃。在胸口不斷起伏之下，他吐出一口又一口急促的呼吸，直到他終於再也無法繼續下去，他才用雙手抱住袋子，緊緊抓住袋子作為支撐。淋漓的汗水簌簌地流下了他的脖子和胸口。

金把那台卡式錄音機關掉。「彼得？」

直到此時，他都沒有聽到她下樓來的聲音。不知道她就在那裡。他鬆開袋子，蹣跚地往後靠在尚未完工的水泥牆壁上。

「彼得，怎麼了？發生了什麼事？」

「他回來了。」

他從來都不提他父親的名字。他不需要。金知道他被虐待的過往，她也知道他父親死於他們家裡的一場意外。但是，她並不知道詳情。他從來都沒有告訴過任何人，除了麥克・哈里斯之外。

金捧住他的臉，輕輕地將他的臉轉向自己，迫使他不得不注視著她。「你父親再也傷害不了你了，彼得。他已經走了。」

「不，」他說。「他不是走了，他只是被埋葬了。」

10

一九八七年十二月二十四日

黯淡的燈光在無菌的走廊上投下一道蒼白的光線。護士們坐在裝飾著聖誕燈的櫃檯後面查看著圖表，開始他們早班的工作。一名護士正在吃著塑膠碗裡的麥片。今天是聖誕夜，不過，這裡沒有聖誕夜。在這裡，今天只是另一個早晨，這裡只是一個不知道週末為何物、不會因為節日而停下來的地方。唐利沿著發亮的油氈地板往前走，經過輪床、亞麻袋和推車，推車上還堆滿了搖搖欲裝的空晚餐盤。他踏進盧位於心臟科的私人病房。在加護病房裡穿進盧身體裡的那些管子，大部分都被移除了，包括插在他喉嚨裡的那條管子。在這間房間裡，死亡正在逼近的感覺已經大大減弱了。

曾經在加護病房和唐利起衝突的那名醫生走進門，看到唐利讓她嚇了一跳。「這已經變成一種壞習慣了。」她說。現在是清晨五點，探病時間要在三個小時之後才開始。

「我只需要幾分鐘。我不會打擾他的。」

他們挪向門口。

「他們把他喉嚨的那條管子拿掉了。」他說。

「他現在是靠自己在呼吸。他進步了很多。」醫生告訴他，不過也謹慎地表示，她無法判斷損傷有多嚴重，或者盧身上任何部位的麻痺會不會是永久性的，這得等他復原到可以接受一連串的測試之後才能判斷，那也許就是幾天之後。然而，他們已經確定，中風並沒有損害到盧的聲帶。

「當我們移除他喉嚨裡的那條管子時，他說，『這鬼東西快把我噎死了。』」

唐利聞言大笑。「那聽起來就像盧會說的話。」

在很短的時間裡，盧就迷倒了所有的醫護。「他已經變成護士們在這裡最喜歡的人了。我想，你姨丈很容易興奮吧？」

「這種說法也太保守了。」

「我想，他靠著很大的意志力度過了這關。我要再說一次，他這次倒下很可能是因為他的飲食和他妻子所說的工作時間太長所引起的。」

唐利點點頭。「這份工作就是這樣的。」

醫生放低手中的剪貼板，看著病床上的盧。「恐怕他再也不能這樣了。」

「你的意思是？」

「他得要考慮退休。」

「這不會發生的。」

她定定地看著唐利。「就算他可以回去工作，我也不建議這麼做，」她看起來很嚴肅。「這次也許是老天保佑。如果他改變自己的飲食習慣和生活型態的話，你姨丈就可以再活很久。」

醫生說盧需要退休的事實，彷彿一個巴掌甩在了唐利的臉上。「不要告訴他，」他說。「他很愛他的工作。真的。」

「他得要學習去愛別的東西。」醫生開始走出病房。「你只能待幾分鐘。」

唐利回到盧的病床旁邊，把一隻手放在他姨丈的肩膀上。盧睜開眼睛。「你醒了？」唐利說。盧的半張臉露出微笑。另外半張則因為肌肉的拉扯而扭曲。「你覺得怎麼樣？」

「他們一直往我身上插針，痛死我了。」盧聽起來就像剛從牙醫診所回來，局部痲醉的藥效還沒退去一樣。

唐利往前傾靠，好讓盧可以比較容易看著他。

「你不要開始死盯著我看，就像你阿姨一樣；這又不是他媽的葬禮。我還沒死呢。」

唐利露出笑容。「我懷疑你的葬禮上會有這麼多人。我只是為了繼承遺產才出現的。」

「那你會很失望。」他微微露出了痛苦的神色。

唐利抬起頭，看著那個脈搏監視器，雖然他完全不知道那都是些什麼東西。「你還好嗎？」

「放輕鬆。在這裡躺了太久讓我覺得側面好痛。辦公室的情況如何？」如同大部分的律師一樣，盧也需要知道工作上發生了什麼事。

「一切都很好。露絲－貝兒現在掌管了辦公室，就像亞歷山大・海格❽一樣。」

「現在？打從我雇用她那天起，她就開始掌管事務所了，你沒有注意到嗎？」他在枕頭上轉過頭。「你看起來比我現在還要糟糕。」

「我沒事。只是有點累。」

「那個神父？」

「你知道那件事？」

「你應該更了解我才對。過去五十年裡，我每天早上都要看報紙。我沒打算讓一個小小的心臟病發改變我早晨的例行習慣。我讓你阿姨每天都讀報給我聽。」

「你應該跳過那篇報導的。」

「我看到照片了。當你看到一個神父出現在報紙上的時候，通常都不是什麼好兆頭。他們不會報導什麼好話的。」

「大主教也是這麼說的。」

「他老是把我最好的台詞偷走。他來看過我了。他說，你說服他讓你代表馬丁神父。」

「只是在你好轉之前而已，」唐利說著，從他的手提箱裡拿出一份當天早上的報紙，然後把報紙拿高，好讓盧可以看得到。「這是今天的標題。」

❽ 亞歷山大・海格（Alexander Haig，1924-2010）出生於賓州，是美國政治人物、外交官及美國陸軍退役上將，曾任白宮幕僚長、美國國務卿和陸軍副參謀長。他曾經輔佐過三任美國總統，以成功的軍旅生涯、傑出的外交才能而聞名於世。

波爾克街的神父
今天將被傳訊
地方檢察官保證會迅速採取行動

「今天？」

「一大早在閻王米爾特的面前。」

他姨丈嘆了一口氣。「拉姆齊真是個混蛋。」

「我昨天和他見過面了。」

「他想要什麼？」

「我不確定。我認為，他想要做一筆交易，但是，每個人都說我瘋了。」

「什麼樣的交易？」

「如果馬丁神父認罪的話就可以達成某種認罪協商。至少，他做了這樣的暗示。」

「終生監禁，不得保釋？」

「我們沒有談到那麼多。我才一提起，他就立刻退縮，好像我瘋了一樣。」

盧皺了皺眉頭。

「問題是，我搞不懂他幹嘛要做那種暗示。根據拉姆齊所言，他們握有足以把那個神父定罪的證據。我唯一能想到的是，他不想在他展開最後的競選衝刺之前讓自己捲入這場爭議……其實，這是露絲－貝兒的理論。我只是採納了她的說法而已。拉姆齊原本是支持馬丁神父和那間庇護所的。」

盧看起來似乎沒有被說服。「他們有什麼加重情節嗎？」

唐利放下報紙。「他們說，那個小孩在被殺害之前曾經被毆打和虐待過。」

盧短暫地把眼睛閉上一會兒，然後搖搖頭。「你不需要這麼做，彼得。這不是你需要為我做的事。幫他找別的律師吧。唐說他原本找了賴瑞・卡爾來接這個案子。就讓他去處理吧。」

「你知道我不能那麼做，盧。」

「你打電話給馬克斯・席格了嗎？」

這個問題讓唐利措手不及。「你怎麼會知道這件事？」

「不用管我是怎麼知道的。我就是知道。打電話給他。他可以支付你更高的薪水，並且給你我所無法提供給你的東西。你不欠我什麼。你的老婆和兒子才是你的責任。」

「我們現在不需要討論這個。」

盧說，「聽我說。當你還是個男孩時，你總是很悲傷。你母親也總是很悲傷。雖然我懷疑有什麼事情，但她的自尊心讓她什麼也不說。那個年代的做法和現在不同。一旦你結了婚，無論順境還是逆境，無論是好是壞，你都會維持婚姻關係。我總是忙忙碌碌的……要不是有案子在忙，就是有客戶或者朋友需要我。」盧閉上眼睛，不過，還是有一滴眼淚流下了他的臉頰。他很快地拭去淚水。「你們是我的家人。你是我外甥。我原本應該要做點什麼的。」

「盧，你不需要——」

他舉起一隻手。「不要告訴我，我能做什麼，不能做什麼。我懷疑，從現在開始，你阿姨就要大肆那麼做了。」他有點困難地吞嚥著口水。唐利發現床邊的托盤上有一只杯子，於是將吸管輕推到盧的唇邊。他吸了幾口水，才繼續往下說。「我錯了，彼得。我應該要介入，而且應該要阻止的。對不起。我希望你知道這點。」

唐利試著要開玩笑。「這是臨終前的病榻懺悔嗎？因為我和你的醫生談過了，她說你還不會死。」

「你說的完全正確，我還不會死。如果我死的話，你阿姨會殺了我。」他深深吸了一口氣，神情再度流露出痛苦。「我只是在說，如果你不想接下這個案子，你只要告訴特里布里法官說，你正在幫馬丁神父找辯護律師。如果他對你說什麼廢話的話，你就告訴他，我會從這張病床爬起來，親自去教訓他。」

唐利露出一抹笑容。「你會把我從監獄保釋出來嗎？」

盧把手放在唐利的手上。他不記得盧這輩子是否曾經觸碰過他。「你不需要我把你從任何地方保釋出來。如果你還不明白的話，那就是我剛才那番話的重點。你是一位優秀的律師，彼得，比我在你這個年紀時好太多了。你有完美的直覺，而且你的反應很快。更重要的是，你的心地善良。」盧又深深吸了一口氣，然後捏了捏他的手。「我在你這個年紀時獨立出來執業，因為我希望我有權選擇我要代表的客戶，以及我要怎麼對他們收費，即便那意味著一毛也不收。我賺的錢變少了，但是，最後，我卻得到了更多的滿足。一開始的時候，我很害怕。你會撞得滿頭包和傷痕累累。接下來你就發現，時間已經過了四十年了，然後，醫生會開始告訴你，你不能再繼續這麼做了。」

「你聽到了？」

盧點點頭。「但是，那是我的人生。你的人生不需要也像這樣。去和席格聊聊。如果他要聘雇你，那就接受，不要回頭。」

「這件事我們稍後再討論吧。我今早要去出席傳訊。」

「你和那個神父談過了嗎？」

「我試著要和他談，但他只是閉上眼睛坐在他的囚牢裡。」

盧似乎在思索著這句話。「讓我再告訴你一件事。當他們把我帶到這裡來的時候，我被綁在輪床上，燈光在我身邊模糊地掃過。我無法動彈。那是我這輩子第一次完全無法掌握情況。我懷疑狀況很糟。我就要死了、我可能再也見不到我老婆了，這樣的念頭在我的腦海裡出現。有人在問我問題，把針刺在我身上。我尿在了內褲上，各種管子來自甚至連我都不知道的四面八方。我想要用手抓住某個人，告訴他們我的名字，告訴他們我有個老婆。我想要看到一張熟悉的臉孔。然後，我感覺到有人抓住了我的手，我聽到了你的聲音，於是，我知道你會把一切都處理好。」

唐利瞬間為自己感到驕傲。他父親從來都沒有稱讚過他，就連他的足球成績也沒有讓他另眼相看。那些獎盃似乎只是讓他更生氣，也許是因為它們讓他了解到他自己有多麼的失敗。「你認為那個神父在害怕。」

「如果是你的話，你不會嗎？」

唐利點點頭。「我會處理的一切的，盧。你只要好起來就好。」

「你爬過的山比我這輩子需要爬過的還要高，但是，你還有一座山要爬，你自己也知道這點。人的過去向來都是最高的山峰，也是最困難的。然而，當你最終爬到山頂，從山頂往外眺望時，除了你接下來的人生之外，你的眼前再無長物。」

護士走進了病房，朝著唐利點點頭。

是時候離開了。

✦

唐利把他的Saab停在距離司法大廈還有一個街區的布萊恩街。上午九點整的時候，或者距離現在不到三十分鐘之內，執法人員就會把馬丁神父從他被單獨監禁的囚室護送到一間拘留室，拘留室裡會播放一段錄音，告知他的權利，包括陪審團審判的權利、面對證人和交叉詢問的權利、保持沉默的權利，以及其他憲法賦予他的權利。然後，他們會再把他帶到米爾特．特林布里法官的法庭上。

「閻王米爾特」這個綽號是他在擔任助理地方檢察官時贏得的，因為他總是堅持要對已定罪的犯人處以最嚴厲的刑罰。根據唐利所聽說的，這樣的態度在特林布里成為法官之後也沒有軟化。

唐利熄掉車子的引擎，試著要抹去臉上的疲憊。他就著一杯水吞下的四顆止痛藥對於緩解他的頭痛確實有所幫助，但是，對他一團混亂的思緒卻起不了作用。他從乘客座上拿起今早的報紙，重新考量著他沒有給盧看的那篇報導。安德魯．班尼特在中西部的親戚，也就是那批幾年來都沒有和他說過話的親戚，據說正在審視原告律師的履歷經驗，其中有部分律師還搭乘飛機橫越美國，前來爭取提供服務的機會，並且企圖要說服他的家人，那場死亡可能可以為他們帶來一筆財富。

這樣的想法讓唐利覺得噁心，他放下報紙，伸出手正要打開車門時，乘客座的窗戶響起一陣敲擊聲，讓他嚇了一跳。穿著警察制服的麥克．哈里斯手裡握著兩杯咖啡站在車窗外，他吐出來的氣息都化成了一縷縷細小的白煙。

唐利把車鑰匙重新插回去，然後降低車窗。「你在這裡幹嘛？」

「我快凍死了。開門。」

唐利打開車鎖，哈里斯隨即拉開乘客座的車門，把一杯咖啡遞給唐利。

「謝啦。」

「那不是給你的。」他把他的長腿滑進乘客座，然後取回那杯咖啡，放在連接於儀表板的杯架上。「那是給洛雪兒的。我沒辦法準時回到家，這是我的謝罪禮。」

「你怎麼知道我在這裡？」

「你打過電話給我，記得嗎？」

「嗯，昨天吧。」

「抱歉，不過我值班的時候忙得不可開交。我下班後有打電話到你家。金說你九點鐘有個聽證會。我猜，你應該不願意花錢停在停車場，所以就到處找你的車。」哈里斯皺著眉頭說。「你看起來糟透了。」

「我覺得糟透了。金還和你說了什麼？」

「她說你的床上功夫很糟糕，不過，這點我們早就知道了。」

唐利聞言大笑。

哈里斯啜了一口咖啡。「她很擔心你；她說，你最近幾天很不好受。她說，你提到了你父親。」

唐利和哈里斯是在波特羅丘男孩俱樂部認識的。哈里斯來自一個破碎的家庭，不過，他變成了一位全市籃球明星，並且透過在大學打球和短暫地轉戰歐洲球隊而逃離了那個家。他曾經想當一名FBI探員，然而，背景調查卻顯示出他在未成年的時候曾經三度遭到逮捕，其中一次還是和唐利一起。因此，他選擇加入了舊金山警察局。

「我沒事。」

「你為什麼打電話給我？」哈里斯透過他拉高到脖子的衣領說話。「把暖氣打開。」

「沒那麼冷。」

「我都可以看到我自己吐出來的氣了。你的車裡冷得像冰箱一樣。下週這個時候，我就會在夏威夷幫我的黑屁股做日光浴，並且在沙灘上喝著熱帶飲料了。」

「我以為黑人不會曬黑。」

「拜託，白人小孩，不要讓我揍你。快把該死的暖氣打開。」

唐利打開引擎，又轉動了幾個按鈕。「有件事情很奇怪，麥克。我昨天和拉姆齊見面，他暗示要協商——」

「一級謀殺是不可能的。」哈里斯搖搖頭。「地方檢察官不會對一級謀殺進行協商的。」

「為什麼每個人都知道這件事，除了我之外？」

「因為你是個蠢蛋。」

「也許是吧，不過，讓我告訴你，拉姆齊什麼都做了，只差把那幾個字說出來而已。」

哈里斯似乎在思索他的話。「你不是從我這裡聽來的，好嗎？事關我的飯碗。」

「好。」

「聽說，他們手上那個對你客戶不利的證據有很大的問題。」

「什麼樣的問題？」

「他們取得證據的方式有問題，也就是說，要使用那個證據也會有問題。」

他恍然大悟。「沒有搜索令。非法搜索和扣押。」唐利說。

「其中一名警探很顯然去了現場，然後把那裡弄得天翻地覆，包括撬開一些上鎖的門以及打開上鎖的櫥櫃。」

「他們在擔心。」唐利說。「那是一個公共場所，但也可以被視為那個神父的個人住處——也許甚至還是那些男孩的住處。那就適用不同的規則了。」他真希望自己早點知道，這樣，他就可以做點功課。

哈里斯又喝了一口咖啡。「我不懂法律的廢話，不過，我可以告訴你，那名警探被暫時停職了。」

「你認為他們可能想把他藏起來？」

「我不知道，不過，這傢伙有可能說出或做出任何事。」哈里斯說。「他是GI Joe[9]那型的人，在越南拿過勳章，是個英雄警察。他也是一個種族主義者，也是歧視同性戀的混蛋，雖然他掩飾得很好。我不知道那天晚上庇護所裡發生了什麼事，但是，我懷疑事情沒那麼單純。寇納是個混蛋，但是，在警方程序和證據這方面，他並不是笨蛋。」

「寇納？這是那個警探的名字？」

「狄克森．寇納。他在凶殺組已經超過二十年了，他老爸在被他們踢出去之前，也曾經是個警察。」

「所以，他一定知道破門而入會有問題。」唐利說。

「應該是這樣的，老兄。應該是這樣的。」哈里斯說著，把手伸向車門門把。「我得回家了，這樣，洛雪兒才能去上班。記住，你沒有從我這裡聽到任何事。晚上見。」

「晚上？」

「在你的派對上啊。聖誕夜？平安夜？齁，齁，齁？」哈里斯從口袋裡伸出手，很快地和唐利敷衍地握了握手。「我愛你，兄弟。給那個混蛋拉姆齊好看。」

唐利等到哈里斯離去之後，才從車上下來。布萊恩街上的交通越來越壅堵了。黑白相間的警車沿著電視台的卡車成排停放在路邊。有人用大力膠把電線貼緊在人行道上，手握麥克風、穿著體面的男女正在和攝影團隊確認他們的位置，這樣一來，鏡頭才可以捕捉到建築物上的加州州徽。很顯然地，所有人都期待會有一場大戲。唐利並不打算配合演出。進去、出來，就像露絲－貝兒和盧所說的那樣。他在心裡把他的三大要點覆述了一下。不要提出答辯，放棄快速審判權，此外，能少開口就少開口。

✦

司法大廈的二樓就像一道大理石隧道，沒有窗戶，只有日光燈投射出來的黯淡燈光。在這

❾ GI Joe（特種部隊）是一九八〇年代美國的動畫和漫畫，講述美國特種部隊 GI Joe 對抗神秘邪惡組織「眼鏡蛇」，避免讓眼鏡蛇統治全世界的陰謀得逞。

裡，早晨的氣氛似乎有點壓抑。幾個面露焦慮的男子擠成一團坐在破舊的長凳上和他們的律師交談，保安警衛和法庭工作人員則悠哉地在踟躕。其中一個人戴了一頂紅白相間的聖誕帽，不過，聖誕氣氛也僅止於此。

如同露絲－貝兒所言，十三號法庭將暫時交由米爾特·特林布里法官使用，這間儀式法庭通常都被預留用來執行盛大的公共活動。拉姆齊期待會有大批群眾前來，而他可能也會如願。那扇十五呎寬的門外有一面布告欄，唐利查看了一下張貼在布告欄上的刑事日程表。書記員已經把編號C87-0545、加利福尼亞州對湯瑪士·威爾森·馬丁案的傳訊排在了日程表上的首位，可能是希望能夠迅速處理完畢，然後回歸正常的例行公務。

唐利聽到身後的走廊傳來一陣騷動，於是轉過身去。只見吉爾·拉姆齊和琳達·聖克萊兒從電梯裡走出來，後面還跟著五、六名記者，包括一組攝影團隊。兩人身穿深藍色的西裝，臉上掛著燦爛的笑容，宛如在拍口香糖廣告一樣。唐利一點都不想被扯上。他伸手拉了那扇巨大木門的門把。鎖住了。他無處可逃。無處可躲。

「這位是彼得·唐利，」拉姆齊在整群人走過來時介紹道。「他是馬丁神父的代表。」語畢，各種問題蜂擁而至，有些甚至白痴到他不知道如何回答。

「馬丁神父今天早上會提出答辯嗎？」

「聽說這個案子的證據很令人震驚，對此，你有什麼看法？」

「警方說，他們在馬丁神父的辦公室裡發現色情資料。你能確認這件事嗎？」

「有共犯嗎？」

「大主教會介入他的辯護嗎？」

唐利知道自己應該要說「無可奉告」。然而，當他看到聖克萊兒和拉姆齊正在享受媒體對他的攻擊時，他的競爭心被啟動了。他清了清喉嚨說，「我知道並沒有這樣的證據。如果地方檢察官握有馬丁神父犯罪的驚人證據，但卻可以讓各位無從得知的話，那他們也太厲害了。所以，你們的報導和新聞故事才會有點枯燥無味。」

記者們笑了笑。「他們告訴了你什麼呢？」一名前排的女記者問他。

唐利誇張地聳聳肩。「我想，地方檢察官也沒有告知辯方。」

拉姆齊往前邁進一步。「誠如你所知道的，這個案子進展得很迅速。證據和官方聲明目前都暫時被保留，直到聯繫上被害人家屬為止。今天早上，這些物件都會呈給法庭。」

「我很驚訝各位可以這麼快就找到家屬，地方檢察官顯然做不到，」唐利說著，拿起那份紀事報。記者群見狀不禁發出咯咯的笑聲。只有拉姆齊沒有笑。唐利繼續說，「至於證據，讓我這麼說吧。」他看著拉姆齊。「警方部門涉及非法搜索馬丁神父的庇護所，因為沒有搜索令，這違反了憲法第四修正案賦予神父的權利，因為那樣的搜索並不合理。」

拉姆齊和琳達．聖克萊兒交換了一個眼神。記者們紛紛把錄音機挪近唐利的下巴。有些人則振筆疾書記下重點，提出更多的問題。唐利提高音量壓過記者的聲音。

「我們正在考慮提出一項動議來排除所有非法取得的證據，因為那是直接得自於那場非法搜索。我也會要求質詢執行那場搜查的警探，不過，我知道他目前因為他的不當行為而暫時被停職了。」唐利停了一下。「但是，誠如地方檢察官所言，我操之過急了。我會讓他和聖克萊兒女士今早將那些證物呈給庭上的。」

群眾立刻轉向拉姆齊和聖克萊兒。一如盧常說的，時機就是一切，有人在這個時候打開了那扇木門的鎖。當記者們開始連珠炮地再度提出問題之際，唐利拉開一扇門，閃進了門內。

一進到門裡，唐利就發現自己沒能守住他的第一項要點——能少開口就少開口。他的脾氣和競爭心再度戰勝了他。盧會說這是一種業餘的舉動：你逼我，我就把你逼回去。唐利想起麥克．哈里斯，希望沒有人會把他們聯想在一起。然後，他又想到了盧，隨即露出一絲微笑。

這真是太有趣了。

一道木頭欄杆隔開了旁聽席和米爾特．特林布里法官閣下的臨時祭壇。他推開欄杆上的雙向閘門，將他的手提箱放在距離陪審團席最近的桌上，然後取出他的便條紙、檔案和筆記，將它們和他那枝銀色的沃特曼鋼筆一一排列在桌上，那枝筆是他從法律學校畢業時，金送給他的禮物。

走廊上的音量變大了，這顯示他身後的大門已經被打開了。觀眾魚貫湧入，不到幾分鐘，向來都安靜得宛如葬禮接待室的法庭裡，就充滿了活力和竊竊私語的聲音。一名坐在圍欄後面的記者試圖要引起唐利的注意，不過，唐利並未加以理睬。他交叉雙腿，直視前方，冷靜而沉著，他的法庭儀態早已經過精心的演練。打從他的第一場審判開始，他就一直維持著這樣的姿態。他通常都會感到緊張和焦慮，直到他走進法庭，開口說出他的第一句話為止。然後，他就放鬆了。一場聽證會或審判在法庭上所需要的單一專注力，為唐利帶來了一股特定的平靜，雖然這間法庭比他之前曾經出席過的任何一間法庭都要大。法庭中央有一張兩側包裹著旗子的法官席，華麗的法官席高高在上，牆上那些燭台式的燈具和天花板上懸垂下來的枝形吊燈散發出黯淡的光芒，灑在了法官席上。一幅巨大的加利福尼亞州州徽就掛在法官席後面的深色木牆上。

法庭裡的聲音分貝持續提高，聲音從大理石地板反射到二十呎高的天花板。唐利無須轉身就知道聖克萊兒和拉姆齊已經進來了，兩人可能就像一對結婚的新人一般，正沿著走道大步走來。他聽到那扇閘門被推開的聲音。聖克萊兒朝著他點了點頭，彷彿剛才在走廊上的那場對峙並未發生過一樣，然後逕自走向另一張桌子。在此之際，法警從法官席左邊那扇門走進來喊道，「全體起立，傳訊開始。由米爾特．特林布里法官主持。」

話才剛說完，特林布里就從門裡衝出來，躍上法官席後面的四級台階，彷彿正在追逐被風吹跑的百元鈔票一樣。除了跳上台階的雜技和聲名遠播之外，特林布里的出場還是讓人失望了。瘦小的形體加上逐漸後退的髮線，讓他看起來更像一個在報稅季節裡應接不暇的會計師，而非一位法官。這間富麗堂皇的法庭讓他顯得相形見絀。當他在那張黑色皮椅上坐下來時，他突然消失在了眾人的視線裡。在往前挪動之後，他看起來就像一個坐在父親辦公桌後面的小孩。也許是意識到了這點，他將身體傾靠在前臂上，彷彿要藉此把自己撐高，然後開始忙著挪動一疊一疊的檔案，同時透過他的雙焦眼鏡看著擁擠的旁聽席。他撫過幾縷髮絲，只見他的頭髮從側面下方的分髮線往上梳過頭頂，企圖要蓋住一塊禿頭的部分，不過顯然沒有達到效果。對於主持這場傳訊，他看起來並不開心。

「傳訊第一個案子。」

那名書記員操著單調的語氣說道，「案號C87-0545。加利福尼亞州人民對湯瑪士・威爾森・馬丁。」

唐利右手邊的門打開，兩名魁梧的治安官護送著馬丁神父走進法庭。神父穿著橘色的上衣和褲子，白色襪子，以及一雙橡膠涼鞋。儘管左手腕上還裹著石膏，馬丁神父依然將雙手垂放到腹部的高度，好讓那條從他雙腿之間延伸到腳鐐上的鎖鏈不至於拉扯得太緊。他的步伐移動得很慢，彷彿永遠都無法走到大理石地板的這一頭。在靠近桌子的時候，他絆倒了。那兩名警衛立刻從他的手臂下方扶住他。

特林布里從他正在閱讀的檔案上抬起頭來。「立刻解開那些手鐐腳銬。」

聖克萊兒馬上開口。「如果法庭希望如此的話——」

「這和法庭希不希望無關。」特林布里瞪了聖克萊兒一眼，讓她大受震驚。「解開那些束縛。這裡是法庭，不是動物園。」旁聽席瞬間爆發出一片低語，特林布里的木槌也立刻重重地敲了一聲。「今天早上，我不會容忍我的法庭上出現任何喧鬧。」他咆哮著。「如果有任何胡鬧的行為，我就結束傳訊。」

閻王米爾特掌控了全局，他正在開學第一天樹立基本的準則。

那兩名治安官解開手銬腳鐐，將馬丁神父帶到唐利旁邊的椅子坐下。神父的狀況看起來比昨天還要糟糕，他的下巴已經明顯地被鬍碴遮住了。唐利想起盧提醒他的話，神父可能感到很害怕，在意識到他身後坐著一群將他的客戶視為怪物的觀眾之下，唐利謹慎地伸出他的手。馬丁神父在握住那隻手之前遲疑了一下。

「表明你們的身分，律師。」特林布里指示道。

「琳達．聖克萊兒，代表加利福尼亞州人民，法官大人。」

「彼得．唐利，特別代表被告湯瑪士．馬丁神父出庭。」

「特別代表？那是什麼意思？」特林布里聽起來有點惱怒。

「我今天代表馬丁神父。然而，我還沒有得到馬丁神父的同意。」

「那你是什麼，裝飾品嗎？」

法官的反擊讓聽眾席響起一片模糊的笑聲。特林布里絲毫沒有浪費可以擊垮唐利的任何一秒鐘。「正常來說，我的夥伴，盧．吉安提里應該要在這裡，但是，他因為心臟病發和中風，現在正躺在醫院裡。」唐利說。「馬丁神父和我尚未交談過，因此，我不知道他是否要我當他的律師。」

特林布里在他的座位上顯得有點坐立不安。「唐利先生，我剛才有點失言了。我在此表達歉意。我聽說了吉安提里先生的事，但並不知道他和此案的關係。他怎麼樣了？」

「他正在努力對抗病魔。」

「我想也是。請代我傳達希望他早日康復的祝福。」

「我會的，法官大人。」根據露絲－貝兒的說法，盧和特林布里曾經有過爭吵，這讓他有一種預感。他認為那代表著特林布里是一名好律師，而唐利推測那讓雙方保持了對彼此的相互尊重。

「在這種情況下，我會假設，馬丁神父還沒找到律師。」特林布里表示。

聖克萊兒打岔地說。「法官大人，馬丁神父確實見過——」

特林布里打斷她的話。「聖克萊兒女士，讓我們把話說清楚。當我說話的時候，你就好好聽著。當我希望聽到你的意見時，我會請你表達。就這麼簡單。嚴格遵守這樣的規矩，我們就不會有問題。如果不這麼做的話，今天早上就會很難度過。明白了嗎？」

「明白了，法官大人。」聖克萊兒回答。

特林布里轉向馬丁神父，然後宣讀著事先準備好的聲明。「湯瑪士．威爾森．馬丁，你現在人在舊金山高級法院。你受到舊金山郡警的監禁，並且為了傳訊的目的而出席本庭。」語畢，他抬頭看著神父。「你在拘留室的時候，有聽到錄音帶播放你的個人權利嗎？」

「有。」馬丁神父說。

特林布里看向唐利。「你和馬丁神父討論過他受到的指控嗎？」

「我的辦公室昨天晚上很晚的時候收到了一份傳真的訴狀。所以，沒有，我還沒有和馬丁神父討論過。」

特林布里用手摸了摸自己的下巴，彷彿在檢查他的刮鬍功夫。「好，我在此鄭重聲明，我現在要宣讀由地方檢察官提出的刑事訴狀。然後，我想我們將會進行一些討論。馬丁神父，唐利先生收到了一份訴狀。那份訴狀指控你於一九八七年十二月二十一日，在加州舊金山郡的舊金山司法區違反了法律。第一項控訴是，你違反了刑法第187條，犯下謀殺罪，因為你當時的行為導致一名少年安德魯．班尼特的死亡。在第二項控訴裡，你被指控違反刑法第190.2 (a) (17)，亦即犯下了重大的犯罪行為，被告涉及犯罪行為，或者企圖犯下重罪。」特林布里停下來，看向聖克萊兒。「這個重罪是指什麼，聖克萊兒女士？」

「本州打算提供足夠的事實，來證明有特殊情況的存在。」

「我認得字，聖克萊兒女士。那些事實所指為何？所謂重罪是指什麼？」特林布里不耐煩地重複他的問題。

她微微朝著旁聽席示意。「基於安德魯．班尼特遭到如此令人髮指、罔顧人命的手段殺害，包括施虐，這就足以被視為特殊情況。」

語畢，法庭一片譁然。地方檢查官是否會尋求判處死刑以及為什麼，顯然已經在所有人的腦子裡引發了好奇。任何認罪協商的可能性現在都化為了烏有，唐利心想。

特林布里搖搖頭。「聖克萊兒女士，以防你沒有注意到，這個巨大的法官席就在這裡，而我今早就被迫坐在它的後面。那意味著我人就在這裡。你可以向法官陳述你的論點。我估計，所有的證據都列在這些文件裡了吧？」

「是的，法官大人。我是否可以呈上郡驗屍官艾佛雷德．謝克的報告？」

「可以。」

她把一份報告遞給唐利，也把一份遞給法庭的書記員，後者踮起腳尖，把那份報告交給了高高在上的特林布里。唐利把報告放在律師桌上，試著不要流露出任何情緒。

特林布里轉向他。「我想，你已經看過這份報告了，唐利先生？」

「沒有，法官大人，這是我第一次看到。」

特林布里法官將他的那份報告翻過來蓋在桌上。「那麼，我們現在就不宣讀這份報告。」

聖克萊兒看起來被激怒了。

特林布里看著唐利。「我猜，你有一些事情要和本庭討論？」

「法官大人，由於我們在昨天很晚的時候才收到訴訟的傳真，當時已經過了上班時間，而我們又在現在才收到驗屍官的報告和相關文件，被告要求推遲提出抗辯的時間。」

「法官大人，我們反對任何拖延這些訴訟程序的企圖。」聖克萊兒說。

特林布里把他的老花眼鏡挪到鼻尖上。「我不同意，聖克萊兒女士。如果被告並不知道他所遭受的指控，那麼，我們就不能合理地期待他提出抗辯。這在我看來似乎是很基本的。我打算延後這些程序——請注意聖誕假期就要到了。唐利先生，你需要多少時間？」

「我想建議在新年之後，法官大人？」

「很好。法庭書記會發出通知。」特林布里法官舉起他的木槌。

唐利發出一聲嘆息。延期會讓他有機會喘息，享受一個聖誕假期，並且讓他有時間幫馬丁神父找一名可以勝任的律師。

「可是，我是清白的。」

唐利轉向神父，他覺得自己的膝蓋窩都軟了。

特林布里放下他的木槌，往前傾靠。「馬丁神父？」

唐利靠近他的客戶，低聲地說，「你現在不需要抗辯。」

「你沒有義務要抗辯，馬丁神父，」特林布里說。「你的律師剛才已經尋求延期，而且也獲准了。」

「我了解，法官大人。但是，我是清白的。我沒有殺害安德魯．班尼特。」那對煤炭般的黑眼睛已經不見了，取而代之的是柔和的褐色。「我不需要更多時間來提出抗辯。」

法庭出現了一陣騷動。這回，特林布里一連敲了好幾槌才讓群眾安靜下來。特林布里在把注意力轉回馬丁神父身上之前，看了唐利一眼。「被告希望現在就提出抗辯嗎？」

唐利看著神父，又看向法官席。「法官大人，我要求和我的客戶商討一下。」

「法官大人，唐利先生剛才說，他今天並非馬丁神父的代表。」聖克萊兒反擊道。

特林布里舉起一隻手。「如果馬丁神父現在要提出抗辯的話，那他就是了。」

馬丁神父靠向唐利，後者拿起一本便簽擋住旁聽席的視線，讓群眾看不清他們交談的畫面。

「我是清白的。不是我做的。」他說。

「就算你是清白的，你也不需要現在提出抗辯，」唐利說。「這樣才能讓我們有時間取得證據。」

「我明白，我也很感激你的建議，但是，我想要提出無罪的抗辯。」

唐利審視著神父的臉，他看出神父對自己的想法很堅定。「你確定你想要這麼做嗎？」

「我確定。」

「唐利先生？」特林布里法官開口。

法庭的一切都變成了慢動作。在他的腦海裡，唐利看到和聽到了一群人。麥克・哈里斯啜飲著他的咖啡，告訴他那些證據是有問題的，他說那個退伍軍人警察犯了一個低級錯誤。露絲－貝兒站在他的辦公室裡告訴他，地方檢察官不會對一級謀殺進行協商，盧躺在病床上抬頭看著他，告訴他相信他的直覺。

「唐利先生？」特林布里開始失去耐心。

唐利從那條思緒的隧道裡出來。馬丁神父對他露出笑容。「我是清白的。」

唐利面對著法官席。旁聽席似乎在往前傾靠，彷彿這間法庭剛剛從它的地基上滑落，全都往房間的前面擠過來了。

「我的客戶提出了無罪抗辯，法官。」

旁聽席鼓譟了起來。

米爾特・特林布里點點頭，雖然他的眉頭深鎖。「本庭將接受被告的無罪抗辯。我現在要依據河濱郡的先例，對於本案的合理根據做出獨立的裁決。你的客戶要放棄快速審查權嗎，唐利先生？」

既然採取了攻勢，唐利決定不要退縮。他不打算給拉姆齊和聖克萊兒更多時間去整理他們的證據。「法官大人，被告要求立刻初步地檢驗證據。我們打算對警方在這個案子中取得的所謂實體證據提出質疑，因為那是在沒有搜索令之下進行非法搜索的產物。他們取得的證據，以及所有從這個東西衍生出來的證據都有污點，因此不能採信。」

法庭再次譁然，就像一座巨大的引擎發出了嘈雜聲。

聖克萊兒匆忙反應道，「法官大人，所有已經被取得的證據最終都會被取得。證據是在那棟房子裡發現的，就在謀殺現場的走廊對面。那很清楚地符合尼克斯對威廉姆斯案所列舉的例外情況。」

「也許是吧，法官大人，」唐利反駁道。「不過，現在不是檢方提出循環論證的時候。聖克萊兒女士藉由先將馬丁神父定罪，來正當化警察部門的非法搜查行為。她認定警方可以拿到搜索令，去搜索被鎖上的辦公室，那間辦公室同時也被馬丁神父用來當作個人的住處，但是，關於警方一開始為什麼會到庇護所去的合理原因，她並沒有提出理論根據。那些警探們無意間在馬丁神父工作和居住的庇護所發現了一具屍體。他們不能為了要將他們非法搜索的行為正當化，就企圖並且認定他為罪犯。我們也打算證明那些非法取得的證據具有瑕疵。至於要說在那間房間裡發現了馬丁神父的指紋和鞋印就更可笑了，因為馬丁神父的工作——」

特林布里敲了敲他的木槌打斷他。「到法官辦公室見我。就是現在。」

特林布里法官的辦公室也有著同樣的深色橡木鑲板，不過辦公桌卻簡樸許多。辦公室的架子上塞滿了陳年的法律書籍、鑲嵌在相框裡的照片，還有令人嘆為觀止的各種形狀和尺寸的精緻模型火車。遠一點的角落裡擺了一張嬰兒床，裡面放了保險桿、一條被子和一輛米老鼠汽車。唐利在辦公桌後面的一個架子上看到一張照片，照片裡是特林布里法官的幾個孫子，雖然，他懷疑今早他們會分享什麼關於嬰兒的故事。

等到聖克萊兒和拉姆齊也都進到他的辦公室時，特林布里已經脫掉了他的法官袍，露出一件淺藍色的短袖襯衫和一條印有華麗聖誕樹的領帶。他陰沉的臉色讓所有人都知道他的不悅。

「坐下。」他們服從地坐下來。「今天發生的事以後不准再發生在我的法庭裡。司法系統是要執行正義。它關乎受害人和被告的權利。而不是關乎你們。」

「法官。」拉姆齊操著聊天式的語氣說。

「我還沒說完，拉姆齊先生。我法庭裡最優秀的律師，是那些我記不得的律師。那些人在毫不張揚之下有效率地執行他們的工作。讓我記得的都是一些賣弄炫耀、譁眾取寵的人。那不是司法系統要的。從現在開始，我堅決禁止你們任何一個人，或者你們的證人，對媒體發表談話。」

「法官大人——」聖克萊兒開口。

「你要嘛就當個電視評論員，要嘛就當一名律師，聖克萊兒女士。你自己選擇。」

「法官大人，我要表達不滿──」

「而我則對成為今早這齣戲的一部分感到不滿，」特林布里咆哮道。「我也對那些貶低法庭和司法系統的律師感到不滿，這些人就像二手車的業務員一樣。我無法控制媒體，但是，我可以控制你們。當你們在我的法庭裡時，你們就是律師。你們每個人都是。一旦出了法庭，我期待你們的言行舉止能像個專業人士。你們不會和媒體討論這個案子。我希望可以自由交換證據。從此刻開始，唐利先生可以取得你們所持有的任何證據，完全不受限制。」

他轉向唐利。「唐利先生，我不會容忍法庭上的戲劇行為。如果我發現你客戶的行為或你提出要儘速舉辦初步聽證會是為了這個目的的話，我將會嚴厲地處罰你。明白了嗎？」

「明白了。」唐利說。

特林布里坐下來。「你的動議將會在下週四審理。」

唐利點點頭。時間很短，特別是中間還夾了聖誕假期，但是，他沒有商榷的立場。當法官也得在假期中工作的時候，他們是不會有同情心的。他也懷疑特林布里是在藉此教訓他「小心願望成真」。他要不就付諸行動，要不就閉嘴。

在接下來的十分鐘裡，他們就動議、證人和其他事項的法庭程序進行了討論。特林布里訂下基本的規矩，避免這個案子壓垮他的工作人員和行事曆。法官，一如學校的教師，鑒於他們在社會上的重要位置，都是超時工作和薪水過低的一群人。盧已經不只一次建議唐利，除非必要，千萬不要為法官造成更多的工作量。他們不會因此而感謝你，但是，加重他們工作量的結果只會更糟糕。

唐利適時地點點頭，不過，大部分的時候，他都聽從了露絲－貝兒的第三個忠告，把他的嘴巴緊閉起來。

「法官大人，」拉姆齊說。「由於法庭對初步聽證會所訂下的時間表十分緊迫，我們要求馬丁神父接受驗血。」

特林布里法官看著唐利。「你覺得呢，唐利先生？這個要求很公平。」

唐利知道特林布里傾向這個提議，他也看出沒有必要表現得不通情理。如果他合作的話，他可以幫自己加分。「我會和馬丁神父商量。我想應該不會有問題。我會再通知聖克萊兒女士。」

在任何人可以多說一句話之前，特林布里法官解散了他們。「我的職業生涯裡錯過了太多的家庭假期。我不打算錯過聖誕夜。今年，我要扮演聖誕老人。」

他們全都報以微笑，很快地離開了法官辦公室。

拉姆齊在走廊上叫住唐利，把他的雨傘遞給他。「我想，你昨天把這個落在我的辦公室裡了。」

唐利收下那把雨傘，但是，拉姆齊並沒有立刻鬆手。他笑了笑。然後，不說一句話地轉身，朝著一扇後門走去，顯然不再有興趣面對他無法迎合的媒體。

11

當鐵門關起來的時候，唐利把他的手提箱放在桌上。馬丁神父站在郡監獄的律師會客室另一頭，望著一扇長方形的雙層玻璃窗外面。唐利知道，透過窗戶，神父可以從某個特定的角度看到舊金山的天際線。雖然那裡和監獄的距離很短，但感覺起來必定像是中間隔了個分水嶺。

「馬丁神父？」

馬丁神父轉過身，走向桌子。「請叫我湯姆，唐利先生。沒有人叫我馬丁神父。」

「彼得。沒有人叫我唐利先生。」

他們握了握手，然後各自拉開椅子，坐在桌子的兩頭。

「我不是殺人犯，也不是戀童癖。」馬丁神父說。

「我不是一個刑事律師，」唐利回覆他。「嗯，我的意思是，我從來沒有幫任何遭控謀殺的人辯護過。如果我們要往下走的話，我需要找個比較有經驗的人加入。法庭會強制要求這麼做的。」

「我了解。」

「我想要為我那天逃出這個房間表達歉意——」唐利說。

馬丁神父舉起一隻手。「我不怪你；你一定以為我是個瘋子。」

「你為什麼不和我說話？」

馬丁神父低下頭。當他抬起頭時，他的眼裡蒙上了一層淚水。「我不知道。也許是震驚吧。我想，很多原因吧。空腹吃了止痛藥；我覺得好像是我殺了安德魯。我又回到了多年前的那種處境，回到了我獨自一個人對抗全世界的處境。你是一張陌生的臉孔。我以為你是公設辯護人辦公室派來的。」

「我了解那種感覺，」唐利說。「可是，你說，你覺得好像是你殺了安德魯，那是什麼意思？」

馬丁神父在開口之前深深吸了一口氣。「那些男孩叫他字母。我叫他安德魯。那些綽號是一種貶損，因為它們來自於街頭。我用的是上帝賜給每個男孩的名字。」

「這麼說，你確實認識他。」唐利說著，從他的手提箱裡拿出他的記事本和鋼筆。

馬丁神父搖搖頭。「我知道很多關於他的事。我不認為有人真正認識安德魯。這很正常。很多這樣的孩子過著多重生活。他們在街頭展現的那個人，並不是真正的他們。為了生存，他們砌起了一道牆。」

關於堆砌高牆的事，唐利再了解不過了。

「安德魯之所以能在街頭生存，是因為他很聰明，而且善於應變，但是，就像大部分海洛因上癮者，他總是在找賺錢或者偷竊的機會。街頭上沒有人真的控制得了他。他對任何人的憐憫和幫助都不感興趣，那就是為什麼當他在那天下午來到庇護所時，我會感到那麼驚訝的原因。」

「他是幾點到的？」

「滿早的，大約五點。就算他不是我認為最不可能來到庇護所的人，不過也很接近了。」

「他有說他為什麼去那裡嗎？」

「沒有。我也沒有追問。他當時很不安。我以為是毒品的關係，不過，我決定讓他待在那裡。我通常不會那麼做的。我不允許庇護所被當作臨時住所。我想，那是因為我希望他之所以來庇護所，是因為他想求助。我不想拒絕他，或者嚇到他。讓孩子們來到庇護所是最困難的部分。只要他們來了，我能幫助他們的機會就會大大地提升。你明白我的意思嗎？」

唐利明白。

「我讓安德魯自己一個人待著。當我那天晚上稍晚一點回到宿舍去查看他的時候，他已經走了。」

「那是幾點的事情？」

「他離開的時間嗎？我不確定，不過，我注意到他大概是在七點左右離開的，就在我坐下來付帳單之前。我猜，他受不了了，他需要吸毒。但是，我也無法擺脫一種感覺，我覺得我應該要花點時間陪他，和他說話，如果我有那麼做的話，也許他就會留下來。我讓庇護所的壓力影響了我；庇護所在財務上很吃緊。」

「我需要知道細節，」唐利說。「而且，我會強迫你說得非常具體，具體到讓你覺得不舒服。」

「我了解。」馬丁神父說。

✦

艾琳．歐馬力坐在她的辦公桌後面，她覺得似曾相識的感覺又重演了，或者管它叫做什麼感覺。吉爾．拉姆齊和琳達．聖克萊兒持續拷問著她和約翰．貝格利警探。

「我不知道他是怎麼發現的。」貝格利伸出雙手，彷彿正在把一頭被犧牲的羔羊獻祭給諸神一樣。「這種事就像自有生命一樣，無法受到掌控；我沒辦法控制每個人說的話。那有可能是某個警員的妻子的朋友剛好在雜貨店碰到某人的時候說的，而後者又剛好認識唐利。」

拉姆齊在辦公室裡踱步。歐馬力從來都沒有看過他這麼焦躁不安。他朝著她伸出一根手指。「那會讓你的部門和你給人留下不好的印象。如果他們要針對這點提出抗議的話，我無法保證那些證據會被採納。」

她不理會這樣的威脅。「木已成舟。他最終還是會知道那些證據有問題。這不可能永遠都隱瞞得了。現在的問題是，要怎麼處理。」

拉姆齊轉向聖克萊兒。「你認為他是否刻意安排讓馬丁神父提出抗辯，這樣，他就可以提出動議，要求加速檢驗那些證據。」

「你太抬舉他了。他只是在虛張聲勢。」聖克萊兒說。

「真的嗎？因為感覺像是他在拆穿我們的虛張聲勢。」

「那就讓我們來玩一把吧。我喜歡我手中的牌遠勝過他的。我告訴你，法醫——」

拉姆齊打斷她。「血跡？指紋？你聽到他今天在法庭上說的話了。他立刻就對那些東西提出反駁。如果那些證據被否決的話，我們就沒有凶器和動機了。我們有的只是一個住在庇護所裡、急著要去幫助一個已經死亡的男孩的神父。唐利會把馬丁神父塑造成完美的撒馬利亞人。」

歐馬力介入這場爭論，希望能讓這段對話有個結論。她看著貝格利。「我們都知道些什麼，約翰？」

「法醫從辦公室裡採集了血液樣本、指紋、潛在的凶器。不過，拉姆齊先生說的沒錯；那可能並不重要。馬丁神父住在庇護所裡。」

歐馬力又問，「你說『潛在的』凶器是什麼意思？我以為我們已經確認了？」

貝格利搖搖頭。「那名驗屍官只會說，被刺的傷口吻合他預期中拆信刀會造成的那種傷口，他不會說那把拆信刀就是凶器。」

「也就是說尚未確認。」她說。

「那把刀上全都是那個孩子的血跡，」聖克萊兒譏笑地說，彷彿房間裡的每個人都是笨蛋。「不然的話，血跡為什麼會在刀子上？」

貝格利搖搖頭。「那個神父為什麼要在庇護所裡殺了一個孩子，然後把凶器留在那麼明顯的地方？他為什麼要全身是血地坐在那裡？」

「他能去哪裡？」聖克萊兒說。「我還遇到過有殺人犯在殺了他們全家之後，還坐下來用同樣的那把刀做三明治呢。你們警方找到他的時候，他正坐在桌邊，把那把刀沾進美乃滋的罐子裡。誰知道這些人為什麼做這種事？」

「這不太合理。」貝格利聽起來已經厭倦了這場爭辯。

「我會讓它變得合理。」聖克萊兒說。

拉姆齊搖搖頭。「你最好希望特林布里下次的心情會比較好。」說完，他轉向歐馬力。「我們去搜查庇護所需要的搜索令處理得怎麼樣了？」

「快拿到了。」

「很好。我希望在假期過後儘快到那裡去。」然後，他對著聖克萊兒說，「我要那份搜索令涵蓋那個神父所有的個人住處，包括那間庇護所。還有，在我們進去之前，派個警衛守在那棟房子的入口處。」

「自從那棟房子被封鎖之後，一直都有一名警衛守在庇護所。」貝格利說。

拉姆齊看著貝格利。「其他的證人呢？」

「像兔子一樣地鳥獸散了。我們唯一確定那天晚上也在那裡的一個人，就是被寇納打到送醫院的那個，他現在因為服用了太多止痛藥的關係，連自己的名字都說不清。」

「一定有紀錄，」聖克萊兒說。「那間庇護所有收取州政府的補助。」

「你有找到類似那樣的東西嗎？」拉姆齊問貝格利。

貝格利搖搖頭。「沒有。」

「把它列在傳票上。」拉姆齊交代聖克萊兒。

「我會調出死者的少年檔案，看看是否有可以派得上用場的資料。」貝格利提議。

「不用，」拉姆齊說。「除非我們讓它變得相關，否則的話，那些檔案就無關緊要。不用麻煩了。」他再度轉向聖克萊兒。「打電話給唐利。看看他的客戶是否同意提供血液樣本；如果那個神父的血跡在犯罪現場被發現的話，那麼，局勢就會改觀了。」

「還有一件事，」歐馬力說。「在我暫停寇納的職務之後，我讓約翰把他正在處理的案子調出來，這樣，我才可以把那些案子分配給其他人。那可不是我手下的警探們所期待的聖誕紅利。」她一邊說，一邊看著貝格利。

「寇納有兩個案子引起了我的注意，」貝格利說。「有另外兩個街頭的孩子最近也遭到了謀殺。」

「有證據顯示那和這個案子有關聯嗎？」拉姆齊問。

「我不知道。其中一個孩子遭到槍殺。他的屍體在方斯頓港被發現。另一個是被勒斃的，並且在市場街南邊的垃圾箱裡被發現。」

「他們兩個有誰和馬丁神父的庇護所有關係？」拉姆齊問。

「不確定。調查還沒有結果。」貝格利說。「他們有可能只是和毒品有關；兩個被害人都是出了名的重度癮君子。」

拉姆齊站在門口，外套掛在手臂上。「我不想做一些徒勞無功的事情。除非這幾件事之間有什麼關聯，不然的話，我們就把焦點放在這個案子上吧。我們必須要專注。」他看了看手錶。「時間不早了。今晚，我們各自都有我們需要去的地方。」

✦

唐利已經把領帶拉鬆、解開襯衫的領口，連衣袖都已經捲高到前臂上了。馬丁神父喝光應該是咖啡的半杯液體，然後把那只保麗龍杯子扔進垃圾桶裡。

「那份悲傷讓我難以承受，」馬丁神父說。「失去一個如此年輕的生命真是令人惋惜，但是，對於殺害安德魯、並且把他放進一個飼料槽的人而言……什麼樣的變態才會做出那種事？」馬丁神父搖了搖頭，做了一個深呼吸，然後吐出一大口氣。「在那之後，一切就失去了控制。那種感覺就像置身於一場噩夢裡，但是卻無法醒來一樣。你知道那是什麼感覺嗎？」

我太了解了，唐利心想。

「當你來到我的牢房時，你只是那個噩夢的延伸。直到大主教來探視我，我才又回到了現實裡。」

「沒有必要在今天提出抗辯的，」唐利說。「在第一次聽証會的時候提出抗辯是很少見的。」「法庭裡擠滿媒體也一樣很少見。」

唐利露出一絲笑容。「你是故意那麼做的。」

「就像你是故意要和我握手一樣。我在宣傳庇護所的時候學到的事情之一就是，你可以利用媒體，也可以被媒體利用。我把今天的法庭當成一個平台，讓殺害安德魯的凶手知道這件事還沒有結束。」

「我們來談談你的辯護。首先，你需要了解到，法律的世界並不是真實的世界。」唐利模仿著盧對客戶說過的一句話。「可能是黑白的東西，在法庭裡經常都是灰色的。」

馬丁神父站起身踱步。「你是在告訴我，真相和你能夠證明的事是兩回事。」

「沒錯。」

「我了解，我對司法系統多少也算熟悉。我小的時候也惹過一些麻煩。」

「他們能發現什麼？」

「幾個罪名，包括偷竊、開贓車、蓄意損毀，還有一兩件我現在一時半刻想不起來的事。我母親獨力養大七個孩子。她同時要做好幾件事，不可能永遠都在我們身邊。」

「那些都不重要。特林布里法官絕對不會把這些事納入考量。」

「也許不會，但是，媒體會報導。」

唐利往後坐，伸展著雙腿。過去兩天來的壓力已經開始消退，他的身體陷在椅子上，彷彿正在緩緩地消氣。他想起那天早上他和盧的對話，他們談到馬丁神父一定很害怕，尤其是如果他是無辜的話。

唐利用他鋼筆的筆尖指向神父。「我沒辦法不注意到那個刺青。」

「我在街頭長大，」馬丁神父聽起來有點戒心。「我和在街頭長大的孩子逃家，也因此而惹上麻煩。我吸毒又喝酒，我打輸的架比打贏的多，並且在我十三歲的時候失去了童貞。」

「十三歲？哇。」

「在我成長的環境裡，你唯一擁有的就是自我展現的方式。我留著這個刺青和耳環是為了提醒自己，我是怎麼走到今天的。這為我的神職工作帶來了希望。」

「我只是要說我喜歡那個刺青，」唐利表示。「我的小腿上有一隻豹。」

馬丁神父不再踱步。「抱歉，我想，我對這個話題有點敏感。為什麼是豹？」

「高中時候的吉祥物。」

「你是運動員？」

「足球員。為什麼是老鷹？」

「綽號。」馬丁神父把頭轉到側面，指了指自己的鼻子，他的鼻子看起來不只斷過一次。

唐利點點頭。「那你怎麼會變成神父的？」

「但願我有比較好的答案。」

「我相信你常常被問到這個問題吧。」

「經常。如果我可以告訴孩子們說，我是因為頓悟的關係，那聽起來顯然就會比較有趣，你知道的，例如天堂的大門打開，一隻大手出現在雲層裡，用微彎的一根手指指著我。」

「如果你真的這麼對孩子們說的話，我也許可以用發瘋的名義讓你脫罪。」

馬丁神父笑了笑。「在我成長的過程裡，教會一直都是我生命的一部分。事實上，如果我不是在我成長的地方長大的，我也許不會變成神父。我母親曾經每星期天都把我們拖到教會。為了討好我的兄弟，我會抱怨去教會的事，但是對我而言，當我來到那些台階、打開那扇巨大的木門時，整個世界就改變了。我聞到焚香的味道，看到金色和銀色的裝飾上閃爍著光芒，我只覺得平靜。我覺得很自在。」

當馬丁神父盯著地板看時，唐利知道，神父正在想自己是否還有機會再度感到那種平靜。馬丁神父揚起目光。「檢察官說的是真的嗎？安德魯被虐待？」

「她是從驗屍報告來推斷的，」唐利說。「比起回答我的問題，驗屍報告讓我產生了更多問題。聖克萊兒說，一名街頭娼妓遭到了強暴和虐待，這種說法聽起來很牽強。我想，她是在說給媒體聽的。」

「但是，有虐待的跡象？」馬丁神父追問。

「是的，是有某些跡象。我們來談談那天晚上的事，」唐利說。「從停電開始。是保險絲的問題嗎？」

馬丁神父搖搖頭。「我不知道。我沒有機會弄清楚。」

唐利做著筆記，提醒自己要查出庇護所所在的地區電網，那天晚上是否停電。

「你知道那些照片是哪裡來的嗎？」

「我唯一能想到的是，照片是那天晚上登記入住的男孩其中之一帶到庇護所來的，然後就把它們藏在他們的櫃子裡。」

「那支拆信刀呢？」

「那是我的。我不知道安德魯的血是怎麼會沾到那上面的。」

「你最後一次看到那把拆信刀是什麼時候？」

「那天晚上稍早的時候。我用它來拆開帳單。」

「所以，它就在你的桌上。」唐利在筆記本上提醒自己，要記得問住進庇護所的那些男孩的姓名。「好，一個人要如何把一具軀體——不管是死是活——弄進庇護所裡而不引發任何人的注意？」

「可以借我嗎？」馬丁神父朝著唐利的筆記本和鋼筆伸出手。他一邊粗略地畫下那間庇護所的格局，一邊往下說。

「我也想過這個問題。從我的辦公桌，我可以看到每一個上樓來的人。走廊對面就是那間康樂室。換句話說，沒有什麼可以逃過我的視線。那就是我把格局配置成這樣的原因。」

「有其他的入口嗎？」

馬丁神父點點頭。「康樂室後面有一道樓梯，往下通到鍋爐間。那裡有一扇門可以通往外面的公園，所謂的公園只是一片圍著鐵絲網的柏油地而已。遊民會睡在那裡。樓梯間距離街上並不遠。我向來都把康樂室裡面的那扇門和通往公園的那扇門鎖上。兩扇門外面都沒有把手，只是一片金屬板。除非有人從裡面幫你開門，否則你無法進去。」

「除了你之外，還有誰知道？」

「幾個以前曾經待在庇護所的男孩；我曾經發現有人在宵禁之後打開那扇門，好讓他們的朋友進來。我試著定期去檢查……不過，它應該一直是鎖著的。」

唐利坐回椅子中間，思索著。「對於一個帶著一副軀體——不管死了或還活著——的人來說，要碰運氣看看那扇門可能或不可能打得開，還真是一大賭注。」

馬丁神父點點頭。「我同意。」

「所以，一定有人撐開了這兩扇門。」

「我覺得安德魯最有可能，不過，那並不合理，除非那個凶手騙了他。」

「那天晚上，你沒有檢查那扇門嗎？」

「沒有。」

「有其他人曾經幫你檢查過嗎？」

「丹尼偶爾會。」

「丹尼是誰？」

「丹尼・西蒙。他晚上的時候會在庇護所裡幫忙。」馬丁神父搖搖頭。「丹尼不會做那種事的，不過，他可能會比較清楚誰可能那麼做。」

「我可以在哪裡找到他？」

「他在一家酒吧後面有一間房間。那酒吧叫做格拉伯牛排或格拉伯之家，類似這樣的名字。至少，它以前叫做這個名字。」

「那天晚上在庇護所裡的其他男孩呢？我要怎麼找到他們？」

馬丁神父搖搖頭。「我不確定你能找得到他們。他們不見了，而且他們不會和任何他們不認識或不信任的人說話。」

這點，唐利也了解。經過那麼多年的等待之後——等待有人來幫助他和他母親，他最終放棄了希望。

「那讓我來擔心就好。我要怎麼知道那天晚上有誰在庇護所裡？」

「我有一份紀錄。那是州政府要求的。」

「在哪裡？」

「在我辦公桌右上方的抽屜裡。我把那份紀錄夾在我的《聖經》裡。」

唐利停下手中的筆，從記事本上抬起頭來。

「那間庇護所的成功取決於信任。除了州政府的資金沒有被列入機密之外，那些名字和每個孩子帶到庇護所來的物品清單都被我夾在《聖經》裡，受到嚴格的保密。」

唐利檢視著他的筆記。「今天下午，我應該可以拿到警方和目擊者的聲明。我在法庭裡演的那齣戲是很即興的。現在，他們的論據是血跡和指紋。他們會用很多科學數據和統計數字來讓陪審團刮目相看，不過，我可以駁斥掉。其他的部分可能無法被列為證據，因為他們沒有搜索令就搜查了你的辦公室。他們會用各種方式來解釋，不過，我們還是有機會。因為你也把那裡用來當作你個人的住處。我們得辯護說，不管是誰把照片放在那裡的，那個人也把血跡弄到拆信刀上面，不過，沒有更具體的證據，我們看起來就會像是在孤注一擲。」唐利把筆蓋蓋上，然後站起身。「我就從這些先著手。」他拾起他的手提箱，穿上他的外套。

「你祈禱嗎，彼得？」

唐利扣上他的袖扣。「恐怕很少，神父。」

「我相信，上帝在我們最黑暗的時刻和我們靠得最近。」

唐利不同意，不過，他不打算爭辯。「這點，我得要相信你。」

他們互相握了握手。然後，唐利走到那扇鐵門，敲了兩次。

「聖誕快樂，彼得。」

鐵門打開，唐利又忘了。聖誕夜。「聖誕快樂。」他說。他踏進走廊，那扇重重的鐵門在他身後關上了。

12

馬丁神父蹲在固定於牆上的鐵架床旁邊，薄薄的床墊上有一只空空如也的晚餐托盤。這是他超過四十八小時以來的第一餐，不過，食物的味道卻乏善可陳。炸雞和馬鈴薯泥有一種粉筆般的、高碳水化合物的味道。綠色的豆子也煮過頭了。不過，他還是把每一口都吃光了。

彼得．唐利讓他重新燃起了希望。

他把注意力放在他每天的禱告上，並且將那些禱告奉獻給唐利。他不知道唐利有什麼樣的過去，導致他對世界的看法如此晦澀，然而，長期以來和身陷麻煩的年輕人打交道的經驗，讓他可以分辨出這類的人。唐利小心翼翼地塑造了一個形象，來隱藏讓他變得如此有戒心又厭世的原因，但是，馬丁神父知道，這種假象從來都維持不了多久。他懷疑原因出自於一個酗酒的家庭和父母的虐待，主角可能就是唐利的父親。

馬丁神父在祈禱的時候走神了，他覺得自己聽到了微弱的聖誕音樂。他不確定他是真的聽到了音樂，還是他的腦海自動浮現了他再熟悉不過的音符。不管原因為何，他都推斷他聽到的那首歌是〈聖誕佳音〉。

監獄為囚犯的家人延長了探視的時間，他不小心聽到一名守衛說，今天會有一場類似聖誕派對的集會，不過，馬丁神父不能參加。監獄不會讓他在一般犯人的群體中自由活動。在犯罪的等級裡，戀童癖和殺害兒童被列為最受鄙視的罪行。其他的囚犯會毫不猶豫地殺了他。

囚室門鎖打開的聲音打斷了音樂，讓馬丁神父重拾了注意力。他從床邊抬起頭，只見一名滿臉是肉、留著楔形鬍子的獄警拿著手銬和鏈子走進他的牢房。他之前從來都沒有見過這個人。

「走吧。」

「走？去哪裡？」

「驗血。」

「今天晚上？」

「他們是這樣告訴我的。」

「今天是聖誕夜。」

「沒錯。只要我把你帶到，我就可以下班了。所以，我們走吧。」

馬丁神父站起身，硬把自己穿著襪子的腳塞進那雙橡膠拖鞋裡。他猶豫了一下，從床上拾起彼得・唐利的名片。「我想要打電話給我的律師。」他說。

「你可以等驗完血再打。把你送過去是我今晚最後的一件事了。」

✦

雖然並不意外，不過，吉爾・拉姆齊還是很高興看到有這麼多賓客前來參加他位於太平洋高地豪宅的聖誕夜派對。豪華禮車和高級名車停靠在環形的車道上等著代客泊車，身著昂貴西裝和禮服的男男女女從臨時搭建的遮篷底下走出來。室內，一組五人交響樂隊正在前廳的水晶吊燈底下演奏，穿著白色外套的外燴人員捧著裝滿前菜、冰涼香檳和高級葡萄酒的銀色托盤，在人群中來回穿梭。

人群裡包含了奧古斯特·拉姆齊確保一定會前來出席的加州知名政客，其中包含一名前美國參議員、一名現任美國參議員、一名女眾議員、一名前白宮幕僚長、一名駐法大使，一名加州最高法院大法官、一名高級法院法官，還有許多住在加州的男女演員，以及不少令紐約証券交易所為之側目的舊金山名門望族。

吉爾·拉姆齊在一幅巨大的油畫底下歡迎著每一位賓客——那是他父親在擔任州長期間的肖像。當琳達·聖克萊兒穿著一襲深V領口的白色絲質長禮服出現在前門時，他還特別注意了一下，只見她的手挽在一位知名辯護律師的手臂上。拉姆齊會很樂意多花一點時間來欣賞她姣好的身材，不過，這不是一場社交活動。對他來說並不是。這是公事。在迎接完他的賓客之後，他從一群人飛快地轉向另一群人，應對著各種不同的話題。純熟的技巧和淵博的知識讓拉姆齊從舊金山49人隊侃侃而談到笛洋美術館正在展出的亞洲織錦展，這樣的能力也讓他為自己感到驕傲。在適當的時機上，他甚至還討論了政治的話題，雖然，他今晚的標準台詞是，「今晚不談政治。只要吃吃喝喝、盡情享受就好。」

不過，當然了，這個晚上的一切都攸關政治。在即將來臨的選舉下，拉姆齊沒有時間吃吃喝喝和盡情享受。他甚至連去上廁所的時間都沒有。加州是全國選舉人票最多的州之一，雖然無法利用州長身分成功入主白宮，不過，奧古斯特．拉姆齊在敗給隆納．雷根之後相信，和雷根同樣的命運有可能正在等待著他的兒子。因此，父子兩人誰也不打算讓聖誕節阻礙了他們邁向那個目標的第一步。

正當拉姆齊對著亞洲藝術博物館館長施展魅力時，一隻手輕輕地碰了一下他的手肘。拉姆齊並未將目光從他的賓客身上挪開，他只是微微地往後靠，讓那名助理可以在他的耳畔低語。拉姆齊點了一下頭，完全沒有流露出他的注意力已經受到轉移的跡象。然後，在對話適時的暫停之下，他帶著歉意表示需要離開，並保證會再回來，這才輕鬆地穿過他的賓客們走開。那名助理已經在廚房的角落等候他了。

「他有告訴你他的名字嗎？」拉姆齊惱怒地問。

那名年輕的女子搖搖頭。「不過，他很固執。他現在在你的書房。」

「他說是關於競選的事？」

她點點頭。

拉姆齊呻吟了一聲。「去找外燴。告訴他們雞尾酒沒有味道，魚子醬吃起來像狗屎一樣。」

他穿過今晚被用來當作外燴戰場的廚房，一路躲開迎面而來的托盤，前往他位於屋子後方的書房。一踏進書房，他就聞到他的古巴雪茄散發出的香氣。一縷白煙飄蕩在他那張綠色皮椅的椅背上方，只見皮椅背對著他，面向著法式落地窗外的景色，那扇落地窗可以通到屋後的露台。

「需要幫忙嗎？」拉姆齊問。

那張椅子隨即轉過來。

拉姆齊手中的杯子瞬間掉落到地上，碎了一地。

✦

唐利穿著一件紅色毛衣，頭戴一頂滾著白色毛邊的聖誕老人帽，混在客廳的人群之中。帽子尖端的毛球因為聖誕鈴鐺的重量而傾斜到一側。廚房裡的金也穿著類似的裝扮，儘管唐利曾經發誓他絕對不會穿這種所謂的「情侶裝」。不過，至少那些鈴鐺讓班尼很興奮，以至於已經過了上床時間一個小時了，他還依然精力充沛。此時此刻，他正在客廳的沙發上把他的祖父當馬騎，折磨著老人家的膝蓋。唐利懷疑，他兒子從那些巧克力蛋糕、奶油泡芙和拐杖糖所攝取的糖分，可能足以滿足一整座小學的學生所需要的熱量。

大部分的客人都是金的親戚和在本地沒有家人的密友，還有少數幾個客戶。四年前，金曾經想要幫家人都在外州的幾個朋友舉辦派對。今晚這個派對就是源自於當時的想法。過去幾年裡，盧和莎拉也都會來參加。唐利很想念有他們在的時光。

他一邊走向散發著蟹肉前菜香味的廚房，一邊盡最大的能耐沿路幫賓客們補充飲料，同時收走空瓶子和酒杯。要穿過人群顯然很困難；每個人都想和他說話，而大部分的對話都以唐利出現在晚間新聞作為開場。電視台特別喜歡播放唐利在法庭外面和拉姆齊與聖克萊兒就證據問題對峙的畫面。

特林布里法官不會高興的。

不過，唐利依然極盡所能地不去想起米爾特．特林布里、琳達．聖克萊兒或吉爾．拉姆齊。幾罐啤酒下肚確實有所幫助，雖然那還是無法讓他在想起湯瑪士．馬丁神父時感到平靜。

上帝在我們最黑暗的時候來臨。

唐利很好奇，在面對種種絕望、在看著孩子們彷彿沒有人要的傢俱一樣被拋棄在街頭，並且遭到病態、扭曲的大人虐待之後，一個人怎麼還能擁有如此的信念。

他們的上帝在哪裡？

唐利躲在自己床底下祈禱的那些夜晚，上帝在哪裡？上帝並沒有回應他的禱告。上帝並沒有在他和他母親最黑暗的時刻幫助他們。

蟹肉的味道越來越濃，唐利擠過人群，走向艾維斯．普萊斯利所演唱的聖誕鈴聲的歌聲來源——那卷錄音帶是阿尼多里先生的三個兒子送給他的禮物。法官作出了對他們有利的裁決。金戴著手套，端著蟹肉前菜的托盤走出廚房，一邊警告著擋在她和餐桌那塊木頭砧板之間的客人。

「借過。借過。」

唐利經過她身邊，原地轉身閃過那只托盤，順便趁機捏了一下她的臀部。她沒有理睬，直到把托盤放下來，她才轉身露出微笑。他捏起兩塊三角形的蟹肉前菜，把其中一塊扔進自己嘴裡。

「燙。」她提醒他。不過，還是晚了一步。

他搧著舌頭，滾燙的蟹肉在他的口中燃燒，有人把一瓶啤酒遞給他，他抓過啤酒，直接喝下了一大口。

「可惡。」他一邊說，一邊用舌頭摩擦著口腔頂部，感覺那裡已經開始脫皮了。

金笑著說，「我試著要警告你。」

他瞄到一盤填滿卡士達醬、上面抹了一層巧克力的奶油泡芙，於是立刻拿了一顆塞進嘴裡，然後在金的唇上印下一個邋遢的奶油巧克力吻。讓廚房裡的賓客發出一片爆笑。

「門鈴。」金拭去嘴角的巧克力說道。

「什麼？」

她指著廚房入口上方的蜂鳴器。「去開門。」

唐利再度親吻了她，然後才穿過餐廳走向門口，沿路還順便幫其他客人補充了兩罐啤酒和一杯白酒。他拉開前門。麥克和洛雪兒·哈里斯，以及他們的兩個孩子正站在他的前廊上，他們也穿了同樣的紅色毛衣，戴著垂墜有鈴鐺的紅色帽子。哈里斯的兒子和女兒衝過唐利身邊，直接跑進屋去找班尼。捧著一盤蘑菇塞肉的洛雪兒踏進屋裡。唐利企圖要偷走一顆蘑菇。

她在他的手上拍了一下。「還是生的。金在哪裡？」

「她負責廚房。我負責飲料。」

洛雪兒轉向她的丈夫，後者手裡拿著一瓶酒和包好的禮物。「我會在廚房裡幫忙金。乖一點。今晚，你還有一輛腳踏車要組裝。」語畢，她就把兩個大男人留在了門口的聖誕裝飾底下。

「你可以站在那裡，不過，我不會親你的。」唐利說。

哈里斯的目光越過他。「你有什麼兄弟來參加這場派對嗎？或者說，我又要當聖誕代表了？」

「如果我想要一個代表，我一定會找一個比你酷很多的人。」

「你的心情不錯喔。」哈里斯走進屋裡，唐利也隨手將門關上。「你喝了多少？」

「多到記不清。」

哈里斯把那瓶酒遞給唐利。「老兄，你在六點鐘的新聞裡受到了大大的關注。」

唐利把一隻手放在自己的臉上。「我很抱歉，麥克。」

「我早該想到你會和拉姆齊以及那場傳訊的主席槓上。你就是沒辦法控制你自己。」說著，他把那些禮物遞給唐利。「聖誕快樂。又是一件毛衣。」

「謝謝你的驚喜。」唐利笑道。「進來吧。我幫你拿罐啤酒。」

唐利在冰箱裡找到一罐啤酒，拉掉瓶蓋，遞給哈里斯。「我想，你不需要杯子吧？」

「瓶子就好。」

唐利看著金在廚房外的一個小角落裡講電話。當她從後門走到露台的時候，她把一根手指壓在了耳朵上。過了一會兒之後，她再度進來，然後和唐利四目相對，用嘴形告訴唐利那通電話是找他的。

他覺得可能是他的阿姨莎拉，於是，他走到廚房外面的露台上。戶外的溫度很嚴寒。「誰？」

「郡監獄打來的。」她說。

唐利從她手中接過聽筒，期待會聽到馬丁神父的聲音。「哈囉？」

「彼得．唐利嗎？」

唐利把一根手指塞進耳朵。「是啊。你是哪一位？」

接下來的一句話讓唐利的聖誕夜畫下了句點。

✦

狄克森．寇納把自己那雙黑色的尖頭皮鞋從吉爾．拉姆齊的書桌邊上挪開，然後站起身。在他身後，通往英式花園的法式落地窗宛如畫框般地把金門大橋框在其中，畫框裡的金門大橋被橋上閃爍的白色燈光勾勒成一道剪影，燈光倒映在舊金山灣漆黑的水面上，一路往馬林岬角延伸過去。

「你在這裡做什麼？」拉姆齊問。

「好久不見，吉爾。」

「我要報警了。」拉姆齊走到書桌邊上，拿起電話筒。

「你不會的。」寇納說。

「擅闖私宅是犯罪行為，寇納。」

寇納拿起桌上的遙控器，指向房間另一頭一座嵌入式架子上的電視。電視閃了一下。拉姆齊轉過頭。電視上的畫面既粗糙又晦暗，但是，他依然可以看出有兩個人。

「不是最佳的畫質，」寇納說。「不過也夠好了，你不覺得嗎？」

拉姆齊把話筒放回電話座上，往電視螢幕走近。隨著鏡頭向畫面中的人推近，拉姆齊凝結在了原地。目瞪口呆。無法開口。

「眼睛是不會騙人的，不是嗎，吉爾？」寇納等了一會兒，才將遙控器關掉，任由拉姆齊瞪著他自己反射在漆黑玻璃螢幕上的倒影。

「很震驚，是嗎？誰會想得到呢？我是說，竟然是一台錄影機。你從來沒想到那些小混蛋這麼有創意吧？」寇納在房間裡四處走動，隨手拿起桌上和架子上的東西，然後又放下。「真是沒想到你和我會出現在同一場盛會裡。這種機率有多大呢？」他嗅了嗅空氣。「什麼東西好香啊。爐子裡有什麼？」

拉姆齊把視線從電視上挪開。「你想要什麼？」他的聲音聽起來就像耳語。

「抱歉。你在說話嗎，吉爾？」

拉姆齊困難地嚥下一口口水。他聲音沙啞地說，「你要什麼？你為什麼來這裡？」

寇納聳聳肩。「我還沒有想好。你瞧，吉爾，說白了，現在，我抓到你的痛處了，就像你曾經抓到我老爸的痛處一樣。他們是怎麼說的……因果報應？」

「我——」

「我只希望他還活著，能親眼看到這一切。天啊，他一定會很高興的。這種機會一生只有一次。所以，對於要怎麼利用這種東西，一個人得要很小心。他不能急著做出決定。他得要耐心謹慎。」寇納彈了彈雪茄。「你看起來有點蒼白，吉爾。」他指了指書桌後面的那張椅子。「你要坐下來嗎？」

拉姆齊沒有回應。

「你的舌頭被貓吃了嗎？讓我來幫你回應吧？他媽的！」寇納拉開嗓門大吼了一聲。

拉姆齊退縮了一下，迅速地走向房門。

「怎麼了？你怕你的賓客有人可能聽到我的聲音嗎？哈哈，我根本不用大聲喊叫。」寇納開始走向門口。「我只要混入人群，在他們耳邊竊竊私語就好。或者，我可以在客廳的電視播放這段錄影。」

「不要。」拉姆齊說。

寇納轉過身。「我一定是喪失聽力了。你剛才說什麼？」

「你想要什麼？」拉姆齊又問了一遍。

「我告訴過你，我真的不確定，不過，我考慮要五十萬。現金。只怕我不能接受支票或者信用卡。」

拉姆齊張大了嘴。「我沒有那種錢。」

「你當然有了。你和你父親可能今晚就能把那筆錢湊齊，如果你站在門口，遞出一頂帽子的話。你應該覺得這很便宜，因為確實是夠便宜了。這點你我都知道。另一個選擇是謀殺——」

「謀殺？你在說什麼鬼話？」

「讓我來告訴你關於這部分的警方程序，這是我在過去二十五年裡辛苦學到的。這是我老爸以前教我的……好吧，我們今晚不需要舊事重提，不是嗎？畢竟，這是聖誕夜。總之，就像我說的，警方程序，警探工作之類的。如果你想要破案的話，你必然會去找懷有犯案動機的人。誰有動機，吉爾？」

拉姆齊閉上眼睛。

「你需要喝一杯，還是要來點什麼，吉爾？你看起來真的很像要生病了。」寇納從他的口袋裡抽出一張紙條。「我算過了。如果你拿走我老爸的薪水，也就是他在自願退休之前所能賺得的數目，自願退休，我想你們是這樣說的吧，加上他損失的全額退休金，以及他為了支付他的律師費，把家裡值錢的東西和股票全都變現所得到的錢，總共大約是二十二萬三千元。天啊，他只是一名公僕。這把他完全掏空了。」寇納再次彈了彈雪茄。「這還只是成本而已。我要再加上一筆費用，作為賠償他所受到的痛苦和折磨。他們把這叫做什麼，懲罰性損害賠償？你懂的。不過，嘿，我也不是完全不講理。我甚至連一分錢利息都沒有收取。」寇納對他眨了個眼。「我就是這種人。」

拉姆齊把他的領結拉鬆，解開他襯衫最上面的扣子。「我需要一點時間考慮。」他說。

寇納朝著空中吐了一口煙。「當然。」他抬起手看看手錶。「你有六十秒的時間接受我的提議。否則……好戲就上演了！」

「你在開玩笑嗎？」拉姆齊說。

寇納往前踏了一步。「我看起來像在開玩笑嗎，吉爾？」

「我沒辦法在六十秒之內弄到那筆錢。」

寇納把雪茄貼近拉姆齊的鼻尖。「這點我知道，你這個蠢材。我只是要你保證而已，吉爾。我是一個非常講信用的人，當我說我打算要做某件事的時候，你可以相信我一定會去做。我對你沒有其他要求。」他笑了笑。「否則，這次跌落谷底的人將會是你老爸。至於你？你可以和沙加緬度說再見了，還有這幢美麗的房子和那些你稱之為朋友的俊男美女，雖然，你我都知道他們並非你的朋友。他們只是在巴結你，因為他們認為你會登上大位。這種人都是寄生蟲，吉爾。他們只是在湊熱鬧而已。沒有他們，你會過得比較好。你有一個星期的時間把錢準備好。」

「我可以報警。」拉姆齊說。

寇納拿起桌上的電話，遞給拉姆齊。「請便，吉爾。你只需要按下9-1-1就好。在等待警方抵達的時候，讓我們來聊聊一名盡職的凶殺案警探為了取得足夠的證據是多麼地認真、多麼地一絲不苟——」

拉姆齊掛上電話。

「怎麼了，吉爾，這不是你想要聽的聖誕故事嗎？」

「我為什麼要信任你？我怎麼知道你會不會信守你的承諾？我能得到什麼保證？」

寇納吐出更多的煙。「沒有。就像我說的，這回換我抓住了你的弱點。」寇納搖搖頭，一臉不屑。「你知道嗎，那就是你，不相信別人的話。那就是你我之間的不同。你的承諾就像隨手揮灑的廉價彩紙。毫無價值。不過，我還是願意相信你，吉爾。而你最好也要相信我。」寇納揮揮手中的雪茄，再度轉向房門。「或者，我可以直接在你的賓客之間漫步——」

「不要。」

寇納轉過身來。「你說什麼，我沒聽到，吉爾？」

拉姆齊僵硬地站在原地。「我會給你一份工作。我會把你列在發薪名單上。你什麼也不用做。」

寇納大笑。「你是說，也許當你的保鑣？那會很酷。你我一起去沙加緬度嗎？我們會成為很好的搭檔，不是嗎？」寇納瞇起眼睛。他的下巴繃緊。「那我老爸呢？你也要給他一份工作嗎？你打算要把他挖出來，然後把他的屍體撐在哪裡的椅子上嗎？」寇納的臉色變得陰沉起來。聲音也變得冷酷。「我不想要一份工作，吉爾。我要的是正義。我要我老爸得到他應得的待遇。五十萬。你有一週的時間。」

語畢，寇納走向那扇法式落地窗。

「被你揍到住院的那個孩子成了辯方的一個關鍵證人。」拉姆齊說。

寇納轉過身。

「有一份名單，上面記錄了每天晚上住在庇護所的男孩姓名。很顯然地，那些男孩帶進去的物品也都被編錄了。」

「那不是我的問題，吉爾。」寇納說。

拉姆齊往前一步，咬牙切齒地說，「我會說，那是你我的問題。如果有人發現了，你手中就再也沒有誰的弱點了。到時候就是我抓住你的弱點了。而且，我會把你捏得緊緊的，直到你的臉色發青為止。你想要五十萬，那就自己去賺。」

寇納露出一絲笑意。「不要對我來硬的，吉爾。那不是你的風格。」

拉姆齊指著他。「如果這件事出了差錯，寇納，你不會想要看到我的風格的。」

寇納抓住拉姆齊的手指用力往後扳。那股疼痛讓拉姆齊直接跪倒在地。寇納把雪茄頭壓在拉姆齊的手掌上。「不要叫，吉爾。你不希望任何人走進那扇門。你這樣跪著、這副模樣，這會是什麼樣的畫面？」

拉姆齊咬緊牙關地發出呻吟。他的前額已經在冒汗了。

「不要威脅我，」寇納說。「一個星期。過了那個期限，每超過一天就再加十萬。」語畢，寇納拍拍拉姆齊的臉頰，鬆開了他的手指。當他經過書桌時，他打開雪茄盒，毫不客氣地拿了一把雪茄。「你不會介意的，對嗎，吉爾？現在是聖誕期間嘛。不要起身。我知道怎麼出去。」他穿過那扇法式落地窗走到露台，隨即又停下腳步，轉過身來。拉姆齊依舊跪在地上。「還有，吉爾……」

吉爾·拉姆齊抬起頭。

「我也知道怎麼再進來。」

✦

唐利的Saab衝進停車場，在靠近急診室入口的地方急停下來，車上方的牆壁上掛著一個黑白相間的告示牌。他無心閱讀那個標示。他真的不在乎。

麥克·哈里斯掙扎著解開他的安全帶。「這是醫生的停車位，彼得。」

「他們可以把車拖走。」

唐利朝著急診室入口小跑步而去，哈里斯緊跟在他的身後。他感到焦慮不安，彷彿自己的胃破了一個壘球般大小的洞。急診室的門往兩邊滑開。「湯瑪士·馬丁神父。」他一邊說，一邊走向一名坐在櫃檯後面的護士。

她並沒有理會他。他現在沒有心情忍受這種不理不睬。

「湯瑪士·馬丁神父，」他提高了音量。「幾名治安官在三十分鐘之前把他帶來的。」

那名護士挑戰性地把一隻手插在臀部上。「你是他的親戚嗎？」

「我是他的律師。」

唐利注意到走廊尾端有兩名治安官開始向他們走過來。哈里斯抓住他的手臂，把他推往反方向。「放輕鬆，彼得。這不是她的錯。」

唐利把手抽開，朝著那兩名治安官說道，「這是誰的錯？誰應該要負責？」

哈里斯亮出他的警徽，然後將唐利繼續往前拖向一條短走廊，來到一間有著販賣機的房間。他抓住唐利的肩膀。「坐下來。」

唐利抗拒著他。腎上腺素在他體內流竄，那種感覺就像回到了高中時期的足球場，就像即將要對一名抱著球的對手發洩一樣。

「坐下，彼得。如果你被關起來的話，你就幫不了他，也幫不了任何人了。」

唐利走到一邊踱步，哈里斯則回到走廊去和那兩名治安官說話。唐利家的那通電話是監獄的一名治安官打的，他說他在神父身體附近的地面上發現唐利的名片，但是，有關湯姆神父的狀況，他無法提供進一步的資訊。

哈里斯在幾分鐘之後回來了。「坐下。」

唐利持續在踱步。「他死了，是嗎？」

「沒有，他沒死。坐下來。」

唐利發現自己把氣出錯了對象。他在一張長凳上坐下來。哈里斯從自己的口袋裡摸出硬幣，在販賣機上買了一罐飲料，遞給唐利。

唐利把飲料罐揮走。「告訴我發生了什麼事？」

「他們不確定。」

唐利翻了翻白眼。「別這樣，麥克。」

「有人下達一道命令，要馬丁神父去抽血。」

唐利瞪大眼睛看著他。「今天晚上？他們今晚幫他抽血？」

「小聲點，彼得。」他望著走廊那頭的治安官。「他們沒有必要告訴我任何事情。那份命令要求要立刻去抽血。當命令傳達下來時，就得受到執行。不管時間是白天還是晚上都不重要。這些人是全天候待命的。」哈里斯轉動著脖子說，「不過，我來回答你剛才的問題，不，不一定要在今天晚上抽血。送馬丁神父去抽血的那個治安官在值班結束後就回家了。沒有人聯絡得上他。當馬丁神父完成抽血時，值班人員已經完全換班了。」

唐利再度深深地吸了一口氣。「所以，發生了什麼事？」

「很顯然地，那名接手要把馬丁神父送回他牢房的治安官在過去七十二小時之內都沒有輪班。他根本不知道馬丁神父是哪一號人物。」

「所以呢？」

「所以，他把馬丁神父帶到一般的囚犯之中。」

唐利覺得胃裡的那顆壘球掉了下來。「喔，該死。」

「這種事確實會發生。」哈里斯對他說，雖然，哈里斯的語氣聽起來一點說服力都沒有。

「狗屁。你我都知道事實並非如此。這是我的錯。」

「怎麼會是你的錯？」

玩弄聖克萊兒和拉姆齊的這場遊戲原本充滿了樂趣，但是現在，它可能會賠上馬丁神父的性命。「你叫我要低調。你要我不要多話。我今天在法庭上說的那些關於證據和動議的事——他們覺得他們贏不了。」

「誰？」

「拉姆齊、檢察官辦公室、這件事的幕後主使者，不管那是誰。」

「這扯得太遠了，彼得。」

「是嗎？你說，那個叫做寇納的傢伙不是那種會破壞犯罪現場的警察，可是，他破壞了。馬丁神父無須在今晚抽血，但是，他在今晚抽血了。然後，不知怎麼地，他竟然被帶回到一般囚犯裡。所有的這些事都不太對勁，麥克。」

「你要說什麼？那是針對馬丁神父的陰謀？」

「我只知道，馬丁神父沒有殺安德魯．班尼特。」

哈里斯直視著他的眼睛。「你確定嗎？」

「不要和我來警察那一套，麥克。」

「你這麼說並不公平，彼得。」

走廊上的販賣機發出了嗡嗡的聲音。「對不起。」唐利不確定自己想要知道答案，不過，他還是問了。「他們對他做了什麼？」

「他們發現他失去意識地倒在一間牢房的地上。當然了，沒有人看到或者聽到任何事，不過，走廊那頭那兩名彪形大漢其中之一說，你的客戶也回擊了。只不過，他被制服了。」

唐利把頭靠在牆壁上等待著。

四十分鐘之後，一名穿著手術服的男子走到護理站和護士說話，後者隨即指了指唐利和哈里斯。在醫生走過來的時候，他們雙雙站起身來。

「我是艾雷醫生。」男子說著，脫掉那頂藍色的手術帽。

「他怎麼樣？」唐利問。

「不好。我們已經幫他減輕腦腫的壓力了，並且也止住了內出血，不過，他的頭部受到重傷。他會在恢復室再待上大約四十五分鐘。不要期待今晚能和他說上話。這會需要點時間。」

在醫生離開之後，唐利拿出他的Saab車鑰匙。「回派對去吧。我們兩個都待在這裡沒有意義。你的孩子不應該為此受到懲罰；班尼還太小，他不會注意到有什麼不一樣。」

哈里斯搖搖頭。「我的孩子很快就要上床睡覺了。我們會一起處理這件事，就像我們過去那樣。」

「希望不要。我們並非總是能把事情處理得很好。」

哈里斯看著油氈地板。「就我們的出身而言，我們一直以來的表現都還算可以。」他喝光那瓶飲料，開始把玩著空罐，空罐在他的手中被捏得劈啪作響。「也許，是你告訴金那天晚上發生什麼事的時候了。」

唐利搖搖頭。「我要對她說什麼？」

「真相。只要告訴她真相就好。她愛你，彼得。那是不會改變的。」

唐利並不確定。

✦

丹尼・西蒙躺在黑暗之中，圍繞在他身邊的儀表板上閃爍著各種紅色、橘色和綠色的小燈。他持續在漂浮的意識中進進出出，他不禁懷疑，是那些注射到他右手臂裡的點滴讓一切都變得模糊不清。他的舌頭感覺像是蓋上了一層毛髮。當他轉頭或者轉動眼睛時，他所看到的畫面似乎都比他的動作慢了一秒，彷彿一張縮時照片一樣。不過，至少他側面和下巴那股令人難以忍受的疼痛已經好多了，只剩下一股隱隱作痛的感覺。

醫生說他很幸運。他說，X光顯示，那根警棍並沒有造成他的脾臟或腎臟破裂，雖然它們都瘀青了，而且他還持續在便血。此外，西蒙瘀青的肋骨還會讓他再疼上幾週。每當他咳嗽的時候，他就覺得好像有人用刀在刺他一樣。寇納也打斷了西蒙兩顆牙齒，不過，他的下巴並沒有斷裂。因此，他可以不需要透過吸管來吃泥狀的食物。

西蒙把注意力放在房間對面一顆正在閃爍的橘色燈光上。他感到一種需要保持清醒、需要離開的急迫感，但是，他無法想起為什麼。事實上，他很難完全記起過去三天所發生的事情。他的身體想要讓藥物帶來的那股暖意幫助他入睡，然而，他的理智卻在抗拒著那股欲望。每一次，他閉上眼睛、漂浮在輕柔的海浪上面時，一些畫面就會將他搖醒：渾身是血的馬丁神父戴著手銬被帶出了庇護所。

然後，他又開始漂移，醒來，漂移又醒來，漂移……

他逐漸進入了睡夢之中，當房門被打開的時候，他幾乎沒有察覺到，一道三角形的燈光從門外射進了黑暗的房間裡。就在他感覺到脖子被一隻手掐住、呼吸遭到阻斷前的瞬間，他聽到了那個聲音。

「哈囉，丁戈。想念我嗎？」

西蒙睜開眼睛，病房裡依舊朦朧不清，但是，那個聲音他絕對不會弄錯。狄克森．寇納。他叫的是西蒙過去在街頭的綽號。

寇納往前走近，他寬大的臉和那顆平頭在黑暗中看起來一片模糊。西蒙用力地喘息。寇納卻把手掐得更緊。

「他們有好好照顧你嗎？對你這種低劣的垃圾來說，這裡一定就像天堂。免費的藥物、乾淨的床鋪，還有漂亮的年輕護士。」

寇納的氣息裡散發著酒精和香菸的味道。

「我們還有一些沒有解決的事情，你和我。」寇納說。

西蒙抓住寇納的手腕，不過，那隻手腕粗壯得像一根樹枝，而他自己的手臂則因為藥物而無法使得上力。

「醫生開的麻醉劑可能會有很嚴重的副作用，特別是對一個濫用藥物和酗酒的人來說。醫院不會被究責的。器官可能會衰竭。病患可能會被他自己的口水嗆死。」寇納往前靠得更近，然後低聲地說，「甚至不會有人去調查原因。」

西蒙覺得自己正在失去意識。他掙扎著想要呼吸，每一口氣都是那麼地短促稀薄。

寇納持續地施壓。「你看，這有多麼容易？就像把一隻蟲子壓扁一樣。現在，我要問你一個問題，你也要回答我。如果你給對了答案，我就會讓你和你的塑膠瓶好好地繼續待在這裡。如果你不回答的話，我就會再問一次。還有，丁戈，同樣的問題，我不喜歡問兩次。明白了嗎？第一個問題：每天晚上住進庇護所的那些小王八蛋，馬丁神父是不是都有留下一份紀錄？」

西蒙試著要說話，但是嘴裡吐出的卻只有咯咯的聲音，彷彿堵塞在管道裡的水一樣。

寇納鬆開他的手，轉過頭說，「我聽不懂。再說一遍。」

西蒙從咬緊的牙縫之間吐出斷斷的聲音。他試著要說話，然而，他的嘴唇卻無法按照腦子的指令做出反應。他結結巴巴地說，「去－去－去－去……」

寇納只好把耳朵湊近西蒙的嘴。

「去－去－去－去－去……去你－你－你－你的。」

寇納挺直背脊。「你知道嗎，我試著要對你好一點，因為，我可以從那些曲線圖看出你的肋骨讓你快要痛死了。而我知道那是什麼感覺。」說著，他把手滑到西蒙的側面，停留在他的繃帶上。「那種痛苦太可怕了。」語畢，他開始施加壓力。

那股疼痛竄過西蒙，就像觸電一樣。他發出呻吟，但寇納的右手持續施壓，並且用左手蓋住了西蒙的嘴，西蒙抓住床邊的金屬欄杆，導致欄杆在震動中發出了碰碰的聲響。他的雙腿不停地在白色的薄床單底下踢動。

寇納鬆開施壓的手。「從你剛才的反應，我推測有這份紀錄的存在。下一個問題。他把那些紀錄放在哪裡？」

西蒙從他缺牙的嘴裡吐出一口口水。那股在他體內搏動的疼痛讓他的胸口不斷地上下起伏，不過，那股疼痛同樣也有助於讓他在藥效中得以專注。寇納不再是房間裡漂浮的影子。

寇納拍拍他包裹著繃帶的身體。「那些紀錄在哪裡，丁戈？」

西蒙緩緩地、小心翼翼地移動自己的右手，在單薄的床單底下摸索著。

寇納再度往繃帶上施壓。「不要那麼固執，丁戈。」

西蒙摸到了呼叫鈴，直接按了下去。「去－去－去你的。」

寇納重重地往包裹著繃帶的肋骨壓下去。西蒙的背脊瞬間拱成了一座橋。他的尖叫聲穿透了寇納的手，那是一道恐怖的呻吟。

病房的門突然被打開，一名護士衝了進來。「我的天，發生了什麼事？」她站在寇納和病床之間，企圖讓西蒙不再扭動。

「他太痛了。」寇納往後退開。「我正在和他說話，然後，他就尖叫了起來，開始揮舞著雙手雙腳。我試著要壓住他。我怕他會傷到他自己。」

那名護士檢查著西蒙後面的一排機器。「他的脈搏跳得太快了。」她壓下呼叫鈴求助。

「也許是藥物的關係。你知道的，他以前有過藥物的問題。」寇納說。

「很抱歉，我知道你在聖誕夜長途跋涉來看你外甥，但是，我們現在需要一點空間。我們得讓他的疼痛受到控制。」

「我了解，」寇納說。「我只希望丹尼得到最好的照顧。」

「你得到外面等。」當那名護士重新幫西蒙調整貼在他手臂上的點滴注射針頭時，其他的援手也趕到了病房。寇納伸出一隻手，放在西蒙的臉頰上。「護士怎麼說，你就怎麼做，丹尼。還有，記住，我就在附近。」

✦

唐利看著急診室的另一頭，一名女子佝僂地坐在那裡，膝蓋緊貼著她的腹部。唐利不小心聽到她告訴護士說，她撞到了桌角，但是，那名女子的眼睛也黑了一圈。坐在她旁邊的是一名光頭、肥胖、蓄著灰白山羊鬍的男人。

「他們會把他們倆分開，」哈里斯說著，把頭往後靠在牆壁上。「當他不在她旁邊的時候，他們會問她問題。不過，那不重要。他們最終還是得回家。」

唐利知道哈里斯說的是事實。他曾經在他家那條街盡頭的公園裡坐上好幾個小時，在晚上很晚的時候看著舊金山的天際線，想著各種不要回家的理由。他曾經看著那些紅色的車尾燈在海灣大橋上駛向東方，猜想著那些車裡都是些什麼樣的人，希望自己也能是他們其中之一，希望自己可以到任何地方去，只要不回到那個家就好。然而，離開並不是一個選項；他不能留下他母親一個人和他父親待在一起。

唐利把注意力轉向依偎在房間另一個角落裡的兩名男子。其中一個看起來很痛苦。蒼白又憔悴，他看起來比他的同伴老了五十歲。唐利試著不要偷聽，但是，他們顯然深怕這會是他們最後一次來到醫院。

「M&M？」哈里斯遞給他一包從販賣機買來的糖果。

唐利接過來，倒了幾顆彩色的糖果在自己的掌心裡。巧克力的味道讓他想起今晚家中豐盛的美食，也讓他想起了今晚家裡的那場派對，這兩樣他都錯過了。也許是糖分的作用，也或許是其他的因素，總之，他的腦子裡閃過一個念頭。

「他們把付不出錢的人都帶到哪裡去？」

「什麼？」哈里斯問。

「那些沒有醫療保險的人。他們都把那些人帶去哪裡？」

「這裡。」

「你確定嗎？」

「我自己就這麼做過好幾次。我們會從街頭把那些人帶走，然後帶到綜合醫院來。私人醫院不會收他們的。」

丹尼聞言站起身。

「你要去哪裡？」哈里斯問。

「我馬上回來。」

唐利走向護理站的護士。那名護士立刻把她的椅子從櫃檯邊挪開。「我想要為我稍早的行為道歉。我當時心情不好。」

她點點頭，不過沒有表示原諒他。

「我在想，我可以在哪裡找到掛號處？我要去哪裡才能知道某個病人有沒有住進這裡？」

「他是掛號進來的，還是透過急診室進來的？」

唐利想了一下。「急診室。十二月二十一日。」

她轉向一個電腦螢幕。「掛號處今晚會關閉，不然也會人手短缺。病人叫什麼名字？」

唐利試著要記起馬丁神父告訴過他的那個名字。「丹尼。」

她好奇地看了他一眼。

「西蒙，」他說。「丹尼．西蒙。」

那個護士在電腦上鍵入了幾個字。一會兒之後，她用手指指著螢幕。

「西蒙？」

「對。」唐利說。

「丹尼．西蒙。」她的手指沿著電腦螢幕畫出一條直線。「今早，他被轉到三樓的一間病房了。在西翼。327。不過，你不能去看他，」那名護士說。「探病時間已經過了。」

唐利轉而對走廊上的的哈里斯說道，「我們去打電話回家吧。」

✦

當他們從三樓的電梯出來時，一名魁梧的護士從護理站走出來。「你們有一名病患叫做丹尼．西蒙嗎？」唐利問。

「西蒙先生正在休息。」她看起來很疲憊。「你們得明早再回來。我剛剛才叫他舅舅回家去。」

「他舅舅？」唐利看著哈里斯，心裡在想怎麼可能，西蒙是在街頭長大的，居然會有一個這麼在乎他的舅舅願意在聖誕夜來看他。

「他長什麼樣？」哈里斯問。

「什麼？」

「他舅舅。他長什麼樣？」

唐利開始快步沿著走廊走去，一邊掃視著牆壁上的房間號碼。

「我不記得了。」那名護士轉向唐利。「先生——」

哈里斯對那名護士亮出警徽。「那個人長什麼樣？」

「他是個白人。我想，大概六呎二或三。很壯，超過兩百磅。他留著平頭。」她叫住唐利。

「先生，你不能進去那裡。」

唐利推開327號的房門，一掌拍在牆上的電燈開關上。

只見那張單薄的白色床單皺成一團，透明的液體正從點滴袋上的軟管滴落在地板上。

13

一九八七年十二月二十六日

法蘭克・羅斯把一條腿卡在方向盤底下，好讓他手上的咖啡保持平衡，再用另一隻手將一根肉桂條沾進咖啡裡，然後靈活地把還在滴著咖啡的肉桂條送進嘴裡。在一個寒冷的週六早上，沒有什麼比這個更好的了。如果生活中最好的東西是不需要付費的東西，那麼，次好的東西只要花不到兩塊錢就可以在本地的 7-11 買到。

很不幸地，肉桂條將會是他新年新希望的受害者，是他對自己內在良心、對浴室的磅秤，以及對他老婆不情願的妥協。聖誕節隔天，他的體重已經來到了二百七十磅，即便對他六呎五吋的身高來說都太重了，而這個肉桂甜甜圈又加劇了他的體重朝向三百磅邁進的速度。

不過，今天早上，就算想到這是他最後的一個甜甜圈，他也不覺得沮喪。他已經有很長一段時間不曾對上班感到如此地精神煥發和興奮了。在太浩湖度過了幾天的聖誕假期之後，他帶著一股使命感回到了工作崗位上。他最後一次自豪地說自己正在處理某個重大案件，而非那些提醒著他自己已經淪落到什麼地步的廉價商店案子，不知道是多久以前的事了？

他把那個甜甜圈銜在上下排的牙齒之間，然後開著他那輛黑色的一九六五年 Fleetwood 經過

OK理髮店和艾爾克汽車旅館，再轉到艾迪街上。陽光反射在被雨水浸濕的人行道和建築物的窗戶上，變成了一道刺眼的閃光，迎面而來。羅斯拉下遮陽板，並且在他的凱迪拉克危險地朝著一輛停下來的車子飄移過去時，很快地校正了方向盤。

這場大雨可能把這座城市的其他地區都沖洗得乾乾淨淨，不過卻沒有對田德隆的紅磚和灰泥牆建築帶來什麼幫助。建築物上覆蓋著塗鴉的十個街區緊緊地靠在一起，比一排排的牙齒還要擁擠的這些建築物，看起來依然很需要大規模的粉刷。羅斯朝著整齊排列在聖文森修會外面、正在等待發放熱食的遊民隊伍按了按喇叭。沒有人有任何反應。即便那些遊民也已經習慣了羅斯的出現，在他們眼裡，他只是另一個和舊金山格格不入的人。羅斯大可選擇一條風景比較優美的路線前往他的辦公室，不過，他總是轉到艾迪街來看那些遊民，好提醒自己不管事情有多糟，他仍然還有一片能為他遮風擋雨的屋頂，而且也絕對不會挨餓。

在距離他的辦公室還有半個街區時，羅斯瞥見了一個停車位，他一邊感謝上帝賜給他這個小小的奇蹟，一邊把車靠到路邊。咖啡從杯緣灑了出來，錯過他的腿，濺在了散落著廢棄紙巾和過期體育報的車地板上。他吞下最後一口肉桂條，舔了舔手指，這才下車走到濃雲密布的天空底下，持續不斷的雨看來似乎有了停歇的希望。

羅斯推開一輛裝滿廢棄物的推車，把裝有另一杯咖啡和肉桂條的棕色紙袋放在大樓瓷磚入口處一只藍色睡袋的旁邊。

「起床發光了，安妮。吃早餐了。」

那個隆起的睡袋動了一下。兩隻手臂從睡袋頂端伸出來，隨之出現的是深色的頭髮和皮膚。安妮瞇著雙眼，舉起手擋住光線。

「老天爺。你一定是天使。不可能是法蘭克．羅斯，因為他已經走了，拋棄了老安妮。」

「你知道我不會那麼做的，安妮。我告訴過你，我要到太浩湖去幾天。睡在那個睡袋裡的感覺如何？」那是一個聖誕禮物。雖然羅斯負擔不起，但是，安妮也承受不了凍人的天氣。她的舊睡袋和塑膠防水布被偷了。

「就像毛毛蟲在繭裡一樣，」她用她沙啞的聲音說。「溫暖。太溫暖了。我現在都甩不掉睡意；老安妮肯定被它控制住了。」那個棕色的紙袋讓她眼睛為之一亮，她立刻打開咖啡的塑膠蓋，按照羅斯教她的方法，把肉桂條沾在咖啡裡。「嗯。嗯。」她一邊吃，一邊發出聲音。

羅斯遞給她一張紙巾。「今天會再下雨嗎，安妮？」

安妮放下咖啡，把肉桂條放在杯緣。然後深深地吸了一口早晨寒冷的空氣。「聞起來像要下雨了。沒錯。是下雨的味道。」

羅斯看著天空。「我已經厭倦了下雨，安妮。」

「讓一個人感到厭倦的不是雨。而是他的靈魂。你有一個疲憊的靈魂，法蘭克．羅斯。」

羅斯看了看街區。「是啊，安妮，我想是吧。」他把手伸進口袋裡，將剩下的零錢遞給她。

「不過，不是今天。你要注意看那些路邊停車的收費女士。你工作的時候不准睡覺。」

「她們從來都騙不了安妮，不是嗎？安妮知道她們什麼時候會來。」

羅斯經過她身邊，拉開玻璃門，拾起他去休假時送來的報紙和郵件。他原本並沒有想要休假，因為盧・吉安提里雇用了他去處理波爾克街神父的那個案子，不過，他也知道他不能讓他老婆失望。那是他們失去小法蘭克以來的第一個假期，而他們兩人誰也不想在節日期間留在那幢房子裡，畢竟，房子裡還充滿了鮮明的回憶。盧也叫羅斯放心去度假。他說，反正節日期間也不會有什麼事情發生。

羅斯一邊翻著他的郵件，一邊走上通往二樓的瓷磚樓梯。那條無窗的走廊瀰漫著一股潮濕的地毯味。他希望那只是潮濕的地毯，而不是那個會計腐爛的屍體留下來的味道。護理人員發現那個傢伙筆直地坐在他的椅子上，手臂上還插著一根海洛因針頭。他無聲無息地消失了一個星期，直到房東因為他遲遲沒有繳房租而找來了一名鎖匠。鐺鐺。他們就那樣把維持著坐姿的屍體給扛了出去。

羅斯選擇了最靠近出口的那間辦公室，以防發生火災。他得先預付六個月的房租，房東才肯把那些黑色的字體印在他辦公室大門的霧面玻璃上。

2c
法蘭克・羅斯
私家偵測

比起拼字，張先生顯然更擅長收房租。雖然，他保證會修正錯誤，但是，羅斯對此並沒有屏息以待，他只有在經過走廊，「偵測」到那個會計殘留下來的味道時才會屏住氣息。

羅斯推開門，踏進一間沐浴在淡藍色光線底下的辦公室，那是透過他辦公桌後面那扇拱形的彩繪玻璃窗所散發出來的光線。晴天的時候，這間房間會因為窗戶玻璃而蒙上一層特定的顏色，至於是哪種顏色，端視一天裡的時辰和一年裡的季節而定。羅斯租下這間辦公室那天是陰天，因此，他並沒有發現自己注定要坐在一個萬花筒裡面，直到第一個晴天的來到。

他把報紙扔在他的辦公桌上，按下電話答錄機上的按鈕，然後一邊分類他的信件，一邊聽著留言，大部分的信件都被丟進了他辦公桌旁邊的那個垃圾桶裡。當他聽到納森尼爾．柯林斯刺耳的鼻音時，他停下了手邊的動作。那個來自太平洋高地的有錢律師相信他年輕的老婆和她的網球教練在搞外遇。他想要拿到可以證明此事的照片。基於這對夫妻的婚前協議，如果他們離婚的話，艾比蓋兒．柯林斯可以拿到一百五十萬整的費用，不過，如果柯林斯可以證明她不忠的話，她就一毛錢也拿不到。用這種方式展開婚姻，還真是令人嘆為觀止。柯林斯在簡短的留言裡表示，他要羅斯抓到他年輕的妻子私會情人的把柄，然而，羅斯的表現讓他並不滿意。很顯然地，他的情婦，也就是下一任的柯林斯太太已經等得不耐煩了。

第二則留言來自於Fotomat影像沖印連鎖店的老闆，他說他收銀機裡的數目到了晚上兜不起來。換成其他日子，這些留言都會讓他感到沮喪。然而今天，羅斯只是笑了笑。在坐下來之前，他拔掉簽字筆的筆蓋，在他度假的那幾天上面畫了一個X。又多了三天。清醒的日子。

一次一天。

他坐下來，打開十二月二十三日星期三的報紙。他的目光停在黑色的大寫標題上，標題說那名神父將在隔天被傳訊，也就是聖誕夜那天。

「搞什麼？」說著，他很快地翻到從封面跳到內頁的那篇報導。羅斯找到一個副標題，很快地往前坐，以至於打翻了他的咖啡杯。

✦

北接金門公園、西臨太平洋、由四十個街區組成的日落區，是舊金山最奇怪的社區之一，這裡的秋冬天氣竟然比春夏還要好。夏天的時候，海洋吹來的強風總是讓這裡瀰漫著濃霧，但是，冬天的時候卻是那麼地乾冷、晴朗。聖誕節的隔天就是這樣的日子之一。唐利蜷縮在他的Saab裡，皮衣的衣領翻到脖子上阻擋著寒意。一如日落區大部分的街道，這裡的樹葉稀疏，只有零零星星的幾棵樹種在水泥人行道上的方形土堆裡。那些二層樓的獨棟房子都被蓋成了同樣的開發商風格：兩房一衛加上平坦的屋頂。位在兩扇窗戶正中間的前門面對著街道。那些房子唯一的區別只在於灰泥牆的顏色和花園裡的設施。這是美國到處可見的房子，根據房地產的紀錄顯示，這裡也包括了曾經屬於馬克思和艾琳・寇納的房子，他們的兒子狄克森目前還住在裡面。

寇納家的外觀似乎完全符合哈里斯對寇納的描述：冰冷、晦暗、一點都不討人喜歡。一塊塊的苔蘚覆蓋在因為氣候潮濕而顯得斑斑駁駁的灰泥外牆上。屋前那一小塊草皮已經死了，取而代之的是蒲公英的嫩芽，窗戶下面的花盆裡更是空空如也。

唐利需要傳喚寇納出席週四的證據審查聽證會。這種事他以前也做過。當你還是個小咖時，你得是什麼都能做的萬事通。哈里斯說，寇納是個討厭律師、凶惡刻薄的混蛋，那就意味著他絕對不喜歡被傳喚到法庭去回答問題，不過，唐納有任務在身。他希望寇納也許會對警局暫時停職的處分心懷報復，這樣一來，他可能會願意開口。

就算寇納拒絕和他說話，或者拒絕出席聽證會，唐利也許可以利用他的拒絕來尋求延後證據審查聽證會，或者對法庭採納那些證據的做法提出爭辯，因為無法交叉詢問發現那些證據的警探，將大大不利於馬丁神父的辯護。

唐利也許永遠都不會知道。他原本以為聖誕節隔天會是去找寇納的最佳時機，然而，沒有人來應門，房子側面的車道上也沒有任何車子停在那裡。他開始懷疑，寇納是否去度假了。

唐利啟動引擎，把車子駛離路邊。哈里斯曾經告訴過他，寇納經常會去日落區一間名叫十九洞的酒吧，酒吧位於金門公園高爾夫球場附近，距離寇納家只有幾條街而已。酒吧旁邊是一間雜貨店，酒吧和雜貨店當年興建的時候，這一帶可能還是人們居住、逛街和社交之地，曾幾何時，汽車的普及已經改變了街坊鄰居的生態。

十九洞的灰泥牆也和寇納家一樣都需要重漆和修補。房子的外牆上被幫派填滿塗鴉，一個擋泥板高度的破洞露出了裡面的一片網孔，顯示出那裡曾經被一輛衝上路邊、緊急煞車的車子撞毀過。一個架高的霓虹燈上，閃爍著一支掛有白旗的綠色旗桿和粉紅色的酒吧名字，由於部分的燈管已經壞掉了，以至於酒吧的名字在少了好幾個筆劃之後，從十九洞變成了一同。

唐利從車上下來，在過街時把皮夾克上的拉鏈拉高，以擋住迎面而來的冷風。他推開飽經風霜的雙開門。裡面是一條狹窄、無窗的長廊，吧檯就沿著西側的那面牆擺設。唯一的光線來自於門上的舷窗，以及吧檯下面的一根燈管，那根燈管在酒保身上灑下奇怪的陰影，讓人聯想到黑白恐怖片裡的場景。

一道身影坐在酒吧凳上，厚重的肩膀和寬闊的背佝僂地籠罩在一只雞尾酒杯上方，完全符合哈里斯口中狄克森．寇納的模樣。他的手臂似乎在考驗著他身上那件花呢運動外套的縫線。平頭的髮型讓他的頭看似一個正方形。還有兩名男子坐在幾張凳子之外，自顧自地看著架在室內一角的電視正在轉播的大學足球賽。

唐利覺得自己彷彿被扔進了鯊魚出沒的水裡，他坐下來，和寇納隔著一張凳子的距離。當酒保走過來的時候，唐利拿出一張十元紙鈔。

「可樂娜。」

「他們這裡不賣那種墨西哥垃圾，」寇納看也沒有看他一眼地說。「你幹嘛不點美國啤酒？」

他的視線依舊停留在電視上。唐利抬頭看著那名酒保。「百威。」

酒保從吧檯底下拿出一罐百威，把瓶子放在一個印有十九洞霓虹標誌的紙杯墊上，然後在一台老式的收銀機上找零。

唐利喝了一大口啤酒。「比分多少？」

寇納表現出一副沒有聽到問題的模樣。他從一只高球杯啜飲了一口，也許是蘇格蘭威士忌加冰塊，然後繼續用一根牙籤剔牙。

「我在明天的49人隊下注了五十塊錢，」唐利說。「不過，我擔心讓分。今早是八分半。不管他們對上誰，那都是相當多的分數。」

寇納又喝了一口，然後把一顆冰塊吐回到杯子裡。

「我可以請你喝一杯嗎？」唐利朝著酒保揮揮手。「再給他一杯一樣的。」

那名酒保好奇地看了唐利一眼，才從櫃檯下面拿出一個杯子，把尊美醇愛爾蘭威士忌倒在冰塊上。他把杯子放在吧檯上。不過，寇納完全未加理會。

唐利等了一會兒才說，「你是狄克森．寇納？」

寇納只是繼續用牙籤剔牙。

「我是彼得．唐利。我代表——」

寇納舉起左手，將一把點四四麥格農左輪手槍放在吧檯上。那名酒保停下了清洗杯子的動作。那兩名坐在附近的男子也僵在原地，舉到嘴邊的啤酒瓶動也不敢動。

唐利喝了一口啤酒，努力保持著外表的冷靜，雖然，他的內心充滿不安。他已經評估過自己有什麼潛在的選項，如果寇納舉起那把槍的話。

「我知道你是誰。」寇納看也不看他一眼。「我也知道你代表誰。」

「我想要和——」

「想要？」

寇納瞪著唐利。他的臉滿是橫肉，眼睛黑得像棋子一樣。他的氣味就像這間酒吧一樣——混合著廉價的古龍水、汗水、酒精和香菸的味道。天吶，唐利恨極了那種味道。

唐利的脈搏加速。「好吧，我需要問你幾個問題，是關於你逮捕馬丁神父那天晚上，庇護所裡發生的事。」

沒有反應。

「我知道你被暫時停職了。」

寇納把第二杯酒推到唐利面前。「我不想要你的酒。我不想要回答你的問題。我不喜歡代表殺人犯的律師。你想要什麼或是需要什麼，我都不在乎。」

唐利的腦中響起一個聲音，警告他站起身，然後走出去。但是，固執的性格讓他忍受不了霸凌。「我只是試著在做我分內之事而已，警探。」

「我也是。」寇納說。

「這點我不懷疑。」

「不用拍我馬屁。」

「好。如果你只是在做你分內之事，那他們為什麼要暫停你的職務？」

寇納沒有回答。

「我可以傳喚你，警探。」

「你可以。」

「我會的。」

在唐利把手伸進口袋拿取那張傳票的同時，寇納也從櫃檯上舉起槍，對準了唐利的頭。酒保立刻從吧檯旁邊退開。唐利聽到酒吧的門打開又關上的聲音，他猜，應該是另外兩個人離開了，不過，除了那把槍的槍管之外，唐利什麼也看不到。麥克・哈里斯曾經告訴過唐利，從一根槍管往下看，就像從一條下水道往下看一樣。除了那個黑洞之外，你什麼也看不到。那真是一個很恰當的比喻。

「你不會想那麼做的，律師。」

唐利凝結在椅子上，他的手依然在口袋裡。

他不會開槍的。這裡有目擊者。他只是企圖要恐嚇你而已。

不過，唐利越是想要說服自己，就越是在狄克森・寇納那雙死氣沉沉的黑眼睛裡看到了現實。他會開槍的。彷彿是在強調唐利的想法似地，寇納把槍的擊錘往後一扳。

✦

法蘭克・羅斯困難地閱讀著被咖啡沾濕的報紙。盧・吉安提里躺在擔架上被抬出法庭，不過，沒有任何報導顯示他現在情況如何。他找遍其他的報導，卻怎麼都找不到代表那名神父的律師到底是誰。

羅斯打開第二份報紙。那名神父不僅被傳喚了，而且還提出無罪的抗辯，法庭也在當週安排了一場初步證據審查聽證會。那篇報導提到了一位名叫彼得・唐利的律師。事情進展得很快，如果羅斯還要繼續介入這個案子的話，那他的進度已經遠遠落後了。羅斯拿起電話，憑著記憶按下一組號碼。「法蘭克・羅斯偵探，請找山姆・高德曼。」他不假思索地說。

過了一會兒之後，一道生氣勃勃的聲音從話筒那頭大聲響起。「你好嗎，英雄？」

山姆・高德曼把每個人都稱為英雄、偉大的英雄、朋友和長官。

「我很好奇，」羅斯把聽筒從耳邊拿開。「你們這些傢伙什麼時候才會刊登具體一點的報導？」

高德曼大笑。「打從你二十五年前走進我的新聞學教室那天起，你就一直在抱怨，從來沒停過。」

「嘿，至少我始終如一。」

「假期過得如何？」

「很好。在太浩湖待了幾天，重新充電。現在，我回來了，正在看關於那個神父的報導。怎麼回事，山姆？」

「那是件大事嗎？有好戲可看了，朋友。」

「我以為我可以打電話給西岸最知名的新聞工作者，試著發現你的記者沒有在他們的報導裡提到的一些事實。」

「你可以盡情地拍我馬屁，英雄，不過，我沒辦法提供給你我沒有的東西。」

「如果你沒有的話，山姆，那就沒人會有了。」

「檢察官辦公室的口風很緊。我們試著要讓他們上鉤，但是他們什麼也不說。官方說法是，他們正在等著和家屬取得聯繫。特林布里法官下了禁聲令。不過，我會這麼告訴你。很多人會被這件事扯下水。那些曾經公開支持那傢伙和他那間庇護所的人，都將會為了逃離這場雪崩而彼此踐踏。不要插手，等著看骨牌應聲而倒吧。」

「你知道那些警探都是些什麼人嗎？誰逮捕了那個神父？」

「我不知道，不過，我可以查到。」

「那個被害人呢？他是怎麼死的，有更多的資訊嗎？」

「根據驗屍官的說法，他是被刺死的。我可以告訴你，負責這個案子的是死刑電椅聖克萊兒。你為什麼對這個案子這麼感興趣，英雄？」

「盧・吉安提里雇用我調查一下這個案子。」

「盧・吉安提里人在醫院裡。他在法庭上倒下了。」

「我也看到報導了。那麼，為什麼法庭的程序進展得這麼迅速？」

「我猜，拉姆齊想在他的履歷上再添加一件引人注目的有罪判決吧。」

「報紙上提到一個叫做唐利的律師。」

「他幫盧．吉安提里工作。不過還乳臭未乾。可能當不了那個神父的律師太久。」高德曼換了一個話題。「你有聽說什麼嗎？」

「我復職的事嗎？沒有，什麼消息也沒有。我上次和我的律師聯繫時，他說，警察委員會在敷衍他。我想，他也在敷衍我。如果他不是我小舅子的話，我一定會開除他。」

「好吧，長官，我得走了。你要樂觀一點。會有突破的。自己開公司還好嗎？」

「在我得知我的客戶住院之前都還不錯。」羅斯說。

「那麼，我何時才能看到偉大的夏洛克．福爾摩斯辦案？」

羅斯四下看了看，他的辦公室籠罩在紅色的光線底下。太陽已經升到他右肩上的那片玻璃了。「都是些無聊的案件，山姆。我們一起吃午餐吧。我經常外出。如果我們找個地方見面也許還容易些。」

「好吧。天下無不散的宴席，英雄。我還要打電話給消息來源，還要趕交稿的期限，我的教學計畫在新年後也得上繳。我依然認為，我原本可以讓你成為一名優秀的記者。」

「你真是個樂觀主義者，山姆。我連購物清單都打不來。」

羅斯掛斷了電話。他曾經和山姆．高德曼一樣樂觀，認為這個世界就像裝了半杯水的杯子，他至少還有半杯水可以喝。現在，他感到這個杯子空了。他終於接到了一個真正的案子，而他的客戶卻心臟病發，被送進了醫院。至於他被警隊解僱的上訴案，他之所以要上訴，只是因為那給了他一線微弱的希望，讓他覺得他剩餘的職業生涯一定不會永遠坐在這個萬花筒裡。當然，他並沒有那麼天真，也不是不感恩。事情有可能比現在更糟。為了讓他免於坐牢，某個律師耗盡了精力。當羅斯撞上那輛載著一位母親和她兩個孩子的轎車時，他已經喝醉了。他差點就讓他們沒命了。

盧．吉安提里就是那個律師。

羅斯從門後的掛鉤上拿下他的雨衣，把辦公室的門在身後鎖上。他需要找到彼得．唐利，並且弄清現在是誰代表那名神父。在此同時，他還得支付這個月的房租，那就意味著他得抓到從收銀機裡偷走現金的員工，還要拍到讓老公戴綠帽的名媛亂搞的照片。

✦

唐利勉強擠出微笑，雖然，他內心的憤怒正在燃燒。「你要對我開槍嗎，警探？」

寇納沒有回答。

「你有一名證人。這樣做明智嗎？」

「也許我也會殺了他。」寇納說。

「放輕鬆，寇納。」那名酒保轉向唐利。「先生，我不知道你是誰，不過，你的膽子比你的腦子大多了。你何不慢慢地站起來，然後離開？對吧，寇納？沒問題的。他會站起來走人的。」

唐利緩緩地把手從外套裡抽出來，讓那張傳票繼續留在口袋裡。憤怒一吋一吋地爬過他的體內，慢慢地凌駕了他。在他年紀更輕的時候，他一直無法控制自己的憤怒。他的教練曾經教他如何把憤怒集中在對方球隊上。金也曾經教過他要把憤怒釋放出來，然而，他發現那越來越困難。現在，他把憤怒集中在狄克森·寇納身上。他拾起啤酒瓶，視線一直沒有離開過寇納的臉孔。他一口氣喝光剩下的啤酒，把酒瓶放到吧檯上，然後，從凳子上往後退開，站起身來。

「我現在就走。」

寇納的嘴唇露出一絲笑容。他按下手槍的擊錘，打算把槍放回吧檯上。

唐利一把抓住他的手，用力將他的手腕往後折。那把槍咯噹地掉落在地上。唐利立刻把槍踢開，然後將寇納的手肘往後拽，把他的手臂拽到了背後。隨即又伸出左手，將寇納的頭壓在吧檯上，撞倒了一碗檸檬汁和楓糖漿的混合液，讓那只碗從櫃檯上翻了出去。

「我不喜歡霸凌，警探。我也不喜歡有人把槍貼在我的臉上。」

寇納比唐利預期的還要強壯。即便一隻手臂被狠狠地扭在背後，唐利依然可以感覺到他的力氣。

「嘿！」

唐利抬起頭。只見那名酒保手握一把斧頭，高舉在唐利的頭上方。「放開他。」

難以置信。

唐利依然壓住寇納的手臂。寇納持續在反抗，他的皮膚漲紅，青筋爆出。唐利很快地往後退開，一腳踢向寇納屁股底下那張凳子的椅腳，同時用右拳撞向寇納的胸骨。那股力道讓寇納從凳子上摔下來，連同凳子雙雙應聲摔倒在地板上。

唐利很快地從外套裡掏出那張傳票，往寇納胸口一扔。「你被傳喚了。」說完，他很快地退向那扇雙開門。一旦退出酒吧，他立刻轉身跑向他的Saab。

✦

那天下午稍晚的時候，一名身著制服的警衛坐在湯瑪士．馬丁神父的病房外面。唐利發現頭上包裹著繃帶的神父正在睡覺。酒吧裡的那場衝突在他的腦海裡依然鮮明，不過，那股上升的腎上腺素已經退去了，現在，唐利感受到了迎面而來的頭痛和疲憊。他坐在床邊的一張椅子上，頭抵靠著牆壁。他知道要傳喚寇納是一個冒險，但是，唐利這輩子都在冒險、都在面對衝突。然而，他從來都沒想到寇納會用一把上膛的槍指著他。那讓他很不安，當時的場面也依然揮之不去。雖然，他已經在洗手間的水槽裡洗過了手和臉，但他卻擺脫不掉狄克森．寇納的味道——香菸、汗水和廉價的古龍水。那股氣味扒在他的皮膚和衣服上，滲透到了他的鼻孔裡。每當他閉起眼睛時，寇納的臉和那對空洞陰沉的眼睛就回到了他眼前——那雙眼睛看起來似乎什麼都做得出來。

那股熟悉的味道和那雙眼睛不停地把唐利拉回到一個他不想去的地方，回到一個他努力想要埋葬的夜晚，他早已決定不要讓那個夜晚或者他父親毀了他的一生。然而現在，那個夜晚似乎決定要掙開唐利小心翼翼在它四周築起的圍牆。

✦

他父親低著頭，掙扎著要從前門的鎖孔裡抽出鑰匙，完全沒有注意到唐利就站在樓梯上看著一切。

當唐利小的時候，他在聖母升天中學裡的老師曾經向他保證，世界上沒有怪物的存在，妖怪都是捏造出來的。但是，他的老師們從來都沒有聞到過那股味道，那不是人類的味道，那是一股陳舊腐敗的味道，就像潮濕的地下室一樣。他們從來沒有看過那些陰暗的、死氣沉沉的眼睛。

怪物是真的。惡魔也確實存在。

夜晚是令人恐懼的東西。

他父親從鎖孔裡取出鑰匙，關上門，開始走向樓梯。

「搞屁啊？」鑰匙掉落到地上，發出了噹啷的聲響，他父親嚇了一跳地瞪大眼睛，想要看清楚鑰匙在哪裡。他一掌按在牆壁上，打開了牆上的電燈開關，不過，屋裡依然一片黑暗。

「你在幹嘛，小子？」

唐利沒有回答。

他父親繼續撥動著開關。「這燈怎麼回事？你怎麼了，聾了嗎你？你媽媽呢？」

「走了。」

「走了？去哪裡？」

唐利沒有回答。

「她會回來的。」他開始走上樓梯。

唐利伸出一隻手臂抓住樓梯欄杆，擋住他父親的去路。他父親轉過頭。兩人面面相覷，不再是一個男孩面對著一個大人。同樣的高度。同樣的重量。同樣的身形。

「別擋路。」他父親推著唐利的手臂。

唐利把欄杆抓得更緊了。

他父親瞇起眼睛。「你在抗逆我嗎，小子？」他的呼吸散發出一股濃濃的酸味。「我在問你，你是在抗逆我嗎。把手臂挪開……在我把它打斷之前。」

唐利動也不動。他不會在霸凌下屈服。再也不會。

他們就那樣瞪著彼此看了很長的一段時間。他們兩人早已知道，這樣的衝突是無可避免的。隨著唐利的成長，屋子裡的緊張氣氛也跟著在上升。雖然，他們盡可能避開彼此，但是，那就像把一壺沸騰中的水蓋上蓋子一樣。最終還是會爆開的。

今晚。

他父親往下踏了一個階梯，然後轉身，彷彿就要下樓。「反正我也想要來瓶啤酒。」

唐利放鬆了下來。他犯了一個錯誤。

一隻手背猛然擊落在他的臉上，讓他踉蹌地往後退。他的頭重重地撞在灰泥牆上，讓牆壁出現了裂痕。唐利失去重心，一個踩空，他的背重重地撞在了階梯上，隨之而來的是暈眩和疼痛。一片星星在他眼前閃爍。

他父親跨過他。「我警告過你不要擋路，小子。」

唐利甩掉那股痛楚和眼前的星星，努力地爬起來。他往前撲，抓住他父親的後領。在他的拉扯下，他父親往後倒在他身上。兩人在滾下樓梯時撞斷了樓梯的木頭欄杆，讓欄杆整個鬆脫了。他們重重地滾落到地板上，以至於整棟房子都在震動，連窗戶也都在嘎嘎作響。唐利首先起身。有那麼一瞬間的時間，他父親躺在地上動也不動。然後，他緩緩地跪起身——喉嚨裡爆出嘶啞的喘息聲。

「你以為你是誰？這是我的房子。」

唐利並沒有轉身逃跑，像他兒時那樣，每次都只落得挨揍的命運，這回，他往前踏出一步。「不再是了。這棟房子不屬於你，你並沒有付房租。」

他父親站起來。第一掌來得相當猛烈。唐利往下一蹲，輕易地就躲開了。第二掌擊中了他的肩膀，不過，他的雙腿吸收了那股力道。他舉起手臂，抓住迎面而來的第三拳，擋下了第三次的攻擊。

唐利用他的右手反擊，讓他父親一把撞到前門。他父親在詫異中用一隻手擦拭嘴巴，不敢相信地看著自己的鮮血。隨即大吼著往前衝。

唐利往側面閃開，彷彿一名鬥牛士一樣，他抓住他父親的腰部，將他甩向殘留在樓梯上的欄杆。只聽得更多木頭發出了斷裂和破碎的聲音。走廊上的獎盃和相框紛紛掉落在地上，玻璃也碎了滿地。

他父親站起來，手裡抓著一根欄杆，瘋狂地揮舞。唐利躲開他的攻擊，退回到客廳裡。他用一隻前臂擋住他父親手中的木頭欄杆，另一拳則擊中他父親的腹部，讓他跪倒在地。唐利壓低肩膀撞向他父親，讓他重重地撞在了磚砌的壁爐上。多年來的痛苦和憤怒爆發了。唐利的拳頭如驟雨般落下，指關節一次、一次又一次地撞擊在他父親的骨頭上。他父親癱倒在了如此猛烈的攻擊之下。唐利並未就此罷休，他抓住他父親的衣領，一把將他從地上揪起，當他的膝蓋撞到他父親的腹部時，他聽到空氣從他父親的肺裡噴了出來。接著，他掐住他父親的喉嚨，盲目的怒火讓他越掐越緊。他父親喘著氣，喉嚨不停地發出咕嚕聲，同時抓住了唐利的手臂，然而，唐利已經下定決心不放手。

他抬起頭，發現自己正在注視著一張陌生又醜陋的臉孔，那張臉孔上的眼睛凸出、泛著血絲，鼻孔賁張、齜牙咧嘴。

那是倒映在壁爐架上那面鏡子裡的臉孔。

他自己的臉孔。

他驚恐地鬆開手，往後退開，從邊桌上抓起一盞燈扔向那面鏡子。玻璃瞬間爆裂，宛如瀑布般灑落在地板上。

他抓住他父親，讓他站起身來。「是你離開的時候了，」唐利重重地喘息，他幾乎無法把話說得清楚。「我們不要你待在這裡，我們不需要你。我不會把她留下來，讓她和你待在這裡。所以，是你離開的時候了。今晚。現在。還有，如果你敢回來的話，如果你企圖要和她聯絡的話，我會找到你。下次，我就會殺了你。」

語畢，他放開他父親，轉身走開。他父親就像一只沉重的布袋，癱在了壁爐邊上。

唐利走向前門，玻璃碎片在他的鞋子底下發出了清脆的聲響。當他來到大門入口時，他聽到身後傳來一陣噪音。乍聽之下，那道低沉的聲音彷彿一輛遠處的摩托車正在加速油門，聲音越來越強烈、越來越大。唐利朝著客廳轉身，只見他父親向他衝過來，那道尖叫聲化為了一道震耳欲聾的咆哮。

14

法蘭克・羅斯調整著目鏡之間的凹槽旋鈕，將那副超大的望遠鏡對準那棟磚砌公寓建築的前門入口。一盞小燈照亮了那個鍍銅的號碼，讓他的目標地址受到了確認。

他放下望遠鏡，上下打量著那一叢修剪整齊的樹，以及那排三層樓高的公寓建築，不過，他並沒有看到邁可・惠特尼那輛藍色的BMW轎跑。羅斯不禁好奇，一個網球教練怎麼負擔得起如此奢華的東西，又怎麼租得起一棟高級公寓。

那天下午稍早的時候，羅斯開車經過了盧・吉安提里的辦公室，但是，辦公室是關著的。門上一個牌子顯示辦公室在年底期間偶爾才會開門。在羅斯弄清楚自己是否還受僱參與這個案子的調查之前，他還是得先跟蹤一名不忠的妻子。

他拿起手持錄音機，按下「錄音」鍵，同時看了看他的手錶。「晚上十點四十二分，我已經確認地址是克雷街1281號。根據我所得到的資訊顯示，6B的租客姓惠特尼。機動車輛管理局和信用卡紀錄也都確認了這個地址。惠特尼先生目前租了一輛海軍藍的BMW雙門轎跑。他被看到和一名女子一起離開了基爾戲院，那名女子符合目標人物艾比蓋兒・柯林斯的描述。」

羅斯關掉錄音機。「那傢伙一定是個厲害的小白臉。」他重新按下「錄音」鍵。「傍晚的時候，未能成功確定此人和艾比蓋兒的關係。」

當柯林斯和惠特尼在八點鐘離開《歌劇魅影》的演出現場時，羅斯未能拍到任何清楚的照片。基爾街上穿著笨重雨衣和撐著大雨傘的觀眾，讓羅斯根本無法舉起他的相機迅速地拍照。就一個男人的角度來思考，羅斯猜測惠特尼一定會帶艾比蓋兒·柯林斯回到他的公寓。惠特尼花了一大筆錢租下這個位於太平洋高地的住處，他沒有理由再把錢花在飯店上。從他們公開去看一場演出的事實可以確定，柯林斯太太和她的情人根本不在乎柯林斯先生，後者已經刻意出城，好讓她年輕的妻子中計。

羅斯打開一只保溫瓶，那個保溫瓶和他那具足球大小的望遠鏡一樣老舊又醒目，然後把熱咖啡倒入瓶蓋。他的車載電話響了，對於一個低薪的私家「偵測」而言，車載電話簡直就是一件奢侈品，不過，為了安撫他的妻子，羅斯還是用自己的信用卡刷了這筆二千一百元的費用。她很擔心他，因為過去，當他還在警隊工作時，警察部門曾經無法透過無線電聯絡到他。「嗨，親愛的。」

「那是一整個星期以來，有人對我使用過的最棒的稱呼了，英雄。壞人怎麼樣了？」

「山姆？你怎麼會有這個號碼的？」

「我用甜美的聲音迷倒了一位漂亮的女士。」

「她至少有向你收點賄賂吧？」

「一毛錢也沒有。」

「我告訴你，她把我教她的全都忘光了。」

山姆．高德曼的聲音宏亮。即便工作了一整天，他聽起來依然精力充沛。「如果你負擔得起這種花哨的手提電話，那麼，你的生意肯定很好。」

「手提個屁。拿著這鬼東西就像握了一塊磚頭一樣，而你的聲音聽起來就像在隧道裡一樣。」

「你在哪裡？」

「在我的車子裡。」

「想像一下。讓我離開這裡，史考特[10]。」

「我有什麼榮幸能讓你打電話給我，山姆？」

「我有關於那個神父的消息。」

「我希望你比幫紀事報寫那篇晚報報導的記者稱職。那篇報導簡直毫無價值。」

「我告訴過你，每個人都保持沉默。就像在克里姆林宮一樣。」

羅斯喝了一口咖啡。「那個大秘密是什麼？」

「還不知道，不過，我會挖出來的。他們跑得了，但是卻躲藏不了。你問過我，是哪個警探發現了被害人？」

[10]「讓我離開這裡，史考特」（Beam me up, Scotty）是從《星際爭霸戰》（*Star Trek*）系列衍生出來的一句著名口頭禪。意指要求星艦上的工程師史考特，透過傳送機，將說話者從一地傳送到另一地。這句話現已成為流行文化的一部分。

「你知道是誰了？」

「狄克森．寇納。據我所知，寇納抓到那個神父時，神父滿手都是血跡，符合了現行犯的條件。我可沒有別的意思。我和那些監控警方以及火災頻道的人確認過。那天晚上九點十二分的時候，有一通電話打進來。寇納比其他人都早抵達現場——像哈姆雷特他爸的鬼魂一樣地現身在那間庇護所裡。」

「寇納怎麼有辦法那麼快就趕到那裡？」

「不知道。不過，真正的好戲顯然是在寇納回到警局之後才開始的。我聽說這位美國戰爭英雄先生在探長歐馬力的辦公室裡勃然大怒，然後，她就把他暫時停職了。政風部已經介入了。」高德曼說。

「你知道她為什麼把他暫時停職嗎？」

「那個神父的律師聲稱那場搜索是非法的，他說，寇納在沒有搜索令之下破門而入，而且還撬開了上鎖的櫃子。」

「寇納有什麼反應？」

「沉默。就像我說的，他清空他的辦公桌，然後就離開了。他沒有接聽電話。好吧，你要告訴我你調查這件事的動機是什麼嗎？」高德曼問。

羅斯認識山姆．高德曼已經很久了。他將高德曼視為朋友和導師。不過，不管怎麼說，高德曼都是一名記者，羅斯知道他可能握有什麼潛在的爆發性資訊，也就是那種任何優秀的記者都會想要調查的故事，不過，現在把他的動機告訴高德曼還為時過早。他知道，把他的動機告訴高德曼，然後再要求高德曼保證不會去調查，這麼做是不公平的。把你不希望見報的消息提供給一位優秀的新聞記者，就好比把錢借給朋友一樣。你是不會這麼做的。此外，如果他還受僱要調查這個案子的話，他就有責任不洩漏任何消息。

羅斯給了他一點小惠。「我正在調查一些事，山姆。等我覺得我掌握到足夠的資訊，值得你來關注時，我們就可以坐下來聊聊，就你和我。」

高德曼對他的話不以為然。「你知道我的，我永遠都很忙。那位女士說你在工作。最高機密嗎？詹姆士．龐德之類的工作？」

羅斯看著他這輛凱迪拉克混亂的車內，然後拾起那副龐大的望遠鏡。「是啊，山姆。我是個真正的秘密探員。謝謝你提供的消息。」

「小意思。趁你的電話還在時好好享受它，英雄。那種東西永遠都不會流行。誰想要從早到晚都被打擾？」

羅斯放下電話。他想起了狄克森．寇納。他想起了湯瑪士．馬丁神父。他還想起了那個被害人，安德魯．班尼特。他很好奇，這些人是怎麼牽扯在一起的。他手上有足夠的資料，足以讓他找人詳細且認真地研究一下三份不同的檔案：三個青少年娼妓，全都遭到謀殺，全都沒有破案……而調查這三件案子的警探就叫做狄克森．寇納。

當他重新看向那棟公寓建築的前門入口時，那輛BMW已經停在路邊了。邁可．惠特尼已經打開了乘客座車門，他約會的對象正在下車。羅斯很快地把手伸向後座的相機，他打開相機袋，拿出裡面的尼康相機，轉動著長焦鏡頭。當他開始按下快門時，惠特尼和艾比蓋兒已經走進前門，消失在了大廳裡。他知道他只拍到了一對打扮時髦的男女模糊的背影。

納森尼爾．柯林斯不會高興的，而一名不高興的客戶就不太可能付錢。羅斯拿起那台錄音機。

「晚上十點五十二分，羅斯搞砸了。目標逃過了跟蹤。沒有照片。人妻賺到了一百五十萬。私家『偵測』法蘭克．羅斯什麼也沒賺到。」

✦

「你還好嗎？」

唐利睜開眼睛。他一時有點糊塗，不過很快就發現自己在馬丁神父病床邊的椅子上睡著了，而神父正在和他說話。他坐起身，振作起精神。馬丁神父在枕頭上轉過頭，看著他。

「我還打算問你同樣的問題呢。」唐利說。他不僅在出汗，還在喘氣。他張開原本握拳的手，站起身，走到床邊。

「我頭很痛。」馬丁神父說。

「你變成穆斯林了。」

「從來沒想到光頭是個優點；至少，他們不用幫我剃頭。」

唐利笑了。「帶你來的一名員警說，你很奮力地反抗。他說，如果你沒有反抗的話，你可能活不下來。」

「我向來都不能接受『不予還擊』這種事。今天是星期幾？」

「星期六。」

馬丁神父轉過頭看著窗戶。「時間很晚了。你應該在家陪你妻子和兒子。」

「我在巡視醫院。稍早，我去探視了我姨丈，然後就想來看看你。」

「他怎麼樣了？」

「脾氣還是一樣暴躁，那就表示他比較好了。他們讓他在走廊裡走路。他不停地威脅說要直接走出大門。如果我阿姨不在那裡的話，他真的會那麼做。也許還會直接走到辦公室去。你覺得你可以回答幾個問題嗎？」

「當然可以。」

「幾個晚上之前，我試著要去看你的朋友丹尼。」

馬丁神父瞪大了眼睛。「他還好嗎？」

「我不知道。他在半夜裡離開了醫院。很顯然地，寇納警探在他離開之前去看過他。」

神父的目光轉向天花板。「他很害怕。」

「他有理由害怕。今天稍早，我親自去找了寇納，看看他是否會和我談談，並且打算把傳票交給他。」

「結果呢？」

「我只能說，我不認為他是個值得信任的品格證人。」

「寇納憎恨那間庇護所。」

「為什麼？」

「像寇納那樣的人是為了恨而恨。他們不需要理由。那是他們DNA的一部分。」馬丁神父眨了眨眼。然後打了一個呵欠。

「你休息吧，我就不打擾你了。」

「你呢？」神父問。

「我不能休息，」唐利說。「我需要為證據審查聽證會做準備，雖然我打算要求延期，因為你現在像個沙烏地石油酋長似地躺在這裡，而且寇納也拒收我的傳票。不過，我不敢保證閻王米爾特會同意延期，因為你其實並不需要出席，而我也確定，地方檢察官會爭辯說我只是在推託而已。」

馬丁神父說，「你看起來好像正在一場噩夢裡一樣。」

唐利打混地說，「比不上你現在正在經歷的噩夢。」

馬丁神父停了一下。他顯然不想追問這個話題，轉而說，「你兒子多大了？」

「班尼？兩歲，快三歲了。你為什麼這麼問？」

「他和你妻子在一起？」

「事實上，他和他奶奶在一起。我妻子今晚值班。」

「她是醫生。」

「住院醫師。」

「所以，他和你母親待在一起。」

唐利搖搖頭。「我妻子的母親。我母親死了。」

「抱歉。」

「好幾年前的事了。」他說。

「她是怎麼死的？」

「癌症。我當時正在念法律學校。他們發現的時候已經太晚了。診斷出來六十天之後，她就走了。真正令人驚訝的是，她按捺了一個月才告訴我，因為她不希望影響到我的學期測驗。她獨自經歷了痛苦。對此，我依然覺得無法釋懷。」

「你父親呢？」

唐利搖搖頭，剎那間記起了他的噩夢，那個噩夢太真實了。「他在那之前幾年死於一場意外。」

「我很遺憾。」

「不用覺得遺憾。他和狄克森·寇納很像，對每個人和每件事都感到憤怒。他把他的問題怪罪於所有的人。為了恨而恨……」唐利看了看手錶。「我應該要走了。」

「你可以憤怒，沒有關係的，彼得。」

唐利點點頭，不過沒有說話。

「你可以對上帝感到憤怒。祂和我老是在抗衡。當我母親死的時候，我感到很憤怒，因為她把她的生命給了祂，而我認為她應該得到更好的對待。但是，我們不知道上帝為什麼做祂所做的事，直到事情過了很久以後。我母親的死迫使我哥哥們成長，並且了解到他們有責任站出來，照顧我們其他人。如果他們不那麼做的話，社福人員就會把我們分開來，基於他們一直以來都沒有走在正道上，他們有可能會自尋死路。也許我也會。他們保護了我，當我到神學院的時候，他們也確定我會待在那裡。」

「我母親曾經說過類似的話，」唐利說。「不過，我向來都無法從『所有的事情之所以發生都是有理由的』這種說法得到安慰，神父。」

「你知道聖保羅的故事嗎？」湯姆神父問。

唐利笑了笑。「只怕我不是太清楚。我記得他處決了猶太人，直到上帝把他從他的馬背上推下來，讓他變成了瞎子。」

「保羅不只處決猶太人，」馬丁神父說。「他謀殺了他們。然而，他依然被上帝選為傳播耶穌訊息的門徒。上帝讓我們變成罪人，彼得。但是，祂也原諒了那些罪。那就是祂至高無上的慈悲。不過，首先，我們得原諒我們自己。」

唐利現在沒有心思告解。他父親的記憶從唐利埋葬他的地方又回來了。隨著那些記憶的回來，唐利的憎恨和憤怒也跟著回來了。說句實話，唐利很怕自己無法控制那些憤怒和憎恨，以及他可能會因此而做出什麼。

「我會讓你知道接下來的進展。」說完，他離開了病房。

✦

一盞吊燈從挑高的天花板上垂吊而下，羅斯沿著被吊燈照亮的走廊往前走。他穿著他放在後車廂裡的連身服，戴了一頂尼龍棒球帽。6B是右手邊的最後一間。羅斯把帽簷拉低到眼睛上方，然後敲了敲門。他一手拿著一個剪貼板，另一手拎著一只他從後車廂裡拿來的工具箱。他的腰際上繫著一條工具皮帶。皮帶正前方的小袋子裡放了一條看似二十五呎長的捲尺，不過，捲尺裡面其實是一台隱藏式相機。

「誰？」一個男人的聲音傳來。聽起來有點惱火。

「管道疏通。」

「我沒有叫人來疏通管道。你按錯門鈴了。」

羅斯拿起那個剪貼板，假裝讀著上面的資料。「克雷街1281號，6B？」

「對，可是——」

「管理員打電話給我們。」

邁可．惠特尼打開門，門內的他穿著一件長褲和一件V領T恤，露出了一條厚重的金項鍊。瘦得像搖滾明星的惠特尼把他的一頭金色長髮在腦後綁成了一條馬尾。

「你知道現在幾點了嗎？」惠特尼問。

羅斯看了看他的腕錶。「十一點二十四分。」

「我的意思是——」

「我希望這是我今晚最後的工作，因為，年輕人，我的腳走得快痛死了。4C的傑米森女士處理廢棄物的管道顯然有問題，我不是指她的身材，你知道的。」說完，他自顧自地大笑。

惠特尼並不覺得有趣。

笨蛋。

「總之，管理員要求我們檢查同一條管線上的每一戶。」

「誰啊？」

公寓裡響起一名女子不耐煩的聲音。

惠特尼往前靠。「現在這個時間不太合適。」

羅斯眨眨眼。「我了解，老兄。這麼說好了，如果有任何未經處理的污水從你的馬桶湧到你的浴室裡，你就打電話給我們。我們會在七十二小時之內派人過來。記得把毛巾塞在門底下，以免它流出來。那有可能會危害健康。」

語畢，羅斯轉身就要離開。

「未經處理的污水？」惠特尼警覺地問。

「那毀了傑米森女士的派對，」羅斯說。「每次，這棟樓裡只要有人沖馬桶，她的浴室地板上就會出現糞便。我們認為那也許是樹根。樹根有可能會長進水管裡面。你可以疏通從這裡一路延伸到中國的管線，不過，除非你把水管裡的樹根弄出來，不然的話，你只是在浪費大家的時間而已。我可沒有在暗示什麼。」

惠特尼沒有反應。這傢伙的IQ簡直像樹幹一樣。

「你覺得這要花多久時間？」

羅斯再度眨眨眼。「我會讓你很快就重新掌控局面的。」

惠特尼打開門，羅斯一踏進公寓，就往左轉向那道女聲的來源。只見艾比蓋兒·柯林斯靠在火爐邊的枕頭上，正在啜飲著一杯酒。幾件衣服四散在房間裡。柯林斯太太緊緊抓住一條裹在身上的毯子，不過，依然來不及遮住露出來的一只巨乳。

喀嚓。

「晚安，女士。很抱歉這麼晚打擾你。」

喀嚓。

柯林斯看起來大約三十幾歲，比柯林斯先生年輕了十五到二十歲。

「你是誰啊？」她不客氣地說。

「我是馬蒂。我來檢查你的馬桶。」

喀嚓。

「那不是我的馬桶。」

喀嚓。

惠特尼從羅斯的手肘底下抓住他。「浴室在另一邊，右邊第一間。」

艾比蓋兒．柯林斯頑皮地伸出手，抓住惠特尼的手。

喀嚓。喀嚓。

惠特尼一個不穩，摔倒在枕頭堆上。艾比蓋兒．柯林斯靠到他身上，她的胸部再度從毯子裡掙脫而出。

喀嚓。喀嚓。喀嚓。喀嚓。

「有可能是毛髮堵住了下水道，」羅斯一邊說，一邊盡快地拍照。「在所有的大城市裡，下水道的毛髮會終結掉整個污水系統。」

惠特尼一邊掙扎著從枕頭堆裡起身，一邊指著前方。「就在走廊那邊。就在走廊那邊。」

「找到了。」羅斯說。柯林斯先生將會有足夠的照片可以做成一本寫真集，而羅斯則可以把接下來四個月的房租都付清。

他來到一間有金色盥洗裝置和綠色大理石的浴室，然後關上門，再從他的工具箱裡拿出一把套筒扳手，蹲下來敲打著水管。他在浴室水槽上方的一個玻璃架上瞄到一只相框，相框裡鑲著邁可．惠特尼和艾比蓋兒．柯林斯在天使島一間腳踏車店前面的照片。羅斯曾經帶小法蘭克到那裡去過一次。不過，引起他注意的是騎在兒童腳踏車上的兩個女孩，腳踏車的把手上還綁著彩帶。兩個女孩的皮膚黝黑，下巴結實，引人注目的容貌和她們的父親如出一轍。他把照片放回原位，然後坐在馬桶上，感覺自己就要吐了。他很快地將扳手放進工具箱裡，再走回到客廳。

惠特尼和柯林斯正靠在枕頭上喝酒。「你好了？」惠特尼問。

羅斯的目光越過他，看向艾比蓋兒．柯林斯。「那張照片，是你女兒嗎？」

「對。」她的神色和聲音都有點不確定。

羅斯輕輕地碰了一下他的棒球帽。「她們很漂亮，」他說。「而且很珍貴。二位晚安。我會自己出去。」

羅斯把門在身後關上。安德魯．柯林斯曾經說過，他和他分居的妻子沒有小孩。那個混蛋不只打算利用那些照片讓他的妻子拿不到一分錢。他還想要讓她無法向他索取子女的撫養費——在他沿著海岸開車南下去和一個在圓石灘高爾夫球店的年輕女子亂搞之際，他卻利用羅斯來幫他擺脫掉照顧自己孩子的責任。

羅斯把那條捲尺從皮帶上取下來，按住捲尺邊緣的鉤子，然後打開捲尺，那卷底片立刻就映入了眼簾。他找到了支付房租的另一個方法。

15

一九八七年十二月二十八日

吉爾．拉姆齊從他的辦公桌上抬起頭，看著琳達．聖克萊兒在週一上午拿著一張紙走進他的辦公室。「前幾天晚上的派對很棒。你的手怎麼樣了？」她問。

拉姆齊捏緊那隻綁著繃帶的右手，直到現在，他的手都還因為被雪茄燙傷而感到刺痛。他告訴那晚的賓客說，他的手被爐子燙傷了。「你和他上床了？」

她露出一絲微笑。「吉爾，他擁有這座城市最大的私人辯護律師事務所，在波特拉山谷還有一座牧場。我只是在為競選做我分內之事而已。」

拉姆齊轉向窗戶。「那就是你為什麼還在笑的原因嗎？」

聖克萊兒笑著坐進一張皮椅，然後翹起腿。「事實上，我得到的消息會讓你我臉上都出現笑容，而我們誰都不用脫衣服，一件都不用。」

「太可惜了。」拉姆齊說。

她舉起那張紙。「實驗室對安德魯．班尼特的衣服所做的測試結果出來了。他們驗到了兩種血型。那孩子的是B^+。他們也發現了O。猜猜看誰是O型血？」

「馬丁神父。」

聖克萊兒放下那張紙。「你怎麼了？我以為你會很興奮呢。」

「我並沒有感到很興奮。唐利對認罪協商的事怎麼說？」

她惱火地搖搖頭。「他沒有上鉤。誰在乎呢？你聽到我剛才說的話了嗎？」

「我聽到了。打電話給唐利，讓那個誘餌聽起來更吸引人一點。把這個最新的資訊告訴他。」

聖克萊兒覺得難以置信。「為什麼？我們已經有了血型相符的證明。」

「如果這個證明不能被採納的話，那也只是垃圾而已。」拉姆齊說。

「這不是在那間上鎖的辦公室裡發現的，吉爾。這是在班尼特的衣服上發現的。這個案子結束了。」

「如果其他證據不能被採納的話，我們就沒有謀殺的凶器和動機了。我們只有O^+的血型。我自己就是O^+。這是最普遍的血型。」

「這就是擊垮他們的武器，吉爾。如果馬丁神父在那場鬥毆中倖存了下來，這個證據將會讓他面臨死刑。」聖克萊兒說。

「沒錯。唐利先生知道他不能保證自己的動議能夠勝出、能夠不讓那些證據被採納，而我們也不能保證法官會採納那些證據。」拉姆齊說。「這兩者之間的差異在於，如果我們賭輸了的話，我們還有選擇。我們也許會在進入那間庇護所的時候發現更多證據，即便我們找不到，我們也可以繼續堅持我們的主張，交由陪審團決定。如果他賭輸了，他就沒有選擇。這個證據會讓他的客戶被定罪，在他所有的上訴都宣告失敗之後，馬丁神父就得要接受注射死刑。」

聖克萊兒往後坐。「他不能冒那個險。」

「對，他不能，不管他有多大的膽子。那麼，你就回你的辦公室去打電話，把這個消息告訴他。告訴他，在週四早上的聽證會之前，馬丁神父都還有時間認罪。如果他認罪的話，我們會認真考慮要求判處二十五年有期徒刑至終生監禁，並且建議就是二十五年。如果他不認罪的話，我們就不會再考慮這個提議，轉而尋求判處死刑，這樣一來，唐利先生就等同於用馬丁神父的命在玩俄羅斯輪盤。」

辦公室的門未經敲響就被打開了。奧古斯特・拉姆齊停在門口，打量著聖克萊兒。

「哈囉，州長。」聖克萊兒站起來。

「哈囉，聖克萊兒女士。前幾天晚上，你玩得開心嗎？」

「嗯。謝謝你們邀請我。」聖克萊兒轉向吉爾・拉姆齊。「我這就去打那個電話。」語畢，她走出了辦公室。

奧古斯特・拉姆齊目視著她離開。當辦公室的門關上時，他轉向他兒子。「你和她有染嗎？」

拉姆齊回到他的辦公桌。「你來這裡做什麼，爸？」

「聖誕節那天，你母親和我都很想念你。我們想念我們的孫子。」

「計畫改變了，」吉爾・拉姆齊說。「琳達想要去看她父母。」

奧古斯特・拉姆齊沒有進一步追問。他只是在聖克萊兒剛才坐過的那張椅子坐下來。

「我很忙，爸。」

「我只是想過來看看，不知道那個神父的案子怎麼樣了。據我所知，你拿到了血型相符的檢測結果。」

吉爾．拉姆齊覺得自己的胃緊縮了一下。「你是怎麼知道的，爸？」

「有人有消息來源。」

「不是每個人都有消息來源，爸。只有你有。」拉姆齊走到他辦公桌後面的窗戶前面，不過，他並沒有往外看，而是閉上眼睛，他覺得噁心。「你為什麼對這個案子這麼感興趣，爸？」

「我告訴過你為什麼。我只是在幫你尋求最大的利益。發生在那個神父身上的事情是很不幸。我聽說他差點死了。我猜，有時候就是會發生錯誤。」

報紙上並沒有任何報導提到郡監獄犯下了過失，導致那個神父的紅色檔案封套被換成了黃色。黃色的檔案封套代表是普通犯人。紅色則是被隔離的犯人。那名接班的治安官發誓說，馬丁神父的檔案封套一直都是黃色的。除了正在調查那個事件的警長辦公室和吉爾．拉姆齊之外，沒有人知道這個消息。拉姆齊甚至也沒有告訴聖克萊兒。

拉姆齊轉過身，注視著坐在他辦公桌對面那張椅子上的男人。「你怎麼知道那件事？」奧古斯特．拉姆齊沒有回答。「你到底做了什麼？」

奧古斯特．拉姆齊舉起雙手，宛如一名和信徒打招呼的神父。諷刺向來都是他的強項之一。

「我做的是為人父親會為兒子做的事。我在幫你處理問題。」

那股噁心的感覺更強烈了。「幫我？還是幫你？」

「如果你有把你該做的事做好，並且說服那個律師接受認罪協商的話，我就無須做任何事，」奧古斯特．拉姆齊說。「然而，他讓你在全國聯播上看起來很無能。我希望這次你會更有說服力。」

拉姆齊看著坐在他對面的男人，他唯一的感覺只有厭惡。「我不幹了。」

「別傻了。」

「我不傻，爸。」

他父親沒有應聲。

「而且，我受夠了這一切。我受夠了你。我希望你離開這裡。我要你遠離我和我的孩子。如果你要繼續干涉的話，我會……」

奧古斯特．拉姆齊笑了笑。「你會怎樣？去報警？那看起來會像什麼，地方檢察官對一級謀殺的嫌犯提出認罪協商？」

「你在說什麼？」

「當每個人都知道地方檢查官不會對一級謀殺的嫌犯提出認罪協商時，你為什麼要那麼做？在這個案子上，你為什麼要這麼做，除非你有什麼個人的利益牽扯其中？」

有那麼一剎那的時間，拉姆齊說不出話來。他覺得口乾舌燥。他舔了舔嘴唇才說，「你陷害我？」

「我的職業生涯已經結束了，」他父親說。「誰的風險最大，誰的損失最多？誰比較有動機想要擺平這件事，讓那個孩子消失？利用你的職權來阻礙司法是犯罪的。」

一道冷汗讓他無法動彈。他覺得冷到了骨子裡。他雙腿發軟地陷入他的椅子裡。「你知道了。你知道關於那些錄影帶的事。」他的聲音聽起來就像耳語。

「是的，我有理由懷疑它們的存在。」

「那寇納呢？你也知道寇納的事？」

「不，一開始的時候不知道。我們會湊足錢，然後把這件事忘掉。」

「你利用了我。」拉姆齊說。他抬頭看著天花板，無法相信地大笑。

奧古斯特・拉姆齊從他外套的袖子上挑起一點絨毛屑，在指尖揉成一團，然後看著那團絨毛飄落到地上。「長大吧，吉爾。讓我給你一個重大的提示：每個人都在利用彼此。那是你如何爬到最頂端的方法。也是你維持在頂端的方法。而我打算要維持在頂端。唯一的問題是，你呢？」

✦

週一接近傍晚的時候，唐利坐在琳達・聖克萊兒位於司法大廈的辦公室裡。唐利花了週末大部分的時間和週一的一整天，在研究相關的法令條文，以支持他排除證據的動議。截至目前為止，研究的結果並不令人振奮。他最不需要或最不想要的事情，就是接到聖克萊兒的電話。她和他打招呼的時候，完全沒有他們前兩次見面時的那種對峙感，而且出奇的親切，甚至還很友善。事實上，她用髮夾把頭髮鬆垮地夾在腦後的髮型，也讓她看起來變得柔和許多。她穿了一件卡其長褲和一件紅色的針織衫。

她遞給他一張紙。「他們在安德魯．班尼特的衣服上確認了馬丁神父的血型。」

唐利決定不讓聖克萊兒激怒他，不過，她的話還是像一塊鐵砧般重重地撞在他的胸口。「這個證據不會被採納的，聖克萊兒女士。它是非法取得的。」

她搖搖頭。「那件衣服並不是在上鎖的辦公室裡發現的。沒有理由不予採納。」在他有機會反應之前，她站起身，揚起一隻手，雖然看起來依舊沒有挑釁之意。「聽著，我知道你對你的法律立場很有信心，不過，我相信法律會更傾向採用這個證據。根據尼克斯對威廉姆斯訴訟案，這些證據最終還是會被發現的。儘管如此，我今天並不是要和你爭辯法律的問題。你會為你的立場辯護，我也會提出我的論點。不過，你得要同意，至少，我們誰也無法預測特林布里法官最終會怎麼做。」

她又回到認罪協商的話題了。唐利只是保持沉默。

「我想，真正的問題在於結果，」她繼續往下說。「如果你的動議沒有被通過，你要怎麼對陪審團解釋這個證據？」聖克萊兒再度揚起一隻手，彷彿要阻止他開口，雖然，唐利根本無意回答她的問題。「你必須承認這是一個問題。」她坐回到她的椅子上。「如果我輸掉了這個動議，我依然還握有一個男孩死在馬丁神父的庇護所、馬丁神父身上覆蓋著他的血，以及被害人的衣服上檢測出神父的血型等等的這些事實。我知道你會爭辯說，馬丁神父住在那裡，他是去幫助那個男孩，不過，你要如何解釋馬丁神父的血？我也依然認為，我有高於百分之五十的機會可以讓那把拆信刀成為證據。它就在他的辦公桌上，誰都看得到，而不是被鎖在櫃子裡。當然啦，那算是間接證據，但是，如果我沒錯的話，那麼，我就有了凶器、屍體、客觀環境，再加上現在掌握到的血型作為證據。一級謀殺。馬丁神父會遭到終生監禁——我想，那會是我最嚴厲的判決要求，如果你輸掉動議的話，這些全部都會變成證據，我也會用加重謀殺的罪名起訴。馬丁神父將會被判死刑。」

「鑒於這個風險，你有什麼建議要提供給馬丁神父考慮的嗎？」唐利直接問她，他已經厭倦了任何暗示。

她往前坐。「我們打算建議判處二十五年到終生監禁，讓特林布里決定具體刑期。」

唐利試著不要露出情緒。「要賭在閻王米爾特身上？這算不得什麼提議。」

她舉起一隻手。「我們會強烈建議判處馬丁神父二十五年有期徒刑，並且在二十年之後可以有假釋的可能。等他出獄的時候，他還相當年輕，大約五十多歲而已。」

唐利往後坐。「你知道嗎。不知道有多少人告訴過我，地方檢察官不會對一級謀殺提出認罪協商。」

聖克萊兒移開目光。「有時候，我們需要考慮提出合理的認罪協商來伸張正義。」

這聽起來很像一場排練過的演說。「可是，這不是你想要的，不是嗎？我無意冒犯，不過，你過去的紀錄是有目共睹的，而我也可以從你的態度裡看出來。你比較希望審判馬丁神父。我不是在貶損你。這只是推論而已。」

聖克萊兒並不想回應，但她缺乏熱情的態度卻暴露出了她真實的想法。「這是很簡單的百分比問題，唐利先生。我只是在權衡比率，計算可能的結果。這是一場賭博。我們都很清楚。不過，你是唯一一個用馬丁神父的性命作為賭注的人。」

✦

馬丁神父坐在他的醫院病床上。「彼得，我沒有想到今晚會見到你。」

唐利把他的手提箱放在床腳，鬆開他的領結。「他們在安德魯・班尼特的衣服上發現你的血型。」

馬丁神父閉上眼睛。

唐利一邊揉著額頭，一邊在病房裡踱步。「我不能不讓它被採納為證據。因為它不是在辦公室裡被發現的。我們要怎麼解釋這件事？」

馬丁神父嘆了一口氣。「我很抱歉，彼得。」

唐利停下腳步，轉過身。「不要再抱歉了，好嗎？那幫不了我們。我們要怎麼解釋，湯姆？我需要知道，因為我已經快沒有時間和選擇了。」

「為什麼一個被拘禁起來、哪裡都去不了的人，必須在獄警準備要下班的聖誕夜晚上十一點被帶去抽血，你覺得合理嗎？」

「不，我不覺得合理，不過現在，我們的論點已經從有人捏造證據，轉為有人製造了一個重大的陰謀要陷害你，然而，我們越是大膽地推論，這個論點就變得越薄弱。在我們認識之初，我曾經告訴過你，法庭不是一個真實的世界。而是我創造出來的世界。我要怎麼把這個所謂的陰謀論賣給陪審團？我們對於誰可能是幕後的陰謀者毫無頭緒，也不知道那些陰謀者對你有什麼不滿，在這種情況下，我要如何把這種陰謀論賣給陪審團？」

「你說過其他的證據是非法取得的，那些證據可能不會被採納。」

唐利舉起一隻手打斷他。「我說，我會提出一個動議來排除那些證據。我不能保證任何事。我已經做了三天的功課了，我會說，那些證據被排除在外的可能性低於百分之五十。」

「你要我怎麼做，對我沒有做的事情認罪嗎？我沒有殺安德魯．班尼特。」

唐利不再踱步。「地方檢察官提出二十五年有期徒刑，加上二十年後可以申請假釋的建議。」

馬丁神父閉上雙眼。「如果我認罪的話。」

「對。我不能保證我能爭取到比那更好的結果，湯姆，而且，我有義務要告知你這個提議。如果我們輸了的話，最好的情況是，你被判無期徒刑，不准保釋。最壞則是，加利福尼亞州對你宣判死刑。」

馬丁神父睜開眼睛。「你從來都沒有向我保證過任何事。」

「什麼？」

「打從一開始，你就已經告訴過我，那些證據對我真的很不利。你告訴我，要排除那些證據的機率最多只有百分之五十。我聽從了你的建議，因為那是你的專業，但是，真正讓我在乎的是，當我告訴你我沒有殺害安德魯·班尼特的時候，你相信了我。」

「我相不相信你並不重要——」

「對我來說，那很重要。」

唐利把頭轉開，吐出了一口氣。

「如果我必須一輩子都待在監獄裡的話，那就讓它這樣吧。我會把它當作是上帝在召喚我，要我去幫助那些最需要幫助的人。」

唐利沒有轉過頭，只是繼續說道，「你知道他們在監獄裡是怎麼對待猥褻兒童的人嗎？」

馬丁嘲諷地展開雙臂。「喔，知道啊！」

唐利轉過來面對著他。「這次，他們會殺了你。」

「這是另一個我不接受認罪協商的理由。這是我的決定，彼得。不用把負擔加在你自己的肩膀上。如果這是我要背負的十字架，那麼，我就會承擔。我是在自願和知情的情況下做出這個決定的。我準備好面對死亡了，如果那是我的命運的話，不論你做了什麼或者什麼都沒做，都不會影響這樣的結局。你明白嗎？」

唐利沒有回答。他怎麼可能不覺得這是他自己的錯？「這很高貴，」他說。「不過，儘管如此，我還是希望你不要死在我經手這個案子的時候。」

「我只要求你兩件事。」

「什麼事？」唐利說。

「當我說我沒有殺安德魯．班尼特的時候相信我。」

「我相信你。」唐利說。

馬丁神父點點頭。「謝謝你。」

「第二件事呢？」

「殺害安德魯的兇手還逍遙在外。找到他。為了我試圖要幫助的那些男孩找到他。為他們做這件事，而不是為了我。」

唐利思考著這個要求，而他越是思索，就越是了解到馬丁神父剛剛觸及了一點，那也許是唯一能夠救他一命的事情——找到兇手。

16

一九八七年十二月二十九日

唐利掏出那張名片，再度確認著名片上的地址。大量的廉價汽車旅館和入口有門禁、窗戶上架著鐵欄杆的烈酒專賣店，說明了這棟建築還在田德隆的中心位置，距離他自己的辦公室只有幾條街的距離而已，雖然這裡的墮落程度更加明顯。盧怎麼會選擇一個負擔不起比田德隆好一些的地點作為辦公室的私家偵探？他希望法蘭克．羅斯的偵探能力比他選擇辦公室地點的能力要好。

經過一夜斷斷續續的睡眠之後，唐利更相信馬丁神父是對的——唐利能贏得這場官司唯一的方法，就看他是否能找到殺害安德魯．班尼特的凶手。在缺乏證據支持之下指稱這是某種重大的陰謀，這樣是不會讓他們得到任何好處的。事實上，那反而會讓他們看起來像是走投無路了。

唐利閃躲著幾輛穿越街頭的車子，他的呼吸在空氣中化為了一縷縷的白煙。那棟三層樓高的建築畫滿塗鴉，門窗的木頭鑲邊也都嚴重剝落了，他甚至無法確定那些門窗原本都是什麼顏色。一個女性遊民坐在台階的頂端扯著她頭上那頂深藍色的滑雪帽，同時把一只甜甜圈沾進一杯還在冒著蒸氣的咖啡裡。

建築物的大廳地面雖然是龜裂的橘色磁磚，但室內卻散發著一股霉味。一塊鑲嵌在玻璃裡面、看似黑色的板子透露出這棟建築裡的租戶，很多白色的字體都已經掉落，卡在了玻璃框的底部，讓那塊板子看起來就像一幅未完成的填字遊戲。唐利用食指劃過玻璃，讀著一個個還殘留在板子上的母音和子音字母。

法克．羅私偵測

法蘭克．羅斯的辦公室在二樓一條單調晦暗的走廊盡頭。唐利注意到那片霧面玻璃上的偵探被拼成了偵測。當他敲門的時候，大門自動打開了，但辦公室裡卻空無一人。

他出聲喊道，「羅斯先生？哈囉？」

明亮的十二月陽光穿過一扇彩繪玻璃窗，讓室內的一切都變成了紫色。如果在這裡面待久一點的話，唐利一定會嚴重頭痛。

在不確定應該怎麼辦之下，唐利走進辦公室。室內的陳設很簡樸，一張工業規模的金屬桌和椅子，幾個紙箱，還有一張破爛的沙發。內嵌式的架子上擺了幾張鑲在相框裡的照片，幾本書，以及一疊一疊的報紙。

唐利拿起其中一個相框，打量著相框裡的照片。一名留著平頭的年輕男子穿著一身警官的藍色制服。那名警官的棕色眼睛在閃爍，彷彿想要笑，卻又被要求要裝出嚴肅的模樣。唐利把照片放回架子上。其他的照片裡也是同樣的那名警官，只是年紀稍長一些，那是他和前市長莫哈瑪德．阿里以及49人隊的後衛喬伊．蒙塔納握手的照片。那兩張阿里和蒙塔納的照片上面，都有兩人親筆寫的致法蘭克。還有一面獎牌覆蓋在一張裱框的獎狀前面，那張舊金山市和舊金山郡頒發的獎狀透露出法蘭克．羅斯曾經因為英勇的行為而獲頒警察部門的勇氣金牌。

在第二層的架子上有一張裱框的結婚照，結婚照的兩邊各擺了一張穿著足球制服的男孩照片。那個男孩的身材比他實際的年齡要大，完全就是小號的法蘭克．羅斯。

「你最好有個好理由可以解釋你為什麼在這裡。」

唐利被突來的聲音嚇了一跳。他一邊轉身，一邊說道，「抱歉，大門沒有關緊。我一敲門，它就自己打開了。」

羅斯檢查了一下門鎖，然後搖搖頭。「我剛才去洗手間了。」

「你不鎖門的？」

「如果有人想要偷這裡的東西，我會幫忙他們搬出去。」

唐利指了指大門。「偵探拼錯了。」

「不要提醒我這件事。你有什麼事嗎？」

「我是彼得．唐利。我和盧．吉安提里共事。我有試著打電話給你。」唐利看了一眼答錄機。只見機器上的一個紅燈不停地在閃爍。「你的電話答錄機一定滿了。」

「我有一名客戶現在對我很不滿。」說著，他伸出手。「法蘭克．羅斯。」

「盧說，他雇用了你處理馬丁神父的案子。」

「是的，不過，由於盧現在人在醫院裡，所以，我不確定我的受僱狀態現在是什麼情況。他怎麼樣了？」

「比較好了，不過，沒有好到可以處理這個案子。」

「所以說，你現在代表那個神父？」

「目前是的，而且，我週四有個證據審查聽證會——」

「我在報紙上看到了。」羅斯四下張望著。「我會幫你找張椅子。」

「沙發就可以了。」

「不行。之前的租戶是拍電影的。我沒有人力可以把那張沙發弄出去。」

唐利從那張沙發旁邊走到一束紫色的光線裡，然後舉起一隻手擋住刺眼的光線。「那扇窗戶是不是有點干擾？」

「我租這間辦公室的那天是個大霧天。如果我早知道……」羅斯聳了聳他壯碩的肩膀。他是一個大塊頭，不過，那具魁梧的身形底下卻有著一抹溫和——輕柔的聲音、友善的雙眼。雖然個頭這麼大，然而，羅斯卻看似無精打采，彷彿肩膀上背負了無比沉重的重量。從他架上的那些舊照可以看出他過去是什麼樣的人，再看看他現在的工作環境，唐利合理地猜測，眼前這個人應該遭逢過嚴重而痛苦的打擊。他知道盧曾經當過很多警察的律師，因此懷疑那是否就是盧和羅斯之間的關係。「你以前是警察？」

「是的。告訴我有關你客戶的事。」

唐利揉揉下巴。「首先，他說他沒有殺害安德魯．班尼特。」

「我知道。」

「你怎麼知道的？」唐利問。

「我在報紙上看到的。」羅斯舉起雙手，在空中畫了一個橫幅。「很大的標題。神父說，『我沒有殺他。』聽起來像是一場很可怕的傳訊。大部分的傳訊通常都很無聊。」

唐利笑了笑。「是啊。那麼，盧到底要你做什麼？」

羅斯一邊說，一邊走向那張辦公桌後面的椅子。「他要我去打聽消息，並且盡可能弄清那天晚上庇護所裡發生了什麼事，以及任何我認為也許具有重要性的事。」

「那你有發現什麼嗎？」

「首先，告訴我關於那個神父的事。你相信他嗎？」

「嗯，我相信他。」

「為什麼？」

唐利花了一點時間才整理好自己的思緒。「馬丁神父說，在安德魯．班尼特被殺的那天晚上，當他正要去把前門鎖起來的時候，庇護所停電了。」

「我想，那天晚上有暴風雨。」羅斯說。

「是的，不過，我查詢過PG&E。那天晚上，覆蓋庇護所那一帶的電網並沒有停電，而他們也沒有切斷那棟建築物的電力。那就意味著如果不是電源故障，就是有人拔掉了保險絲。如果是電源故障的話，那也未免太巧合了。保險絲盒就在安德魯．班尼特的屍體被發現的那間房間盡頭的一個櫃子裡。」

這段話似乎讓羅斯考量了一會兒。然後，他提出問題，「一個人要如何在不被發現之下進到那棟建築裡？」

「根據湯姆神父的說法，那間房間裡有一扇門通往一道樓梯，從那道樓梯可以往下走到地下室。地下室裡有另一扇門可以通往建築物後面。他向來都會鎖住那兩扇門。一定有人讓那個凶手進到屋裡，或者至少有人把門撐開，不讓門關上。」

「所以有兩個人？」羅斯問。

「看似如此。」

「還有呢？」

「我去監獄裡探視馬丁神父那天，他的手腳都被銬住了，他受到自殺監控，並且被單獨囚禁在隔離區，是一名備受關注的被告。」

「基於他被指控的罪名，規定上是得這麼做。」羅斯說。

「那麼，告訴我，為什麼他會在聖誕夜警衛值班即將結束之前被帶去抽血，而且不知怎麼地，又在帶他回囚室的時候，把他送到了關普通犯人的地方，讓他差點喪命。」

「報紙上說那是行政疏失。」

「是啊，停電偶爾也會發生，不過，這兩件事未免也太巧合了。此外，地方檢察官還不停地在暗示要認罪協商。」

「地方檢察官不會對一級謀殺案提出認罪協商的。」

「現在，他們確實提出來了。吉爾．拉姆齊在他的辦公室裡暗示過一次。昨天下午，琳達．聖克萊兒告訴我，他們在被害人的衣服上發現了我客戶的血型，說完，她就提出二十五年有期徒刑加上二十年之後申請保釋的認罪協商了。」

「她在告訴你血型相符之後提出這樣的建議？」

「很奇怪，不是嗎？你一定會認為血型相符的消息會讓他們不再考慮認罪協商才對。」

「你的客戶怎麼說？」

唐利搖搖頭。「他不會認罪。他沒有殺人。」

「真勇敢。」

唐利點點頭，不過，內心裡卻甩不掉他正在帶著馬丁神父走向絞刑架的感覺。

「你要求排除證據的那個動議尚未被獲准，」羅斯說。「也許他們擔心血型相符的檢測結果不會被採納。」

「我的動議無法排除被害人衣服上的血跡，而且，誠如聖克萊兒女士提醒我的，就算我贏了這個動議，我依然得為謀殺的指控進行辯護。如果她贏了的話，我就等於給了馬丁神父一張前往克爾馬的單程車票。」唐利意指那個眾所皆知墳墓比居民多的城市。

「關於衣服上的血跡，你的客戶怎麼說？」

「有人在那件衣服上動了手腳。」

「也就是說，有第三個人牽扯其中？」

唐利聽出羅斯語氣裡的懷疑。「我的客戶在命案發生那天晚上因為手腕斷了而被送到醫院，羅斯先生。」

「叫我法蘭克就好，」他說。「他是怎麼弄斷手腕的？」

「他滑倒了，然後摔倒在安德魯・班尼特的血跡上。我有醫院的紀錄。上面沒有提到我的客戶當時正在流血。聽著，我知道你為什麼質疑，法蘭克，我並不反對你這麼想，目前，我沒有足夠的證據可以支持陰謀論。所以，我現在的處境很糟，除非我可以弄清是誰殺了安德魯・班尼特。」

「破案？」

「那可能是唯一的方法。」

「你的神父認識被害人嗎？」

「他知道這個人。那天晚上，當班尼特出現在庇護所的時候，他感到很驚訝。」

「為什麼？」

「班尼特是個很頑固的孩子，他吸食容易上癮的毒品，顯然是海洛因。湯姆神父說，班尼特走進庇護所的時候看起來很焦躁。他以為那是因為毒品的興奮感正在消退，或者是因為需要注射毒品的原因，但是，在湯姆神父有機會和他說話之前，班尼特就走了。」

「他離開了庇護所？」

「在某個時候離開了。然後，他的屍體就出現在庇護所裡了。那讓我不得不思考。如果讓安德魯．班尼特焦躁的原因並非毒品呢？如果，他之所以焦躁，是因為他害怕有人要殺他呢？也許班尼特到庇護所去，是因為他很害怕。」

「那他為什麼要離開？」

「我不知道。」唐利搖搖頭。「問題是，我必須在星期四早上，一大早之前，弄清楚這件事。我承擔不起輸掉那個動議，不過，眼前，我不認為我會贏。」

「提出延期的要求。你的客戶現在人在醫院裡。」

「我要求過了。法庭拒絕了我的動議。法官不需要馬丁神父出席聽證會。你能幫我嗎？」

羅斯往後坐，在回答之前停了一下。「也許。我花了整個週末和昨天一整天的時間在整理一些東西。」羅斯打開一個抽屜，拿出一份檔案。他把檔案放在桌上，然後打開。最上面是一篇新聞報導。有人，可能是羅斯，用墨水在一個簡單、看不出所以然的標題上方寫了一個日期。

垃圾箱裡發現了屍體

「從伊利諾州逃家的十六歲青少年傑瑞．伯克，」羅斯說。「遭人勒斃。凶手把他的屍體塞在一個綠色的垃圾袋，然後丟棄到卡斯楚區一間酒吧後面的一個大垃圾箱裡。伯克長期因為拉客和吸毒相關的問題遭到控訴。」羅斯把那篇報導翻到背面遞給唐利，只見背面的最上方釘了兩頁的警方報告影本。「負責那一區的垃圾車司機到那裡要清空垃圾箱時發現了屍體。事實上，他看到一隻腳從那個袋子裡伸出來。如果不是這樣，那名司機說，他一定會把傑瑞．伯克埋在一堆垃圾底下，也許永遠地埋住。沒有其他的聲明。也沒有目擊者。」

羅斯取回那篇報導，放回檔案裡，然後將那份檔案放到旁邊。他打開第二個檔案。這份檔案的整理方式也和上一份一樣，同樣都是把新聞報導和警方報告釘在了一起。「兩星期之後，十七歲的馬努埃．里維拉的屍體在方斯頓堡被發現。」

唐利和金有時候會帶波到那個公園去跑步，公園就位於海岸上方的一個斷崖上。

「一名女子在遛狗時發現了那具屍體。說得更準確一點，是她的狗在一個濃密的荊棘叢裡發現的。」

「他是怎麼死的？」

「里維拉的頭被一顆子彈射穿了。據悉，他也是一個街頭娼妓，具有長期的犯罪紀錄，包括毒品和拉客。警方報告和剛才那份很類似，都很簡短。唯一的目擊者聲明來自於那名發現屍體的女子。」

「你認為這些案子和安德魯．班尼特被殺有關？」

「我無法斷言，不過，傑瑞．伯克的驗屍報告顯示，他的肺部充滿了水，而他們發現他的那個垃圾箱距離任何水源都很遠。他的身體上也有新近被燙傷的痕跡，就像有人把他用來當作菸灰缸一樣。里維拉的肺裡沒有任何的水，不過，他也有燙傷的痕跡。他們之所以遭到虐待，若非因為凶手是個變態的虐待狂，要不就是凶手企圖要得到什麼資訊。」

「班尼特身上也有燙傷的痕跡。驗屍官的報告上有。」

「這麼說，我們有三個年齡相仿的街頭孩子，三個都遭到虐待，三個都在幾個星期之內相繼遭到殺害。三個案子的調查都還沒結束，而我最近聽到的消息是，狄克森・寇納是負責調查這三個案子的主要警探。至少，在他讓自己遭到暫時停職之前一直都是。」

這引起了唐利的關注。「寇納就是那個擅闖湯姆神父辦公室的警探。他聲稱他就是在辦公室裡發現那把拆信刀和照片的。」然而，就在唐利開始興奮起來時，他立刻又洩了氣。他搖搖頭。「檢方會提出反對，他們會說這些案子之間毫無關聯，我也不認為特林布里法官會採納任何和里維拉或伯克有關的證據，除非有什麼東西可以進一步把它們和安德魯・班尼特連結在一起。」

「我同意。不過，你剛才提到巧合。你對舊金山凶殺組的了解有多少？」羅斯說。

「不太了解。」

「十四名警探，一名探長，還有一個秘書。他們分成七組。因為殺人犯的犯罪行為是不會配合正常上下班時間的，所以，警探們一週七天，一天二十四小時隨時都在待命。為了減緩這種負擔，他們會輪班，就像待命的醫生那樣。他們稱之為輪值。那三件謀殺案發生的晚上，寇納都在輪值的行列裡。根據我二十年的警察工作經驗，我可以告訴你那很少見。而更不可能的是，寇納會蠢到在一個犯罪現場踹開一扇上鎖的門，從而危及證據。」

「關於他，你可以告訴我些什麼？」

「狄克森・寇納是第三代的舊金山警察。他的祖父是街上的巡警，他的父親承襲了他祖父的腳步，警察也是寇納唯一想要做的事。只不過，對他來說，那不是一份工作。那是一種生活的方式。他的父親馬克思是日落區的一個傳奇，惡名昭彰也許是一個更好的形容詞。馬克思・寇納掌管警察青年會。他的隊伍都是白人，而且非常強悍。馬克思・寇納曾經是一個好警察，但他並不是一個好人。」

羅斯敘述這些事情的方式，彷彿在堆疊高潮一樣。

「你說曾經是，那是什麼意思？」唐利問。

羅斯拿起一枝筆在手指之間把玩，彷彿在耍弄一支迷你的指揮棒。「馬克思・寇納並不樂於把女性和少數人種納入警察部隊。他讓我們那時候僅有的幾名女性警員的日子很不好過。她們大部分都不想把事情鬧大，不想對抗體制，也不想表現出對這份工作太敏感——那還是個男性主宰的年代。因此，大部分的人也就容忍了他的行為。」

「但不是所有人？」唐利聽出了故事的脈絡。

「瑪麗亞・岡薩雷茲是在一個艱困的社區長大的。她說的事有點值得懷疑，不過，如果你相信她的話，故事就是這樣的：有一天晚上，馬克思・寇納在喝了酒之後對她霸王硬上弓。她說，當她反抗的時候，就遭到了一頓拳打腳踢。馬克思・寇納聲稱她在陷害他，是她主動來找他，然後就開始尖叫。他說，她別有用心，想讓他被警隊解職。那是典型的『各說各話』。審察委員會選擇了站在岡薩雷茲這邊，解僱了馬克思・寇納。那個決定足以要了他的命，但沒有想到的是，那還只是他最小的問題。地方檢察官是那種政治型的人，轟動媒體的解職決議變成了為女性和少數種族挺身而出的機會，也許還能在訴訟的過程中獲得幾張選票。奧古斯特・拉姆齊決定要拿馬克思・寇納來殺雞儆猴。於是，他指派了一位名叫吉爾・拉姆齊的年輕地方檢察官負責這個案子。他兒子。」

「然後呢？」

「他們無法把這個案子變成一宗強暴案，因此，他們就以襲擊和暴力毆打的罪名來追究寇納。那個男性主宰的圈子最後還是救不了寇納，他終究還是遭到了刑事審判的羞辱。」

「難怪寇納痛恨律師。他父親有被定罪嗎？」

羅斯搖搖頭。「就像我說的：各說各話。陪審團無法做出一致的決斷。不過，岡薩雷茲不打算就那樣算了。她控告寇納，要求民事賠償，結果贏了。我聽說，她幾乎把他的一切都奪走了，除了他的房子以外。在那之後，馬克思・寇納就消失了。我大概有一年的時間都沒有聽到有關他的任何消息。然後，有一天早上，我打開報紙就看到了他。他用他的佩槍自殺了。狄克森・寇納發現他穿著他的藍色正式制服、胸前別著勳章，躺在他自己的床上。那樣的回憶會把一個人給吞噬掉。」

唐利了解。

「還有，寇納服用的止痛藥也帶來了累積效應，因為他慣常搭配著酒一起吞下，來抑制他背後那顆子彈引起的疼痛感，醫生無法在不造成永久損傷的情況下移除那顆子彈。要我說的話，如果他幹了什麼壞事，我也不會驚訝。」

唐利回想起寇納的那根槍管，大得像下水管道一樣。他開始踱步，既覺得精力充沛，又感到焦慮不安。「這麼說來，如果他踹開了那扇門，那一定有什麼原因。對嗎？」

羅斯交叉雙臂地說，「你有什麼推論？」

唐利用一隻手掠過頭髮。「也許，他殺了班尼特，然後栽贓陷害馬丁神父。」

「如果是這樣的話，那他為什麼要把證據給搞砸了？為什麼不在栽贓之後，讓別人去發現呢？」

唐利搖搖頭。「我不知道。」

「沒有動機的推論不是什麼好的推論。百分之九十九的凶手都有動機：錢財、嫉妒、報復。也許，百分之一是為了樂趣。那些人是所謂的精神變態者。寇納不是那百分之一。他和你的客戶有什麼不對頭嗎？」

唐利繼續在踱步。「馬丁神父說，他們曾經就庇護所爭吵過幾次，不過，沒有嚴重到足以導致這種事的發生。也許，寇納是未出櫃的同志，你知道嗎？也許，他喜歡男孩——」

羅斯搖搖頭。「第二個原則：了解你的嫌犯。寇納不是一個未出櫃的同志。他對同性戀的不屑，就像他對警隊裡的女人和少數種族一樣。」

「好吧，那你會從什麼推論著手？」

羅斯用力往後倒在他的椅子上。「像寇納那樣的人？我會猜是為了報復。」

唐利停下腳步，腦子裡浮現一個想法。「聖誕夜那晚，寇納出現在舊金山綜合醫院去找一個來自庇護所的年輕男子，那個人在湯姆神父被捕那天晚上被他打到送進醫院。他為什麼要去找那個男子，除非他可能在尋找什麼東西。」

「你想說什麼？」

「也許我接下來的推測不盡正確。也許，寇納並不是為了要栽贓才踹開辦公室的門。也許，他以為辦公室裡有什麼他想要的東西。也許，那是他之所以強行打開辦公桌抽屜和檔案櫃的原因。」

「那個年輕男子說了什麼？」

「我不知道。在寇納去找過他之後，他就走了。我一直找不到他。」

「那你怎麼知道寇納去過？」

「因為我當時人在醫院，試著要找那個男子談談。」

「聖誕夜？」

「我就是在那個晚上接到電話說馬丁神父遭到毆打。只差幾分鐘，我就可以碰到寇納了。」

羅斯把雙手交疊在大腿上。「聖誕夜。真令人敬佩。」

「我欠盧的。大主教是他最大的客戶。」

「胡扯，」羅斯說。「我知道很多律師絕對不會做你所做的事，無論那個客戶有多大。」

唐利看著羅斯架子上那些相框裡的照片和獎狀。他懷疑法蘭克・羅斯，一名曾經受到表彰的警官，會無緣無故改行，跑來坐在田德隆一間滿是霉味的辦公室裡。他一定發生過什麼事，導致他落得這樣的生活。

「好吧。我就直接告訴你吧。不騙你。我需要驅除我的過往所留下來的惡魔，才能好好繼續我的生活，而我認為，幫湯姆神父辯護可能有助於我做到這件事。」

羅斯凝視著他，不過，很快又將目光挪到架子上的那些照片。

「那麼，你會幫我嗎？」唐利問。

羅斯摸摸下巴，低頭看著答錄機上閃爍的燈。「我有一個客戶會對我不爽。他會要求我退回頭款，而我不想要還給他。他騙了我。就常識而言，他應該要默默地走開，不過，他是個律師，我無意冒犯你，他們通常沒有什麼常識可言。」

唐利露出一抹微笑，拾起電話筒。「他的電話號碼？」

✦

馬丁神父曾經告訴唐利，他之所以選擇波爾克峽谷區以西六個街區之處作為庇護所的地點，是因為從那裡可以很容易就走到歐法瑞街和埃利斯街。北至蓋里街、南到埃利斯街，東西兩邊各為凡尼斯街和波爾克街的四個正方形街區，象徵著峽谷區的入口。埃利斯街被視為主要的支流，單向道的埃利斯街匯集到了代表主動脈的波爾克街。一到夜晚，波爾克街上的本地酒吧、時髦餐廳、不怎麼時髦的烈酒專賣店、位於街角的雜貨店、成人錄影帶店，加上少數幾家速食店，讓整條街都充滿了生氣。

羅斯開著他的凱迪拉克經過那棟庇護所。黃色的警方隔離帶交錯在前門的入口，還有一名雙手插在口袋裡的警員，一臉不高興地站在最上面的台階上。他不停地轉動著肩膀，企圖躲開把街上的塵土和垃圾吹成一道小龍捲風的冷風。

「多此一舉。」語畢，羅斯在角落轉了個彎，駛進一條極為狹窄的巷子裡，唐利覺得那輛凱迪拉克的兩邊就要刮到建築物的水泥牆了，不過，那輛大車卻毫髮無傷地開出了窄巷。

「你向來都會想要從犯罪現場開始著手調查。」羅斯說。

「我已經告訴過你，我沒有時間準備一個要求加速審視犯罪現場的動議。」唐利說。

「對，你沒有。」羅斯右轉到埃利斯街上，然後把車停在一道十呎高的鐵絲網圍欄旁邊，鐵絲網裡是一片方形的水泥地。

那棟建築物的背面被當成了公園的一面牆壁。在塗鴉和幫派標誌之間，有人在牆壁上用噴漆圈出了一個正方形，正方形的尺寸約莫是一個棒球好球帶的大小。牆壁上一個個圓形的斑點顯示出有人一直在這裡扔球。公園的位置比這棟建築物位於艾迪街的前門入口低了二十呎，這樣的結構在陡坡地形的舊金山很常見。很多建築物都被蓋在斜坡上。一座兒童攀爬架置放在一張橡膠墊上，看起來就像一塊缺了好幾片碎片的拼圖。

「再給我看一次那張地圖。神父在發現那個孩子之前在哪裡？」

唐利拿出馬丁神父在他們見面時粗略繪製的那張圖紙。「那天晚上七點的時候，他走到這裡，到他的辦公室去付帳單和處理文件。大約九點十分的時候。他把住在庇護所的男孩名單夾進他的《聖經》裡，然後把名單和《聖經》都鎖到他的辦公桌裡。接著，他起身準備去把建築物的前門鎖上。」唐利用手指示意馬丁神父離開辦公室，走向前門入口的路線。「他說，他把鎖門的時間延後，轉而走到宿舍去。就是這個房間，在走廊另一邊的盡頭。他在那裡待了幾分鐘，和一個那天晚上第一次住進來的男孩說話，然後就離開去鎖前門。」

「我猜，那個孩子早就走了。」

「我也這麼想，不過，如果我們能找到丹尼．西蒙的話，他可以證明湯姆神父當時人在宿舍裡。」

「西蒙是狄克森．寇納到醫院去探視的那個傢伙？」

「沒錯。」

「你的客戶有沒有說他離開宿舍之後發生了什麼事？」

唐利於是把馬丁神父在發現安德魯．班尼特之前所發生的事，按照神父的說法說了一遍。

「估計的死亡時間是幾點？」

「驗屍官初步估計是在下午六點到九點之間。沒辦法更精確了。」

「關於屍體是否有被移動過，驗屍報告怎麼說？」

「不確定。報告指出後腦有受到重擊，不過也斷定屍體是在庇護所被刺的。」

「可能有人把班尼特打暈，然後再帶進庇護所。」

「那會是我的論點——如果我有機會辯護的話。」

「那血跡呢？」

「有可能是血濺開來或者從凶器上滴下來造成的。」

「凶器是那把拆信刀。」

「同樣地，驗屍官也不確定拆信刀就是凶器。」

「那份報告是誰寫的？」羅斯聽起來有點氣餒。

唐利得從他的手提箱裡找出那份報告，再翻到最後一頁，才能回答這個問題。「一位唐文德博士。」

「不確定博士。」羅斯說。

「那是什麼？」

「唐有一個實至名歸的綽號，因為他從來都不想冒險提供一個確定的死因。他們稱他為不確定博士。那可能對你有幫助。」羅斯抬頭看了一下眼前的建築物。「把你想要的東西列一份清單給我。」

「你要進去？」

「我想不出還有其他更好的方法。」

唐利打量著建築物。在青少年時期，他曾經不只一次擅闖不應該進入的地方，不過現在，這麼做會讓他的職業生涯蒙受風險。然後，他想到了馬丁神父拒絕接受二十五年刑期的認罪協商。

「如果你要進去的話，我也跟你一起進去。」唐利把那張手繪圖摺好，放回他的口袋裡。

羅斯搖搖頭。「如果我被抓到的話，沒有人能對我怎麼樣。你是有職業生涯的人。」

「也許星期四之後就沒有了。」唐利說完，伸手推開了車門。

羅斯來到乘客座門外，遞給唐利一塊口香糖。「好好嚼一嚼。」

唐利嚼著口香糖，跟在羅斯身後，鑽過鐵絲網圍籬之間的一道縫隙，走向建築物的後面。羅斯停下腳步研究著一扇被鐵欄杆掩住的一樓窗戶，然後繼續走向一簇茂密的灌木叢。他推開灌木叢，看到一個下沉的樓梯間。樓梯間底部的那扇門並沒有把手，只是一片金屬板。

「那一定就是通到鍋爐室的那扇門。」唐利說。

羅斯看了看那個公園遊樂場。「這裡十分隱密，一到夜晚，根本無法被發現。」羅斯一邊走下樓梯，一邊勘查著水泥地。唐利知道，他是在尋找血跡。不過，他們什麼也沒有發現。

他們來到從二樓吊掛下來的太平梯底下，太平梯是舊金山建築法規的制式要求。羅斯打量了一下最下面的那級階梯，看來那不是他們能搆得到的，他轉而背對建築物，將雙手捧成杯狀。

「把你的腳踩上來」。

唐利把他的鞋底踩在羅斯的手上，然後數到三，在羅斯將他托起的時候，抓住了最底下的那級階梯。太平梯很快地被拉開來，彷彿一台手風琴一樣，金屬碰撞的噹啷聲在水泥公園安靜的峽谷裡迴盪。他們在原地不敢動彈，不過，守在前門的警員似乎對這樣的聲音不感興趣，完全不想離開他在前門台階上的舒適區。

羅斯跟著唐利爬上搖搖晃晃的太平梯，來到一扇上鎖的門外面。羅斯檢查著門框，搜尋是否有任何的警報系統，然後才跪下來，從他的西裝外套裡拿出一只黑色的皮盒。

唐利把口香糖從嘴裡拿出來。「你要我的口香糖嗎？」

羅斯嫌惡地看著那坨口香糖。「我幹嘛要你的口香糖？」

「我以為你需要用它來阻斷警報器或什麼的。」

羅斯搖搖頭。「你電視看多了。你看起來很緊張。嚼口香糖有助於釋放焦慮。」

唐利必定是一臉不相信的模樣。

「是真的，這是醫學事實。」羅斯說著，套上一副外科手套。他把另一副遞給唐利，然後拉開那個盒子的拉鏈，露出裡面的一套不鏽鋼工具。

「謀生工具？」唐利一邊問，一邊把手套戴上。

「這是我還在當巡警時，從一個竊賊那裡沒收來的。副地方檢察官用它來把那傢伙定罪，而我又對這東西表示很感興趣。我喜歡這種東西。不要問我為什麼。我敢打賭，他一定沒有想到我會用它來闖入一棟建築物。」

「你行嗎？」

羅斯笑了笑。「你對我沒有信心。幫我計時。」他拿出一瓶迷你的石墨噴劑，然後看著唐利。「我是說真的。幫我計時。我喜歡自我挑戰。」

唐利按下他手錶側面的按鈕。「好，馬蓋先。開始。」

羅斯把石墨噴劑噴在鎖上，同時說明石墨可以去除齒輪上的塵土和污垢。然後又說，為了讓齒輪轉動，他正在用一把內六角扳手和一種叫做「耙子」的工具在鎖上施壓，接著又轉了轉齒輪。在嘗試了幾次之後，那道鎖發出了喀噠的聲響。他轉動著手把，隨即將門推開。「多久？」

唐利看著他的手錶。「兩分二十三秒。」

羅斯露出一絲笑容，把工具收起來。

進到建築物內部之後，他們沿著走廊經過一間小廚房和一間擺了一張破舊撞球台的大房間。在走廊的盡頭，他們來到了一扇關著的門前面。羅斯轉動門把，將門推開，只見房間裡有幾張金屬框架的床。

「宿舍。」唐利小聲地說。

「讓我想起軍隊。」羅斯說。

六張床上的床單都翻到了一邊。「那天晚上有幾個人在這裡？」羅斯問。

「馬丁神父說簽到的人有八個，包括班尼特在內。」

羅斯朝著兩張依然工整的床點點頭。「也許，除了班尼特之外，有人並不打算要在這裡過夜。」

他們離開了宿舍。在走向走廊另一頭的時候，唐利的鞋子在油氈地板上發出了吱吱的聲音，他們在靠近樓梯的一扇門前面停下了腳步。

「這應該就是那間辦公室。」唐利說著，指著那張草圖。

門上的鎖已經被破壞了。羅斯推開門走進去。唐利跟在他後面。擁擠的空間裡擺了一張金屬桌子和一個有三個抽屜的綠色檔案櫃。一排運動櫃靠牆而立。櫃子上的掛鎖都被撬開了。唐利把櫃子一個個打開。他發現裡面有現金、戒指、金鏈子、香菸，和一台播放錄音帶的隨身聽。

「你的直覺不錯，」羅斯壓低了聲音說。「有人在這裡找過某樣東西，不過，那不是錢或什麼他們可以典當的東西。」

當羅斯走向窗邊，低頭查看前門入口，以確保那名警員依舊在那裡時，唐利將注意力轉到那張辦公桌上。抽屜上的鎖也同樣被敲壞了。他拉開右上方的那只抽屜。夾著住宿登記名單的那本《聖經》不在那裡。他又檢查了其他的抽屜，同樣也沒有任何發現。

「不在這裡。」他說。

羅斯往抽屜裡看了看。「你確定他說的是這張桌子嗎？」

「我以為是。也許他指的是那個檔案櫃。」唐利將注意力轉向檔案櫃的第一個抽屜。「寇納聲稱，他就是在這裡發現那些照片的。」

櫃子裡那些馬尼拉檔案夾排列得很整齊，每一個上面都貼有標籤。

「具有這種潔癖的人不太可能會把凶器留在桌上。」羅斯說。

唐利並沒有發現那本《聖經》。

他拉開辦公室後面的一扇門，只見裡面是一間房間，房間的大小不超過一個開放式的衣櫃，裡面擺了一張鐵架床。一扇小窗底下的木製窗台上釘了幾個鉤子，作為吊掛衣服之用。床頭的牆壁上安裝了一盞燈，燈旁的一個架子上陳列著六、七本小說。馬丁神父顯然喜歡懸疑小說。床上方的牆壁上掛著一副小十字架。幾道裂縫從灰泥牆上的釘子往外輻射開來。如果馬丁神父得在一間擁擠不堪的牢房裡度過他的餘生，看來，他也準備好了。

不過，這裡也沒有那本《聖經》或簽到紀錄的蹤影。

唐利走回辦公室裡。「沒有在這裡。」

「它不在那天晚上他們帶走的證據之列？」

「對。」

「那就是有人拿走了，」羅斯說。「走吧。我們不能停下來。」他朝著辦公室的門走去。

「我們去看看那間康樂室。」

走廊對面，黃色的警方封鎖線交叉擋在兩扇門上。羅斯伸出手，從封鎖線底下把門推開，然後鑽進康樂室裡。這讓唐利想起這座城市許多建築物樓上的體育館，那是他在孩童時期玩樂的地方。畢竟，水泥公園在空間有限的城市裡也為數不多。康樂室兩頭的牆壁上掛著籃球框。一條編織的攀爬繩靜靜地掛在一片木栓板旁邊。房間的前端有一張覆蓋著白布的折疊桌，桌子上方的牆壁上掛著一個木頭的十字架。耶穌低垂著頭，雙眼緊閉，無力地吊在那塊木頭上。耶穌誕生的場景就在十字架的左邊。

一座鋪滿稻草的木製小飼料槽裡沾著已經乾涸變黑的血跡。唐利挪開視線，走向祭壇後面的一扇鐵門。那扇鐵門和牆壁漆成了同樣的顏色，讓人幾乎無法察覺。他推開門。厚重的鐵門因為裝了彈簧而自動關上。如果他沒有撐住那扇門的話，門在關上時必定已經發出了重重的聲響。他再度把門推開，檢查著門的另一邊。一如公園裡那座樓梯底部的那扇門，眼前的這扇門也沒有門把，只是一片金屬板。

就在唐利走進樓梯間的時候，羅斯抓住了他的衣領。當他回頭時，羅斯把一根手指壓在自己的嘴唇上。他用另一隻手指著被布覆蓋著的祭壇底下，只見白布底下露出了一只鞋底有格紋的鞋子。

「我們走吧，」他說。「我們從鍋爐室出去吧。」

羅斯讓那扇金屬門自動關上，然後解開他肩膀上那個槍套的扣子。

覆蓋在祭壇上的那塊布開始晃動，一個男孩以倒退的方式爬了出來，首先出現的是他的腳。他站起身，看了一眼羅斯和唐利，立刻拔腿就跑。唐利在他越過半間房間時追上他，並且將他的手臂反扣，押回羅斯所在之處。

「放輕鬆，告訴我們你在這裡做什麼。」羅斯說。

那個孩子看起來應該快要二十歲了，紅色的頭髮在頭的一側理成了光頭，另一側卻是半頭直髮。他的右邊鼻孔戴了一只銀色的鼻環，身上穿著一件褪色的藍色牛仔褲，腳上則是一雙厚重的黑色工作靴。一件印有骷髏圖案的黑色T恤，加上一件敞開扣子的長袖法蘭絨襯衫，就是他身上所有的東西。他沒有回答。

唐利嘗試把態度放軟。「你叫什麼名字？」

那個孩子依舊看著地面。

「聽著，」羅斯說，「如果你在這裡不肯開口的話，我就得把你帶到市區。你知道那些標準流程吧。所以，告訴我你在這裡做什麼。」

那個男孩抬起頭。「沒做什麼。」

「沒做什麼才不會到這種地方來呢。」羅斯說。「你待在這裡沒做什麼多久了？」

「我昨晚才來的。」

「昨晚以前從來沒來過？」

「沒有。」

「那你昨晚為什麼待在這裡？」

那個孩子聳聳肩。羅斯看了唐利一眼，然後挑起眉毛，示意著他不相信。

「上星期三你在這裡嗎？」唐利問。

「沒有。」

「你不會騙我們吧，會嗎？」羅斯刻意讓這個問題聽起來很誇張。

「不會。」

「騙人。」

「你知道那天晚上發生了什麼事嗎？」唐利問。

那個孩子搖搖頭。

「真的？你什麼都沒聽說嗎？」羅斯說。

「沒有。」那孩子的目光在唐利和羅斯之間徘徊。他說。「好吧，我聽說那個神父殺了那個孩子。我們都聽說了。」

「你認識安德魯・班尼特嗎？」唐利問。

「不算認識。」

「不算認識，還是完全不認識？」羅斯問。

「不算認識。」

「他不太受歡迎，對嗎？」羅斯說。「嗑藥，不是嗎？」

「我不知道。我不認識他。」

「海洛因、快克、冰毒。他是個癮君子，對嗎？」

又一個聳肩。

唐利不禁為那個孩子感到難過。「你幾歲？」

「我不知道。」

「你不知道你幾歲？」羅斯說。

「我媽不在乎生日。」那孩子的聲音裡帶著嘲諷。

「你媽媽在哪裡？」唐利問。

那孩子得意地笑了一下。「你猜。」然後持續地把重心從一隻腳換到另一腳上。

「你需要去洗手間嗎？」羅斯問。「你看起來好像褲子裡有螞蟻一樣。你知道嗎，人在說謊的時候是看得出來的。」

那孩子馬上就不再動來動去。

唐利說，「你認識一個叫做丹尼・西蒙的人嗎？他在這間庇護所工作。」

他搖搖頭。「我告訴過你，我以前從來沒來過這裡。」

「你怎麼進來的？」羅斯問。

「從廚房的窗戶進來的。」他說。「那裡有一個垃圾桶可以踩上去。」

羅斯看向唐利，聳了聳肩。「早知道就不用那麼大費周章了。」說完，他從口袋裡拿出一張名片遞給那個孩子。「把這個放進你的口袋。我要你到處問問看，和你的哥兒們聊一聊。我要知道班尼特被殺的那天晚上，在這裡住宿的所有人的姓名。明天中午，你打上面那個號碼給我，然後告訴我你得到的消息。你不打來的話，我就會去找你。」

那個孩子伸手抓住那張名片，但羅斯卻沒有放手。「我會找到你。你知道的，對嗎？」

✦

狄克森・寇納看著法蘭克・羅斯從鍋爐室的後門走出來，後面跟著那個紅頭髮的孩子和那個律師，彼得・唐利。「法蘭克・羅斯。」寇納自言自語著。

當羅斯和那個律師的凱迪拉克駛過時，他舉起報紙擋住自己。不到一分鐘，那個紅頭髮的孩子就來到了他乘客座的車窗外面。

寇納推開車門。「上來。」阿紅滑進乘客座裡。「你有找到嗎？」寇納問。

阿紅搖搖頭。「我沒有看到任何書裡面有夾著名單。」

「他們要幹嘛？」

「我不知道。」

寇納的手背冷不防地揮向阿紅的嘴，讓他的嘴唇瞬間裂開。鮮血滴落在那孩子的襯衫上。

「你的血要是滴在我的新車上，你就會知道什麼叫痛了。現在，告訴我他們想要什麼。」

阿紅立刻拉起自己的襯衫蓋在嘴上。「他們想知道我是不是認識一個叫做西蒙的人，」他咕噥地說。「他們想知道我那天晚上是不是在那裡。」

「你怎麼回答他們的？」

「我說沒有。」

寇納抓住阿紅的手，用力掰開他的食指，再將他的第一個指關節放在園藝剪的刀刃之間。

「如果我發現你騙我的話，我就會從第一個指關節開始，一次一節地剪斷它們。你明白了嗎？」

阿紅瞪大雙眼。「我什麼也沒說，我發誓。」

寇納鬆開他的手。「滾出我的車子。你把我的車都弄臭了。」

17

唐利和羅斯一起去尋找丹尼．西蒙。湯姆神父曾經說，西蒙在格拉伯牛排館有一間房間，羅斯說他記得那家牛排館，不過，那間餐廳早就停業了，無怪乎唐利怎麼都找不到那個地方。

羅斯搓揉著冰冷的雙手，隨即打開暖氣。暖氣帶來了一股明顯的漢堡味，唐利覺得那應該是來自丟棄在車裡的速食袋子。

「我餓了，」羅斯說。「你餓嗎？」

唐利一直都在看著窗外，回想著第一次被他父親毆打的記憶，以及他是如何差點逃家，差點淪落街頭，也許就像湯姆神父企圖要幫助的那些孩子一樣。他不記得他父親打他的理由；因為根本不需要理由。他父親會為了任何事情打他，無論是把麥片灑到碗外，還是回嘴，都是挨打的原因。大部分的時候，他父親之所以打他，只是因為他活在這個世界上。

「嘿？你聽到我在說話嗎？」羅斯問。

唐利從窗戶轉過頭來。「你認為是什麼讓那樣的孩子逃家的？」

羅斯聳聳肩。「你首先要了解到的一件事就是，對於這些孩子，你永遠也不會知道什麼是真的，什麼是虛構的。他們會把你唬得一愣一愣的，而且他們很擅長這套。就像有些越戰老兵一樣；他們每個人都有一個故事。他們全都經歷過戰爭，全都看過女人小孩被射殺和遭到傷害。他們每個人的生活都被毀了。聽著，我曾經經歷過，我知道，毫無疑問地，有些人說的是真的，但是，其他人的故事除了掙人眼淚之外，就只是為了要把你的錢和你分開而已。這些孩子的問題有時候是毒品；有時候是破碎和虐待的家庭。而有時候則只是孩子本身。你相信他嗎？」

唐利搖搖頭。「好像有點不對勁。」

「例如，他為什麼會在那裡？」

「天氣又不是昨天晚上才開始變冷的。」唐利認同地說。

「而且，如果他從來沒有待過那間庇護所，那就表示他有其他地方可去。這些孩子通常都會待在自己熟悉的地方。」

「你真的認為他會打電話來？」

羅斯輕笑出來。「就算他真的打來也不奇怪。我只是想要給他一個選擇，並且讓他以為我不會就那樣放過他。」

「萬一他跑了呢？」

「哪裡？」羅斯端詳著他。「那個孩子要跑到哪裡去？」羅斯搖搖頭。「大家對遊民也會說同樣的話。『他們為什麼不去溫暖一點的地方，例如佛羅里達？』聽起來就像他們只需要把行李裝上他們的家庭旅行車，然後開上三千哩路，橫越這個國家就沒事了。他們會待在熟悉的地方，待在他們了解的地方，待在他們有人脈的地方。那些孩子沒有地方可去。他們不信任任何人。那就是悲哀的部分。」

唐利知道。

他們把車停在波爾克街和拉爾金街的轉角。早晨的峽谷區和夜晚的峽谷區截然不同——安靜、空盪、壓抑。出來吃午餐的人群要一個小時後才會出現。唐利抬起頭，看著一塊霓虹招牌，上面有著一株戴著黑色墨鏡的綠色仙人掌。那株仙人掌拿著一把傘，遮擋著熱帶明媚的陽光。龍舌蘭的酒吧。

「你確定是這裡嗎？」唐利打量著眼前這間餐廳布滿木頭瘤節的外牆和竹欄杆，這樣的外觀讓它看起來就像掉落在市中心的一幢熱帶小屋。

「這裡曾經是格拉伯牛排館，」羅斯說。「在那之前，它曾經是一家賣漢堡薯條的小餐館。信不信，它以前看起來就像是一輛纜車。我和你賭十塊錢，你現在沒辦法在這裡點到一個漢堡或一份牛排。」

「難怪我找不到它。」唐利說。

唐利先在停車收費器上投幣，隨即跟著羅斯走上木頭坡道。

餐廳的入口處垂掛著一張漁網，漁網上覆蓋著貝殼和其他在海灘上可以撿拾到的東西。一群色彩斑斕的魚在唐利右手邊一座巨大的熱帶魚缸裡嬉戲。打造成漂流木和棕櫚樹的橫樑上面架著音響喇叭，以適當的音量播放著雷鬼音樂和陣陣的鳥鳴。茅草屋頂下則擺放著看似飽經風霜的桌椅。

「實在很難想像，一個活潑的創意和一筆可觀的銀行貸款可以成就出什麼。」羅斯說。他們在一個馬蹄形的吧檯坐下來，吧檯被裝飾成了加勒比海度假村裡的Club Med酒吧。一名穿著花襯衫和卡其短褲的酒保把紙杯墊放在他們面前。然後拿起一疊撲克牌，只用一隻手就把最上面的那張牌和其他牌分開，然後又混進所有的紙牌裡，彷彿一個魔術師一樣。他們點了咖啡。

那名酒保把兩只馬克杯放在吧檯上，再把咖啡壺裡的咖啡倒進杯子裡。羅斯加了三包甜味劑，不停地攪拌著咖啡。「我們在找一個名叫丹尼・西蒙的孩子。有時候有人會叫他丁戈。」

那名酒保把咖啡壺放回爐子上，然後回到他們面前翻牌，他將紅磚A亮給他們看，隨即混進那堆牌裡，之後又再度將它翻出來。「你們是誰？」他問的時候並沒有停下他的紙牌戲法。他嘴上濃密的鬍子讓他們無法看到他的嘴唇因為說話而蠕動，那讓他看起來彷彿在表演腹語一樣。

羅斯和唐利稍早在車裡曾經討論過可能的情節。如果西蒙住在餐廳後面的話，那就是違法的行為。餐廳老闆和員工一定不願意談論這件事，不過，他們可能會對某個被視為馬丁神父朋友的人透露實情。

唐利把一張名片放在吧檯上。「我代表湯瑪士・馬丁神父。丹尼・西蒙也許能幫到他。」

那名酒保並沒有拿起那張名片，也沒有透過他那副玫瑰色鏡片的眼鏡顯露出他正在看那張名片，不過，在唐利提及馬丁神父時，他立刻就停下了翻牌的動作。

「我覺得你很眼熟。原來是在電視上看到過。他怎麼樣了？」

「不太好。」

那名酒保搖搖頭。「那整件事是個悲劇。」

「馬丁神父說，丹尼在餐廳後面有一間房間。我認為他可能遇到危險了。我正試著要在另一個悲劇發生之前找到他。」

那名酒保停了一秒鐘，拾起唐利的名片，在他的五根手指之間轉來轉去，然後名片就消失了。「你在這裡等一下。」

幾分鐘之後，他回來了。「那房間在洗手間後面。」他們立刻從凳子上起身。「我讓人住在這裡可能會給我自己惹上麻煩；我只是試著想要幫他而已。」

「我們不會說出去的。」唐利把一張二十元紙鈔推過吧檯檯面。

那名酒保卻將它推了回來。「把它給庇護所吧。」

他們走過兩名正盯著一張棋盤看的男子，擺在棋盤上的棋子是各種奇形怪狀的提基像⓫。羅斯停下腳步，研究著棋盤，然後伸手移動了一只黑色的棋子。「將軍。」

那名玩棋者看似惱火地把那顆棋子放回原處。「下得好。那是顆車。」

羅斯對著唐利聳聳肩。「那顆該死的棋子看起來像騎士。」

他們繼續沿著一條很短的走廊往前走，經過一間男女通用的洗手間，來到一間堆滿餐廳補給品的房間。在那間房間的後面，他們發現了兩扇門。其中一扇通到一條巷子。另一扇門上面則印著**私人禁地**。唐利敲了一下門，轉動門把，將門打開。在他聽到一個尖銳的喀噠聲時，他的一隻

⓫ 提基（tiki）是南太平洋波里尼西亞人對石頭人形神像的稱呼。

腳已經踩進了門裡。

一名肌肉發達的年輕人坐在床緣，右手握著一把六吋的彈簧刀。

羅斯毫不遲疑地走進房間裡。「把刀放下，孩子。」

丹尼．西蒙的肩膀上裹著一條灰色的毯子。他面色蒼白、滿頭大汗，看起來彷彿生病了一樣，他斷斷續續地開口說，「你們哪一個代表湯姆神父？」

「是我。」唐利說。

西蒙看似還要再說什麼；然而，他只是翻了個白眼，手中的刀子同時掉落在地，整個人直接從床緣摔倒在了地上。

✦

羅斯和唐利在唐利的客廳裡來回踱步，彷彿兩個準爸爸正在等待著他們的老婆生產。當金走進來的時候，兩人異口同聲地問了同樣的問題。「他怎麼樣了？」

「比較好了，」金說。「不過，他還在脫水和劇痛的狀態之中。他的身體在對抗他們給他的止痛藥藥效，而且，我懷疑他並沒有吃或喝太多東西。最主要的是，他現在很虛弱、很疲憊，他需要重新恢復體力。」

「他可以說話嗎？」唐利問。

「暫時不能。他癱倒了。從你描述的情況來看，當他坐起身的時候，血液可能從他的腦部往下衝，所以，他就昏倒了。我已經給了他一些泰諾和可待因止痛，那應該會讓他失去知覺一會兒。我也可以藉此機會從他的手臂幫他注射點滴，直接把液體輸入他體內。不過，我得去醫院才能拿到這些東西。我想應該是今天下午稍晚一點的時候，也許今天晚上吧。」她安靜了下來，給了唐利一個他認得的神色。

「什麼事？怎麼了？」唐利問。

她的眼神飄向羅斯。

羅斯很快就會意地說，「我在車上等你。」

在羅斯離開之後，金說，「如果他能待在醫院的話，我會覺得比較安心。」

「他在醫院並不安全，金，而且，我懷疑他會去。」

「讓他待在這裡就安全嗎？我擔心班尼。」

這個時候，班尼正在日托中心。

唐利揉揉自己的額頭。他也問過自己同樣的問題。「我不知道還能把他帶到哪裡去。我知道我不能送他到醫院。我想到了你。對不起。聽著，馬丁神父說他是個好孩子。而且，沒人知道他在這裡。不過，如果能讓你覺得安心一點的話，你要不要帶班尼到你父母家住幾天？至少等到我弄清楚發生了什麼事為止。」

「我不希望我們一家三口分開來。我也擔心你。」

「我沒事。而且，如果我知道你和班尼都很安全的話，我會好過一點。」

法蘭克・羅斯打開前門，把頭探進來。

「很抱歉打斷你們的談話，」他說。「我們該走了。」

「怎麼了？」唐利問。

「有人可能幫得上忙。」

✦

回到凱迪拉克車上之後，唐利繫上安全帶，回頭看著他家的前窗。金不在那裡。「一切都還好嗎？」羅斯問。

「她很擔心我。」

「我老婆已經擔心我擔心了二十年。我執勤的每個晚上她沒有不擔心的。擔心是愛的一部分。」

「是啊，我想是吧。我擔心她和我兒子。」

「你有一個兒子？」

「班尼。他快三歲了。」

「你幫盧・吉安提里工作多久了？」羅斯問。

「三年多一點；盧是我姨丈。」

「世界真小。他是我的律師。」

「真的。」唐利回應道，雖然他早就懷疑了。

「曾經有一段時間，在執法界裡，你找不到一個不認識盧・吉安提里的人。他代表過很多警察。口耳相傳的速度很快，大家都說他是個值得認識的好人。」

「盧代表你的事和你不再當警察有關嗎？」

「那和我之所以還活著的關係更大。」

「我無意要窺探隱私。」

「別擔心。」

過了一會兒之後，唐利換了一個話題。「你兒子幾歲？」

羅斯沒有回答。

「我在你的辦公室看到一張照片。」

羅斯在他的位子上調整了一下坐姿。「上個月就應該九歲了。」

唐利感到他的胃一沉。「法蘭克，我很抱歉。」

羅斯點點頭。「我兒子在兩年前失蹤了。他從前門走出去之後，就再也沒有回來過，無聲無息地就消失了。」

唐利震驚地坐在乘客座上，不知道該說什麼，只是感到空洞和不安。

「我們找了很長一段時間，我們會找到他的希望是我繼續前進的動力。然而，每一天，你的希望都會再多失去一點點。我無法睡覺。當我睡著的時候，那個噩夢總是把我驚醒。而當我醒著的時候，那個噩夢就是現實。」他搖搖頭，努力控制著自己的情緒。「我開始出現喝酒的問題。」他看著唐利，無力地笑笑。「我叫做法蘭克，我是一個酒鬼。我保持清醒已經有七個月又二十二天了。」

「恭喜。」

羅斯從擋風玻璃望出去。「是啊。曾經，每到一天結束的時候，我就像被一整噸的磚頭擊中一樣。夜晚是我被迫要和自己的思緒獨處的時候。當我不想思考時，我就抱著一瓶傑克丹尼爾，窩進一張椅子裡。那確實幫了我一陣子，但是，那也只能幫你撐到你的世界崩潰為止。有一天晚上，我喝到凌晨兩點，喝掛了，在清晨五點還是六點的時候醒來，然後又開始喝酒。我妻子當時已經離開我了。她用她自己的方式在承受悲傷。沒有人阻止我。沒有人告訴我，我那樣的狀態不能開車。我闖了紅燈，撞上一輛廂型車，車上是一名母親和兩個要去上學的小孩。」

「他們有受傷嗎？」唐利問。

「感謝老天，不是太嚴重。不過，當時加州正在嚴懲酒醉駕車的人。那個家庭找了一個律師，事情變得很難看。是你姨丈幫我處理了那個案子。」

就在羅斯講述著這個故事時，一股熟悉感在唐利腦海裡油然而生。「我記得那個案子。我想，最後是保險公司達成了和解。我好像還針對那個案子寫過一份保險承保意見。」

「就像我所說的，」羅斯說。「你姨丈在警局裡很有名。他說服了保險公司幫我支付我的辯護費，所以，我才得以保住我的房子和我當時僅有的一點積蓄。然後，他讓警局安排我休假，這樣，我就不會失去我的退休金，並且有朝一日還有復職的機會——雖然機率很低。他讓法庭同意我去接受一項戒酒的改造計畫，使我免於入獄。之後，他又去找我的妻子，讓她陪我度過那整個過程。對此，我非常感激。因為他沒有必要那麼做的。」

「那個人就是你？」唐利問。

「就是我。」羅斯說。

◆

二十分鐘之後，他們已經坐在市場街那間狹小又擁擠的好胃口三明治店後面的一個座位了。唐利正在一份烤牛肉三明治上灑著鹽和胡椒。法蘭克·羅斯則從一個挖成中空的酸種麵包裡舀起一勺蛤蜊巧達濃湯，忙著把湯吹涼送入口。

「大冷天裡喝這種湯最棒了。」羅斯一邊說，一邊把胡椒灑進碗裡，彷彿要把整個胡椒罐都倒到湯裡一樣。

「我以為你說我們要去見一個朋友？」唐利問。

「你是在抱怨嗎？」

「不是。其實我快餓死了。」唐利咬了一口三明治。

羅斯朝著門口點點頭，同時把湯匙舉到嘴邊。「他到了。」

唐利回頭看到一名戴著一副大眼鏡、一頭捲髮剪得很短的男子走進店裡。男子環視著每一張桌子，當他看到羅斯時，他瞪大了眼睛，笑容在他的臉上盪漾開來。他身體前傾地走向他們，宛如一個正在下坡的人一樣，那雙腳只能企圖趕上他的身體。

「哈囉，英雄。」他推了一下鼻樑上的大鏡框，然後滑進唐利旁邊的一張椅子上。

「山姆．高德曼，紀事報的都會版主編。」羅斯對唐利說。「我能請你吃午飯嗎，山姆？」

高德曼調整了一下他的領結。「你知道我的。我從來都不會花太多時間在吃上面。那是我控制飲食的方式。我稱之為工作。」

羅斯轉向唐利。「我念大學的時候，曾經做過一個生涯選擇，不過那個決定只維持了一段很短的時間，山姆曾經是我當時的新聞學老師。他也是這個城市裡最棒的記者。」

高德曼笑了笑。「你不要相信他的話，朋友。他拍我馬屁是有目的的。」

羅斯把他湯匙裡的濃湯一口喝掉。「山姆，這位是彼得．唐利。」

高德曼的表情就像剛走進一場為他而舉行的驚喜派對。「你在開玩笑吧。」

唐利露出笑容。「我認罪。」

高德曼從桌面上靠過來。「你？還是那個神父？」他笑著看向羅斯。「這就是你為什麼前幾天打電話給我，問了一堆問題的原因。你在幫那個神父？」

「不是所有的問題都和這件事有關。」羅斯放下他的湯匙，撕下一片麵包，把它沾進碗裡。「不過，是啊，我在幫那個神父。」

「我認識過最棒的偵探，」高德曼對唐利說。「法蘭克・羅斯就像赫赫有名的全州保險公司⓬。你可以不用擔心了。盧・吉安提里把你教得很好。」

「盧是他姨丈，山姆。」

高德曼重新把他的注意力放回唐利身上。「你真是充滿了驚喜啊，英雄。」他似乎在研擬著唐利的臉。「我曾經在哪裡見過你嗎？」

這句話讓唐利剛吞下去的那口三明治卡在了喉嚨裡。他喝了一口可樂才把它嚥下去。「我想應該沒有。」他說。

高德曼看著他，彷彿試著要解開一道謎題。「你確定嗎？我很擅長記得臉孔，就像《韋氏字典》對於人名一樣。」

「唐利這個姓氏很普遍，」他說。「而且，我最近上過新聞。」

高德曼的目光依舊鎖定在唐利的臉上。「我會想起來的。」他笑著將視線挪開。

「世界上所有來過這座城市的重要人物，山姆幾乎都見過。」羅斯說。「不過，要讓他記住並沒有那麼容易。他對一個好故事比較感興趣。」

⓬ 全州保險公司（Allstate Insurance）成立於一九三一年，總部設於伊利諾州，是美國主要保險公司之一。

「那些人穿褲子的時候也是一次套進一隻腳，就像你我一樣。」高德曼重新轉向羅斯。「我有告訴過你，去年我見到教宗嗎？你覺得如何？我讓我的攝影師拍了一張那個猶太小孩親吻教宗戒指的照片。他們把照片放大，然後當成海報貼在我辦公室的門上。那讓我們大笑了好幾個星期。」他轉向唐利。「那個案子怎麼樣？是那個神父殺了那個孩子嗎？」

「你不會說出去？」

「小心點。」羅斯一邊喝湯一邊說道。

高德曼舉起雙手，彷彿投降了。「好吧，英雄，我不會說出去。」

唐利說，「我們會查出真相的。」

「好吧，你有什麼要告訴我的，山姆？」

「除了很想念你之外，我有關於那個被害人的資訊要告訴你。他似乎不太像是個唱詩班男孩。」

「我想也是。」

高德曼露出一絲笑意，宛如一個藏了秘密的孩子。「好戲還在後頭，朋友。」他打開一個黑色的小背包，拿出一張紙。「那孩子是個街頭娼妓，不過，根據我的記者所提供的資料，就是前幾天寫了那則補充報導的傢伙，她說那孩子的年齡比較大，已經十七歲了。」

羅斯看起來有點沮喪。「十七歲叫做比較大？那我是什麼，恐龍嗎？」

「如果你是恐龍的話，那我就是化石了。」他轉而對唐利說，「她告訴我，他們十歲、十一歲的時候就已經在街頭流浪了，有時候甚至還更小。當大部分的孩子都在學習如何開車、還在想著中學的畢業舞會時，這些孩子的心態已經過了中年了。真是不幸。」

「你只要找個週五晚上到海特街走一趟就知道了，」羅斯說。「人們還在把嬉皮浪漫主義化。但是，嬉皮最終還是會沉溺於吸食海洛因，和死亡的門只有一步之遙。」

高德曼點點頭。「她企圖要寫一篇關於那個孩子的特稿，不過，那裡的人都不太願意開口，即便對她也是，雖然她看起來已經很像是那裡的一分子了——紫色的頭髮、身上的體環比一個布告欄還要精彩。她說，他們都很害怕。他們說，孩子正在一個一個死去。」

羅斯看了唐利一眼，不過沒說什麼。「那麼，關於被害人，我們現在掌握到什麼資訊？」他問高德曼。

「那孩子搭著巴士去到好萊塢，夢想著成為明星。在聖塔莫尼卡、威尼斯海灘和西好萊塢的街頭住了兩年之後，最終，他淪為峽谷區的一個癮君子。他同時也是一個詐騙犯和竊賊。他的少年紀錄被封存了，不過，我們在他死後拿到了一份影本。他的犯罪紀錄就和《戰爭與和平》一樣長。持有毒品。企圖出售毒品。闖空門。偷車。不過，我覺得有一項沒有被列在上面的罪名可能是你們最感興趣的。」

「是嗎？」羅斯說。「是什麼？」

「勒索。」

羅斯把原本要送入口的湯匙放回麵包碗裡。

高德曼笑了笑。「我覺得你們可能會對此有興趣。」他轉向唐利，指著他自己的太陽穴。「我依然不用電腦。我還在用隨身攜帶的打字機，然後把資料都儲存在這裡。當我瀏覽那份犯罪紀錄時，有件事突然從我的腦子裡冒出來，讓我全都想起來了。」

「什麼事？」羅斯問。

「這是不久之前的一個小故事，有一個孩子敲詐成人，威脅說要揭發他們和未成年小孩發生性關係。大部分的人都很害怕，所以就付了錢。」

法蘭克．羅斯點點頭。「我記得那個故事。那就是這個孩子嗎？」

「就是這個孩子。」

「發生了什麼事？」唐利問。

「真正的細節也許永遠都成了謎團，英雄。因為這件事並沒有進入到法庭訴訟程序。」

「怎麼會？」唐利問。

「不知道，不過，那個孩子很輕易就脫身了。甚至沒有留下任何犯罪紀錄。」

「他勒索了誰？」羅斯問。

「一個在餐飲界舉足輕重、同時也在市場街南邊擁有一間時髦夜店的人。想起來了嗎？」

「是啊，想起來了。」羅斯回答，彷彿真的看到了那個人的影像。

「傑克．戴文。」高德曼說。

羅斯打了個響指。「對。就是他。」羅斯轉向唐利。「就我所知，戴文說，那孩子是在報紙大肆炒作了戴文和他最新的一家餐廳之後才主動接近他的。」

「那孩子想要錢。」高德曼說。「然後就開始糾纏他。」

「戴文娶了一個舊金山本地的富家女，女方家庭在舊金山有很深厚的根源。」

「露絲．卡金斯。」高德曼插嘴說道。

「露絲．卡金斯。」羅素重複了一遍他的話。

「起初，戴文大約付了幾千元給他，」高德曼說。「然而，那個孩子卻得寸進尺，真的開始對他施壓。戴文沒有選擇，只好報警。」

「警方展開了一次小規模的臥底誘捕行動，根據我聽到的消息，警方拍下的錄影帶並不是那麼地賞心悅目。」羅斯給這個故事畫下了句點。

「戴文現在人在哪裡？」唐利問。

「英雄所見略同。」他睜大了眼睛。「這也許是一場報復性的謀殺；那豈不是件大事？他們可以拍一部電影，由傑克．尼克遜來主演。強尼來了！[13]」高德曼的咆哮引來鄰桌客人的側目。

「很顯然地，在那次誘捕行動之後，戴文賣掉了餐廳，離開了舊金山，帶著他的家人搬到葡萄酒鄉。他在聖海倫娜有一棟房子，並且在那裡栽種葡萄。根據我們的記者表示，戴文很煩躁。他說，至少有五十個目擊者可以確認他那天晚上人在釀酒廠，然後就拒絕再發表任何評論，不過他

[13]「強尼來了！」（Here's Johnny!）是傑克．尼克遜在電影《鬼店》（*The Shining*）中的著名台詞。

也說，如果我們再刊登任何一篇報導的話，他就要把我們告到報社倒閉為止。」

「勒索，」羅斯一邊思索，一邊從他的麵包碗上撕下一塊麵包，把剩餘的蛤蜊濃湯抹淨，然後看著唐利。「你覺得呢？」

「你們會在明早的頭版看到這個故事。要不要發表什麼看法，朋友？」高德曼問唐利。

唐利搖搖頭。「不了。」

高德曼站起身。「好吧，我該走了。在一個地方待太久，我就不想動了。」他又看了唐利一眼。「你確定我不認識你？」他問。

「我會記得你的。」唐利的話讓羅斯笑了出來。

✦

羅斯和唐利驅車開過海灣大橋，朝著納帕谷聖海倫娜的方向駛去。

「他真有個性，」唐利提起高德曼。「他向來都這麼有活力嗎？」

「你這話說得太輕描淡寫了，」羅斯彷彿訝於唐利的話。「還有，他不是有個性。他是很真實。高德曼是一個表裡一致、心口如一的人。他熱愛生活，而且熱愛身為一名新聞工作者。」

「我看不出他比較喜歡得到資訊，還是喜歡把資訊提供給我們。」唐利同意。

「別搞錯了，」羅斯小心翼翼地說。「山姆是個記者。取得資訊是山姆這種人活著的動力。

一旦他獲得了資訊，那個資訊立刻就變成了舊聞。他也馬上就進入尋找下一個故事的模式。」他打量著唐利。「他會緊盯著你的一舉一動。他會一直思考他是怎麼認識你的，直到他想出來為止。」

唐利試著打發這個話題。「也許高中足球賽吧。當年，有很多關於我的報導。」

「你很有名嗎？」

「大概吧。」

羅斯朝著櫻桃紅座椅上的白色午餐袋點點頭，那裡面裝了半個烤牛肉三明治。「你剛才好像很快就沒胃口了。」

唐利換了一個話題。「你覺得這個戴文可能殺害班尼特嗎？」

「不知道，不過我懷疑。」

「你說過，動機是優先考慮的要素。戴文曾經有過動機。」

「曾經是關鍵詞，」羅斯說。「戴文顯然脫身了。他為什麼要得了便宜又賣乖呢？」

「因為他控制不了自己；我的意思是，如果我們假設他是戀童癖的話。」

「也許吧，但是，我敢打賭，老傑克．戴文絕對不想再見到或聽到關於安德魯．班尼特的事。」

「或許班尼特找到了他。」

「不太可能。我不認為班尼特會搭公車到酒鄉去。不過，我們不要操之過急。我們先看看傑克是個什麼樣的人，以及他會說什麼。」

「萬一這個戴文不是唯一一個被班尼特勒索的人呢？」

「我比較喜歡這個假設。」

「班尼特有可能惹錯人了。」

「有可能。」羅斯同意。

唐利的腦子裡靈光一閃。「那些櫃子。有人撬開那些櫃子，想要找什麼東西。如果他們要找的東西是安德魯．班尼特隨身帶進庇護所的某個東西呢？高德曼說，班尼特到處勒索別人。他一定有什麼證據，讓那些人擔心的證據。」他很快就想到了。「照片。類似寇納口中他在辦公室裡發現的那種照片。也許，班尼特勒索錯了對象。他勒索了寇納？」

「就像我說的，不太可能，」羅斯說。「不過，有可能是那個神父。」

「我相信我的客戶，」唐利說。「或者某個雇用寇納的人？」

「我還是不認為寇納會幫一個戀童癖工作，不管那個人願意付多少錢。」

唐利進一步地考量了一下。「你說過，報復很可能成為寇納這種人的動機。也許，是他自己想要拿那些照片來勒索某個人。」

「我覺得這個推論更合我意。」羅斯說。

一個半小時之後，他們穿越了座落在納帕谷中心的聖海倫娜，這是一個聚集了時髦的古董店、昂貴的餐廳和小旅館的古樸小鎮。商店看起來似乎還維持著冬季的營運時間；很多店家的前窗都已經漆黑一片了。聖海倫娜是舊金山和擁擠的灣區城郊居民為了逃離城市生活，而在週末趨之若鶩的酒鄉之一。對於喜歡溫暖天氣、嚮往在蓊鬱的灌木叢和百年老橡樹之間享受品酒樂趣的富人而言，這個山谷已經變成了他們遠離塵囂的隱居之地。他們在這裡建造了價值數以百萬的豪宅，坐擁網球場、游泳池、葡萄園和招待所。而法蘭克·羅斯和彼得·唐利即將在這個地方找到傑克·戴文。

唐利看到了那兩根石柱，根據餐廳裡的一名女子稍早提供給他們的資訊，石柱就是這裡的地標。路邊沒有任何的標誌顯示戴文的莊園位在何處。當他們的凱迪拉克在一條穿過樹枝和灌木叢的泥土小路上顛簸前進時，唐利相信羅斯說的沒錯，這是傑克·戴文想要的。他想要被遺忘。他希望灌木、草叢和橡樹可以覆蓋住這條路和他那段陰暗的過去。羅斯的凱迪拉克轉了個彎，一棟建築物立刻映入他們的眼簾，那些木頭和鵝卵石的龐大結構讓人想要不注意也很難。高聳到樹梢的建築被一片土地所圍繞，維護得十分工整的土地上除了野餐桌之外，還有兩邊點綴著花床的碎石步道和古董馬車。

唐利原本以為這是戴文的住家，豈料這裡竟是酒莊的正面。他們顯然是從後面的入口開進來的。鋪著柏油的主要道路蜿蜒在爬滿扭曲葡萄藤的斜坡上，斜坡頂端座落著一幢同樣令人嘆為觀止、看似只有在塔斯卡尼的山丘才會出現的豪宅。傑克·戴文在被爆料是個戀童癖之後，顯然已經從挫敗中站起來了。他已經很順利地從那些痛苦和羞辱中生存了下來，還真是感恩啊。

羅斯把車停在酒莊側面幾個空的停車位之一。「還不錯嘛，」他說出了兩人的心聲。「相當不錯。」語畢，兩人雙雙下車。

「我們先來了解一下狀況。」羅斯說。

他們繞著建築物而走，並且在建築物後面發現了幾輛車，包括一輛停在傑克．戴文專用停車位的翡翠綠賓士。那個標示還真是多餘。因為，那輛賓士上面就掛著一面客製化的車牌：戴文。

「這對想要隱姓埋名、保持謙卑的傑克來說還真是高調。」羅斯說。

唐利從正面的入口拉開一扇巨大的紅木門，踏入一個具有尖形屋頂的建築結構。葡萄藤蔓和植物從教堂式的天花板樑柱上垂落下來，一座小池塘和瀑布匯成的涓涓細流，沿著一條通向品酒吧檯的碎石小徑緩緩流動。一名年輕女子站在一個滿頭銀髮的壯男旁邊，男子身上熠熠生輝的橘色肌膚彷彿出自美黑沙龍一樣。兩人都穿著白色的針織襯衫，襯衫的左胸口上都繡有酒莊的標誌。

「我們還有十五分鐘就打烊了，」那名男子愉悅地說。「我們沒剩太多選擇，不過，我可以倒一杯我們的夏多內白葡萄酒給你們。今年，我們會在市場上推出兩款夏多內，這兩款都很棒。」

「不用了，謝謝，」羅斯省略寒暄，直接進入主題。「我們是來找傑克．戴文的。」

「傑克？」

「他在等我們。我們和他有約。」

那名男子輕輕敲著櫃檯，不確定應該說什麼或做什麼。羅斯一本正經的眼神顯然說服了他。

「好，我會讓他知道。我可以告訴他是誰要找他嗎？」

「湯姆和傑瑞，」羅斯咧嘴一笑。「我是湯姆。」男子隨即轉身，離開了櫃檯。

唐利在酒莊裡四處走動，打量著木頭和金屬的酒架、軟木塞、書本、T恤，以及其他新穎的東西。冷氣讓房間裡蒙上一股寒意。他們等了比預期的時間還久，那名男子才終於回來了。當他回來時，他的臉上依舊掛著笑容，不過，這次的笑容看起來卻很勉強。

「很抱歉。傑克今天提早走了。」

在開了一個半小時的車之後，唐利沒有打算要在沒有和戴文談過之下就打道回府，不過，在他來得及反駁，並且告訴那名橘色皮膚的男子說，戴文的車就停在停車場之前，羅斯搶先開了口。

「很抱歉造成你的麻煩；我想，我們記錯日期了。我能借用你的筆嗎？」

那名男子把別在他襯衫上的筆摘下來，遞給羅斯。羅斯從櫃檯上取來一張紙巾，在上面寫了幾個字，然後把紙巾對摺，連同那枝筆一起交給那名男子。「你可以幫我一個忙嗎，等你見到傑克時，把這個交給他？這很重要。他會想要立刻打開看的。」

他們走到室外，在建築物的後面繞行，然後在那輛賓士附近等待。「我們在做什麼？」唐利問。

「等。」

「等什麼？」

羅斯看著自己的手錶，然後再看著後門。「那個。」

那名從建築物裡衝出來的男子穿了一身網球服裝，苗條的身形也很符合網球選手的形象，一頭淺色的金髮綁成了一條馬尾，紅通通的臉孔顯然不是源於日曬或者固定造訪美黑沙龍的結果。傑克．戴文大步走來的模樣，宛如一個因為被要求上床睡覺而不爽的五歲小孩。在腳步還沒有停下來之前，他刺耳的聲音就先響起了。

「你們沒有權利到這裡來。你們沒有權利到這裡來。」他只差沒有跺腳來表達他的憤怒而已。

「放輕鬆，傑克。」羅斯刻意把戴文的名字唸得不像他的名字，反而更像是一種侮辱。他坐在戴文那輛賓士的引擎蓋上，車子在他的體重之下往下陷。「你的釀酒廠是對大眾開放的，如果我沒弄錯的話，我們也是大眾啊。」他看著唐利。「我們不算大眾嗎？」

「我們是啊，」唐利說。「我們又沒有什麼特殊用意。」

「我已經打電話給我的律師了。他在過來的路上。你們可以和他談。我沒什麼好對你們兩人說的。」他是在虛張聲勢，不過表現得並不好。舉例來說，戴文完全可以待在他的辦公室裡，但是，他現在卻站在這裡。不管羅斯在那張紙巾上寫了什麼，看來都生效了。

羅斯誇張地嘆了一口氣。「你沒有打給你的律師，傑克。因為你不想把你的過去拉到你在納帕谷的舒適生活裡。我認為，你希望把過去全都忘掉。」

「我打過了。我打過電話給我的律師了。」戴文變得越來越沒有說服力，雖然他的話原本就已經沒有什麼說服力了。「我的下一通電話就會打給警察。」

羅斯站起來。他巨大的身形讓戴文看起來立刻就矮了一截。「這樣吧，傑克。我來幫你打這通電話。在開車過來的路上，我讓一個朋友上網去查你是不是登記有案的性犯罪者。當她告訴我不是的時候，你可以想像我有多麼驚訝。」羅斯做出震驚的表情。「我猜，那是你的律師和地方檢察官達成的協議。我說的對嗎？」

戴文沒有回答。他的臉色已經從紅色轉為了灰白。

「你成功避開所有的一切，除了媒體之外，不是嗎，傑克？只要一通電話打到納帕谷紀事報，一切就會改觀了。對這樣一個小鎮來說，那可是一個天大的故事——一個未成年娼妓遭到謀殺，嫌犯很可能是個大人物，而且，這個娼妓還是他以前經常眷顧的對象。你想再搬一次家嗎？我聽說愛達荷州的夏天很不錯，不過，冬天就很慘了。」

戴文的胸口往下沉。他捏捏鼻孔，清了一下喉嚨。

羅斯轉向唐利。「過敏。我最討厭過敏了。我聽說壓力可能引發過敏。你有壓力嗎，傑克？」

戴文從他的褲子口袋裡掏出一只吸入器，然後吸了一口。唐利覺得這傢伙也許會當場心臟病發作。

「我們不是新聞媒體，」羅斯說。「我們也不是警察。所以，不用反應過度，也不要開始對著我過度換氣。」羅斯用拇指指著唐利。「他代表那個神父。我知道你知道那個案子，所以，不要騙我們說你不知道。」

「我可以提供給你十個人名，他們全都會說那天晚上我人在這裡。」戴文聽起來就像一個企圖在說話時憋氣的人。

「你告訴那個記者說有五十個人。你已經失去四十個不在場證明了嗎？」羅斯說。「那可不妙。」

「我已經一年多沒回舊金山了。」戴文急匆匆地說。

「沒什麼太大變化，」羅斯說。「到處都在蓋房子。交通還是一團糟。」

「你們想要什麼？」

唐利說，「我們想要知道更多關於那個被害人的事，以及你們兩個之間發生了什麼事。」

「被害人？」戴文嘲諷地說，然後用一隻手撫過自己的頭，彷彿在確定頭髮沒有變亂似的。最後，他終於又說，「你們為什麼要知道那些事？」

「因為我覺得那可能對我的客戶有幫助。因為我認為，有人企圖要用他沒有犯的罪來陷害他。」

戴文閉上眼睛。「如果有人要陷害他的話，那就希望上帝能幫助他吧。」

「為什麼這麼說？」唐利問。

一陣碎石被踩過的聲音傳來。剛才在櫃檯的那名年輕女子朝著他們走過來。「晚安，傑克。」她在坐進一輛藍色的Toyota之前，勉強地擠出了一絲不確定的笑容。

戴文對羅斯和唐利點點頭，示意他們跟著他。他們穿過建築物後面的那扇門，經過幾個不鏽鋼大桶，桶身上還連接著好幾條往不同方向延伸而出的管子。他們在一道金屬樓梯的頂端，跟著戴文走進一間寬敞的辦公室。偌大的觀景窗面對著葡萄園，放眼望去，冬日的夕陽正在地平線上留下紅色和紫色的光暈。山谷底部有一棟包圍在綠草和橡樹之間的房子，唐利猜測，那應該就是戴文的家，房子旁邊有一個兒童遊樂場，溜滑梯、鞦韆和小堡壘都被灑水器噴出來的水柱澆濕了。

「請坐。」戴文說。

一張被戴文用來當作辦公桌的橡木製圖桌對面擺放著三把椅子，羅斯和唐利在其中兩把上坐了下來。戴文的椅子面對著窗戶。他的酒莊和酒莊生產的酒所獲得的獎狀，在裱框之後掛在了他背後的牆上。

「你們想知道什麼？」戴文並沒有掩飾他的不耐。

唐利整理著思緒。他要掌握的訣竅就是，在提出問題時讓自己聽起來不像在問問題，並且讓對方出其不意。「我們已經拿到了很多的警方報告。」他這麼說是為了讓戴文相信他無法隱瞞任何事，也無須企圖隱瞞。

戴文漲紅了臉。「那份檔案應該要被封存起來的。」

「沒錯，」唐利向他保證，雖然他並不知道檔案是否真的有被封存。「不過，在當事人死了之後，大家對那種事就沒那麼在意了。基於這個案子本身的性質，我堅持那份檔案關乎我客戶的辯護問題。你的名字在檔案紀錄上已經被刪除了。」

「那你們是怎麼找到我的？」

「我找到了寫那篇報導的記者，」羅斯說，「你的名字並沒有被報紙刪除。」

「不要提醒我。它差點就毀了我。它差點就毀了我的婚姻。我真是丟臉丟到家了。我們只能拋下一切，重新來過。」

戴文又在抱怨了，唐利無法對一個過著上流生活卻被認定是戀童癖的人感到同情，因為當他過著優渥的生活時，他的前被害人卻躺在停屍間的一塊板子上。不過，現在並非讓傑克．戴文知道報紙將會重啟這個故事的時候。

「那對你和你的家人來說一定很難受，」他雖然這麼說，不過卻感覺說得很勉強。「我只能想像你們全都承受了巨大的痛苦。」

戴文點點頭。「我擔心的是我的孩子。我有兩個兒子。」

唐利指著戴文背後那個架子上的一張照片。「他們和你很像。幾歲了？」

戴文拿起那張照片。「凱文九歲。馬克七歲。」

「他們長得很清秀。」唐利笑著說。

戴文放下照片。他臉上的紅暈已經褪去了。「他們顯然對這一切一無所知。我打算保持這種狀態。」

「我了解，」唐利說。「沒有理由不這麼做。」

戴文繼續說道，「我現在在接受諮商。一開始是強制的，但我自己決定繼續參加。」唐利點點頭。戴文又說，「我妻子的家人要她和我離婚，但是，我們撐過來了。」

這就是酒莊、餐廳和其他舒適的生活方式之所以存在的原因——他妻子的家人也許痛恨傑克・戴文，但是，他們深愛他們的女兒和孫子，並且可能幫他們支付帳單，好讓他們的女兒和孫子可以維持他們已經習慣的生活方式。唐利不禁懷疑，戴文去參加諮商是否真的出於自願。他猜，傑克應該被管得很嚴。

「我正在嘗試重新建立我的事業……以及我的家庭。」戴文的說法讓後者聽起來幾乎就像話說完了才想起來的。

「你真令人敬佩。」唐利說。

羅斯打岔說，「你能告訴我們什麼有關安德魯・班尼特的事情？」

戴文神情扭曲地說，「他是一個卑鄙的傢伙。不要誤會了——」

「我們不會的。」羅斯咕噥地說。

「他死了我並不高興，但是，我也不會為他掉眼淚。他毀了我的生活。」

我相信你也沒有為他的生活做過什麼，唐利心裡這麼想，不過並沒有說出口。「你怎麼認識他的？」

戴文看著自己的桌子。「那時候，我常常參加派對；那是夜店文化的一部分。」他把手探進口袋裡，拿出一根護唇膏，一邊說話，一邊塗抹在嘴唇上。「當我在夜店的時候，一個晚上通常會有四、五個人請我喝伏特加或者要我到廁所去吸毒。我妻子混派對的頻率和我不相上下，不過，她家人並不知道這點。」戴文望著窗外，同時用一根手指搓揉著嘴唇，把護唇膏塗抹均勻。

「那是生意，為了讓生意成功，我會做需要做的事。由於我的關係，那間夜店的生意從一開始就很不錯，不過，餐廳要成功需要花更長的時間。你得要發展出特色，並且做些宣傳。我妻子的家人有一些人脈。她的父親打了幾通電話，我們就上了紀事報。我以前曾經把那篇報導裱框起來，掛在餐廳的牆上。」

「你和班尼特多常見面？」唐利問。

「誰？」

「那個被害人。」

「不常。他說謊。他告訴我說他十八歲了。」

「當你想要見他的時候，你都是怎麼找到他的？」

戴文聳聳肩。「我就問別人字母在哪裡。我只知道他叫這個名字。我會叫我妻子先回家，告訴她說我要打烊了。然後再去其他地方。」

「他是如何勒索你的？」羅斯問，顯然希望戴文直接進入主題。

「如何？」

「對，如何？他寄信給你，還是去你家——」

戴文閉上雙眼，搖搖頭。「但願如此。那個小王八蛋有一卷錄影帶。」

羅斯和唐利互換了一個眼神。

「他怎麼會有一卷錄影帶？」唐利問。

戴文沮喪地看了他一眼。「我太蠢了，」他說。「起初，我們只是待在我的車上。我固定找他，你知道的，以防警察會搞什麼臥底之類的事。」

唐利覺得噁心。法蘭克・羅斯看起來則像咬到檸檬一樣。

「有一天晚上，他說他想要帶我去一個地方，是歐法瑞爾街上一家錄影帶店底下的一個房間。一間派對房。我當時很醉了，腦子也不清楚。我們去了那裡，然後，他就打開一顆閃光燈，還把音樂放得很大聲。我什麼也看不到，什麼也聽不到。」戴文清了清喉嚨，看著窗戶繼續說。

「他們拍了我們。」

「他們？」唐利問。

「嗯，我假設他找了別人來拍。他只能找別人，不是嗎？總之，他一定看過了紀事報對那家餐廳的報導，看到了我的照片和姓名出現在報導上，因為，有一天晚上他到我工作的地方來，讓服務生把那卷錄影帶的拷貝交給我。我在餐廳後面的巷子裡和他見面。他開口向我要了五百元。」

「你付給他了。」羅斯說。

「不然我能怎麼辦？」

「但是，他並沒有罷手。」唐利說。

「對，」戴文說。「他說，他還有其他的拷貝。當我告訴他，我不會再付錢給他的時候，他威脅說要把帶子寄給我妻子。他威脅說，他要去我兒子的學校播放錄影帶。我陷入了困境。當時，餐廳的生意並不是太好。我的兩名廚師辭職了。我再也無法承受。所以，我就報警了。然後，我只能把這件事告訴我妻子。」

唐利並沒有懷疑戴文的自白。「警方的調查有揭露出那些幫他錄影的男孩姓名嗎？」

「我不知道。」

「我很好奇，」羅斯問。「你是怎麼讓地方檢查官不起訴你，甚至沒有把你登錄為性犯罪者？」

戴文聳聳肩。「我不知道。我讓我岳父和他的律師全權負責處理。他認識州長。」

「奧古斯特．拉姆齊？」羅斯問。

戴文點點頭。「他們是透過波希米亞人俱樂部認識彼此的。他們每週六都會一起打高爾夫球。」

「剛才在外面的時候，我說有人企圖要陷害我的客戶時，你說，『希望上帝能幫助他。』」唐利說。「你為什麼那麼說？」

在回答唐利的問題之前，戴文又看著窗戶。「因為當我告訴他說我不會付錢的時候，他對我說了一件事。」

「班尼特？」

戴文點點頭。「他說，他有很多錄影帶，裡面都是像我這樣的人。他還說，他要讓這些人都付錢給他。」

「你相信他說的是真的？」唐利問。

戴文再度望著窗外，彷彿在看著多年以前發生的事。「我曾經認為他只是在嚇唬我，結果賠上了我的人生，」他說。「我不打算再這麼想了。」

✦

他們沿著來時的那條泥土小路駛離了酒莊。隨著太陽逐漸西沉，羅斯也把凱迪拉克的車頭燈打開了。車燈像兩支錐形的漏斗照射在路面上，讓路旁的灌木叢和樹枝也蒙上淡淡的微光。聖海倫娜鎮上的商店櫥窗都已經熄燈了，只剩下老式的路燈照亮著街道。還不到半小時，他們就來到了高速公路，開始往南行駛，直到此時，羅斯才開口說話，他的聲音聽起來很壓抑。

「我必須得稱讚你。我想要越過桌面，撕破他的臉。你告訴我，像傑克·戴文這種人為什麼總是能在人生中敗部復活？為什麼？」

「沒辦法，人生就是這樣，」唐利說。「這你是知道的。我們都知道。有人說，司法體制是色盲，但事實並非如此。它看得到顏色，它看得到綠色，綠色就象徵著金錢。它永遠都看得到綠色。我們總是希望我們的法庭是強權和弱勢之間一個偉大的平衡器，然而，更多的時候，金錢和權力仍然佔了上風。對於這個世界上的傑克·戴文們來說，班尼特並不是被害人，因為，在傑克·戴文的思維裡，只要他付了錢，一切就不會有問題。」

「班尼特只是試著要生存而已，」羅斯說。「如果不是因為世界上的傑克·戴文們，他根本不會那麼做。」

「我贊同你的觀點。」唐利說道。

「他甚至不覺得抱歉。那是最讓我生氣的。看著那個混蛋坐在那裡，我看得出來，他完全沒有為他的所作所為感到抱歉。」

「我曾經聽過一位法官對一個被告說，為自己所做的事感到抱歉和為自己被逮到感到抱歉是不一樣的。」唐利說。「我同意你的看法。傑克．戴文只是為他自己被抓到而感到抱歉而已。」

「他並不是在走向康復之路；他是走在他妻子和他岳父所控制的道路上。」羅斯說。

「你也許是對的。」唐利看著路邊的黃線模糊地劃過車窗。「所以，我才會一直想到他的孩子。」

羅斯依然很焦躁。「不用擔心他們了。我敢打賭，老傑克並沒有好好花時間陪伴他的兒子。」

「他們也同樣在受苦，」唐利說。「他們在一個壞爸爸的羽翼下成長，那比沒有爸爸還要糟糕。當我還小的時候，我唯一希望的一件事就是我父親能離開我們。」他繼續盯著那條彷彿具有催眠作用的黃線。「一直到班尼出生之後，我抱著他坐在醫院的病房裡，想著所有我們父子會在一起做的事情、所有我會教他的事情，我才了解到被打並不是擁有一個壞父親最糟糕的部分。最糟糕的部分是，我父親原本可以教我的那些事，他卻沒有教我，他原本可以為我扮演的那些角色，他也沒有扮演。」

法蘭克．羅斯在駕駛座上動了動。「我很遺憾。」

唐利沒有回應。

「所以，那就是你企圖要驅走的魔鬼。」

唐利看著他，半張臉都蓋在陰影之中。「你說你痛恨夜晚——你無法睡覺，因為那是你和你的魔鬼獨處的時候？你對夜晚的痛恨不會比我更強烈。我的魔鬼是活生生的，而且總是喝到醉醺醺的。」

他們憂鬱地坐在車裡，彷彿兩個懺悔的信徒。遠處，金門大橋的一座尖塔高聳過山巒，尖塔上的紅色燈光不停地在閃爍，警示著高空裡的飛機。尖塔之外，來自舊金山天際線的燈光在逐漸變暗的天空裡散發著一片柔和的光暈。

唐利的目光依舊停留在地平線上。「你很好奇，我怎麼能聽著傑克．戴文那種人說話而沒有衝過桌子去揍他？你沒有看到我緊緊地抓住了椅子。我用雙手緊緊抓住椅子已經抓了一輩子了。」

18

那家錄影帶店位於歐法瑞爾戲院對面，歐法瑞爾戲院是一家臭名昭彰的成人娛樂場所，顧客只要花高價就可以觀賞裸女之間彼此互動的真人秀。舊金山的街道開始充滿了繁忙的活力，商店的櫥窗燈光閃爍，人們在街上閒逛，或者開著音樂震天作響的車子呼嘯而過。唐利看著一群日本商人走進歐法瑞爾，隨即將他的注意力轉向那家錄影帶店。他可以猜到那家店的主要客層；它並沒有打算要和本地的百視達新片區競爭。

「你確定是這裡嗎？」唐利問。

「進去就知道了。」羅斯說。

當唐利和羅斯走進前門時，幾名不畏天氣寒冷、依舊穿著緊身藍色牛仔褲和T恤的年輕男子正朝著出口走去，留下一股揮之不去的大麻甜味。在迅速一瞥之下，他們就發現店裡的商品不限於錄影帶，還包括雜誌和不適合心臟虛弱者的性愛小玩意兒。*這裡沒有隱晦的情色產品*，唐利心想。*全都是赤裸露骨的猛料。*

櫃檯後面的男子頂著一顆光頭，皮膚黝黑，戴著一只圓形的銀耳環，還留了一撮精心打理過的山羊鬍。唐利猜測他應該是中東後裔。男子似乎對羅斯和唐利毫不在意，只是自顧自地繼續和一名高眺的黑人女子說話，女子留著波浪頭，腳上蹬了一雙高跟鞋，身上則裹著一件釘著紅色亮片的緊身洋裝。

羅斯走近櫃檯時，對著女子豎起大拇指。「借過一下，甜心。」

那名女子給了他一個飛吻。「你對我來說太老了，蜜糖。」她轉向唐利。「不過，你是我的菜。」

「你真幸運。」羅斯對唐利說。

在仔細觀察下，那名女子的喉結比羅斯還要明顯。

她用兩吋長的鮮紅色指甲撥了撥她的頭髮來和他們調情，然後才慢悠悠地走了出去。

羅斯轉向櫃檯後面的那名男子。「抱歉，粉碎了你的美夢。你是老闆嗎？」

那名男子挺起腰桿，不過，雙掌只是平壓在檯面上。「對。怎樣？」

「你叫什麼名字？」

男子得意地笑了一下。「喬伊。」

「好，喬伊，」羅斯顯然很樂意陪他繼續玩下去。「你認識一個叫做安德魯．班尼特的人嗎？他的街頭綽號叫做字母。」

「從來沒聽過；不過，架子上有很多其他人演的電影。」

「真可愛。」羅斯笑道。「讓我給你一點提示吧。他上週被人捅死了。在死之前，他靠著自己拍的影片在做點小生意。我的直覺告訴我，那樣的孩子租不起一間攝影棚。你覺得他是怎麼辦到的呢，喬伊？」

喬伊聳聳肩。「不知道。我不記得這個名字，我也不看報紙的。報紙太令人沮喪了。」

「還是想不起來，對嗎？」羅斯一把抓住喬伊的手腕，把他的手壓在檯面上。同時快速地伸出另一隻手，一把揪住喬伊戴著耳環的耳垂，將喬伊拉近。店裡其他的客人見狀，紛紛四下躲開。「也許，你剛才站得太遠，所以沒聽到。」羅斯說著，彎下身來貼近喬伊的耳畔。「我說安德魯．班尼特。被捕了。錄影器材。你這家店底下的那間派對房。非法。違反了建築和防火規範。坐牢。重罰。失去營業執照。我現在說得夠清楚了吧？」

喬伊沉下臉。另一隻手一吋一吋地在櫃檯底下移動著。

羅斯扭了一下那只耳環。「別傻了，喬伊。如果你的手敢再移動一吋的話，我會立刻就把這只耳環從你的耳朵上扯下來。」

喬伊立刻就把那隻手放回到檯面上。

「你在那下面藏了一把槍。喬伊？」

喬伊搖搖頭。

「那是什麼值得你賭上耳垂的東西？」

「警報器。」喬伊咬牙切齒地說。

「警報器？省省吧。」

「這兩週以來，你們這些傢伙不斷地來找我麻煩。我已經厭倦被找碴了。」

「誰一直來找你麻煩，喬伊？」

喬伊好奇地看了他一眼。「舊金山警察。」

「每次都是同一個人，還是不同的人？」

「同一個。」

「塊頭很大、理平頭、方臉？」

「對。」喬伊說。

羅斯看著唐利。然後鬆開了那只耳環。

「你需要律師嗎？那你今天走運了。我帶了一名律師來。」羅斯轉向唐利。「你是個律師。你怎麼評估喬伊在這裡經營的生意？」

唐利沉下臉，彷彿在權衡結果。「我得說實話，喬伊。我隨便看一眼，就知道這裡有非法的毒品，也許還有非法的讀物和影視產品。此外，如果我們找到那間派對房的話，你可能會被視為勒索和其他罪行的幫凶。也許，他們還會想要質問你關於安德魯·班尼特被殺的事情。這已經足夠我立案了，你說呢？探長？貪婪的店老闆擔心他的責任和風險，因此決定殺了他的合夥人。我不會想要站在法庭裡為你辯護的，不過，在你付我一大筆錢之後，我還是會幫你辯護的。我給你的建議是，聽這位探長的話，然後回答他的問題。長期來看的話，這樣會比較省錢。」

喬伊往後退，按摩著他的耳垂。

「我們已經知道樓下那間房間的事了。我們只是需要你帶我們去看看，」唐利說。「我不是來找你麻煩的。」

「是啊，算我幸運。還有，我不是誰的合夥人。我才不擔心你說的那些廢話。」

「這麼說，你確實認識安德魯．班尼特？」羅斯說。

喬伊停了一下。「我是從報紙上看到他的照片的，可以了嗎？」

「那就是你說你不看的那份報紙嗎？因為那篇報導讓你心煩？」羅斯問。

「我以為你不是來這裡找我麻煩的。」

羅斯指著唐利。「他說他不是來找你麻煩的。我是。」

「我和那種事情完全無關。」

「很好，」羅斯說。「那帶我們去看那間房間。」

喬伊伸展了一下脖子，這是一個受挫者試圖要維持一點尊嚴的基本動作。「五分鐘後在巷子裡和我會合。」他說。

「一分鐘，」羅斯說。「連去尿尿都別想。如果你晚了一秒鐘，我每天晚上都會回到這裡，坐在你的店門口。你聽懂了嗎，喬伊？」

喬伊點點頭。

「很好。」羅斯看著手錶。「開始計時。」

喬伊朝著店後的房間大聲吼了幾句外國語。唐利覺得那應該是波斯話。從他一邊說話一邊看著羅斯的模樣，唐利推測，喬伊正在用他所知道的每一句髒話罵著羅斯。一會兒之後，一名兩眼無神的男子從布簾後面走了出來，他看起來彷彿年輕版的喬伊，應該是他的弟弟。

「顧一下櫃檯，」喬伊說。「我需要出去走走。」

✦

那條巷子聞起來就像一個破舊垃圾箱散發出來的腐臭味。儘管面朝街道的建築物正面都被重新抹上了灰泥，不過，巷子這頭的牆壁依然維持著建築物原本的磚頭和砂漿，四周昏暗的光線讓牆壁變成了一片橘色。唐利腳下坑坑窪窪的路面看起來濕亮亮的。他試著不要去想自己正踩在什麼東西上面。

羅斯說，「你很在行嘛。對於那套白臉黑臉的警察做事方法，你比我以前的某些搭檔表現得更好。」

「我看了很多電視節目。」

「我的反應有那麼容易被猜到嗎？」

唐利搖搖頭。「你永遠都不像電視上的角色。」

一道柔和的黃色燈光在他們的頭頂上亮起，那是一顆裝在金屬籠裡的燈泡。不出多久，喬伊帶著一串鑰匙出現在了巷子裡。他朝著他們招手，示意他們走向垃圾箱，在他們的幫忙下，垃圾箱被推到一邊，露出一扇漆成紅棕色的門，就和牆壁上的磚頭一樣。在晚上的時候，這扇門幾乎無法被辨識出來。喬伊打開門，羅斯和唐利跟在他身後，走進一個光線黯淡的樓梯間，只見樓梯間裡還有一扇門。喬伊打開門上的鎖，推開門，再打開電燈的開關。

那是一間水泥房間，牆壁被漆成了深紫色，天花板則是黑色的。破舊的沙發沿著房間的邊緣擺放，還有零星的幾張桌椅。

「那是做什麼的？」羅斯指著吊在天花板正中央的一台機器問。

喬伊面帶驕傲地按下一個開關。閃爍的燈光立刻讓牆壁變成了彩色，也讓他們的動作看起來變得緩慢又不連貫。喬伊打開第二個開關，震天的音樂立刻從掛在四個角落的喇叭爆出，讓房間裡的空氣都震動了起來。在班尼出生以前，唐利曾經去過嬉皮區幾家類似這樣的夜店，那時候，他還不需要每天早上六點就得起床——無論晴雨。

喬伊笑看著把手指堵住耳朵的羅斯。「關掉。」羅斯大聲地說。

喬伊關掉所有的開關，房間立刻就停止了旋轉和震動。「怎麼，你不喜歡派對啊，探長？」

「我對酒和起司比較有興趣，你看不出來嗎？」羅斯看著唐利。「我以為我的辦公室已經夠讓我頭痛的了。」

「這裡是在禁酒時期建造的，」喬伊說。「人們曾經在這裡賭博和喝酒。」

「我們會在牆壁上裝一面歷史牌匾。」羅斯說。

「現在，那些你們稱之為不同生活型態的人喜歡來這裡。那些吸血鬼同好尤其偏愛這裡。今天晚上，這裡被一群龐克族預訂了。他們會自帶音樂來。我只是負責出租房間。這有助於我支付每個月不斷被市政府調漲的房租。」

「今晚？人在哪裡？」羅斯問。

喬伊聳聳肩。「現在時間還早，探長。他們甚至不會在十點之前出門，有時候半夜才會出來。」

「你對這些人從來都不多加留意嗎？」羅斯懷疑地問。

喬伊的山羊鬍往下一陷。他搖搖頭說，「我不在乎他們在這裡幹嘛。我只負責收錢。你想要揍我嗎，儘管出手。這座城市裡大概有二十幾個像這樣的地方。從我的立場來看，我是在幫這座城市一個忙。至少，這些人就不會群聚在街頭了。」

「提醒我要記得提名你為公民獎的候選人。」羅斯說。

「關於安德魯．班尼特，你知道些什麼？」唐利問。

「我什麼都不知道。」喬伊舉起一隻手保護自己的耳朵。「就像我說的，我是從報紙上認出那個孩子的照片。他和他的朋友會來用這間房。他們有一台攝影機。我猜，他們在拍電影。色情片之類的，你知道的。他們通常會在平日晚上這裡比較空閒的時候過來。週四到週六的時候，這裡都會被訂滿。」

「他有同夥嗎？」羅斯問。

喬伊點點頭。「不過，我有一陣子沒看到他們了。我聽說其中有一個吸毒過量。我不知道。不關我的事。」

「你認得出他們嗎？」唐利問。

喬伊搖搖頭。「我懷疑。我就像那個三隻猴子。你知道的，不聽惡詞、不見惡事、不說惡言。」

「車子沒鎖？」唐利問羅斯。

「在這一帶不鎖車？」羅斯把鑰匙丟給他，唐利匆忙繞過轉角，朝著建築物前面跑去。

✦

和羅斯獨處讓喬伊看起來很不自在。過了一會兒之後，他說，「我對這種東西沒興趣。我甚至也不看這種錄影帶。我有三個孩子在家裡。我只是個做生意的人。」

羅斯翻了翻白眼。「是啊，喬伊，那我就是吸血鬼了。」

喬伊不服地說，「這又不是我自己要選擇的職業，探長。可是，我們必須離開伊朗，為了生存，你只能這麼做。我兒子想當個醫生。我女兒是柏克萊工程學系的榮譽生。我要給他們更好的生活。」他朝著房間裡揮揮手。「你認為來這裡的都是怪人，但是，如果你知道在天黑之後、在沒有人看得到他們的時候，來這裡的都是些什麼人，你一定會很驚訝的。早上的時候，這些人會穿上他們的西裝和領帶，到他們位於市中心的辦公室，那裡有秘書和一壺一壺的咖啡在等待著他們。然而，到了晚上的時候，他們就到這裡來。」

唐利帶著他的手提箱回來了，他抽出羅斯之前給過他的檔案，檔案上記錄了傑瑞．伯克和馬努埃・里維拉死亡的消息。他把兩份檔案都打開來，將照片展示給喬伊看。喬伊拿起照片，打量著那兩張臉孔。「對，對，我想是他們。」他把照片交還給唐利。

「這是唯一的一間房間嗎？」羅斯問。

「你要租嗎，探長？我會算你便宜的。」

「才不是，我喜歡有景觀的房間。」

「你知道吸血鬼和律師有什麼共同點嗎？」喬伊問唐利。

唐利嘆了一口氣——又是一個和律師有關的笑話。

「他們都會把你的血吸乾，但是從來不會滿足地離開。」

唐利笑了笑。「現在還不到十點，喬伊。我在午夜之前不會開始吸血，不過。我也許會為你破例。」

◆

唐利和羅斯背靠在他的凱迪拉克上，一邊吃著菲力起司漢堡配可樂，一邊看著夜晚的世界。在去過那條充滿尿騷味的巷子裡的夜店、又看著髮色比地毯工廠的顏色還要豐富多彩、身上的金屬環多到足以開五金店的年輕男女在大街上來來去去之後，唐利覺得自己好像一個百歲的老人。

羅斯含著一口三明治說，「這樣看來，伯克、里維拉和班尼特一起在拍影片。我們找到了他們之間的關聯，也找到動機了。」

「勒索，」唐利說。「有人被抓到了，而且很不爽。」

「這也讓我們可以把事情和寇納連結在一起。他讓三個案子都沒有結案，而且還把證據搞砸。我們有了不錯的進展。我曾經有過更糟的時候。」當唐利沒有回應時，羅斯問道，「還有別的事讓你困擾嗎？」

「戴文說過的事。他說，他岳父和州長奧古斯特・拉姆齊一起打高爾夫。州長為什麼要幫一個戀童癖出力？照理說，他應該躲得遠遠的才對。」

「因為在政治圈裡，有錢就有勢，而奧古斯特・拉姆齊扭曲到他連一件直筒牛仔褲都套不進去。他會為拉姆齊家政治競選所需要的潛在富豪捐款人變通規定，特別是為了他的兒子，這點我並不意外。」

「也許吧，不過當我和聖克萊兒就認罪協商見面的時候，她也不像她一直以來地那麼激動和強悍。」

「我不明白。」

唐利搖搖頭。「那個認罪協商不是她的想法。我很確定這點。她並不想當個傳聲筒。」

「你認為認罪協商是吉爾・拉姆齊的主意？」

「一定是。沒有他的同意，她不可能這麼做。不過，我想不通原因，我也不相信拉姆齊只是為了想要安全抽身而已。在主張二十五年到無期徒刑的判決基礎上，建議法官最終求處二十五年加上二十年後可以保釋，這是一個很大的讓步，特別是在湯姆神父的血型和衣服上的血跡相符的情況之下。」

「我同意。你的客戶很有勇氣。我承認。」羅斯說。

「我贏不了，羅斯。」

「什麼？」

「那個動議。我研究過了。我贏不了。在判例法之下，那些證據會被採納的。那也許是非法取得的，不過，他們最終還是會找到。特林布里會採納那些證據的。」

「那就讓他採納吧。他們還是需要向陪審團證明，而且，他們也還沒掌握到犯罪動機。你所需要做的就是提出合理的懷疑。」

「這是一個極大的賭注。」

「當案子涉及一級謀殺的時候，向來都是如此。聽著，這是一場馬拉松，不是短跑。如果你的動議被法庭拒絕了，我們就繼續努力。」

「一個無辜的人會因此被判死刑。」

「那不是因為你所做的任何事造成的，彼得。你的手上不會沾著馬丁神父的血，州政府才會。你所做的是幫他辯護，將他判刑的人並不是你。」

唐利的感覺並非如此。

羅斯繞過引擎蓋，從雨刷下面抽出一張停車繳費單。他打開駕駛座的車門，將那張單子扔到後座。「明天，也許我們可以去拜訪一下老奧古斯特．拉姆齊，問問他關於傑克．戴文的事。他什麼也不會說的，不過，我們可以讓他感到不安，讓他知道我們已經知道他放過了戀童癖罪犯。那對他兒子的政治未來不會有好處的。還有，也許是打電話給艾琳．歐馬力，和她坦誠聊聊的時候了。」

「她是誰？」

「寇納的探長。以前，我們曾經一起偵辦凶殺案。她也許會想要找寇納談談。我會去接你。你喜歡肉桂捲嗎？」

唐利打開乘客座的車門。「如果我繼續和你一起吃下去的話，我很快就需要節食了。」

「你就配合一個被判死刑的人吧。在新年之前，我只剩下幾天的時間了，新年之後，我就只能吃胡蘿蔔和青花菜了。」

19

金在門口以擁抱和親吻歡迎唐利回家。一件T恤和藍色牛仔褲，讓她看起來比過去任何時候都要漂亮。他跟著她走進起居室，隨即聞到一股從廚房飄散出來的辣味。

「希望你餓了。」她說。「我做了千層麵。」

唐利笑了笑，暗自希望自己的口氣聞起來並沒有菲力起司牛排的味道。「餓死了。班尼睡了嗎？」

「天啊，才沒有呢。他們已經玩了兩個小時了。」

「西蒙還醒著？」

她點點頭。「他們在臥室裡。他對班尼很有一套，而且，他也是個很不錯的年輕人。你要不要進去讓班尼準備上床睡覺了？」

唐利走進臥室。在班尼出生以前，他們把牆壁粉刷成亮黃色，並且在牆壁邊緣畫上諾亞方舟上的各種動物。丹尼·西蒙正在讀一本童書給班尼聽。當唐利走進房間的時候，班尼帶著微笑從床上抬起頭。

「嗨，爹地。」

「嗨，班。」

「爹地下班了嗎？」他問。

「爹地下班了。」他抱起兒子，給了他一個擁抱和親吻。

班尼不停地蠕動。「放我下來。」

這是他們的一個遊戲。「放你下來？」唐利抓住他的腳踝，讓他頭上腳下地發出了尖叫。

「誰愛你啊，班尼？誰愛你？」

「爹地！爹地！」

唐利這才把他倒過來，將他放回床上。他和西蒙握了握手，然後自我介紹。「我聽說你是個很棒的褓母。」

西蒙露出一絲微笑。他看起來比他在餐廳後面那間房間時好多了，雖然他依舊顯得疲憊和蒼白，眼睛底下也還有黑眼圈。「這孩子很聰明。如果我是你的話，我會讓他開始接觸電腦。那會是未來的發展趨勢。」

「你這麼想？那很貴啊。」

「相信我。美國的每個家庭都將會擁有一台電腦。它們會自動幫你打開電燈和電視。如果你讓我教他的話，他絕對可以在他的托兒所教其他孩子如何寫電腦程式。」

「我也許會接受你的建議。」唐利開始轉換話題。「我想要和你聊幾件事。」

西蒙神色扭曲地挺起身坐直，並且花了一秒鐘才克服了那份痛楚。「來吧。隨便你問。」

「讓我先盡一下父親的責任，然後我們再談。」說著，他抱起班尼。「走吧，班。該睡覺了。」

班尼抗拒了一下，不過，他的掙扎並沒有維持太久。唐利把班尼抱到他和金的臥室，金已經在他們的房間裡安置好了手提式的嬰兒床。在為班尼讀完枕邊故事《狗狗衝衝衝！》之後，唐利把他放到嬰兒床上安頓好。然後才走回去和西蒙談話。他把他們用來存放玩具的塑膠箱拉到床邊坐下。

「湯姆神父怎麼樣了？」西蒙問。

感覺上彷彿已經過了好幾個星期了，不過，唐利發現，西蒙並不知道馬丁神父被毆打，此刻正在醫院裡的事。唐利把手肘靠在膝蓋上，摳著自己的手指甲。「湯姆神父在醫院裡。說來話長，不過，基本上，監獄裡有人把他狠狠地修理了一頓。」

「他能活下來嗎？」

「嗯，他會沒事的，不過，他還得在醫院住上幾天。」

西蒙的面色扭曲。「這全都亂了套。」

唐利點點頭。「你可以聊聊嗎？你的肋骨還好嗎？」

「很酸痛。」

「我需要弄清楚湯姆神父那天晚上人在哪裡。」

「你需要不在場證明？我可以當證人。」

「湯姆神父告訴我，那天晚上七點到九點之間，他在他的辦公室裡整理帳單。你可以證明嗎？」

「當然可以。」

「我的意思是，你當時有看到他嗎？有和他交談過嗎？你能證明在那兩個小時裡，他人在辦公室嗎？」

西蒙點點頭。「我在大約七點四十五分或八點左右，拿了一份漢堡和薯條給湯姆神父。」

「你確定你的記憶無誤？」

「那天晚上我向他報到過之後，我在七點半左右就走去漢堡王。我幫他點了一份六號餐：華堡、薯條，還有一杯巧克力奶昔。他永遠都只吃這個。我回到辦公室，就像我說的，大概快八點左右，然後我們一起吃晚餐。在那之後，我就到宿舍去了。大約是在八點半左右，我到宿舍去看管住在宿舍裡的人，並且組裝電腦。」

「就是在宿舍最裡面的那台電腦嗎？」

「是啊，如果我能完成組裝的話——那就會是一台超強的電腦。」

唐利笑笑。「湯姆神父說，在他鎖門之前，他先去檢查了宿舍。他說，他在那裡大約待了十分鐘。」

「湯姆神父是在九點十分整的時候來的。」

「你怎麼記得這麼清楚？」

「因為他每天晚上在關門之前，都會拖延個十分鐘；你可以用他來對時。就像我說的，他是個很有規律的人。」

「我想，當你見到他的時候，他身上並沒有沾滿血跡？」

「什麼？沒有。」

「在那之後，你是什麼時候再看到他的？」

「我聽到警報響，然後就到走廊上去。當時，警察已經在上樓來了。湯姆神父則在康樂室，背對著門。他跪在地上，彎腰抱著班尼特。接下來，我所知道的就是我被抵在了牆壁上。」

「那是幾點鐘的時候？」唐利問。

「也許九點二十、二十五吧。」

「你可以更確切一點嗎？」

西蒙搖搖頭，表情痛苦地扶著身體側面。「沒辦法。在那之後，情況就失控了。」

唐利剛剛把湯姆神父獨處的時間從兩個多小時縮減到了大約二十分鐘，甚至更短。但是，這也許還不夠。

「好，湯姆神父在九點十分的時候來到宿舍。他在那裡停留了多久？」

西蒙想了一會兒。「幾分鐘而已。我們抓到一個新來的孩子在抽菸。」

「抽菸？」

「你不能在宿舍裡抽菸。有時候，有些新來的孩子會藏一兩根香菸。他們以為我也和他們一樣，都是來宿舍過夜的。就像我之前說的，我在忙著弄電腦，也許沒有太注意。這個紅頭髮的孩子坐在窗邊抽菸——」

唐利挺直身體。「紅頭髮的孩子？」

「是啊。」

「一邊剃成平頭，戴著鼻環，穿黑色T恤，格子襯衫？」

「你認識他？」西蒙問。

唐利站起身，他的心跳加速。「他那天晚上在那裡？你確定？」

「我看著他報到的。」

「你從來沒有在那裡見過他？在那天晚上之前，他從來都沒有去過庇護所？」

「據我所知那是第一次。沒有什麼龐克會到我們那裡。」

「龐克？」

「龐克搖滾。」

羅斯和唐利在庇護所發現的那個孩子說謊。那天晚上，他去過那裡。唐利很確定，他剛剛弄懂了那個凶手是怎麼進入康樂室的門。他試著不要問得太急，盡量讓自己小心應對。他需要證據。他需要證明那個紅髮小孩那天晚上在庇護所。「馬丁神父說，他有一份登記名單，那是他用來追蹤記錄每一個來到庇護所的人。」

西蒙點點頭。「我們會登記每個人和他們帶來的每樣物品。那全都鎖在一個櫃子裡。那天晚上是我登記的。」

「他也會在那份名單上嗎？」唐利問。「那份名單會顯示那個紅髮小孩的名字嗎？」

「他不肯報上姓名。只說他叫做阿紅。湯姆神父通常都會堅持要他們報出姓名，不過，他告訴我，因為那是那個孩子第一次來過夜，所以就算了。」

「那班尼特呢？也是你登記的嗎？」

「那天晚上稍早的時候，對。不過他離開了。」

「他帶了什麼到庇護所去？你記得嗎？」

西蒙聳聳肩。「不太記得了。大概是香菸之類的吧。」

「你不記得有一卷錄影帶？」

西蒙神色痛苦地說，「我不記得了。抱歉。」

「他有可能在你不知道的情況下，把一卷錄影帶放進櫃子裡嗎？」

西蒙思索了一下。「嗯。我是說，有可能。我並沒有一直盯著他們。我只是詢問他們帶了什麼東西，然後記錄下來。他有可能在沒有告訴我的情況下，把東西偷偷放到櫃子裡。」

唐利努力讓自己保持冷靜。「我曾經回去庇護所，試著要找出馬丁神父的登記簿。但它不在那裡。」

「因為我拿走了。」

唐利停止踱步。「在你那裡？」

「當我看到警察的燈光時，我就到走廊去了。我看到手電筒的燈光沿著樓梯上來，所以就躲到湯姆神父的辦公室裡，然後我想起了那本書，就是《聖經》。湯姆神父把簽到紀錄夾在那裡面。我把它拿走，塞在我的褲子口袋裡，然後在離開辦公室的時候，把門鎖上。當寇納到醫院去的時候，那份紀錄還在我身上。它現在在我位於餐館後面的那間房間裡。就在我的床墊底下。」

唐利笑了。他想要打電話給法蘭克．羅斯。「你為什麼要把它拿走？」

「湯姆神父曾經說過，他不希望警察拿到那個東西。那是保密的。有些孩子帶了亂七八糟的東西來，毒品之類的，你懂的。我們不會問任何問題。我們的規定是，他們不能在庇護所裡使用那些東西，當他們登記住宿的時候，也不能處於高亢的狀態。我們只是把東西鎖在櫃子裡。寇納想要拿到那本書。我可以這麼告訴你。」

唐利站起來。「那就是他之所以在聖誕夜到你病房去的原因。他告訴你他想要那本書嗎？」

「他都快想瘋了。」西蒙說。

那就是為什麼阿紅那天早上回到庇護所的原因。寇納想拿到那本書，因為裡面一定有阿紅的名字，也許安德魯．班尼特的名字旁邊還會備註有一卷錄影帶。對於班尼特來說，把這個東西藏在哪裡會比較好？他覺得哪裡會是寇納找不到的地方？

「當班尼特離開的時候，他有把他放進櫃子裡的東西帶走嗎？」

西蒙搖搖頭。「他沒有向我要回他的東西，我知道他也沒有向湯姆神父要，因為神父在知道班尼特離開時很驚訝。」

「我要怎麼找到阿紅？我要怎麼找到像那樣的一個孩子？」

西蒙開始下床，不過卻面部扭曲地停下動作。「我可以帶你去幾個他可能會去的地方。」他聽起來好像快喘不過氣來了。

唐利伸出一隻手，然後看著房門。「不行。丹尼。你還沒有復原，而我老婆比我還要難對付。我不能告訴她我要去哪裡。」

西蒙想了想。「龐克都會混在一起。他們不太會到庇護所去……怎麼了？」

唐利看了看手錶。再過幾個小時，那些吸血鬼同好就會開始出門展開他們的冒險了，不過，喬伊說，那些龐克今晚包下了俱樂部。

◆

紀事報的夜班門衛坐在裝有三台監視器的櫃檯後面。法蘭克．羅斯遞給他一張名片，告訴他，他和山姆．高德曼有約。那名男子用電話確認過之後，才啟動了大廳裡的手扶梯。

當高德曼打電話給法蘭克．羅斯的時候，羅斯正在回家的路上。他告訴羅斯說，他正在處理一則最新的新聞，並且要求羅斯到報社的辦公室來找他。

高德曼在守衛森嚴的大廳三樓和羅斯會面。深色的鑲板和彩繪玻璃讓這個地方看起來更像是一間教堂的前廳。

「好吧，告訴我是什麼事情不能等到明天再說？」羅斯說。

「今天的新聞到明天就變成舊聞了。你明白這個道理的。」高德曼說著，帶領羅斯走過一條鋪著紅色磁磚的走廊，走廊上掛滿了報社贏得的各種獎牌。新聞室裡每一個可用的空間，都被規劃成許多的小隔間或者擺滿了檔案櫃。儘管時間已晚，戴著耳機講電話的記者們依然面對著電腦螢幕，鍵盤的敲擊聲也沒有停歇過。羅斯跟著高德曼走進一間會議室，會議室的牆壁上掛著幾張裱框照片，裡面都是榮獲過普立茲獎的紀事報記者。房間前面的一面告示牌上雜亂地張貼著本地和全國報紙的頭版。那些頁面上都還留著許多紅筆的記號。

「這裡的步調很快速啊。」羅斯說。

「這個？這根本不算什麼，」高德曼說。「你應該在下午四點左右，當每個人都在編寫新聞的時候來這裡看看。現在，我們正在試著查證一則報導，是關於一名狙擊手在一〇一對車子掃射的新聞。」

「真的嗎？有人中槍嗎？」

「還好沒有，不過，我們有一名目擊者說，至少有兩輛車子被子彈射穿，警察把那個地方包圍了起來，就像記者圍著宴會桌一樣。」高德曼關上房門。「我要讓你看看明天的頭版。」他遞給法蘭克．羅斯一份早報的打樣。頁面上依然還有些空白處，不過，羅斯看到了頁面正中間的標題。

神父的律師曾經是殺人嫌犯

彼得．唐利被控殺害生父

「我告訴過你，我認識他。」高德曼指著自己的太陽穴。「我花了大半個下午絞盡腦汁在回想，終於想起來了。這是則大新聞。」

羅斯在高德曼說話的同時讀著那篇報導。「唐利曾經是波特羅雷山高中的全美中後衛和跑衛。他幾乎拿到了全國每一所學校的全額獎學金，不過，他選擇了柏克萊。那真的是一則『衣錦還鄉』的故事。開學前幾週，一個鄰居打了911給警方。她說隔壁好像發生了很嚴重的肢體衝突。當警察趕到時，他們發現那個父親躺在車道上，全身都是玻璃。他撞破了一面高達十呎的玻璃窗。你的客戶，唐利，他坐在階梯上，渾身是血，而屋裡則是一片混亂。」

「他母親呢？她在那裡嗎？」

高德曼的雙眉在他那副黑框眼鏡上方挑起。「不在家。她去找她姊姊了。」

羅斯拉來一張椅子坐下，他覺得反胃。他想起從聖海倫娜回來的途中，他和唐利的對話。

「警方以謀殺嫌疑逮捕了那個孩子，然後把他帶到醫院，」高德曼說。「他們幫他縫合，不過，他什麼也沒有說。一個字都沒有。他被送到了郡監獄，在那裡待了兩天，直到他姨丈盧．吉安提里說服一名法官讓他保釋。三週之後，地方檢察官就撤回那個案子了。」

羅斯抬起頭。「為什麼？」

「缺乏證據。只有兩個人知道那天晚上屋子裡發生了什麼事，其中一個死了，另一個則不肯說話。據說吉安提里說服檢察官那個孩子值得被救，而那個父親則不值得。不管究竟發生了什麼，官方說法是，那個父親是死於意外。唐利去上了大學，其他的事就成為了歷史。」

羅斯用手摸了摸臉頰。唐利曾經說，他父親毆打他和他母親。唐利長到十八歲的時候，應該已經壯碩到可以對此做點什麼，而且，他所剩的時間已經不多了。他有一份頂尖學校的獎學金和一個光明的未來，可是，他要怎麼處理他母親的部分？

羅斯揉揉自己的耳垂，嘆了一口氣。「我想，我沒辦法叫你不要登這則故事吧，山姆，是嗎？」

高德曼拉出一張椅子坐下。

「也許你可以緩個幾天再刊登。我的意思是，那個神父還在醫院，這則報導算不得什麼重大的突發新聞。」

高德曼靠向他。「怎麼了，羅斯？我們已經認識很久了。你會對我提出這種要求很不尋常。」

「我知道，而且我絕對不會利用我們的友誼，山姆，可是，唐利現在有家庭。他有一個妻子和一個年紀還很小的兒子。他們不需要這個。這將會勾起許多很不好的回憶。」

「這是新聞，羅斯。」

羅斯點點頭。「是的，沒錯。我知道你有工作要做。我只是不確定有必要讓兩萬五千人在這種時候知道這件事。他是清白的。他們沒有起訴他。」

「傑克．戴文也一樣。」

羅斯嘆了一口氣。

山姆．高德曼摘下他的眼鏡，往後靠坐。沒有了眼鏡，他的眼睛看起來變小了，他看起來也很疲憊。「根據警方的消息來源，房子的主斷路器上有血跡。他們懷疑是那個孩子關閉了斷路器，然後躲起來等他父親回家，並且在他們打鬥完之後，又把保險絲接了回去。」

「或許吧。也或許是那個父親在等他。」

他們坐在那裡，彼此對看。重點是：除了屋裡的兩個人以外，沒有人知道發生了什麼事，而其中一個死了。

「地方檢察官也撤銷了訴訟。」羅斯說。

高德曼做了個鬼臉。「你我都知道，那是因為盧．吉安提里。」

羅斯敲了敲桌子。「我和你做個交易吧，山姆。如果我告訴你，唐利和我一直在追查一些事，我們所知的訊息已經足以讓我告訴你那個神父沒有殺那個孩子，而且至少還有兩件謀殺案也和這件事有關。另外，據說還有更多類似傑克．戴文的錄影帶，並且可能有一名警察涉案。」

高德曼往前靠，他壓低的聲音充滿了震驚。「寇納？」

「你得相信我。我們已經快查到了，一旦我們查清事實，那就會讓你這則報導看起來無足輕重，」他說著再度敲了敲桌子。「不過，我們還沒有完全查清。我們需要一點時間。」

一道敲門聲響起。一名穿著發皺襯衫的年輕男子探頭進來。「山姆？抱歉打斷你們的談話，不過，那名狙擊手是誰已經確認了。他射中三輛車，有兩個人已經被送到醫院了。我已經和其中兩個家庭談過了，而第三個家庭的丈夫也會在十五分鐘之內回電給我。警方會在一個小時之後給我一份聲明。也就是在十一點鐘的新聞播報完之後。這則報導會是明早最重要的新聞。我會需要一個四十八吋的篇幅。我們可以塞得下這則報導嗎？」

山姆．高德曼晃著手中的眼鏡，打量著羅斯。過了一會兒之後，他重新看著那名記者。

「嗯，可以。頭版，正中間。」

✦

唐利推開龍舌蘭丹的酒吧大門，穿過擁擠的人群，走向馬蹄形的吧檯。他一直聯繫不上法蘭克．羅斯。羅斯把他家的電話留給了唐利，但他妻子說羅斯去開會了，在晚上這種時間開會，聽起來有點奇怪。唐利希望羅斯並不是在外面喝酒。

唐利在吧檯和酒保四目相對。那個酒保並沒有戴著他那副玫瑰色鏡片的眼鏡，他陰沉的臉色顯示出他並不樂見唐利的出現。

「我以為我們說好了？」

「你在說什麼？」唐利問。

他示意唐利到酒吧右邊遠離噪音的區域。「你說我會沒事的。」

「你是沒事啊。」唐利說。

「那警察為什麼來這裡找我麻煩？」

唐利有一種不祥的感覺。「警察來這裡？」

「是啊，一個王八蛋，他說他要關閉這間酒吧，因為我讓丹尼住在後面。」

唐利有一種不祥的感覺。「他叫做寇納嗎？」

「誰？」

「那個警察。他的名字叫做狄克森．寇納嗎？」

「我不知道。他沒說，我也沒問。」

「大塊頭？體型和我差不多。方形臉，理平頭。」

「對，是他。還真是一位王子啊。」

「你帶他去了丹尼的房間嗎？」

「沒有，不過他自己去了。那個地方都快被他給拆了。你要告訴我到底發生了什麼事嗎？」

唐利用手掠過頭髮。他剛剛失去了一個至關重要的證據。

✦

唐利把車停在和歐法瑞爾那家錄影帶店相交的那條小街的街邊，然後坐在車裡，看著群聚在巷子裡的一群年輕人。雖然外面很冷，但是他們大部分都穿著無袖上衣或者背心，露出充滿異國風情的刺青和各種體環。有些人戴著狗的項圈；有些人則穿著軍裝式的褲子和黑色的靴子。每個人的口袋似乎都吊著粗重的鏈子，頭髮的顏色和樣式也都別出心裁：莫霍克頭、刺蝟頭、光頭，還有各種精心雕塑的形狀。唐利沒有看到阿紅，他懷疑會有人願意告訴他阿紅在哪裡。

他下了車。

「敞篷。這車不錯。」

一名穿著軍裝外套、頭戴黑色滑雪帽、腳上蹬了一雙舊鞋的男子坐在一道四呎高的牆上。他不是那些龐克之一。他的位置底下有一輛放了幾個袋子的購物推車。顯然是舊金山無數的流浪漢之一。

「給我幾塊錢，我就幫你看著那輛車。確定它毫髮無傷。敞篷車很容易搞定。劃破車頂，撬開車門，要進行各種破壞都不是難事。」

唐利內心裡的一部分想要把這個傢伙從牆上拽下來，然後告訴他，如果那輛車遭到任何損傷，唐利一定不會放過他，不過，那只是他可以感受到的內心憤怒。而且這樣做就太蠢了。這個傢伙佔有絕對的優勢。他沒有地方可去。但唐利有。

唐利向他走得更近，立刻就聞到一股廉價的酒味和霉味。他伸出手，給了那個傢伙兩塊錢。

「我可以得到洗車和打蠟的服務嗎？」

那名男子不確定地審視著他。隨即露出一個缺牙的笑容。「那得另外收費。」

「我想也是。」唐利又給了他一塊錢。

男子把錢收下。「謝謝你，老兄。」

唐利轉身就要過街。

「嘿，你要去歐法瑞爾嗎？」

唐利搖搖頭。「我今晚在工作。」

男子歪著頭。「工作？你是做什麼的？」

「我是臥底的警察。」唐利說。

唐利穿過街，繼續往前走，來到距離那間派對房最遠的巷子底。他站在牆後，偶爾從角落裡探頭出來，窺視通往那間地下俱樂部的入口。門上的燈泡散發著橘色的光暈，把巷子染成了一片血紅。一個穿著無袖T恤的保鑣站在門外，他的頭髮看起來活像孔雀尾巴的羽毛。

唐利等了四十分鐘，強忍著寒意。當他在角落裡窺視時，他感覺到有人正在向他走來。他一轉身，就認出了那個錄影帶店的異裝癖正穿著同樣的那件紅色亮片洋裝在街上閒逛。唐利正準備轉身，卻突然心生一計。

「今晚很冷。」他對她說。

「非常冷。」她靠在牆上，甩了甩及肩的頭髮，唐利估計那應該是一頂假髮。「嘿，我認得你。」她露齒一笑。「你去過錄影帶店。你真的是個條子？」她的最後一句話聲音有點尖銳。

「不是我，」唐利說。「再告訴我一次，你叫什麼名字？」

「水晶。精緻又昂貴。你在等誰？」

「他在巷子底的那間俱樂部裡。」

水晶抿著下唇，嘟了嘟嘴。「我可以讓你忘了他。」

唐利從口袋裡掏出一把摺疊起來的鈔票。那疊鈔票看起來很紮實，不過其實只是兩張二十元的紙幣、一張五元和很多張一元的鈔票。他把錢握在身側。「你能去幫我看看他是不是在裡面嗎？」

水晶評估著那疊鈔票，不過卻搖了搖頭。「喔－喔。龐克今晚包下了那間俱樂部。」

唐利眺望著巷子。一群龐克陸陸續續走過那個保鑣身邊，或者就站在巷子裡抽菸。沒有阿紅的蹤影。「這對我很重要。」他抽出一張二十元。「我可以形容他的模樣。」

水晶再次看了看那張鈔票。「我得要做什麼？」

「只要告訴他，我會在那間錄影帶店旁邊的轉角等他。告訴他，寇納正在等他。」

水晶再度發出尖叫。「寇納。這名字真可愛。」

「幫我做這件事，等你回來的時候，我會再給你二十元。這錢很好賺。」

水晶嘆了一口氣，再一次回頭望著巷子。唐利可以看得出來她在猶豫。「我得要做什麼？」

「只要做我剛才說的就好。」唐利描述了一下阿紅的外貌。「你只要告訴他，寇納在等他，如果他沒有出來的話，我就會進去。」

水晶臉上帶著懷疑。「你確定你不是條子？」

「條子會做這種交易嗎，水晶？」

「有的會。」她注視著那條巷子。「他們很惡劣。龐克很凶的。」

「進去，然後出來。你只需要這麼做就好。把話帶到之後就出來。」

「如果他不在裡面呢？」

「如果他不在裡面的話，你還是可以拿到錢。這是你賺過最輕鬆的四十塊錢。」

「你湊到一百元吧。」

唐利搖搖頭。「五十。我最多只能出到五十。」

她又回頭看了看巷子，這似乎已經是她第一百次這麼做了。「買通門口那傢伙需要五塊錢。」

唐利翻了翻手裡的那疊鈔票，抽出一張五塊錢，然後把那張五元和一張二十元遞給她。「你只要傳話就好。等你回來的時候就可以拿到剩下的部分。」

水晶做了一個深呼吸，開始往巷子走去，儘管人行道凹凸不平，她依然可以平穩地踩著那雙細跟鞋往前走。唐利知道那扇門是進出那間俱樂部唯一的通道，而且，那條巷子也只有前後兩頭的出入口。如果阿紅在裡面的話，他應該會認為寇納就在巷子的另一頭。

水晶已經走到了俱樂部的入口。唐利看著她停下腳步和那個彩色頭髮的保鑣說話。就在唐利以為水晶即將轉身走開的時候，那個人卻朝著入口點了點頭，水晶很快就消失在了門裡。

五分鐘之後，水晶匆忙地從巷子裡走出來。當她來到唐利面前時，他看到她正在擦拭從鼻子流出來的鮮血。

「發生了什麼事？」唐利問。

「我被人撞在牆上。」她的聲音聽起來不再那麼女性化。

「你沒事吧？」

「那是他們跳舞的方式。」

「你有找到他嗎？」

「我把話帶給他了。」

「他在那裡？你把我對你說的話告訴他了？」

「我說我告訴他了。」

「你不會騙我吧，水晶？」

「你說過，不管怎樣我都會拿到那些錢。那我為什麼要騙你？紅髮，一邊理成平頭，鼻子上穿了一個鼻環。不過，我覺得他不會來。當他聽到你的名字時，他看起來嚇死了。」

唐利把尾款遞給水晶。「謝謝你，水晶。我沒有其他的要求了。」

水晶把錢塞進洋裝前面的胸口。「如果你改變主意的話，你知道我叫什麼名字。水晶。精緻又昂貴。」語畢，她沿著街頭走開了。

唐利看著俱樂部的大門。不斷地有人走進去。沒有人出來。然後，阿紅走了出來，他身後還跟著另一個男孩。唐利的脈搏加速。兩個男孩看著那間錄影帶店的方向，他們預期會在那裡看到狄克森．寇納。接著，他們兩人轉身，跑向唐利正在等待的方向。唐利把背壓在牆壁上，聽著厚底鞋踩踏在人行道上的聲音。他繃緊了腿，計算著他們抵達的時間，然後在他們來到巷子這端的時候從牆邊衝出來。

他重重地撞在阿紅的肩膀上，讓他往後撞到他朋友身上，再一把將他們兩個都壓在地上。他抓住阿紅的襯衫衣領，很快地把他拖上街，將他推進一棟公寓大樓的入口。第二個男孩帶著一把小刀衝上大樓的階梯。唐利一個轉身飛踢，直接就踢掉了男孩手中的刀子。阿紅拔腿想逃，不過，唐利抓住他，將他甩向牆壁。然後再將第二個男孩拽上階梯，同樣把他推倒在地。

阿紅瞄向那把刀。

「想都別想，」唐利說著向他靠近。「你為什麼騙我？」

「我沒有騙你。」

唐利揪住他的衣領，把他從地上拉起來。「你現在就在騙我。那天晚上你在庇護所。你登記入住了。我拿到一本簿子，上面有你和其他證人的名字，他們說你那天晚上在那裡。」

阿紅的朋友開始要站起身。

「叫他待在地上。」

「不要站起來。」阿紅說。他的朋友立刻就靠回到大理石的牆壁上。

「不要對我說謊。我知道你在那裡。你在那間宿舍裡抽菸。那個神父走進去，叫你不要抽了。我知道，所以，不要騙我。」

「好吧，我在那裡。」

「為什麼？誰叫你去的？」

「沒有人。」

唐利搖晃著他。「誰叫你去的？」

「沒人。」

「是寇納，不是嗎？他讓你打開那兩扇門，一扇是樓梯底下通往公園的，另一扇是通往康樂室的。」

阿紅搖搖頭。「不是。」不過，他的眼神背叛了他。他顯然知道寇納這個名字，因為這個名字剛剛把他嚇到逃出了俱樂部。

唐利強迫他靠在牆壁上。「告訴你一個新聞快訊。寇納已經殺了三個年輕人。你以為他不會殺第四個嗎？你以為你可以一輩子避開他而倖存下來嗎？你是一個目擊者。你知道他做了什麼。那就表示他會來找你。他會來找你，因為他知道我盯上他了。所以，如果你想要活命的話，現在，我就是唯一能幫你的人。」

阿紅的聲音破了。「為什麼？你為什麼要幫我？」

他的情緒讓唐利嚇了一跳。他注意到阿紅的嘴唇腫了，乾掉的血跡結痂在一道傷口上。這孩子瞪大的眼睛裡寫滿了恐懼。唐利放開阿紅的衣領，往後退開一步。他深深吸了一口氣，讓自己冷靜下來。「因為我知道害怕的感覺，我知道被一個像寇納這樣的人追著的感覺。而且，我知道，你不能逃一輩子。最終，他會找到你。你也知道這點。」

阿紅沒有開口。

「讓我告訴你會發生什麼情況，」唐利輕聲而謹慎地說。「警方會認為你是班尼特遭到謀殺的幫凶。我會告訴他們，你拒絕合作。你幾歲，十六，十七？他們會把你視為一個成人，因為你可能在警察局留下過紀錄。那就表示你會被送到州監獄。另一個選擇是，我把你留在街頭，等著寇納來找你。」他讓阿紅思考著這兩個選擇。「如果你想要我幫忙的話，你就得對我誠實。你得告訴我實話。人們會原諒，但是你得要對自己負責。你得要告訴我發生了什麼事。你這麼做的話，我就會帶你到寇納傷害不到你的地方。」

阿紅的眼神瞄向他的朋友。

「我們不知道。」他的朋友說。

「不知道什麼？」

「我們不知道寇納打算殺人，」阿紅說。「他瘋了。」

「告訴我你知道的。」唐利說。

「寇納說他會殺了我。」

「告訴我你知道的，我會讓寇納無法威脅到你的安全。我向你保證。」唐利往後退，讓他們可以從樓梯逃跑。但是，兩人都沒有動。「告訴我發生了什麼事。」

阿紅用手掠過頭髮，把那撮長髮撥到一旁。「寇納抓到我們持有古柯鹼。他說，那就足以讓他把我們關起來。」

「他叫你做什麼？」

「他叫我到庇護所去登記住宿，然後打開那兩扇門的鎖。」

「就這樣？」

「大部分。」

「還有呢？」

「他要我們去拿一個東西。」

「什麼東西？」

阿紅重重地在喘息。「我不知道他打算殺人。我只是不想被關到監獄裡。」

「是一本書嗎？」

阿紅搖搖頭。「一卷錄影帶。他說，那卷帶子在班尼特那裡。他說，班尼特把它放在辦公室的一個櫃子裡。」

「你拿到了嗎？」

「我沒辦法拿到。那個櫃子鎖起來了，而且，那個神父也在那裡。」

「警察趕到的時候，你做了什麼？」

「我就跑了。」

傑克·戴文煩躁的聲音在唐利的腦子裡迴盪。

那個小混蛋握有一卷錄影帶。

班尼特曾經告訴戴文，他手上有很多錄影帶，他會用那些錄影帶讓很多人掏錢出來。他曾經用一卷錄影帶勒索過某個人，不過，他也為了保命而在躲避寇納。他的兩個幫凶已經死了。他能去哪裡？羅斯說，像班尼特這樣的孩子無處可去、無所依靠，也許只能去找一個為了像他這樣的孩子而成立一間庇護所的神父。他的兩個朋友都死了。他很害怕。因此，他把一卷錄影帶藏在那間庇護所裡，然後就跑走了。那就是寇納之所以要闖過兩扇門，把鎖弄壞的原因。他在找班尼特藏起來的那卷帶子。在這個過程中，寇納捏造了足夠的證據，把殺人的罪名嫁禍給馬丁神父。這是他的一石二鳥之計。

可是，寇納為什麼對一卷錄影帶有興趣？錄影帶裡有什麼？羅斯說，錄影帶的內容絕無可能是寇納，不過，唐利已經不再那麼肯定了。那就像錄影帶店的喬伊曾經說過的。你會很驚訝地發現人們究竟都藏了些什麼不可告人的秘密。

唐利知道。

他聽著遠處的一陣警笛聲正在朝著一場即將發生的悲劇而去，一如十年前一輛輛駛上山坡的警車，鳴著警笛、閃爍著警燈，在唐利家門口停下來一樣。他看著眼前的兩個男孩，背靠在牆壁上、膝蓋抱在胸口、恐懼、充滿了懷疑。

他知道，如果他還想拯救馬丁神父一命的話，他應該要做什麼。不管寇納拿到那卷帶子的目的為何，在他達到他的目的之前，唐利必須要拿到那卷帶子，而唐利的直覺告訴他，他已經沒有多少時間了。事情已經到了緊要的關頭。寇納也知道。

不管唐利打算要做什麼，他都得立刻付諸行動。

20

一九八七年十二月三十日

擋風玻璃的雨刷以穩定的速度來回拍打著。唐利把車子減速到幾近是在爬行，頭燈在濃霧之下也失去了原本的銳利。經過兩天的寒冷之後，氣溫終於回升，一片灰濛濛的霧氣籠罩著日落區，幾乎把十九洞那面粉紅和綠色相間的霓虹招牌給遮住了。

唐利把車停在對街，下車走向大門。他剛才開車經過了寇納家，不過，房子裡漆黑一片，車道上也沒有車。現在，他是憑著直覺在行事。

他走到十九洞那扇雙開式的木門前面，透過門上的舷窗往裡看。他認得徇僂坐在同一張吧檯凳上的那抹龐大的身影。狄克森．寇納。

他轉過身，留意到一輛嶄新的Range Rover，那是停在這棟建築物前面唯一的一輛車。他把一隻手放在引擎蓋上。蓋子還是暖的。他再把臉貼在玻璃上，用一支筆燈照射著車窗裡面。他沒有在座位上或者地板上看到任何錄影帶或《聖經》。

他匆匆回到他的車上，將車駛離路邊，再度經過寇納的家。然後迴轉，把車子停在寇納家西邊的對街上，和寇納家保持了三棟房子的距離。他熄掉引擎，花了一點時間打量這個社區。聖誕燈和電視在灰色的薄霧裡散發著柔和的光暈，不過，唐利並沒有感受到任何活動的氛圍。街上沒有晚上出來遛狗的人。也沒有好管閒事的鄰居從窗簾後面探出頭來。霧氣減弱了周遭的噪音，只剩下來自太平洋的風還在低吼。

唐利撇開不斷在腦子裡重複出現的警告。他不能等到羅斯前來，羅斯的妻子說過他不在家。寇納不會在外面待太久。酒吧在凌晨兩點就會打烊了。此外，羅斯也會勸他放棄他知道自己應該要做的事。他會告訴唐利，他有前途和家庭需要考量。他會告訴唐利，寇納不是可以隨便招惹的對象。他還會叫唐利打電話給警察，先取得搜索令。但是，那就來不及了。寇納會把那本書和那卷錄影帶都銷毀。馬丁神父將會被判死刑。如果唐利還保持任何一丁點找到那本書或者錄影帶的希望，那麼，他需要現在就採取行動，在寇納發現唐利和羅斯已經緊緊盯上他之前。

此外，同樣的告誡唐利以前也曾經聽過，同時，他也已經從苦難中學得了經驗，他知道，如果你想要達成什麼事的話，你就得自己來。沒有人會幫你。

寇納的傲慢是唐利唯一的機會，也是湯姆神父唯一的機會。他認為沒有人知道關於錄影帶的事。他認為沒有人敢來找那卷帶子。他認為沒有人敢大膽到擅闖一個警察的家。

唐利把手伸向乘客座，碰到了盧那把警用左輪手槍的核桃木槍柄。這把槍被盧放在辦公桌裡三十年了，不過從來不曾動用過。也許也從來都沒有清潔過，但是卻一直都裝有子彈。唐利不知道這把槍會不會在他的手中開火或者爆炸。他希望今晚他不需要得到答案。

他深深吸了一口氣，下定決心地下了車。他把左輪手槍的槍管塞進下背部的褲子裡，再用他的皮夾克蓋住槍柄。然後小心翼翼地關上車門。一隻附近的狗彷彿感覺到了他的出現而開始吠叫。

當他穿過街道，走上對面的人行道時，薄霧掠過他的臉龐，在他的臉上留下了細微的濕氣。他經過通往寇納家前門的走道，最後一次回頭看了一眼，以確保四下無人，然後才蹲下來，讓身體保持低於窗台的高度，沿著車道往前走，來到車道盡頭的一扇木門。在拉開拴住木門的繩結之前，他先從木門上方看了看裡面的後院。木門在一聲喀噠之下打開了。他躡手躡腳地走進荒涼的後院，只見院子裡長滿了馬唐草和蒲公英。沿著一道廢棄紅木籬笆架設的花床裡，野草已經有四吋高了。院子一角有一條生鏽的曬衣繩，彷彿一條正在風中打轉的超大型電視天線，不停地發出小提琴般的哀鳴聲。

唐利走到屋子後面一座木頭的小陽台，開始爬上通往後門的三級台階。那些階梯因為他的重量而往下沉，樓梯的扶手也搖搖欲墜，可能早已腐朽。海水經年累月帶來的濕氣對這裡的房子顯然毫不留情。

在更加靠近房子之下，他注意到門底被切了一個大洞，還用塑膠片遮了起來。狗門。

可惡。

他沒有想到會有狗。寇納並不像是喜歡寵物的那種人。狗讓唐利感到緊張。他成長的過程中從來沒有養過寵物，而他的鄰居養狗只有一個目的：安全。即便金以他常常工作到很晚才回家為由，說服他養了波，但他對人類最好的朋友與生俱來的恐懼並沒有因此而消除。

他掃視著院子，但是並沒有發現有動物踩踏過那些野草的痕跡，也沒有看到狗屋或者狗碗，更沒有聞到狗屎的味道。他透過窗戶玻璃看進去。屋裡一片漆黑。他蹲下來，小心翼翼地掀開蓋在那個洞口的塑膠片。沒有大型的動物衝出來，從他的臉上咬掉一塊肉。

既然沒有狗，那個狗門就變成了一個禮物。唐利把頭探進那個洞口，看到一台洗衣機和烘乾機——那是廚房後面的一間洗衣房。他認出了房子熟悉的格局。他的肩膀太寬，以至於他無法從那個洞口擠進房子裡，而他手又剛巧短了幾吋，無法搆到門把上的門閂。

他從那個洞口退出來，走下台階，在那片雜草中摸索，直到發現籬笆上有一座廢棄的花棚。他折斷其中一節紅木，打量著那節木頭的長度。也許可行。

他再度鑽進那個狗門，試圖用那根木棍碰到門把上方的門閂。在失敗過幾次之後，他終於把門栓推直。他站起身，將那根小木棍扔進草堆裡，然後用手掌撐住門上的玻璃片，這樣一來，玻璃就不會因為震動而發出聲響，接下來，他轉動了門把。門卡在了門框上，一時之間，他擔心門依然是鎖住的。不過，下一秒鐘，門就彈開了。

他進到屋裡了。

✦

狄克森．寇納坐在凳子上，看著電視裡的兩名男子在拳擊台上彼此繞著圈子，兩人都沒有朝對方揮出太多拳。他喝掉他僅剩的一口愛爾蘭威士忌，然後將嘴裡的冰塊吐回玻璃杯裡。他的另一隻手從碗裡掏出一把堅果扔進嘴裡，其中幾顆沿著他的下巴掉在了被他放在吧檯上的那本湯瑪士．馬丁神父的黑色《聖經》上。他找到了藏在《聖經》裡面的那張簽到單，上面記載了那天晚上住在庇護所裡的男孩姓名，以及他們隨身攜帶的物品。名單上提到了阿紅，他按照寇納的指示，沒有報上真實的名字，不過，班尼特的名字旁邊並沒有標註有那卷錄影帶。班尼特一定把錄影帶藏起來了，然後在那個神父沒有注意到的時候把帶子鎖進了櫥櫃裡。

那不重要。寇納現在已經拿到了那卷帶子和那張登記名單。結束了。現在，好戲就要登場了。只要再過二十四小時又多一點，他就可以幫他父親贏得他應該要得到的那種正義了。

「兩個墨西哥人在那裡跳來跳去，還可以因此賺到錢。」他對著電視說。「這個國家是要走向毀滅了嗎？」他晃了晃杯子裡的冰塊，然後吸光僅剩的幾滴威士忌。酒保從吧檯另一頭的聊天中轉過身來，漠不關心地瞄了電視一眼。

「不像以前那些真正的拳擊手。他們會站在拳擊台正中央，認真地對打。傑克．拉莫塔、洛基．馬西安諾、傑克．登普西。那些人才是真正的拳擊手。洛基．馬西安諾把那個黑鬼喬．路易斯打到落花流水。我老爸坐在那裡，我就站在他旁邊聽著收音機。」寇納伸出手，指著他所說的位置。「艾迪．布坎南和查理．勞勒就在那個角落裡模仿著他們，重現拳擊賽現場的每一拳。然後，碰的一聲，洛基把那個大塊頭的黑鬼打到了拳擊台的圍繩上，全場爆出一片歡呼，就像國慶日的煙火一樣。」

寇納把玻璃杯放在吧檯上，示意酒保再幫他倒一杯尊美醇威士忌。酒保慢條斯理地走到寇納那頭的吧檯。他收走酒杯，往前靠在木頭檯面上，闖入了寇納的私人空間。

寇納往後靠。「幹嘛，你是同性戀嗎？」

酒保挺起身，往後退了一步。「放輕鬆，寇納。」

寇納四下環顧著酒吧。「怎麼？有人對我有意見嗎？」

沒有人吭聲。

「沒有人對你有意見，寇納。只不過你聲音大了一點。」酒保說。

「你是說我講話有點大聲？」

「是啊，沒錯，你是有點大聲。小聲一點點就好了。我幫你倒杯咖啡，再幫你熱幾根熱狗吧。」

「他媽的，我才不碰那種垃圾。你不知道他們在裡面添加了什麼東西。如果你想讓人吃東西的話，你就絕對不應該關掉廚房。」他在他的凳子上轉動。「在那個中國佬把這地方買下來、改造成棚車的模樣之前，那面牆的另一邊曾經是一間廚房。」

「我知道，」那名酒保疲憊地說。他把那只酒杯放進吧檯後面盛滿肥皂水的水槽裡。「我告訴過你，我沒有關掉廚房，我也沒有砌那道牆。我只是負責倒酒而已。」

「那就幫我再倒一杯，然後閉嘴。我已經在這裡喝了二十五年，這張凳子我也坐了二十五年了……我父親的凳子。早在那個中國佬或者你出現在這裡以前，我就已經在這裡了。」

那名酒保帶著輕蔑的神情，從吧檯底下拿出一瓶尊美醇，再舀了幾顆冰塊放在玻璃杯裡，然後倒了一杯酒。他把杯子放在一張乾淨的紙巾上，將杯子推到寇納面前。寇納啜飲了一口，思索著十九洞過去的模樣。那個中國佬取得的不只是這塊地。他還奪走了這間酒吧的靈魂。他在這間房間的正中央豎立了一道隔板，在隔板另一邊的小空間開了一家雜貨店，事實上，他賣的也就只是香菸和色情雜誌而已。他在牆壁上貼滿了廉價的木頭鑲板，那些板子現在不僅凹凸不平，還讓酒吧變得又窄、又長、又陰暗。此外，他還安裝了一扇可以看見人行道的深色大玻璃窗。他說，那扇窗戶可能引來被窺視或被打破的風險。他害怕宵小，然而，宵小和幫派對十九洞向來都敬而遠之，因為這裡隨時都坐了五、六個下了班的警察，馬克思·寇納就是其中之一。

好景不再了。這間酒吧就像警力一樣。常客都走了，被踢出去或者被取而代之。它的生命力已經被搾乾了。被那個中國佬抹煞了。少數人種正在殘害這座城市，就像他們殺害他父親一樣。

寇納又喝了一口。「我老爸會把那些墨西哥人痛扁一頓。看看他們在那上面跳來跳去的模樣。那就好像他們的內褲裡裝了墨西哥跳豆一樣。給我站好了，好好打一場！」他對著電視大喊。「他們應該給這些人穿上洋裝，放點音樂作為伴奏。」他一口喝光杯子裡剩下的酒，然後將玻璃杯放在吧檯上。

「再給我一杯。」

那名酒保無視於他的要求，自顧自地在清洗和整理玻璃杯。

「嘿，你聾了嗎？」

「回家睡覺吧。」

「我說，再給我一杯。」

那名酒保拿起電話。「我幫你叫計程車。」

寇納咒罵著，一手用力拍在檯面上，讓碗裡的花生都灑了出來。「這個世界是怎麼了？我居然在一家酒吧裡遇到一個不願意幫我倒酒的酒保？」他拿起他的杯子，直接砸向一排酒瓶，彷彿在嘉年華的攤位上用棒球丟擲堆好的牛奶瓶一樣。玻璃瓶瞬間爆破，酒液彷彿瀑布般地流瀉到地板上。

「該死，寇納。」那名酒保放下手中的電話，轉而從吧檯底下抽出被兩只夾子固定住的斧柄。「夠了。我——」他僵在原地，宛如綠野仙蹤裡正在砍柴的生鏽錫人。

「來啊。」寇納把他手中那把點四四的擊錘往後拉。「不過，這可不是棒球。你只有一次揮棒的機會。所以，我建議你要好好把握。」

◆

唐利站在洗衣房裡，一邊傾聽著屋內的動靜，一邊讓自己的眼睛適應黑暗。他口乾舌燥地摸索著口袋裡的橡膠手套，那是法蘭克・羅斯在他們進入庇護所時給他的。

戴上手套之後，他穿過油氈地板，地板在他的腳下發出了尖銳的吱吱聲。廚房看起來並沒有被使用過，磁磚流理台上空無一物，Wedgewood的金屬爐具擦拭得很光潔，垃圾桶裡的垃圾袋也很乾淨。唐利從廚房走到起居室，只見起居室裡有一張桌子、幾把椅子、一只餐具櫃，還有一個裝滿盤子和陶瓷小雕像的瓷器櫃。時間彷彿靜止在了一九六〇年代。

起居室與餐廳相連，窗戶和前門都正對著街道。兩張包著塑膠膜的花布沙發彼此垂直地擺放，起居室中央還有一張玻璃茶几，沙發旁邊則是擺著桌燈的小茶几。一張躺椅面對著電視。沒有植物或者盆花顯示每天都有人住在這裡。空氣聞起來就像連同樟腦丸一起被放進櫃子裡的老人衣服。

嵌入式的書櫥裡有一個相框，相框中那張照片裡的男子和女人應該是馬克思·寇納和他的妻子。旁邊還有一張寇納穿著藍色海軍正式軍服的照片。他就像他父親刻出來的模子，同樣的方形臉，同樣冷漠的眼神。櫥子裡塞滿了諸如《羅馬假期》、《太平洋潛艇戰》、《空中飛人》、《岸上風雲》的錄影帶和電影。

就在唐利要離開起居室之際，電視突然打開了。他跳起來，手伸向身後的槍，感覺他的心臟停了一拍，然後才發現電視一定是設定了定時開關。他花了一點時間才冷靜下來，又可以開始正常呼吸，他拭去從鬢邊流下的汗水，然後穿過餐廳，走進一條走廊。浴室就在正前方。他轉向左邊，朝著屋子後面一扇關著的門而去。他轉動門把，把門推開。街燈的光線在一張雙人床上投下了陰影，那張雙人床佔據了房間大部分的空間。床罩的正中間有一塊很大的深棕色污漬。血。他想起法蘭克·羅斯曾經告訴過他，狄克森·寇納發現了他父親的屍體，這讓唐利感到不寒而慄。

他不僅意識到這裡就是馬克思．寇納自殺的房間，還發現狄克森．寇納把現場原封不動地保留了下來。唐利不想在這裡多加逗留，他很快地打開了一個櫥櫃的門。櫥櫃裡空盪盪的，吊桿上甚至連一個衣架都沒有。

他把那間房間的門在身後關上，走向走廊另一頭一扇關著的門。他把一只耳朵貼在門上，不過，除了自己的呼吸聲，他什麼也沒有聽到。他振作起來，打開了門。房間裡很暗，窗戶被窗簾蓋住。他從口袋裡掏出那支筆型的小手電筒，開始展開他的搜索。

✦

寇納笨拙地把鑰匙插進那輛Range Rover的鑰匙孔，拉開車門，滑坐到充滿新皮革味道的車裡。他用力把車門拉上，車門關上的聲響似乎足以撼動整個社區，他在車裡坐了一會兒，看著霧氣逐漸覆蓋住街道。儘管霧氣厚重，卻依然遮蓋不了十九洞破爛的外觀。那個中國佬在買下這個地方之後，連一分錢都沒有花在它身上。據說，他想要拆掉這裡，另外蓋一棟公寓。曾經有一段時期，這種說法是會引發暴力反應的。十九洞反映了這個社區。十九洞就是這個社區。拆掉這裡就等同於拆掉這個社區的靈魂。

小時候，寇納常常在日落時分，沿著這條街騎著他的腳踏車，然後像《荒野大鏢客》裡的麥特．狄倫那樣推開那扇雙開門。每個人都會和馬克思．寇納的孩子打招呼。他的父親會在麥可．

歐希亞把聲音壓低，彷彿一名拳擊賽播報員對著麥克風轉播時，讓寇納做出握拳和揮拳的一系列動作。

各位女士、各位先生，重量級的下一位世界冠——軍，狄克森・寇納。

他並沒有成為世界冠軍，不過，他贏得了這座城市的金手套冠軍。

所有的故事都圍繞著這間酒吧角落裡的那張凳子。

再也不是了。

他們毀了這間酒吧，就像他們殺了他父親一樣。

寇納剛剛在十九洞喝完他的最後一杯酒。週四早上，他會拿到他的錢。然後，他會消失，在他的下半輩子裡打獵和釣魚。最有意思的是，他會毀掉吉爾・拉姆齊那個蠢貨和他父親。他會把一份錄影帶的拷貝寄給本地的媒體。種什麼因就得什麼果。這場報復將會令人難以承受。

他轉動車鑰匙，發動了引擎。

✦

那根筆型手電筒發出的微光照射在一張沒有整理的床鋪上。床上有一個塞滿衣服和盥洗用品的帆布袋。唐利的直覺是對的。狄克森・寇納打算要離開這座城市，而且看起來是急著要離開。未拆的郵件和垃圾散了滿地，並且蓋住了一張桌面。唐利往前靠近一個看似怪異的壁紙圖案。然而，在手電筒的照射下，他看清那其實是十幾篇或釘或黏在牆上的報導——看起來並沒有經過精心的排列。

他用手電筒照過一篇又一篇的報導。那些報導的內容涵蓋了馬克思．寇納被捕的消息和他的刑事審判，以及在那之後的民事審判。還有一些報導是關於當時的地方檢察官奧古斯特．拉姆齊和他指定負責這個案子的年輕助理地方檢察官吉爾．拉姆齊。

法蘭克．羅斯的評估是對的，他說，拉姆齊家無法或者不願意撤銷這個案子。還有一些報導是關於西班牙社區和婦女團體要求地方檢察官要對馬克思．寇納究以最大程度的法律責任。一如預期地，警察協會站在了自己人的那一方。它指控奧古斯特．拉姆齊不僅獵巫，而且還迎合了特殊利益團體，在那名女性警官指控馬克思．寇納強暴她之後，一份內部調查還質疑了此項指控的真實性。然而，這樣的質疑並不足以拯救馬克思．寇納。

羅斯的判斷是對的，狄克森．寇納的思考已經脫離了理性；不過，他低估了寇納已經陷得多深了。那床沾著血跡的床單和牆壁上這些詭異的拼貼反映出這個人只想復仇，他的內心充滿了憤怒。

唐利發現他低估了自己的險境。他需要盡快離開這棟房子。他用牙齒咬住手電筒，很快地檢查了那只帆布袋，不過，他並沒有看到或者摸到任何錄影帶或書本。

他翻了翻桌上和地板上的那堆垃圾，檢查了床鋪底下，然後又查找了櫃子裡面。他打開一座五斗櫃的抽屜，撥開裡面的衣服。什麼也沒有。

他不認為寇納是那種會租保險櫃或者把錄影帶藏在別處的人，不過，也許他也錯估了寇納的多疑。他離開房間，退回到餐廳，突然想到起居室櫃子裡的那些電影錄影帶。

他很快地來到起居室，用戴著手套的手指劃過那些錄影帶的片名，又把帶子從櫃子裡拿下來，將它們一卷一卷地抽出盒子，檢查帶子是否符合盒子上的片名。櫥櫃裡有將近五十卷錄影帶。要一一核對需要花太多的時間。就在此時，兩束光線穿過了窗簾，彷彿在證明確實沒有時間了。一秒鐘之後，唐利就聽到了車子的引擎聲轉向了車道。

✦

狄克森．寇納在他的車道盡頭停下車，把手伸出車窗，不過，他的新車比較高，以至於他無法碰到他家信箱的鎖。他把車停好，下車打開信箱。除了垃圾郵件和一封來自PG&E的帳單之外，信箱裡空無一物。他已經要求郵局明天以後就不要再送件到這裡，不過，他並沒有提供任何轉寄的地址。他不在乎自己是否會遺漏掉什麼郵件。他已經讓一名仲介在他離開之後賣掉這棟房子，並且開了一個銀行帳戶，好讓那個仲介把賣房所得存入那個帳戶。等到那張支票兌現之後，他就會把那筆錢轉到另一個帳戶。他會把他的行李袋裝進這輛Range Rover的後車廂，拿著吉爾．拉姆齊付給他的那筆錢，搬到他在北愛達荷州野外所購置的一間小木屋，過著他有權過的退休生活，那是他父親一直談論卻從來沒有機會過的生活。

當他坐回到他的皮椅上時，前窗的一絲光線吸引了他的注意。電視。那個計時器又故障了。

也許沒電了。

他把那些郵件扔在乘客座上，就在他打算繼續把車子開進車道時，另一道閃光引起了他的注意——一道銳利且具有特定方向的光線。不是電視。寇納轉過頭，上下打量著街道。濃厚的霧氣在大風下時而聚集、時而被吹散。他看到一輛車停在這條街的南邊，那是街上唯一的一輛車。一輛紅色的Saab敞篷車。它在霧中彷彿幻影般時隱時現。在這裡住了四十年之後，寇納知道什麼東西屬於這個社區，什麼東西又不應該出現。這條街的清潔人員每週三早上六點鐘都會來清掃南邊的區域。把車子停在那裡的罰金可是相當驚人的。住在這個社區的任何人都知道清掃的時間。

那輛車不屬於這裡。

他房子裡的第二道閃光也不屬於那裡。

寇納鬆開放在煞車上的腳，把車往前開動。

✦

屋外的車頭燈掃過房子側面，隨即消失了。引擎也跟著熄滅。

唐利開始撤離起居室，當他最後一次看向櫥子上那些錄影帶時，他停下了腳步。一卷錄影帶就放在電視底下那台錄影機上面。唐利很快地拾起帶子。《緊急追捕令》。這卷帶子是唯一沒有放在盒子裡的錄影帶。屋子裡其他的部分都整理得井井有條，唯獨這卷帶子散落在這裡，這看起來似乎有點格格不入。他張望了一下，不過，並沒有看到任何空的錄影帶盒子。

窗戶外面，一扇車門打開又關上了。唐利的心跳加速。他擦去眼睛上面的汗水，很快地用他的手電筒再度掃過那些錄影帶的名稱。

出去，他的內心在大喊。出去！

沉重的腳步聲已經來到了前門。

《緊急追捕令》。

他從櫥子上抽出那個盒子。裡面有一卷錄影帶。他把帶子拿出來。帶子上沒有標籤。腳步聲就在前廊了。他很快地把《緊急追捕令》和那卷沒有標示的錄影帶交換過來，然後再將盒子塞回櫥子上。

鑰匙在鎖孔裡轉動的聲音響起。當前門在他身後打開時，唐利走進了廚房。就在他穿過洗衣房的時候，他聽到鑰匙落在木頭表面的聲音。

唐利打開後門，走到露台上。屋內亮起了一盞燈。唐利關上門，抓住露台的欄杆，企圖要躍過欄杆以免被發現，然而，就在他縱身一跳時，欄杆斷了，他滾到了草地上。他感覺到他背後那把槍掉了。他跪在地上，慌亂地在過高的草叢裡尋找，但是這些長草就像灌木叢一樣。他找不到那把左輪手槍。他沒有時間找了。

快走！

他跌跌撞撞地起身，打開院子的門，閃進車子和房屋側面之間的空隙，並且把身體壓低到窗戶以下的高度。當他來到房子的角落時，他停下來，探出頭。見到四下無人，他立刻拔腿衝上街道，那卷錄影帶也隨著他的腳步在他的口袋裡跳動。濃霧現在變成了他的盟友，成為了他的屏障。

恐懼讓他死命地往前奔跑。他來到他的車子旁邊，一邊摸索著他的鑰匙，一邊回頭張望，不過，霧越來越濃，他只能勉強看到那棟房子的輪廓。

車鑰匙在鎖孔上面顫動。唐利的手抖到無法對準鑰匙孔。一陣陣的強風吹得車子不停地搖晃。唐利終於把鑰匙插了進去。他彷彿看到鑰匙斷在了鎖孔裡，不過，鑰匙竟然轉動了，車門鎖也跟著彈開。

他拉開車門，坐到方向盤後面，立刻再關上車門，隨即上鎖。一直到這個時候，他才吐出被他憋住的那口氣，感覺似乎解脫了。是的，這很冒險，不過，他得到了回報。他拿到了那卷帶子，而且，他很確定，不管帶子裡是什麼，都將是他為湯姆神父洗脫罪名所需要的最後一片拼圖。他把鑰匙插進兩張座位之間的啟動鎖。當引擎發動的時候，他再度感到鬆了一口氣。他想要大聲喊叫。他想要大笑。他覺得彷彿有一股巨大的重量從他的肩膀被移除了。

一陣拍打的聲音在風中響起。

他抬起頭看著敞篷車頂。只見一片三角形的帆布車頂不停地在拍動，彷彿小鳥的翅膀一樣。

敞篷車很容易搞定，那個流浪漢曾經說過。劃破車頂，撬開車門，要進行各種破壞都不是難事。

就在那一刻，他聞到了那股野獸般的、非人的氣味，然後，他立刻就感到有一把槍抵在了他的後腦。

「哈囉，大律師。」

21

法蘭克．羅斯從後門走進屋裡，他打開冰箱，拿出一瓶礦泉水。舊習難改。不過，礦泉水已經取代了啤酒。他喝下水，讓自己覺得好過一些。

他的妻子朱莉亞穿著一件浴袍和拖鞋走進廚房，她正在用毛巾搓乾頭髮。

「這麼晚還沒睡？」他驚訝地看著她。

「我睡不著。我想洗個熱水澡可能有幫助。」她靠在流理台上。「一切都還好嗎？」

「山姆只是需要和我聊聊，我沒有想到會待那麼久，不然的話，我就會打電話回來了。我怕吵醒你。」

「山姆這麼晚了要幹嘛？」

「他想讓我看紀事報明早的一篇報導，是關於我和你提起過的那個律師的故事，就是現在代表馬丁神父的那個律師。」

「聽起來不像什麼好事，」她說。「對了，他打過電話來。」

「彼得．唐利打電話到家裡來？什麼時候？」

「稍早的時候。他打了兩次。」

「他有說他要幹什麼嗎？」

她搖搖頭。「沒有。他也沒有留言。」

羅斯不確定這是否和自己明早去接唐利有關，或者唐利是否改變了計畫。不過，現在回電已經太晚了。

在回家的途中，羅斯想起唐利曾經在車裡告訴過他，關於他被他父親虐待的事，以及最終導致的那場致命的衝突。

「很多人在生命裡都遭到了不公平的對待，不是嗎？」他說。「我是說小孩。他們什麼也沒做，只不過是被生出來，然後，他們就得為別人的錯誤或者失望而付出代價，」他感到情緒一湧而上，很快地拭去淚水。「我們給了法蘭基一個很好的家，兩個愛他的父母。為什麼是他？」

這回，淚水的感覺不同以往。此刻的淚水不再像是上千根穿透他皮膚的針頭，他覺得自己彷彿被淚水洗滌乾淨，獲得了赦免。「活得不堪的人比比皆是，為什麼上帝卻唯獨將他帶走？」

她用雙臂摟住他，將臉頰貼在他的胸口。「我不知道，法蘭克。我不知道。」

「他死了，」羅斯啜泣地說。「法蘭基死了，不是嗎？」

現在連她也哭了，她緊緊地擁住他。「我想是吧，法蘭克。我想他死了。」

「我希望他死了，」羅斯說。「這聽起來是不是很恐怖……」

「不會。」

「希望你自己的孩子死了？我只是不希望他受苦。我不希望他受到傷害。我希望他在一個更好的地方，一個沒有人可以傷害到他的地方。一個他可以感受到我們的愛、知道我們依然愛他、知道我們曾經努力過的地方。我們真的努力想要找到他。」

「他在那裡，法蘭克。他在那裡，從現在開始，我們就認為他在那裡吧。我們會認定他在一個比較好的地方，那裡有你父母和我父母在照護著他。」

「我老爹很愛法蘭基。」

「是啊，他很愛法蘭基。所以，我們就這麼想吧。我們就認定他們在一座大湖邊一起釣魚，在明亮的晨光底下吃著甜甜圈和咖啡——」

「還有熱巧克力和肉桂捲。」他說。

「還有熱巧克力和肉桂捲。」

他把她拉近，緊緊地擁抱著她。

「他在一個更好的地方，」他說。「遠比這個世界所能給他的還要好。」

✦

當他們在斯洛特大道上往東行駛，穿越這座城鎮時，車子裡滿滿都是令人作噁的酒精和香菸的味道——他們要開到哪裡，唐利並不知道。他的思緒飛騰，他想讓自己的腦子慢下來，想讓自己保持冷靜，然而，他的耳朵裡卻充斥著嚎叫，彷彿太平洋上颳起的強風一樣。一串汗珠從他的眉頭流下，那股鹹水刺痛了他的眼睛。

他想過緊急煞車，然後從寇納手中奪下那把槍。如果他撞車死了的話，那也無所謂。反正寇納無論如何都會殺了他。至少，他可以讓這個混蛋和他一起死。道路兩邊雖然是金屬燈柱，但是為了減少傷亡，全都設計成在受到撞擊時可以和路面脫離。他得要找到具有衝擊力的東西才行。

狄克森．寇納從後座開口，宛如坐在唐利肩膀上的惡魔一樣。

「把你的眼睛盯在前面。如果你突然做出什麼舉動，或者做什麼蠢事的話，我會把你的腦袋轟爛。」

「結束了，寇納。有人知道我來這裡。他們知道我到你家來。」

「不，沒有人知道。你知道我是怎麼知道的嗎？因為我看到你和法蘭克．羅斯在一起，那就表示你和他一起工作，如果羅斯知道你想要擅闖我家的話，他絕對不會讓你這麼做的。其實，我還真佩服你的勇氣，大律師。你真有膽識。」

「你錯了。我打過電話給法蘭克。我留了口信給他。我告訴他我要去哪裡。」

「那麼，他也已經來不及了，不是嗎？」寇納輕笑地說。「那個老法蘭克。他還是個瘋子嗎？在他兒子被拐走之前，他原本是個好人。」

唐利掃視著荒涼的街道。「我們找到那個紅頭髮的孩子。他把一切都告訴我們了。警察現在正在幫他錄口供。我們也知道你還殺了另外兩個男孩，傑瑞．伯克和馬努埃．里維拉。」

「沒有錄影帶和那個神父的那本小黑書，你什麼也沒有。你以為我是隨便選中那個孩子的嗎？他是個毒蟲，還是個撒謊精。他有告訴過你，他父母是嬉皮，或者關於他父親死在越南的故事嗎？他是從奧林達來的，大律師。他的父親是個醫生。他只不過是個被父母趕出家門的龐克敗家子。他還有強迫性說謊的習慣。不過，那都不重要，因為沒有人會起訴我。」寇納往前靠，直接在唐利的耳邊說話。「這點你可以相信我。」

寇納拾起那卷錄影帶，把它拿到兩張凹背的單人前座之間。「他們根本不知道自己握有什麼。我認為那全都是狗屁，什麼關於三個龐克族用錄影帶勒索人的傳言。所以，我就去找了那個開餐廳的白痴，戴文，結果他哭得像個小孩一樣。因此，我就開始在想，他們是不是有類似傑克・戴文這樣的客戶，誰知道他們手中還掌握了什麼。當我找到伯克時，他告訴我，他曾經見過一個出現在本地廣告看板上的傢伙，我聽了差點震驚到尿褲子。」

「班尼特把那卷錄影帶帶到了庇護所，對嗎？」唐利說。「他企圖要把帶子藏在其中的一個櫃子裡。」

「不錯嘛，大律師。繼續說啊。」

「你派阿紅去拿錄影帶，可是，櫃子鎖上了。所以，你只能自己動手。可是，你有另外一個問題：兩件尚未結案的案子，伯克和里維拉。三件就會引人注意了。所以，你就陷害湯姆神父，讓他變成殺害班尼特的凶手。」

「事實上，辦公室的門和櫃子被鎖上，反而是件好事。」

「因為破壞證據會讓某些人對於神父可能無罪釋放，或者對於這個案子可能會進入審判感到緊張。」唐利說。

「人們在緊張的時候會比較聽話。」

「那就是拉姆齊極力建議認罪協商的原因。」

寇納指示他轉到後街小巷，避開快速道路和橫跨這座城市的主要幹道。他們轉到第三街，那是一個水泥工廠、廢棄鋼鐵廠和倉庫聚集的工業區。他們越是往南行駛，這個地區的情況就越是糟糕。

「在這裡減速，」寇納看著擋風玻璃外面說道。「轉彎。」

唐利右轉到一條石子路上。那輛Saab在一條上坡路上顛簸地朝著一道十呎高的鐵絲網圍籬前進，圍籬頂端還架了一圈帶刺的鐵絲。

「在圍籬前面停車。」

「我們在哪兒？」

「很久以前，我調查過一宗失蹤人口的案子。那個家庭相信他們十幾歲的女孩遭到她的男性友人殺害。問題是，我們找不到屍體。那個男性友人的老爸擁有這座廢棄車廠。最終，那個可憐的蠢貨在崩潰之下帶我來到這裡。他和他兒子把那個女孩的屍體丟棄在一輛車的車廂裡，然後把車壓平，再把車送進那棟建築物裡，讓車子在十兆的高溫底下融化。沒有了車子。沒有了女朋友。也沒有了屍體。高招。我沒有想到那傢伙有那麼聰明。很顯然地，這裡有土壤污染的問題，所以，自從那對父子被送進聖昆丁州立監獄之後，這裡就再也沒有被使用過了。」

「為什麼不拿了那些錄影帶就好？為什麼要殺了那三個孩子？」

「不要過於感情用事，大律師。反正，他們那樣把毒品施打進自己的血管，不管怎樣，他們最終都會死的。我只是順水推舟而已。」

「羅斯是對的。你真的失控了。那個受到表揚的警察和戰爭英雄發生了什麼事？今晚，你父親在天之靈一定很以你為傲。」

寇納揪住唐利的頭髮，把他的頭往後扯，一口咬住他的耳尖。一陣劇痛竄過他的身體，讓他的背都拱了起來，彷彿寇納剛剛把刀子刺進了他的脊椎一樣。寇納一邊抓著唐利的頭髮，一邊把他的耳尖吐在乘客座上。唐利立刻就感到熱呼呼的鮮血流到了他的脖子上。

「你知道耳朵都是軟骨組織嗎？」寇納一邊吐一邊說。「那就是為什麼它萎縮得那麼厲害的原因。你看到那些摔角手的耳朵都像花椰菜一樣嗎？它們無法修復的。整形手術沒有用。你傷了別人的耳朵，他們這輩子就會帶著那道傷痕。你想要談我父親嗎？這是我父親在我摔角的時候教我的。他教我去攻擊對方的耳朵。」

那陣突來的劇痛讓唐利面色扭曲。從胃裡反嘔出來的東西已經從他的齒縫之間滲了出來。他無法集中精神，無法清楚地思考。那股疼痛讓他的手緊緊握拳，膽汁也湧到了喉頭。

寇納大笑著往後坐。「你想要知道發生了什麼事嗎？」

唐利試著嚥下口水，但他的唾液卻卡在了喉嚨。寇納用手摑了他的耳朵一掌。「嘿，你有在聽嗎？我問，你要知道發生了什麼事嗎？」

唐利在安全帶允許的範圍下盡可能地彎身，他的耳朵宛如著火一樣。他在心裡試圖嚥下那股憤怒和痛楚，試圖將這股情緒重新導向，藉由它來幫助自己集中精神。「嗯，寇納，發生了什麼事？我很想知道。」

寇納往前靠在兩張前座之間，然後在唐利的耳邊低語，「那就是，這個世界瓦解了，而你就是造成世界瓦解的部分原因。你們這些律師用你們那套狗屁訴訟搞亂了這個世界。什麼公民權。平權法案。機會均等。性騷擾。那讓我老爸失去了他唯一、也是他最愛的工作。殺了他的不單只是那個賤人；而是像你們這樣的人。你們搾乾了他的生命。二十五年，他每天都冒著生命的危險，但是，他們卻因為一個說謊的賤人而殺了他。」

「我什麼也沒做，寇納。我甚至不認識你父親。」

寇納往後坐。「律師和政客最喜歡談論公共福祉，然而，他們根本不在乎公共福祉。一切只攸關錢。每一件事都和每個人能在自己的口袋裡塞進多少錢有關。只要你拿到你的錢，你就不在乎結果。」

寇納再度往前靠。他的呼吸吹過唐利的耳朵，那股苦澀的酸臭味是唐利熟悉的味道，每當他父親拿著皮帶走進他的房間時，唐利就會聞到同樣的味道。

「原本是適者生存。自然法則，就像動物一樣。你努力爭取自己想要的東西，最努力的人得到的就最多。你得到一份工作和升遷的機會，因為那是你為自己爭取來的。錯就錯在這個國家忽略了自然法則。我們不再是美國人。我們是墨西哥人、是拉丁人、黑人和中國人，以及一千種各式各樣的人。男人想變成女人，女人想要變成男人。每個人都想要得到特別的對待。每個人都有權做某些事。你不再爭取什麼了。你只需要不停地哀求某樣東西，政客就會把那個東西給你。如果你不喜歡你所得到的，你就雇用一個律師，他就會透過訴訟讓你得到更多。好了，我就要拿到我父親應該得到的東西了，那是他有權得到的，也是我有權得到的。我會在這個過程中討回公道。」

他從兩張座椅之間伸出手，把車鑰匙從啟動器上抽出來，然後把那卷錄影帶和《聖經》放在他的外套裡。「下車。」

唐利吸了一口氣，那股痛楚讓他失去了方向感。這會是他唯一的機會。他需要振作起來。他推開車門，伸出腿，站起身，雖然他感到自己失去了平衡。

寇納用槍指著他。「離開車子，轉過去。別想逃跑。我會在你背後開槍的。」

唐利往前走了兩步，努力想要集中注意力。他感到暈眩。當他聽到寇納把座椅往前推並且下車時，唐利原地跳躍了起來。他的左腿在空中畫出一道弧線，飛踢到頭部的高度，不過，他的距離太遠了。寇納往後靠，唐利的腳頓時錯過了目標。他左腿落地，立刻又抬起右腿往外踢，儘管他的腿伸直了，但寇納已經閃到了旁邊，唐利已經錯失了突襲的機會。寇納抓住那條腿，將他的腿猛然拽向自己，讓唐利失去了平衡。他往後退，重重地摔倒在地，一頭撞在了地上。

寇納高舉著唐利的腿，一腳踩在唐利的臉頰上，將他的臉擠壓在地上。

「要我一次，丟臉的是你。要我兩次，丟臉的就是我了。不過，如果你連試都沒試的話，我會很失望的。」寇納挪開腳，鬆開唐利的腿。「起來。」

唐利跪在地上，剛才的使勁和耳朵的劇痛讓他不住地喘息。他搖搖晃晃地試著站穩腳步。他的目光在地面上游移，但他看不到任何可以用來當作武器的東西。寇納狠狠地朝著他的臉踢了一腳，讓他往後倒在了地上。鮮血從他的嘴唇和鼻子湧出，讓他的嘴裡充滿了金屬的味道。

「我說起來。」

唐利手腳並用地緩緩站起身。

「轉過去。」

他順從地按照寇納的指示做。寇納把他往前推向那道鐵絲網圍籬。唐利在一條上鎖的鐵鏈下彎身，從兩扇門之間擠了進去。寇納跟在他身後。他指示唐利沿著一條巷子往前走，那是一條被壓扁的車子所堆砌出來的窄巷，巷子兩邊的車子堆疊得足足有兩層樓高。地面上則散落著生鏽的汽車零件。空氣裡瀰漫著一股石油的味道。

「停，」寇納說。「你知道嗎？」寇納指著一輛破舊的Chevy Impala說。「這看起來就像我曾經開過的那輛。這一定是命中注定的。你不能說我沒有挑選一個合適的長眠之處。把車廂打開，試試看合不合你的尺寸，大律師。」

唐利面對著寇納。「不。我不會讓你這麼輕易就達到目的，寇納。如果你要殺我的話，就在這裡動手吧，在我看著你的情況下動手吧。我不是什麼你可以霸凌的孩子。」

寇納笑了笑。「為什麼每個人在最無關緊要的時候，就突然變得勇敢了起來？」他聳聳肩。「隨便你吧。」說著，他把槍對準了唐利。

法蘭克．羅斯躺在床上，瞪著天花板。朱莉亞把頭枕在他的肩膀上，一手輕撫著他的胸毛。

「法蘭克。」她輕柔地說。

羅斯閉上眼睛。她想要再生一個孩子。他知道。她已經不再年輕了。他也是，然而，她的生理時鐘不會等待。他也知道，這對她而言並不公平。他酗酒、他的那場車禍，以及他回歸正常生活所花費的那一年耽誤了她。她無視於自己的痛苦和折磨，一心一意地在幫助他，而他卻沉溺在自己的世界裡，完全沒有看到她也受到了傷害。不過現在，在接受法蘭基已經到了一個更好的地方之後，他的感覺不一樣了。是時候再度為她著想了。

「你知道嗎，我在想，」她說。「關於你在廚房裡說的話，有那麼多孩子流浪在外，他們需要一個好的家，需要好的父母。」

他的胸口因為顫慄而起伏。

「我知道你很難想像，我也無意讓法蘭基被取代。我只是希望我們有個家庭，再度成為一個家。你是一個好爸爸。你是一個好父親。外面有那麼多孩子需要一個像你這樣的好父親。」

他挪動了一下，才好看著她的臉。「你在說什麼？」

「我們可以領養，法蘭克。我們可以幫助一些迷失的孩子。我們可以給他們更好的生活，給他們一個機會。」

他不知道該說什麼。他想起他和彼得．唐利的對話，關於那些擁有惡劣父親的孩子；他們的父親未必虐待他們，但是卻無視於他們的存在，沒有花時間和他們相處，沒有給他們一個好父親可以提供和教導他們的一切。羅斯曾經是一個好父親。他有那麼多可以教給孩子的東西。

他親吻著她的頭。她濕潤的臉頰沾濕了他的胸口。「我做了什麼讓我值得擁有像你這麼好的人？」他問。

「你會至少考慮一下這件事嗎，法蘭克？」

他早已考慮過了。

電話響了。

「電話救了你。」他妻子幽默地說。

羅斯把手伸過頭頂，胡亂地拿起聽筒，他覺得也許是山姆．高德曼或唐利打來的。「哈囉？」

「法蘭克？我是艾琳．歐馬力探長。」

羅斯坐起身。

他的妻子翻身到旁邊。「誰？」

羅斯用嘴形說，「歐馬力。」

「艾琳？」朱莉亞說。

「法蘭克，很抱歉這麼晚打給你。我相信你並不想聽到我的聲音。」

她也許是他最不想要聽到的聲音。「我是不想聽到。」

「我相信。不過，我這裡有個孩子正在說一些亂七八糟的故事，我想，你應該會想聽一聽。」

「你在說什麼？」

「他的口袋裡有你的名片，他說是你給他的。」

羅斯把腿跨過床邊。「紅頭髮的孩子？」

「他說，彼得．唐利送他過來這裡，然後告訴其他警察說，這孩子有事要告訴我。」

「送他過去？」

「沒錯。」

羅斯有一種不好的感覺。「唐利沒有和他在一起？」

「沒有。那孩子說，唐利告訴他不需要再害怕了，唐利對他說，只要把實情告訴警察，我們就會確保他的安全。」

「他有說唐利去哪兒了嗎？」

「這就是我擔心的。這孩子說，這一定和狄克森．寇納有關，他還說，彼得．唐利說他會搞定這個問題。你知道他在說什麼嗎，法蘭克？法蘭克？」

「我在聽，艾琳。」

「你知道他是什麼意思嗎？」

羅斯知道。「艾琳，我需要你幫忙。我需要幾名警察和我在狄克森位於日落區的住家碰面，然後做我告訴他們的事。你可以做到嗎，念在昔日的老交情上？有人可能有生命危險了。」

✦

唐利先是聽到一陣咆哮，隨即看到一抹巨大的黑影從廢棄車架堆成的峽谷之間衝出來。

寇納也聽到了，他轉身朝向聲音的來源，不過，那隻羅威納已經縮短了距離。牠把全身的重量壓在寇納身上，瞬間用爪子抓住寇納的胸口，讓寇納摔倒在地。那把槍枝走火，失去了準頭，槍擊的聲音彷彿火炮爆炸般地迴盪在空氣裡。寇納翻身滾開，然而，那隻羅威納緊緊咬住他持槍的那隻手臂，牠的牙齒陷入寇納的肌肉，同時不停地甩著頭。

寇納發出了嚎叫，那是一道錐心之痛的哭喊。

唐利往後退，不確定自己剛才目睹了什麼，而接下來，他又將看到什麼。他內在的本能在大喊。

快跑！

那卷錄影帶和《聖經》已經從寇納的口袋掉落到地上。唐利抓住兩者，轉身就跑。他彎身穿過迷宮般的廢棄車架，尋找著出路。曾經是車燈的孔洞彷彿掏空的眼眶，陰魂不散地跟著他，前隔柵也露出了威脅的笑意。他盲目地奔跑，不確定應該往哪個方向或哪條路徑而去。

那隻狗在他身後咆哮，他聽到寇納再度發出了痛苦的喊叫。

唐利選擇了另一排。繞圈。他在繞圈跑。他再度轉彎，在一道鐵絲網籬笆底下緊急停了下來。死路。

他開始朝著來時的方向往後退，不過，暗處傳來一陣同樣低沉的咆哮聲，讓他停下了腳步。那個東西從黑暗和陰影之中現身走了出來。

第二隻狗。

✦

那股衝擊力讓寇納往後倒，彷彿被火車撞到一般。他的腿在他的身體底下脫了節，當他撞到地上時，一陣刺骨的疼痛從他的下背爆發而出，隨即是一股強烈的熱流和觸電般的痙攣。感覺就像他以前中槍時那樣。

有個東西深深嵌進了他的肉裡，然而，不管那是什麼，寇納都無法甩掉刺中他的那個物體。那隻狗咬得如此用力，寇納覺得自己手臂的骨頭可能就要斷了。鮮血從他運動外套的袖子裡滲出。他擔心血腥味將會讓這隻狗進入本能的瘋狂。

寇納花了八年的時間在警犬單位，在疼痛和震驚之下，他依然可以分辨出這隻狗受過良好的訓練，牠會攻擊握有武器的那隻手臂，造成那隻手臂無法動彈。這個廢車場顯然不再被人遺棄。這隻狗不會鬆口的。沒有人下令讓牠停下來。不過，只要這隻狗的下顎緊咬著寇納的手臂，牠就不會攻擊他的喉嚨，而那就給了寇納一個機會。問題是，寇納的手臂被那隻狗的下顎箝制住了，他無法用槍殺了牠。

他感覺到自己的抓力在減弱，因而轉動身體企圖踢中那隻狗，不過，那隻狗拽著他不停地旋轉，讓他背上那個尖銳的物體更加深陷在他的肉裡，那股痛楚也越發強烈。

寇納壓住扳機，希望槍聲能嚇到這隻動物，然而，槍聲完全沒有作用。那隻狗依舊緊咬著他。寇納將身體往右滾，再將左手探向身後，摸索著插在他背上的那個圓柱體。那是他唯一的機會。他抓住那個東西，深深吸了一口氣，咬緊牙，抽出那個尖物，忍住了痛苦。他用雙腿夾住那隻狗厚重的身體，瞬間跨在牠身上，彷彿騎著一頭公牛一樣，然後舉起那塊鋒利的金屬刺了下去。

✦

第二隻羅威納從陰影中走出來。牠和咬住寇納手臂的那隻一樣龐大，那隻狗伸出牠的前掌，壓低牠的頭，露出了牠的牙齒，讓唐利不敢從牠身邊走過。

唐利聽到一陣痛苦的嚎叫。那隻狗也聽到了。牠豎起雙耳，轉過頭，不過只是很短的一下子而已。牠再度將注意力放回唐利身上，一吋一吋地逼近。

唐利回頭瞄了一眼身後的籬笆。他可以爬上去，不過，那隻狗的攻擊恐怕會比他爬上去的速度更快。他想到了金，想到她這麼多年以來教他如何找到自己內在的平靜，即便是在混亂的時刻。他只是不知道自己是否有勇氣做到，不過，他也知道自己沒有選擇。

在別無他法之下，他緩緩地蹲下一隻腿。那隻狗往前傾斜，將牠的前爪刨入土裡，同時不斷地吠叫和低吼。唐利暫停了一下，然後緩緩地再放低另一條腿。他讓自己的視線低垂，每個動作都極其緩慢而且小心翼翼。

「慢慢來，老兄。慢慢來。」他小聲地說。

那隻狗再度做了一個假動作。

唐利努力讓自己不要恐慌。他壓抑著想要起身逃跑的本能，轉而堅定地將身體往下壓低到地上。

那隻狗露出牙齒，又做了另一次攻擊的模樣，不過，這回，唐利感覺到牠這麼做是出於困惑。唐利緩緩地把自己的膝蓋縮到胸前，再將臉埋入手臂，做出胎兒的姿勢，試圖進入寧靜的境界。他可以聽到那隻狗脖子上的鏈子在晃動，以及牠在繞圈時發出的低吼。狗的呼吸在唐利的側臉帶來了一陣溫暖。他完全不敢動。那隻狗用下顎咬住他的前臂，拉扯著他，不過，牠並沒有咬下去。那件皮衣給了他一些保護作用，然而，唐利依然可以感覺得到那隻狗下巴的力量。牠壯得像條牛，一吋一吋地把唐利沿著地上拖行。

當唐利沒有抵抗的時候，那隻狗鬆開了他的手臂。然後嗅了嗅唐利的臉，朝著他沾滿鮮血的耳朵靠近。

法蘭克・羅斯在一條交叉路口減緩車速，好讓一輛車通過，然後飛速地開著他的凱迪拉克闖過紅燈。狄克森・寇納住在靠近海邊的日落區。那是寇納父母的房子，距離法蘭克・羅斯家不到五哩。羅斯記得自己還曾經覺得這距離實在太近了。現在，他倒是希望還能再近一些。

阿紅在凶殺組的一間會議室裡說著關於寇納和錄影帶的事，讓艾琳・歐馬力探長和約翰・貝格利警探聽得一頭霧水。

在出門之前，羅斯已經先致電金・唐利，不過，她說彼得不在家，並且說他已經吃過晚餐，同時表示他需要回到辦公室準備動議，好讓證據無法被採納。羅斯把自己的車用電話號碼留給她，要她在她丈夫聯繫她的時候回電給羅斯。金・唐利在五分鐘之後打給羅斯，她說她打電話到辦公室去，但是沒有人接電話。她充滿擔憂地說，她已經問過丹尼・西蒙，看看他是否知道彼得去了哪裡。西蒙告訴她，彼得說過，他要去找一個曾經待在庇護所的紅髮孩子，但他不知道唐利還會去哪裡。不過，法蘭克・羅斯知道。

彼得・唐利去找證據了。唐利這麼告訴過他。他曾經說過，為了贏得這場官司，他必須找到殺害安德魯・班尼特的凶手。現在，他就是去找凶手了。

他的右邊出現了頭燈。羅斯緊急煞車，讓他的凱迪拉克滑向了大霧中濕滑的人行道。他猛然轉動方向盤，修正車子的方向。一陣喇叭聲轟然響起。他重重踩下油門，導致車尾在行進中擺尾，所幸，他避開了迎面而來的車子。他的心跳加速，剎那之間，他想起了他撞到那輛小廂型車的早晨，不過，他立刻甩開這個念頭。他需要專注。寇納是一個訓練有素的警察，一個厲害的警察，同時也是一個凶狠、強壯的混蛋。如果他發現彼得．唐利在他家裡的話，他一定會毫不猶豫地讓彼得．唐利的身上開花。

羅斯在路邊停下他的凱迪拉克。不出幾秒，艾琳．歐馬力派來的巡邏車就在他車後停了下來。羅斯從車上跳下來，一邊將一只彈夾塞入他的西格手槍裡。他很快地向穿著制服的警員簡報了情況，並且表示，寇納一定會帶有槍械，他們應該把寇納視為極端危險的人物。此外，他並不知道他們會在寇納家裡發現什麼。

他在濃霧中接近狄克森．寇納的屋子，同時藉由手臂和手的信號，告訴那些警員成扇形散開。其中兩名負責屋子側面。另外兩名從前門逼近。羅斯摸了摸車道上那輛SUV的引擎蓋。引擎蓋是冷的。他把背抵靠在屋子外面的灰泥牆上，透過窗戶看向屋內。一台電視亮著。他沿著屋子側面來到一扇門前，從門的上方可以看到裡面雜草叢生的後院。他拉開門閂，踏進院子，那些警員也跟在他身後走進院子。當羅斯走近後門時，他留意到扶手的欄杆斷了，欄杆就躺在長草裡。他踩到一個硬物，隨即彎身，拾起一把警用的左輪手槍。他知道寇納偏好的武器是點四四麥格農。不是這種。

他將那把左輪手槍塞進褲子裡，再將他的西格握在身前，然後踏上露台，感覺到木頭在往下沉。他試了試門把，發現後門並未上鎖，這似乎不像狄克森．寇納的風格。

他朝著兩名警員點點頭。其中一人用無線電通知另外兩名正在前門的警員他們就要進屋了。他們以戰鬥形式進到屋裡，將身體往地面壓低，手中的槍橫掃過左右兩邊。廚房裡沒有人。餐廳和起居室也是。羅斯轉而朝向走廊以及兩扇緊閉的門而去。

✦

寇納坐在地上，背靠著一座車框，他被撕裂的外套衣袖血跡斑斑。在黯淡的月光下，他無法確定自己的傷勢有多嚴重，不過，他懷疑情況很糟。他脫下外套，用那塊尖銳的金屬把衣服割開，再用割下來的兩條布條緊緊裹住前臂。至於他背後的傷口，他什麼也做不了，他估計他的背傷勢也不樂觀。那隻狗就側躺在他附近。

寇納用他那隻完好的手收起那把點四四，然後踉蹌地站起身。一股火燒般的痛楚竄過他的雙腿。他的襯衫黏在了背上。但他沒有時間理會。彼得・唐利就在這裡的某處，而他拿走了那卷錄影帶和夾著住宿登記單的《聖經》。沒有了這些，寇納就完蛋了。

他忍受著疼痛，一瘸一拐地穿越成排的車子往前走。

✦

那隻狗繞著圈子，不停地嗅著唐利的臉頰和耳朵，並且在低吼聲中，用牠骨瘦如柴的頭輕推著唐利。然後，牠往後退開，發出了吠叫。唐利沒有動，只是想著他曾經在海灣大橋上看到的那些紅色的車尾燈，想著他自己就在其中的一輛車裡，正在離開。在廢車場的另一頭，一隻狗叫了一聲，跟著是一聲槍響。第一隻狗死了。

寇納就要來找他了。

那隻狗脖子上的鏈條發出嘎嘎的震動聲。唐利睜開一隻眼睛，看著牠往後退開，也許退出了四呎，然後轉頭朝著聲音的來源望去。牠往前跑了兩步，在空氣中嗅了嗅，隨即轉頭對著唐利發出低吼，彷彿在警告他不要輕舉妄動。然後，一如牠出現時的速度，那隻狗很快地從兩排車之間跑走了。這次，寇納不會被嚇到。他一定會立刻就殺了第二隻狗。

唐利很快地跳起身，跌跌撞撞來到籬笆前面，開始往上爬。那道籬笆一點都不穩固，立刻就搖晃了起來，彷彿沒有拉好的網子一樣，讓唐利很難往上爬，他幾乎找不到下一個落腳點。這讓他攀爬得很小心，唯恐自己失足掉下來，這樣他就得從頭再來一遍。他把腳尖踩在另一圈鐵絲網上，一步一步地往上爬。那道籬笆看似有一百呎高。

第二隻狗發出了吠叫聲，隨即又是一聲槍響。

寇納來了。

唐利壓抑著想要加速的衝動，井然有序地維持著一定的速度。當他來到籬笆頂端時，他用雙手抓住那條金屬管，不過他的腳卻踩空了，以至於他只能吊掛在空中，不停地踢著籬笆。籬笆震動的聲音迴盪在空曠的廢車廠裡，透露出了他所在的位置。最終，他重新找到了落腳點，雙腳用力地往上蹬，再用一隻手臂抱住籬笆頂端。他得盡快想辦法越過帶刺的鐵絲網。

他將一腿滑過頂端，讓自己跨在金屬管上。然後小心翼翼地脫下他的皮夾克，將外套甩過鐵絲網。

他往下看著廢車場。只見一道影子出現在成排的車子後面，開始朝著這條泥土小徑而來。在滿月之下，寇納可以看到唐利就像嘉年華攤位上的一個標靶似地掛在籬笆頂端。唐利沒有時間越過籬笆再慢慢往下爬了。他用雙手抓住那根金屬管，把身體往上撐，如此一來，他的兩腳就踩在了籬笆頂端的横桿上，彷彿準備從跳台上縱身往下跳的游泳選手一樣。籬笆不停地晃動。當他發現底下除了一片漆黑之外，什麼也看不見的時候，他猶豫了一秒鐘。

然後，在一聲如雷的槍響之中，唐利跳了下去。

他不知道這一跌會有多深。

✦

他的腳跟用力撞到地面，一陣陣的痛楚立刻往上竄到他的雙腿。唐利往前摔出，就像一塊不停翻轉的板子一樣，他的雙手無法中止他往前摔出的衝勁，無法讓他停下來。他一再地翻滾，地面重重地撞到他的胸口，他的雙腿也不停地在空中揮舞。

當他終於停止翻滾時，他的頭首先往前撞去。尖銳的灌木叢擦過他赤裸的手臂和臉頰。他抓住一根樹枝，不過，樹枝卻從他的手中脫落。他再度想要抓住什麼，卻又錯過了，在幾度抓扯之下，他終於抓穩了。他的下半身在空中滑過一個半圓，彷彿從一棟建築物邊緣墜落之後，吊在一條繩索上晃盪一樣。

當一切終於靜止下來時，唐利低下頭，躲過大量往下掉落的塵土和碎屑。他在驚魂未定中抬起頭，評估著自己的處境。他發現自己躺在一個覆滿灌木叢的斜坡上。山坡頂端的那道籬笆看起來就像一個玩具模型，他只能勉強看到自己的外套還吊在鐵絲網上面。

那卷錄影帶和《聖經》還在他的外套口袋裡。

他唯一的希望就是寇納沒有看到那件外套，或者因為傷得太重而無法爬上去取走。

唐利躺在地上。他感到渾身劇痛，無法確定寇納最後那一槍是否射中了他。他坐起身，很快地吸了一口氣，然後評估著自己的狀況。當他試圖站起來時，他的右小腿痛得就像被刀刺中了一樣。他再度跌回地上。就算不是醫生，他也知道自己的腿斷了。

那不重要。

寇納還在那頭，他會來追他的。他需要確定唐利已經死了。他需要那卷帶子。他一定會追來的。

唐利轉頭面對著斜坡，然後用他沒有受傷的腿支撐自己從厚重的灌木叢往下滑。下滑的過程既吃力又緩慢。他試著不去想時間已經過了多久，也不去想從身體輻射而出的疼痛。他在山坡底下站起身，靠著他完好的那條腿取得平衡。他可以看到不遠處有一排波紋金屬板搭建的倉庫。然而，倉庫和他之間卻彷彿隔著綿延數哩的無垠沙漠。他撿起一塊廢棄的板子倚靠在上面，彷彿搭著一根拐杖一樣。然後朝著那些倉庫走去，並且試著不要操之過急，以免再度摔倒。每踏出一步就讓他發出一道呻吟，他把重量放在沒有受傷的那隻腿上，再將那塊板子往前撐，一步一步地往前挪動。

當他終於抵達倉庫時，儘管他的額頭發燙，但冷汗已經讓他渾身濕透了。他的腿傷讓他渾身因為疼痛而發抖。突來的一陣噁心讓他往前傾，吐了出來，緊接著又是一陣乾嘔。

當那陣噁心的感覺過去之後，他撐著那塊兩呎×四呎的木板，一拐一拐地朝著其中一棟建築物的後面而去。他試著推開一扇金屬門，並且毫不意外地發現門是鎖上的。門的旁邊有兩扇用細鐵絲網強化的毛玻璃窗戶。他靠在牆壁上，拭去從額頭滴下的汗水，但覺一陣頭重腳輕。他舉起那塊木板，將它擊向其中的一扇窗戶。那片玻璃裂了，不過並沒有破碎。他繼續擊打著玻璃，直到鐵絲網被撐開。他開始用手擊穿裂開的玻璃。當他破壞掉大部分的玻璃之後，他把木板放在窗台上，掙扎著將自己撐上去。他往前傾，彷彿趴在一個蹺蹺板上地往前滑。他的右腿撞到窗戶的頂端，這回，他再也無法忍住那股劇痛。倉庫裡瞬間迴盪著他的尖叫聲。

他不知道自己在冰冷的水泥地上躺了多久。他確定自己剛才一定是暈了過去。當他上方四十呎高的天花板不再旋轉的時候，唐利試著坐起身。成排堆滿油漆罐和油漆相關物品的金屬櫃在他眼前聚焦又失焦。他靠著其中一個櫃子讓自己站起身，然後在油漆稀釋劑和丙酮罐的迷宮中拖著腳步往前走，尋找著辦公室和電話。在那排櫃子的盡頭，他來到了一座白色的長條型櫃檯前面，只見櫃檯後面是一間玻璃帷幕的房間。此刻，那個房間在他眼中看起來就像沙漠裡的綠洲。

那扇門沒有鎖。他在房間裡找到一個擺放著一台電腦終端機的櫃檯，此外，還有凳子、辦公桌和旋轉椅、檔案櫃，以及一具電話。

✦

羅斯一間房一間房地檢查，成扇形隊伍行動的警員也在進出房間時大喊著「安全！」。他打開電燈開關，進到可能是狄克森．寇納的房間。房間看起來就像被暴風雨侵襲過一樣。「該死。」一名警員留意到了牆壁上貼著和釘著的那些新聞報導，大部分的報導都已經因為年代久遠而泛黃了。羅斯覺得反胃。狄克森．寇納顯然已經失控了。

22

唐利無法挪動他的手臂。他那被汗水濕透的襯衫貼在了他的皮膚上。他的手指和手都麻痺了，連身體都發抖到無法控制。他不知道自己暈厥了多久，一分鐘還是一個小時，不過，從倉庫漆黑的狀況來判斷，他應該還沒熬過夜晚。他記得拿起電話，但是，他不記得自己是否打給了任何人。

當他坐起來的時候，一股劇烈的疼痛穿過他的腿。他用盡全身的力氣抓住櫃檯，讓自己站起來。一道黯淡的光線從天窗流瀉而下，在金屬櫃子和油漆罐上投下了陰影，讓人很難分辨目光所及之處，哪些東西是真的，哪些又是反射在窗戶上的倒影。在他的頭頂上，一具自動空調系統在嗡嗚聲中將冷空氣從格柵裡吹送出來，把通風口那條紅色的小布條吹得不停地飄動。

就在唐利準備伸手拾起電話筒時，一道手電筒的燈光掃過倉庫，讓他連動都不敢動。有人來了。他拉開抽屜，尋找著可用的武器。然後在其中一只抽屜裡找到了一把長剪刀。他拿起剪刀，將背抵靠在門邊的牆壁上。

他也只能這樣了。

那個人影經過櫃檯，消失在了視線之外。唐利低頭，看到門把在轉動。門被推開，不過，沒有人立刻走進來。那束光線掃過房間。唐利咬緊牙，舉起手中的剪刀，他不打算束手就擒。

辦公室頂上的燈被打開。唐利從牆邊轉身，揚起剪刀。

「哇。」法蘭克・羅斯舉起手，攔住了唐利的手臂。

「羅斯。」唐利鬆了一口氣地癱在羅斯龐大的身軀上。

羅斯將他帶到一張凳子前面，讓他坐下來。「你傷得多重？」

「我想我的腿斷了。」

「寇納呢？」

「我不知道。還在某個地方。」

「我們先把你帶離這裡吧。」

羅斯把唐利的手臂繞過自己的肩膀。和羅斯一起走進辦公室的兩名警員之一，趨前來到唐利的另一側。

「你怎麼找到我的？」唐利問。

羅斯憂心地看了他一眼。「你打給你老婆。她聯繫了911。你不記得了？」

一陣巨大的槍聲響起，辦公室的玻璃窗在他們頭頂上方不遠處爆破。

羅斯本能地把唐利推到地上，然後關上電燈的開關，讓他們重新陷入黑暗裡。

寇納。

✦

從子彈的軌跡來看，羅斯判斷寇納一定在他們上方那些狹窄通道的某個地方。

第二發子彈粉碎了另一扇窗戶。

羅斯跪在地上，手腳並用地爬向那兩名蹲在櫃檯底下的警員。

「寇納帶了一把點四四的麥格農，」他對他們說。「聽起來雖然像火炮一樣，不過，在這種距離之下，那種槍不可能瞄得太準。」他抬起頭，搜尋著陰影和可能的動靜。「他就在上面那些通道的某處。掩護我。」

又一道槍響，子彈擦過櫃檯的層壓板，讓羅斯再度把身體壓低。那個混蛋的槍法向來都很不錯，不過，這一槍也透露出了寇納的位置。

「他在兩點鐘的方向，」羅斯對那兩名警員說。「擴大射擊範圍，然後幫我掩護。」

在數到三之後，兩名警員站起來開槍，他們的槍聲迴盪在辦公室裡，讓他們彷彿置身在一只鼓的內部。

羅斯拔腿就跑，同時將他的西格手槍往頭頂上開火。當他跑到金屬櫃掩護的範圍時，他沿著走道而行，身體緊緊地貼著那些罐子。一顆子彈擦過他身後一呎之處的水泥地。他立刻朝著上方的通道回擊，同時沿著走道往後退，然後再轉到角落。前門的入口就在他的左邊。稍早，他和那兩名警員沿著建築物邊緣繞行時，他們在建築物後方所發現的那扇破掉的窗戶此刻就在他右邊十碼之處。那些被他當成掩護體的金屬架和油漆桶在五碼後就淨空了。就在他塞進一只新彈夾的時候，他注意到了那些罐子上的標籤。

易燃物。

不妙。

羅斯決定往窗戶的方向前進。他從一排油漆罐的後面跨出半步，卻被另一記射中水泥的子彈逼得又退回來。

他把背靠在那些罐子上，暗自希望他在一年前就戒掉了那些肉桂捲。在比劃了一個十字之後，他衝向那扇窗戶，同時盲目地朝著頂上的通道開槍。在靠近窗戶之際，他把頭壓低，朝著破掉的窗口俯衝過去，並且在跌落到屋外的地上時翻身，讓背貼在地面上。

他很快地爬起來，踉蹌地移動到建築物側面，在此之際，室內不停地傳出槍響。羅斯來到凱迪拉克旁邊，爬上車，就在他準備發動引擎之際，一陣巨大的爆炸聲和一團烈焰從靠近屋頂的窗戶噴射而出，破碎的玻璃灑落在車子的引擎蓋上，彷彿下雨一樣。羅斯轉動鑰匙，急速倒車。他把車子駛離倉庫，然後突然迴轉，踩下油門。凱迪拉克的後輪在泥土和石礫中空轉，蓄勢待發地緊緊抓住了地面，車子隨即越過停車場的泥土地，往前衝向那棟建築物波浪狀的金屬門。他的直覺要他踩下煞車，然而，羅斯卻壓抑住直覺，反而將油門踩到底。他繫緊了他的安全帶，雙手緊抓住方向盤。

上帝原諒他，他即將就要讓這輛凱迪拉克退休了。

他的車撞上一個凸起的障礙物，車身彈起，飛了起來。那股力道讓羅斯往前傾，所幸安全帶將他緊緊勒住了，不過，當凱迪拉克撞上倉庫門的時候，他很鎮定地踩下了煞車。車子在一聲重重的金屬碰撞聲中將門撞開，落地，然後在光滑的水泥地面上滑行，撞到了金屬櫥櫃，也讓那些罐子和桶子四下亂飛。油漆在車子持續往前衝出時噴灑在車子的引擎蓋上。擋風玻璃也被一只桶子砸碎了。

車子一路滑行到靠近辦公室的時候停了下來。

羅斯拿起西格手槍，從車門滾落而出，他用雙手握住槍，瞄準了上方的通道，不過卻沒有看到任何人影。火焰高竄到金屬架上方。第二次的爆炸讓一桶油漆飛了起來，彷彿驅逐艦發射出的一枚深水炸彈一樣。油漆桶撞到櫃檯，彈起，然後撞破了辦公室的窗戶。

「快走！」羅斯對著那兩名尋找掩護的警員大喊。

他把他的肩膀架在唐利的手臂底下，協助他坐到車子後座，在此同時，第三次的爆炸撼動了倉庫，一團火焰和濃煙竄上了天花板。一名警員爬進後座和唐利坐在一起。另一名則跳上前面的乘客座。當另一波爆炸的震波朝著他們而來時，羅斯把車子打到倒車檔，只見他們頭頂上方那些金屬櫥櫃已經搖搖欲墜了。

那輛凱迪拉克的引擎在加速，然而車子卻沒有動，輪胎在潑灑了油漆的光滑水泥地面上空轉，冒出了一縷白煙。一團火球在另一陣的爆炸下朝著他們襲來。羅斯用力踩下油門，輪胎抓住地面，就在他們上方那些櫥櫃宛如一堆扭曲的金屬崩落時，車子終於往後衝出。

剎那之間，除了火焰和濃煙，他什麼也看不到。然後，在能見度恢復之下，凱迪拉克衝到室外，越過了停車場。

23

一九八七年十二月三十日

法蘭克・羅斯站在油漆倉庫的殘骸外。一輛救護車將彼得・唐利送往了急診室，而羅斯則留在現場和警探協調，並且等著和正趕過來的艾琳・歐馬力討論情況。雖然濃霧已經散去，不過，早晨的霧靄和縈繞的餘煙與粉塵的微粒依然充斥在空氣裡。爆炸和三級火災失控地燃燒了好幾個小時，不僅提供了新聞台相當可觀的影片素材，也讓舊金山消防隊忙了一晚。那間倉庫已經變成了烏黑的殘垣斷瓦。就連水泥地基都融化了，只剩下幾根鋼筋還凸出在地面上，彷彿在一場森林大火中被燒焦的樹木一樣。

一支消防隊伍還在持續朝著悶燒中的殘骸澆水。其他人則用鏟子翻攪著餘燼。起初，火勢太過猛烈，讓消防員無法靠近這棟建築物，也不急著那麼做。羅斯依然不是很清楚到底發生了什麼事。唐利幾乎無法開口。他的傷勢和震驚讓他變得語無倫次。他唯一不斷重複的話就是他需要他的外套，即便在醫護人員幫他蓋了好幾條毯子之後，他依然重複地說著這句話。

然後，他就暈倒了。

羅斯朝著腳步聲抬起頭。艾琳・歐馬力正在向他走來。

「他是個喪心病狂的混蛋，」她環視著被破壞的現場說著。

羅斯點點頭。「是啊。」

「你沒事吧？」

羅斯聳聳肩。「我可以來個肉桂捲和一杯咖啡，不過，是啊，我沒事。」

她笑了笑。「彼得．唐利還好嗎？」

「不知道。他們正在幫他治療。他傷得很重——斷了一條腿，渾身都是腫塊和瘀青。他們正在監測他是否有腦震盪。他陷入了休克狀態，不過，我想他的身體應該不會有事。」羅斯停了一下。「精神上，我想會需要更長的時間才能恢復。」

羅斯看著一名消防員關掉最後一道水柱。其他人已經開始拉直他們的水管，準備把水管捲起來。「有寇納的消息嗎？」

歐馬力搖搖頭。「沒有，不過，他跑不遠的。像寇納這樣的人能跑到哪裡？我無法想像他還有什麼朋友。」

「不要以為他會讓你太輕鬆，」羅斯說。「他不會像他老爸那樣自我了結的。」

「我知道，」歐馬力說著，深深吸了一口氣。「這件案子有個地方讓我深感困擾，法蘭克。打從一開始，我的胃就感到不舒服，我覺得很不安。」

「我從來都不知道你的胃那麼脆弱，艾琳。」

「我打了幾通電話，試圖要弄清楚聖誕夜那晚，馬丁神父發生了什麼事。」

「驗血那件事？」

「我還無法得到任何具體的資訊，不過，據我所知，那名治安官並非奉地方檢察官辦公室的命令行事。」

羅斯看了她一眼。「那麼，是誰下令要在那晚驗血的？」

她搖搖頭。「不知道，但是，一定是某個身分不尋常的人。」

羅斯沉思著這個資訊。「拉姆齊有什麼要說的嗎？」

「我還沒和他談過。他一直都在南部為選舉進行遊說。我最後聽到的消息是，他在橘郡。我還寄望你有什麼內部消息呢。」

「你是指具體的消息嗎？」羅斯搖搖頭。「沒有。」

歐馬力靠在警車上，兩人並肩站在原地。「至少，對馬丁神父來說，這個噩夢看起來已經結束了。」

「那個孩子全盤托出了嗎？」

「他坦承了一切。」

羅斯搖搖頭。「我不確定對馬丁神父來說這件事會有結束的一天。像這樣的事情……」

「你呢，法蘭克？你怎麼樣？」

法蘭克．羅斯歪著頭，仰望天空。這是將近兩年以來，他第一次覺得自己可能沒事了。雖然一切已經不同了。不過，他覺得自己沒事了。他真的無法要求更多，特別是在失去兒子的情況之下。

「我已經保持了七個多月的清醒，我打算繼續這樣下去。我想念我兒子，我也知道，這件事對我的影響會持續存在，不過，我覺得沒關係。也許，我可以從中找到一點正面的力量。」

「也許我可以幫上忙。」

羅斯看著她。

「我已經要求州政府和聯邦基金成立一個兒童剝削調查組。聖荷西有一個實驗計畫進展得很成功。他們和當地的FBI、海關官員、美國律師合作。我需要有人全心投入。」

羅斯把手插進口袋，考量著她的話。他在幾秒鐘之後開口。「我會考慮。我得和我老婆討論一下。我們正在討論再度成立一個家庭。」

「真的？」

「領養。」

「這樣很棒，法蘭克。」

羅斯看著警方在街上設置的路障，同時也看到了山姆·高德曼正在對他揮手。「謝謝。我會再聯繫你，不過，是啊，我想我會喜歡這個計畫的。現在，我得要遵守我對一個朋友的約定了。」

唐利在明亮的日光燈底下醒來，刺眼的光線讓他瞇起了眼睛。當他翻動身體的時候，他覺得腿部很沉重。他低頭往下看，只見藍灰色的石膏從他的腿延伸到右膝下方，還被一個U型的支架撐高了起來。在房間裡的一切逐漸聚焦之下，他看到馬丁神父坐在窗邊的一張椅子上，他的頭上依舊纏著繃帶，不過，他身上穿的是平常的服裝。馬丁神父站起身，走上前來。

「看起來我們彼此對調了。」唐利的聲音沙啞，他覺得喉嚨很乾。

馬丁神父從床邊的一只托盤上拿起一個插著吸管的塑膠杯遞給他。唐利啜飲著不溫不熱的水，微量的水從他的嘴邊滲到了下巴。

「歡迎回來。」馬丁神父說。

「我昏迷了很久嗎？」

「一個晚上加上大半個白天。」

「什麼？」

「他們幫你注射了鎮定劑，好讓你撐過疼痛。」

「你是怎麼出來的？」唐利問。

「盧。」

「他出院了？」

馬丁神父點點頭。「是啊。他從家裡打了幾通電話。」

「聽起來像是盧的作風。」唐利看著他的石膏。「淡藍色？」

「你的朋友麥克想要用粉紅色的。你很幸運，粉紅色的石膏用完了。」

「麥克在這裡？」

「沒有，不過，他從夏威夷打過電話來。很多人都很擔心你。」

唐利不安地環視著房間。「金在這裡？」

馬丁神父朝著走廊點點頭。「她剛走出去和你的醫生談話。我去叫她。」語畢，他跨出了半步。

「等等。法蘭克呢？」

「法蘭克沒事。他稍早來過了，他說，他和一名探長談過發生了什麼事。」

「他們逮到寇納了？」

「沒有。他們還沒抓到他。」馬丁神父向病床靠近。「不過，他們會的。我對你感激不盡，彼得。」

「我知道你沒有殺害班尼特。我希望你知道這點。」

金出現在了門口，彼得皺了皺眉，不過，這並非是出於疼痛。他現在完全了解到他的行動有多麼愚蠢，所以，他並不急著面對她。馬丁神父對他眨眨眼，隨即走出去，並且在離開病房的時候輕觸了一下金的手臂。金走到窗戶旁邊，拉開窗簾。陽光立刻灑入室內。

「幾點了？」他問。

「三點多了。」

他在一堆宛如蜘蛛網的管線中扭動著身體。「班尼和你父母在一起？」

她交叉著雙臂。「我父母在那幢小木屋。我聯繫不上他們。沒有聯繫上也許反而比較好。」

「誰在照顧班尼？」

「安妮在家裡。丹尼也還在家裡。」

唐利不知道應該要說什麼。

「你這次會保持清醒嗎？」金走過來握住他的手。然後用另一隻手溫柔地撫摸他的額頭。

「我知道我在昏迷和清醒中來回了好幾次？」

「一、兩次。」她說。

「我感覺就像有人用兩呎×四呎的板子把我全身都痛打了一遍。」

「你看起來就像被人用兩呎×四呎的板子痛打過一樣。」

他無力地笑笑。「你對病人的態度還真好，醫生。」唐利伸展著脖子的肌肉，隨即露出痛苦的表情。那股酸痛實在太強烈了。

「頸部扭傷，」她說。「你還會酸痛一陣子。」

「其他的診斷呢？」

「你的股骨斷了，不過，是直接骨折，應該會癒合得很好。你得要拄著拐杖好幾個星期，也許不只，石膏則要裹上六週。然後，他們會再重新評估。你的手臂上有些擦傷和瘀青，其中一道傷口太深，縫了六針。其餘的部分都已經清洗乾淨，消過毒，也都包紮了起來。你可能會留下一些疤痕。從你的臉部看來，我覺得你最好學會如何摔下來。」

「這麼糟糕啊？」

「是不太美觀。他們正在觀察你有沒有腦震盪。你會有些頭痛和暈眩，不過，那應該不會是長期的。」

那晚的記憶片段持續回到他的腦海。他舉起手，碰了碰耳朵上的繃帶，一想到狄克森．寇納咬下他的耳尖，他不由得皺起眉頭。

「我剛才沒有提到這個部分。」金說。

「有多糟？」

「你很幸運暈了過去。耳朵是軟骨組織，所以無法直接進行局部麻醉。他們用雷射把它切平了。」

一想到那個畫面，他的臉都扭曲了。

「他們說那是人咬的。」他可以看得出來金正在強忍著淚水，一想到自己帶給她多少擔憂和痛苦，他就感到無比難過。「你失去了一小部分的耳尖，不過，那是在靠近耳朵後面的位置。從前面看起來，其實還真的看不出來。當你對陪審團講話的時候，你只要面對前方就好了。或者，你可以再留長髮，就像七〇年代那樣。」她拭去沿著臉頰滴落的淚水。

「嘿，過來。」

她把雙臂交叉在胸前，動都沒有動。她聲音嚴厲地問，「發生了什麼事？你到底在做什麼？」

「我不知道。」他說。

她改變了語氣。「我是你的妻子，彼得。我有權利知道。我一整個晚上都擔心到無法入睡。」

「我很抱歉，金。我——」

「當羅斯打電話來說你在醫院的時候，我不知道我會在醫院看到什麼。我不知道我會不會是來領回屍體或者剩餘的破碎殘骸。」

「我沒事。我現在沒事了。」

她往後退。「不要安撫我。你可以不理我，但是，我不會讓你安撫我的。再也不會了。安撫是不夠的。你為什麼要這麼做？你為什麼要隻身去那種地方？你想要尋死嗎？你為什麼不讓別人幫助你，彼得？」

「因為我不知道要怎麼做，」他撇開頭，拭去眼角的淚水。「從來都沒有人會幫忙，金。從來都沒有人幫助我或者我母親。我等別人的幫忙等了十八年。卻沒有人幫我。」

「你打算怪罪全世界嗎，彼得？那證明了什麼？去追捕狄克森・寇納證明了什麼？」

他轉過頭面對她。「證明了我在乎。它證明了我在乎馬丁神父和那些被寇納殺害的男孩——證明了我不會對他們棄之不顧。」

「你差點就在這個過程中害你自己喪命，」她說。「你差點就讓我變成了帶著兩個孩子的寡婦。」最後幾個字讓她啜泣了起來。

唐利的目光在她臉上打轉，他覺得自己失去了感覺。

「我已經懷孕快六週了。」她用顫抖的手蓋住自己的嘴。「喔，天啊。喔，天啊。我不想用這種方式告訴你這個消息。」

唐利伸出手將她拉近。他閉上眼睛，不過，這並沒能阻止他的淚水流下來。認知到自己的行動有多麼自私之後，他既感到喜悅，卻也同時感到悲傷和罪惡感。金懷孕了。天吶，他在想什麼？

過了一分鐘之後，她從他托盤上的一個盒子裡抽出一張面紙，然後坐在床沿擤著鼻涕。「我原本想要等到我們安靜獨處的時候再告訴你這個消息。我原本希望能在聖誕夜給你一個驚喜，但卻失敗了。」她再度啜泣。「我想要你回到我身邊，彼得。我想要我丈夫回到我身邊。」

唐利將她拉向自己，讓彼此的頭倚靠在一起，不過，這個動作卻給他的脖子帶來了一陣劇痛。他發出呻吟，當她抬起頭時，她撞到了他額頭上的繃帶。他神色扭曲地再度呻吟了一聲。他已經熱淚盈眶了。他們笨拙的動作讓她破涕為笑。

「彼得，如果你不想告訴我你的過去，我在這家醫院認識的一些人可以幫你。」

他望著窗外。她伸出手抓住了他的手。

他轉過頭來面對著她。「我想，那應該不錯，」他說。「不過，有些事，我還是得要告訴你。」

「什麼事？」

他再度感到激動，無法開口往下說。

「告訴我，彼得。」

「是關於我父親的事。關於他死的那天晚上。」

金坐在那裡握住他的手。唐利深深吸了一口氣，開始緩緩地訴說他父親從來就不想娶他母親，也從來都不想要一個孩子。他告訴她那麼多年裡發生的事，告訴她他從來沒有告訴過她的那些身體和言語上的虐待。他告訴她，他是如何對這一切感到自責，他父親是如何告訴他一切都是他的錯。他把一切都告訴了她——他想要離家出走的那些日子，他想要尋死的那些時光，以及他想要殺了他父親的那些時刻。

「在我大約九歲的時候，情況變得很糟糕。接下來那些年只是一片模糊。我試著不去想那些記憶。我拿到柏克萊獎學金的那一天，是我人生中最快樂、也最悲傷的日子。我就要離開了，我終於要離開了，但是，我知道我不能把我母親留在那個家裡和他待在一起。我知道，只要我一走，那些毆打就會再度開始，而他終究會要了她的命。」

他低頭看著自己腿上的石膏。「我打電話給盧和莎拉，告訴他們我覺得媽媽很沮喪，離開一個週末對她會有所幫助。我要求他們帶她出去。那個星期是她的生日。那是一個很好的藉口。」

他揚起目光迎向她。「等到天黑的時候，我走到屋子後面，拉掉主要的保險。」

他從她的神情可以看得出來，她正在思考發生了什麼事，他也看到那讓她感到害怕。他告訴她，他坐在樓梯上，等著車子開上山坡的引擎聲響起。

「奇怪的是，那是我印象中第一次覺得自己並不害怕。那是我這輩子第一次感到一股平靜和解脫。那個決定讓我掙扎了很久，我想，終於看到隧道的盡頭讓我感到了自由。」

金沒有作聲。

「是他先動手打我的。他向來如此。不過，這次，我並沒有默默承受。那時候，我已經比他強壯了。我的體型比他高大，而且，多年來他對健康的罔顧，讓他在身體上付出了代價。我用手掐住了他的喉嚨，金。我用我的手掐住了他的喉嚨。」

「發生了什麼事，彼得？」

他搖搖頭，想起自己倒映在壁爐架上那面鏡子裡扭曲又醜陋的臉孔。「我發現我做不到。我無法殺了他。我知道，如果我殺了他的話，我就會變得和他一樣，而那也會永遠陰魂不散地跟著我。我想，他也知道。我想，他希望我殺了他。我想，他希望結束一切。」

他抬起頭看著她。「但是，我放開了他。我放了他，金，然後，我轉身就要離開。我打算要走。就在那個時候，我聽到了那個聲音。」

✦

那道聲音震耳欲聾。

他父親衝過房間，揮舞著一塊彷彿小刀般的玻璃碎片。唐利驚訝地舉起自己的手臂，玻璃瞬間就劃過他的前臂，留下一道深深的傷口。

唐利踉蹌地往後退，摔倒在樓梯扶手的碎片上，他的背重重地撞在了地上。他父親再度展開攻擊，抓著那塊玻璃向他砍來，不過，他的腳在唐利手臂滴下來的鮮血上打滑，他的絆倒給了唐利一個短暫的機會，讓唐利得以翻身，躲開了他的武器。唐利在翻滾的時候甩出自己的右腿，踢中他父親的小腿，讓他失去了平衡。

他趁機站起身，從沙發上抓起一塊椅墊，用那塊椅墊在他父親重新展開攻擊時進行抵擋。那塊玻璃割破了椅墊。唐利只能把椅墊丟開。他父親再度將玻璃往下劈。唐利往後靠，然而，玻璃尾端依舊割到了他的臉頰。

唐利把走廊上的桌子推向他父親，擋住他的去路。不過，他父親卻像玩具一樣地把桌子踢開。唐利退到起居室，又蹲又躲，尋找著機會。就在他父親大幅揮動手臂，暴露出他的側面時，唐利猛然朝著他父親的腎臟擊出一拳，接著又補上一記左勾拳，正中他父親的下巴，讓他往後撞上了牆壁。

他父親只是站在那裡，重重地喘氣，在不停落下的汗水中擦去鼻血。有那麼短暫的一瞬間，唐利認為他父親應該知道要離開，到此為止，然而，情況已經超出了預期。他們已經無法回頭了。

他父親衝上前來，他的行動遲緩，手臂的揮動也不再迅速有力。唐利蹲下來躲過他的攻擊，隨即猛然起身，將肩膀用力撞向他父親的腹部，然後用盡雙腿、肚子和背部肌肉全部的力氣將他父親扛起來，過肩摔了出去。

他身後的玻璃落地窗在撞擊下爆開，驚天動地的撞擊聲宛如雷鳴一般。玻璃碎片彷彿傾盆大雨般地落下。

唐利站在起居室裡，一陣微風從曾經是窗戶的破洞吹進了室內。他低頭看著他父親扭曲的身體。只見他趴在車道的水泥地上，脖子和頭呈現出一種怪異的角度，水晶般的玻璃碎片圍繞在他的身體四周，街燈反射在玻璃上，閃爍得彷彿數以千計的碎鑽。

然後，一切就那樣結束了。

✦

金把唐利的臉轉回來，然後撐起他的下巴，強迫他注視著她的雙眼。「我們會熬過去的，」她說。「一起。我們會一起熬過去的。」

「我被送到醫院縫合，」他說。「有整整三天的時間，我坐在那間房間裡，沒有說過一個字，我沒有對我母親開口，也沒有對盧開口，誰都沒有。我沒有吃東西。我沒有睡覺。我真的不想活下去，金。」

「那不是你的錯，彼得。」

「盧和我母親詳細地向地方檢察官交代了虐待的事，盧也說服了檢察官是我父親攻擊我，而我只是出於自衛。由於我是唯一一個知道發生了什麼事的人，所以他們並未起訴我。三個星期以後，我在匿名之下搬進了柏克萊的宿舍。我母親和我都有了重新開始的機會。事情就那樣順利地發展了一陣子；盧幫我母親在法院找了一份工作，也幫她搬到一間公寓裡，他們也帶她來看我的每一場比賽。那是我印象中，她第一次看起來和聽起來都很快樂。然後，在我念法律學校的時候，醫生診斷出她罹患了癌症。」

他搖搖頭。「在她歷經了那麼許多之後，在她忍受了那麼多亂七八糟的事情之後。人們都說有上帝的存在，然而，在那個時候，我並不相信。我無法相信。什麼樣的上帝會對她做出那種事？」

「而現在呢，彼得？現在，你相信什麼？」

他露出微笑。「只有上帝才能把你和班尼帶給我。」

金吻了他。「我們會把這件事忘掉，」她小聲地說。「我們會把它忘掉，然後往前邁進。我們會一起這麼做，彼得，不管要付出什麼——無論是要諮詢，還是需要做任何事。」

唐利激動到難以自已，他哽咽地說，「沒有你，我絕對無法走到現在，金。我很抱歉。我真的很抱歉。」

他們擁住彼此，聽著醫院的各種聲音和來自走廊某處模糊不清的籃球賽播報聲。

最後，唐利說，「我想回家。我想看我們的兒子。」

24

金和唐利從醫院後面一個醫生專用入口偷偷溜出去，成功地避開了聚集在醫院外面的攝影機和人群。醫院的員工也幫金把她的車子開到這裡來。很不幸地，他們家並沒有其他的入口。

電視記者直接駐紮在對街，儘管夜幕已經降臨，大量的燈光卻把這裡照耀得有如白天一樣。一陣強風把霧氣吹到街上，拿著麥克風、站在大街上等著為六點的晚間新聞進行現場報導的記者，他們的頭髮和衣服全都遭到了強風的肆虐。需要報導的事情太多，而彼得．唐利將會是他們的專題故事。攝影棚內的新聞主播持續在報導這一連串的不尋常事件，報導中指出，那些事件導致一名授勳的舊金山警官受到了大規模的追捕。傍晚稍早的時候，警長已經接受過訪問，確認了狄克森．寇納是安德魯．班尼特謀殺案的在逃嫌犯，並且表示他可能攜帶武器，也是個危險人物。至於班尼特一直都在勒索知名商業界人士的謠言，雖然已經傳得沸沸揚揚，但警長卻不願對此發表任何評論，不過，一如不停盤繞的濃霧，隨著每一個小時的過去，這些謠言也越發沸騰。媒體想要知道那些錄影帶的內容，以及帶子可能揭露的齷齪性娛樂。他們嗅到了頭條新聞的味道。

當金和唐利接近他們的車道時，金提議他們到旅館躲一天，不過，唐利拒絕了。這是他的房子，是他的家。他不會再度和這個世界隔絕。他不會隱藏自己的過去。

人群一擁而上，試著要在車道上開出一條路來的兩名警員顯然白費力氣。一張張的臉孔貼在車窗玻璃上，透過緊閉的窗戶，高喊著各種問題。金亦步亦趨地把車往前開，讓車子為他們隔開人群。一名警員挪開一道路障，讓他們從位於斜坡上的車道駛進車庫，不過，即便在車庫的門下降時，那些記者依舊在大聲地重複他們的問題。

「那就是安妮為什麼把電話筒拿下來的原因。」金說。

「也是那隻貪睡的狗為什麼在後院吠到歇斯底里的原因。」唐利說。

金打開乘客座的車門，從後座拿出彼得的拐杖。它們使用起來很不便，不過，在他的力氣逐漸恢復之下，唐利會用得來的。

「後面的樓梯會是個問題，」她意指車庫後面那些既窄又陡的樓梯。

「我不要繞回到屋子前面，」他說。「我會從屋側走到後門，先安頓好那隻激動的狗，然後再從廚房進屋。」

「好吧，讓我幫你。」

他將她揮開。「在接下來的六個星期裡，你都得要照顧我；不用急著現在就開始。我沒事。要到陽台只需要爬上三級台階而已。你去照顧班尼，然後讓安妮回家吧。」

金繞過車頭。「你確定嗎？」

「我早晚得要學會如何使用這個東西。」

金很快地消失在了車庫後面的樓梯上。唐利一瘸一拐地走出車庫側門，來到狗場，那是一道六呎高的紅木籬笆沿著他家屋側的土地圍出來的一片狗狗活動區。他打開側牆上的電燈開關，一片明亮的燈光瞬間照亮了露台。波在狗繩盡頭拉扯，試著要搆到地上的一塊牛排。唐利費力地彎下身，解開牠的繩子。當繩子解開的時候，那隻狗彷彿子彈般地衝過露台，狗繩也被牠拖過狗門，一路拖進了屋子裡。

唐利搖搖頭。「很高興見到你，老兄。」他拿起那只金屬的狗碗，放到屋外的水龍頭底下。在等待接水的時候，唐利望著籬笆上方的那一片白光。一陣強風把一條懸吊在半空中的電線吹過他身邊。他跟著那條電線來到房子的側面，一路走到電線源頭的一根電線桿前面。

安妮沒有接電話。

唐利放下手中的那只碗，同時留意到地下室門上那扇玻璃窗已經破了。屋內的波持續在吠叫。他的心跳加速，在他還能承受得了的痛楚下，唐利盡可能地加快自己踉蹌的腳步，努力爬上通往陽台的那三級木頭台階。他把手伸過圍籬頂端，拉開門閂，一把推開圍籬的門，然後匆忙穿過後陽台。通往廚房的門並沒有上鎖。

「金？」他蹣跚地走過油氈地板，一邊呼喚著。

她沒有回應。

起居室的爐火讓室內閃爍著陰影。

「金？」

他穿過走廊。浴室的燈光照亮了鑲木地板上的一塊楔子。唐利用他的拐杖推開門。浴缸裡的水滿了。蒸氣讓鏡子蒙上了一層霧氣，不過，浴室裡空無一人。波的叫聲從屋後的臥室傳來。

唐納往後退，亦步亦趨地靠近臥室，然後緩緩地把門打開。

安妮抱著身上裹著金絲雀顏色浴巾的班尼坐在床沿。金站在他們旁邊，手裡抓著波的狗繩和項圈。站在房間角落那張搖椅旁邊的狄克森・寇納，那隻纏著染血繃帶的手裡正握著那把點四四的麥格農左輪手槍。

「看來，我們的座上賓到了，」寇納操著沙啞的聲音說。「很高興你加入我們，大律師。」寇納的面色如土。「我還以為你到不了呢。」

班尼哭著把手伸向金。

唐利連口水都嚥不下。在那一瞬間，他甚至無法呼吸。「沒事的，班，」他輕聲地說。「沒關係。」

「當然沒事囉，」寇納說。「這只是該死的普通茶會而已。」

「讓他們離開，寇納。這是你我之間的事。」

「只要我拿到我來這裡想要拿的東西，我就放他們走。」

「你要什麼都可以。只要讓其他人都離開就好。」

寇納神色扭曲地把槍管壓低。波作勢往前，寇納立刻又把槍舉起來。

「不要！」唐利大喊。

「如果你放開那隻狗，我就對牠開槍，然後是你，就按照這個順序。」寇納對著金說。

「冷靜，」唐利說。「她不會鬆開那隻狗的，寇納。你不會對任何人開槍。讓他們走吧。」

「我要那卷錄影帶。」

「好，但是不在我身上。」

「那好，我猜，你沒有我想要的東西。」語畢，寇納把槍上的擊錘往後拉。

「不要！它不在我這裡，不過，我知道它在哪裡。」

寇納揚起眉毛。

「我把它留在那個廢車場了。我藏了起來。我們可以去拿。」

他希望那卷帶子和馬丁神父的黑皮書還在他那件掛在鐵絲網籬笆上的外套口袋裡。

「我說過，你是個滿嘴謊話的王八蛋。你真的應該考慮改行。」

「我們會拿到那卷帶子的，」唐利說。「還有馬丁神父的《聖經》。你和我。」

「你和我，還有那個中國女人都一起去。如果有人敢報警的話，我就殺了你們兩個。」

唐利希望寇納離開這個房間。他希望他遠離金、班尼和安妮。

「你可以押住我和那卷錄影帶。你自己說過，你可以用那卷帶子交易到任何你想要的東西。」

寇納神情痛苦地沿著床邊移動。「別讓那隻狗擋住我的路。」

金拉著波往後退。波持續在低吼。班尼在金經過他身邊時再度伸出手來。寇納用槍指著她的後腦。「把那隻狗綁起來。」金服從地把波的狗繩綁在床架上。一旦綁好之後，寇納一邊命令金和唐利，一邊用槍比劃著。「快走。」

他們離開了房間。寇納把門在他們身後關上，將波的叫聲阻絕在了房間裡。

唐利說，「我的車鑰匙在另一間房間裡。」

「去拿。」

他拄著拐杖，用正常的那條腿跳進班尼的房間。金和寇納跟在他身後。書桌就在房間的角落裡。唐利看向班尼的床鋪。床上亂糟糟的，床罩被掀到了一邊。西蒙已經走了。

「等一下。」寇納在唐利伸手要去拉抽屜把手時阻止了他。寇納走進房間，往書桌旁邊一站。然後把槍抵在金的頭上。

唐利拉開書桌抽屜，拾起一串鑰匙。「這樣可以了吧？」

「讓這個中國女人開車。把鑰匙給她。」

唐利把鑰匙遞給金。

「快走。」

唐利不能讓寇納把他們逼上車。一旦上了車，他們就被困住了，任何逃跑或者抵抗的機會都將大幅降低。他擔心金會受到傷害。

透過他的眼角，他看到櫃子的門正在打開。

「寇納。」他開口轉移寇納的注意力。

「什麼——」

丹尼．西蒙握著一把彈簧刀從櫃子裡衝出來。寇納立刻把槍轉向西蒙。唐利往前衝，一把撲倒在他身上，雙手抓住槍管，將槍口推向上方。子彈射進了天花板。唐利和寇納往後倒，一把撞上了衝上前來的西蒙。

寇納痛苦地大叫，彈簧刀刺進了他的背。唐利從他的手中奪下槍，轉頭叫金快跑，不過，她早已付諸行動地離開了房間，跑向了屋子後面。

等到唐利重新轉回注意力時，寇納已經跪在了地上，丹尼．西蒙站在他旁邊，沾血的刀子就抵在寇納的喉嚨上。

「不要。」唐利大喊。

憤怒將西蒙的臉扭曲成了一個病態的面具。

唐利伸出手。「丹尼，把刀給我。」

西蒙搖著頭。

「丹尼，把刀放下。你不想這麼做。」

「我想。他應該為他的所作所為付出性命。」

「如果你殺了他，你就永遠擺脫不了他了。你永遠也無法忘了他那張臉。」

西蒙的憤怒未減。

「這件事會糾纏你一輩子，西蒙。他不值得你這麼做。把刀給我。」

西蒙的胸口重重地起伏。

「放開他，丹尼。湯姆神父需要你。那些男孩需要你。」

西蒙鬆開手，渾身顫抖著往後退開。

唐利勉強靠著正常的那條腿站起身，然後輕輕地把刀子從西蒙的手中取走。

25

唐利耐心地在辦公室外面那個簡潔的櫃檯區等待，根據民調預測，這裡很快就不再是吉爾・拉姆齊的辦公室了。唐利穿了一件休閒風的藍色襯衫以及他和羅斯一起從廢車場的籬笆上拿回來的那件皮夾克。他得要剪開他牛仔褲的一條褲管，才能把他的石膏塞進去。

櫃檯的總機電話響了。那名女子接起電話，然後站起來告訴唐利，拉姆齊先生可以見他了。唐利把拐杖撐在雙臂底下，跟著那名女子沿著走廊來到拉姆齊辦公室敞開的門口。拉姆齊從他的辦公桌後面走出來，面帶微笑地和唐利打招呼。

唐利婉拒了咖啡，礙於拐杖的關係，兩人也沒有握手。

「很抱歉讓你等了。」

「不急。」唐利說。

「據我了解，你提出了民事訴訟？」

狄克森・寇納被捕那晚至今已經過了兩週，在過去的兩個星期裡，唐利對舊金山市和舊金山郡，以及舊金山警監辦公室提出了民事訴訟，理由是他們所犯的「錯誤」導致馬丁神父被帶到普通犯人之中，而且差點就遭到殺害。急著想要和這整件醜事撇清關係的市政府希望能私下解決這件事。在前往拉姆齊的辦公室之前，唐利先去了市政廳，聽取一項和解金額高達六位數的和解方案。

「我很高興得知你好多了，」拉姆齊說。「我得要告訴你，從我第一次見到你的那一刻起，我就很欣賞你在面對重大挑戰時的勇氣和冷靜。」

唐利沒有回應。

「請坐。」拉姆齊說著走到他的桌子後面。

唐利依舊站著。「謝謝，不過，我不打算待太久。」

「只要你覺得舒服就好，」拉姆齊說。「我想，你是為了馬丁神父的刑事案件而來的？」

「不。我想那個案子已經結案了。」

「根據你、法蘭克・羅斯和其他目擊者的陳述，你們已經有足夠的證據可以讓狄克森・寇納因為殺害三個人而被定罪，如果他能活下來的話。」

狄克森・寇納已經在加護病房躺了三天了。他失血過多，刺穿他的背、造成他肝臟破裂的那把刀讓他受到了嚴重感染。醫生說，寇納一直沒有恢復意識，一直沒有為求生而掙扎。寇納已經結束了對生存的奮戰。

不過，那三個男孩的家人對市政府和郡政府的民事訴訟並未因此而作罷。

「我是來詢問關於班尼特勒索的那些人是否遭到了起訴。」唐利說。

拉姆齊搖搖頭。「嗯，那確實是個問題。很不幸的，就算有其他錄影帶存在，它們要不就是被毀了，要不就是藏在了哪裡。」

吉爾·拉姆齊說對了一部分。在唐利對艾琳·歐馬力的建議下，警察部門發表了一份聲明表示，他們找到了一把狄克森·寇納家的儲藏櫃鑰匙，並且正在試圖找出是哪一個櫃子。唐利希望那些擔心錄影帶內容外洩的人會因此而自動站出來。

有少數幾個人確實站出來了。

「我從歐馬力探長那裡得知，上週又有兩個人出面承認，」唐利說。「他們會被起訴嗎？」

拉姆齊搖搖頭。「這些人自動出面承認表示他們有悔意。此外，誠如你所指出的，並沒有絕對的證據可以起訴他們，而且，訴訟時效也是一個問題。我們建議對他們處以社區服務和心理諮商。」

「也許害怕遭到曝光的威脅能讓部分不主動站出來的人反思他們自己的行為。」

「但願如此。」拉姆齊認同地說。

「我很好奇，」唐利說。「如果傑克·戴文當日遭到起訴，這些事還會發生嗎？」

拉姆齊的臉色倏地發白。

「你想想看，拉姆齊先生，這是我的理論。我是從一位法官那裡學來的。我不相信像傑克·戴文那種人會對他們的行為感到後悔。我認為，他們只是對自己被抓到感到遺憾。」

拉姆齊沒有回應。

「如果傑克·戴文被起訴的話，在寇納發現有錄影帶這回事之前，那些帶子存在的事實或許早就曝光了，而那三個男孩也還會活得好好的。也許，錄影帶上的那些人也都會遭到起訴。」

「這種說法是事後諸葛。」

「戴文說，那是因為他父親和州長有私交，也就是你父親。他說，你父親說服你不要起訴他。」

「他這麼說？」

「你父親為什麼會那麼積極地說服你不要起訴一個像傑克·戴文那樣的渣男戀童癖？」

拉姆齊繃緊了下巴。「戴文先生並非是個可信的人，唐利先生。絕對不是那樣的。」

「不是嗎？戴文相信事情就是那樣的。」

「他搞錯了。」

「我想，這就像那些錄影帶，不是嗎？沒有帶子，什麼也無法證明。」

「只怕確實無法證明。」

「我們第一次在這間辦公室見面的時候，你對我說了什麼？」唐利低下頭，彷彿在思索，不過，他很清楚地記得拉姆齊當日所說的話。「公平正義並非總是攸關對或錯。而是關於我們能證明什麼，以及不能證明什麼。」

拉姆齊點點頭。

「我找到了馬丁神父的《聖經》和那天晚上的住宿登記單。」

拉姆齊暫停了一下。「你找到了？」

唐利從口袋裡掏出幾張摺疊的紙。他已經把正本給了艾琳·歐馬力。「寇納在闖入辦公室的時候拿走了。他擔心這份登記名單會洩露出班尼特把錄影帶帶到了庇護所。」

拉姆齊清了清喉嚨。「結果有洩露嗎？」

「沒有，很不幸。」

「那麼，」他說。「我想，我們永遠也不會知道是否有帶子的存在，或者，寇納是否只是在虛張聲勢而已。」

「虛張聲勢？」

「錄影帶的事是不是他自己編造的。」

唐利環顧著辦公室裡簡樸的傢俱。「看起來你一切都很順利，不是嗎？」

「我很渴望贏得選舉，然後到沙加緬度去展開一切。」

唐利轉身，看似就要離開，不過又轉回來。「你沒有悔恨，是嗎？」當拉姆齊沒有立刻回答時，唐利說，「你原本可以喊停的。你大可做對的事情。我剛剛給了你一個做對事情的機會，但是，你完全沒有興趣，是嗎？」

「我不知道你在說什麼。」

「你當然知道。狄克森・寇納那天晚上把一切都告訴了我，關於你父親在那卷錄影帶上的事情，以及你為了拿回那卷帶子而打算付給寇納一筆錢。他全都告訴我了。」

拉姆齊揚起下巴，依舊一副目空一切的模樣。「就像我說的，唐利先生，公平正義並非總是攸關對或錯。而是關於可以證明什麼，以及不能證明什麼。而你無法證明任何事。反正，你現在證明不了。狄克森．寇納死了，你什麼都證明不了。」

唐利笑了笑。「我一直都很好奇，為什麼像你和你父親這樣的人總是可以事事如願，而安德魯．班尼特那樣的人就要遭到踐踏。」

「人們每天都遭到踐踏，」拉姆齊說。「有實力才能生存下去。要有足夠的實力。」

「狄克森．寇納對我說了類似的話。他稱之為適者生存。」

「也許吧，」拉姆齊說。「不過，不要把我和狄克森．寇納扯在一起。」

唐利和他四目相對，隨即把手伸進口袋，拿出一卷錄影帶的拷貝。拉姆齊臉色發白。唐利把那份拷貝放在拉姆齊的桌上。

過了一會兒之後，他說，「你還是和他扯在一起了。」

後記

田德隆男孩庇護所重新開幕的儀式簡單又快速。在三月份冷颼颼的早晨裡，唐納泰羅．帕尼西主教站在建築物的台階上，向大約十五名齊聚在此慶祝的群眾發表了簡短的演說。然後，他和馬丁神父把一條橫拉在入口處的紅絲帶剪斷，接著，帕尼西挺直身體，將覆蓋在庇護所大門上方的一張棕色紙張拉下來，露出紙張底下那幅銅製的匾額。

舊金山大主教區
湯瑪士．馬丁神父男孩庇護所

法蘭克．羅斯彈開一只瓶子上的軟木塞，引起了所有人的注意。

「氣泡蘋果汁。」說著，他把麥克和洛雪兒．哈里斯伸出來的紙杯倒滿。

「我要喝有酒精的。」盧．吉安提里說。

「不，你不可以。」莎拉說著看向彼得。「我得像老鷹般盯著他的飲食。」

露絲－貝兒遞出她的玻璃杯。「我會喝掉他和我自己的那份。他現在比心臟病發作之前更暴躁了。」

盧現在把工作時數減少到每週兩天，並且完全不再接任何的訴訟案，也不再上法庭，不過，他還是每天都冒著健康的風險到辦公室去「了解狀況」。那裡現在是唐利的事務所了。他已經拒絕了馬克斯・席格的挖角。

丹尼・西蒙鬆開手中的彩色氣球，把它們放飛到晴朗無雲的藍天裡，這個舉動嚇到了被金擁抱在懷裡的班尼。西蒙把一個電腦滑鼠遞給馬丁神父。「你現在有一台厲害的電腦了，神父。只是，很可惜地，我無法教你怎麼用電腦。」

西蒙已經往前邁進了。他接受了達利市一間電腦公司的工作聘僱。

「我很高興你不能教我。」馬丁神父說。

「不過，我會回來的。」西蒙說。「這點你絕對可以相信。」

馬丁神父走向唐利和金。兩名男子彼此凝視了一會兒。然後，湯姆神父一把將唐利拉近，擁抱著他。「謝謝你，」他說。「謝謝你相信我。」

「謝謝你相信我。」唐利也說。

湯姆神父一放開他，帕尼西那隻厚實的手立刻落在唐利的肩膀上。「身為大主教區的新任律師，我期待明早在教堂見到你，」他說。「這是我對教會律師唯一的要求。」

「沒得商量嗎？」

金重重地在他的肩膀上拍了一下。

「我會到的，」他說。「在盧所有的客戶當中，失去一個真正付得起費用的客戶，這是我承擔不起的風險。」

他的話讓他們都笑了。

「我們要不要進去看看裡面？」馬丁神父對著眾人說。

帕尼西和馬丁神父走上通往庇護所入口的坡道。金把班尼交給盧，其他人也跟著進到建築物裡面。有了民事訴訟那筆和解金，加上媒體對這些事件大幅報導所帶來的巨額捐款，庇護所內部得到了重新改建和現代化的機會，包括馬丁神父自己的臥室和私人衛浴。他現在也有了一名職員。

法蘭克．羅斯跟在金和唐利後面。「艾琳．歐馬力告訴我，吉爾．拉姆齊尖叫得像隻豬一樣。」

拉姆齊沒有什麼選擇。那卷錄影帶裡明顯地看到了他父親，奧古斯特．拉姆齊，以及安德魯．班尼特。

「他的律師群試著要促成認罪協商，」唐利說。「不過，新的地方檢察官並不感興趣。她強烈主張以妨礙司法公正的罪名起訴，另外還加上其他的罪名。很顯然地，她有政治野心，並且把這個案子視為一個發展的機會。」

如此諷刺的發展讓羅斯發出一聲輕笑。「那奧古斯特呢？」

「截至目前為止，他什麼也沒說，不過，他們也把湯姆神父抽血那晚所發生的事情原委鎖定在他身上。」

「他們會以戀童癖的罪名起訴他嗎？」

「我不知道。有一些訴訟時效的問題，不過，無論他們要不要起訴他，他都完蛋了。沒有人想要和他沾上邊。」

羅斯對著金笑笑。「對了，恭喜。孩子什麼時候出生？」

「九月。」她說。

「夏天。很好。」羅斯說。

「你有什麼消息嗎？」唐利問。法蘭克・羅斯和他妻子已經申請領養一對雙胞胎男孩。

「如果一切順利的話，我們在六個月之內就會有新兒子了。」

「恭喜。」彼得和金異口同聲地說。

「我要進去了，」羅斯說。「你們要來嗎？」

「馬上就來。」金說著抓住唐利的手，將他往後拉。

在羅斯離開之後，她把手伸進自己的皮包裡，掏出一個紅色的信封遞給唐利。

「這是什麼？」

「你的聖誕禮物。」

唐利打開信封，抽出一張超音波影像。他盯著那張掃描圖，感覺到他們第一次看到班尼的超音波影像時，他所感受到的那股和煦溫暖的光芒。這種感覺很好。就像一個家庭一樣。盧之前說的沒錯。唐利需要再攀登一座山峰，現在，他做到了，此刻，他就站在山頂上，他可以看到他們的未來。他喜歡他所看到的。

他看著金。「你要讓我猜嗎，醫生？」

金露出了微笑。「和你女兒打聲招呼吧，彼得。」

感謝

我在一九九六年的時候寫下了這本書的初稿。二〇〇三年，當我的經紀人把我的三部小說處女作展示給出版商時，我們接到了出版的邀約，不過，我們決定要對前兩部大衛・索隆的系列小說調整方向。這本書因此被擱在了所謂的「作者的抽屜裡」。在十幾年之後，經過多次的改寫——好吧，大概十次左右——我很高興它終於要出版了。

我之所以很高興，是因為這本書包含了很多對我意義重大的人。山姆・高德曼，在他八十五年的人生裡，有七十三年都在當新聞記者，在他長成一名青少年之前，他就已經在舊金山街頭販售San Francisco Call Bulletin了。我想，打從那時候起，山姆的新聞之路就未曾停歇過。他變成了一名高中老師，然後是一名大學新聞系的老師和顧問，他就是在那個時候走進了我的生命，也改變了我的人生。山姆擁有無盡的熱情和精力。我從來沒有看過他感到疲憊。他會在新聞室裡工作一整天，然後和他的妻子艾黛兒跳上車，驅車前往一場巨人隊或49人隊，又或者是史丹佛的比賽，然後在記者席工作。他用英雄、長官和朋友來稱呼每一個人，即便是吉米・卡特總統也一樣。我知道。因為我就在現場。當我對他提起這件事時，他說，「他穿褲子的時候是一條腿一條腿套進去的，就像我你一樣，長官。」

他是那麼地獨一無二。幾年前，他過世了，不過，我幾乎每天都想起他。當我教書和寫作的時候，他都和我在一起。每次我打領帶的時候，他都和我在一起——那是他眾多的領帶之一，是他女兒露絲給我的。通常，我會打米老鼠圖案的那條領帶，不過，有時候則會選擇書架上有很多書的那條。山姆，為了你，我一直都面帶微笑。一直如此。

那條羅德西亞背脊犬波在這本書出版之前也過世了。在活了十二年之後，牠罹患了阿茲海默症，或者說痴呆症，看著我們的狗——那是我們孩子的第一隻狗——逐漸惡化是一件很痛苦的事。當道別的時候來臨時，我們都深感哀傷，然而，一直以來都表現得很棒的波，卻讓這個決定變得很容易。他躺在獸醫的桌子上，看著我妻子，那是牠最愛的人，然後就那樣闔上了牠的眼睛。牠沒有再醒過來。牠就那樣離開了。我們把牠和尼克，我們的第一隻羅德西亞犬，也是他的死黨，葬在了一起。

大主教唐納泰羅．帕尼西是根據我堂兄查理斯．鐸金閣下發展出來的角色。「兄弟。」我都這麼叫他，他是一個像熊一般的男人，因為他足足有六呎六吋高，重達二百五十磅，還有一副讓風琴都為之嫉妒的嗓音。他抽菸斗，我還記得那菸斗的味道，以及他把菸斗叼在嘴裡的模樣，雖然，我現在希望他從來都不抽菸。在他八十歲生日過後沒多久，胃癌就把他帶走了。查理是布蘭尼克、穆林斯和鐸金家族的家族史研究者。我把他當作叔叔一樣地敬愛。在他的葬禮上，他的外甥透露了查理和當時的舊金山大主教曾經有過的不和。我也注意到了。因此，我決定把查理寫成舊金山大主教唐納泰羅．帕尼西。但願這能讓你在天堂裡看得開懷大笑，查理。

盧．吉安提里多少是根據我的叔叔盧而寫成的，他是沙加緬度大主教區多年的法律顧問，也是一位相當令人敬畏的律師。在那個年代，他也是一位著名的足球員。盧常常到我們家來，用腳底把我們頂起來，然後再讓我們掉落下來，不過，他總是可以接住我們。他是個很有趣的人。他和他的妻子潔芮也都過世了。他們對我們整個家族都很好，總是在沙加緬度招待我們過復活節，他們在那裡有一座游泳池和一個很大的後院。我深愛他們兩人。

本書其他的角色都是虛構的。

我也要說，彼得・唐利的父親雖然是一個怪物，不過，我父親威廉・杜格尼卻是我所認識過最好的人。我在二〇〇八年六月失去了「老爹」，不過，我很慶幸在他走的時候能在他身邊。他教了我許多人生的功課。死亡，也許是他教過我最重要的一課。他過世的那天早上，我坐在他的書桌前面，看著他所有的手錶和戒指。我父親喜歡去紐約收集這些東西。其中有些並不值錢，不過，有些他和我母親在旅行時買的則具有一些價值。然而，那天早上，當我坐在他的書桌前面時，他對我說，「這只是身外之物，巴比。這都是身外之物。」他是對的。從此，我再也不擔心生活中的物質，我也從來不曾感到過如此地自由自在。

由於這本小說最早是在二十年前所寫的，很多場景都已經改變了。當時，我是憑藉著我對舊金山的認識和研究來寫的，因為我在那裡居住和工作了十五年。然而，那座城市已經改變了，而我也很清楚這點。因此，我把故事的背景設定在一九八七年，當時，高等法院還在市政廳裡、司法大廈還在布萊恩街、新的監獄還未建造，而我們也還沒有手機或者email。我愛舊金山。我知道它並不完美，但是，對我而言，它依然是地球上最棒的城市。

打從我豁出去地離開執業律師的工作，轉而以小說創作為職志的那天起，我很幸運擁有了許多幫助我的人。

感謝超級經紀人梅格．魯麗和她在珍．羅托森經紀公司的團隊，包括蕾貝卡．絲契爾，她對我的手稿提出了很棒的建議，並且是電子書方面的鬼才。從我開始寫《新手律師》那天起，梅格就說它一定會被出版，她是對的，一如她在我職業生涯中的每一件事情那樣，她總是對的。謝謝你們。

感謝Thomas&Mercer對這部手稿的信任。這是我和T&M團隊合作的第四本小說，你們對我和我的職業生涯所做的一切讓我倍感開心。特別感謝策劃編輯夏綠蒂．賀斯契。她編輯了我所有的小說。這本書充滿了挑戰，而她也耐心地讓我將問題一一解決。我也要感謝編審伊莉莎白．強生。我要求要有最好的文案編輯，因為文法和標點符號都不是我的強項，而他們也立刻推薦了伊莉莎白給我。她幾乎在每個句子和每個字的選擇上都鞭策了我，讓我的書變得更加精確。

在行銷方面，謝謝雅克．班澤克里，他具有極大的影響力，並且在我的小說行銷上貢獻良多。你的努力讓我登上第一名的寶座，我希望我們可以再度創造那樣的名次。感謝負責作者關係的蒂芬妮．波克尼和莎拉．肖，她們總是超乎預期地付出，讓我深為感激。T&M致贈的那些精彩的禮物和小謝函，讓我家人變成了你們的大粉絲。你們是最棒的。感謝我的公關人員丹妮兒．凱洛特，謝謝她推廣我和我的作品。感謝我的前公關代表暨新編輯葛蕾西．杜爾。她不屈不饒地幫助我提升我的作品，並且尋找著下一個精彩的題材。謝謝組稿編輯凱澤西．伊格達，以及製作經理西恩・貝克。西恩，你的封面太棒了！感謝發行人米凱拉・布魯德、副發行人海燕・穆拉，以及亞馬遜出版的副總裁傑夫・貝爾。在面對他們的作者和作者的作品時，這些人全都言行一致，每個人都讓我很快地就感到賓至如歸。

特別感謝T&M的前編輯總監艾倫・塔庫斯，感謝他的指導、精闢的編輯建議和友誼。等到《新手律師》出版的時候，艾倫已經在明尼蘇達安頓下來，開始創作他自己的小說了，我誠摯地希望你的作品能登上T&M的暢銷排行榜。

感謝塔米・泰勒，感謝她幫我經營網頁，幫我的書設計外文封面，撰寫我的新聞稿，還幫我做了許多其他的事情。感謝425 Media的西恩・麥維對我在所有社交媒體上的需求提供協助。你們倆都比我聰明太多，我很高興擁有你們在我的團隊裡。感謝潘・拜德和太平洋西北作家協會給予我的作品大力的支持。

也要謝謝忠誠的讀者們，感謝你們來信告訴我，你們很喜歡我的小說，並且期待我的下一本作品。你們是我繼續尋找下一個動人故事的動力。

感謝喬伊和凱瑟琳，以及我的妻子克莉絲提娜。在創作了十一本小說之後，你們知道，沒有你們三個，我無法做到這一切。你們知道我有多愛你們，你們也知道，我是多麼地以我們家的兩個孩子為傲。

感謝我的母親帕蒂・杜格尼。我一直都受到你的鼓舞。當情況艱鉅時，我會想到你扶養了十個孩子，並且在四十歲的時候重回校園，開創了你自己的會計事業，經過四十三年之後，你依然堅守在你自己的事業崗位上。真是太了不起了。我母親在八十三歲時和我一起參加了作者研討會，隔天，每個人都在談論她有多麼出色。他們說的沒錯。我愛你，媽媽。

Storytella 205

新手律師

The 7th Canon

新手律師/羅伯.杜格尼作；李麗珉譯. -- 初版. -- 臺北市：春天出版國際文化有限公司, 2024.06
面；公分. -- (Storytella；205)
譯自：The 7th Canon
ISBN 978-957-741-870-8(平裝)

874.57　　113006309

ISBN 978-957-741-870-8
Printed in Taiwan

作　者　羅伯・杜格尼
譯　者　李麗珉
總編輯　莊宜勳
主　編　鍾靈

出版者　春天出版國際文化有限公司
地　址　台北市大安區忠孝東路四段303號4樓之1
電　話　02-7733-4070
傳　眞　02-7733-4069
E－mail　bookspring@bookspring.com.tw
網　址　http://www.bookspring.com.tw
部落格　http://blog.pixnet.net/bookspring
郵政帳號　19705538
戶　名　春天出版國際文化有限公司
法律顧問　蕭顯忠律師事務所
出版日期　二〇二四年六月初版

定　價　490元

總經銷　楨德圖書事業有限公司
地　址　新北市新店區中興路二段196號8樓
電　話　02-8919-3186
傳　眞　02-8914-5524
香港總代理　一代匯集
地　址　九龍旺角塘尾道64號 龍駒企業大廈10 B&D室
電　話　852-2783-8102
傳　眞　852-2396-0050